황금삼족오

빛의 나라

3

나남
nanam

나남창작선 171

황금삼족오 ❸ 빛의 나라

2022년 2월 25일 발행
2022년 2월 25일 1쇄

지은이 김풍길
발행자 趙相浩
발행처 (주) 나남
주소 10881 경기도 파주시 회동길 193
전화 (031) 955-4601 (代)
FAX (031) 955-4555
등록 제 1-71호(1979.5.12)
홈페이지 http://www.nanam.net
전자우편 post@nanam.net

ISBN 978-89-300-0671-2
ISBN 978-89-300-0668-2 (전5권)

책값은 뒤표지에 있습니다.

나남창작선 171

대하역사소설 양만춘

황금삼족오

빛의 나라

3

김풍길 지음

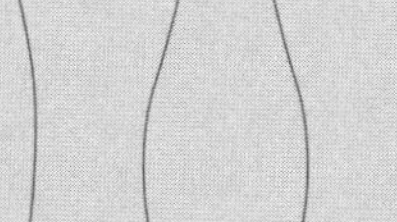

나남
nanam

흑수말갈 지역 평정 후 동아시아 형세도(642년)

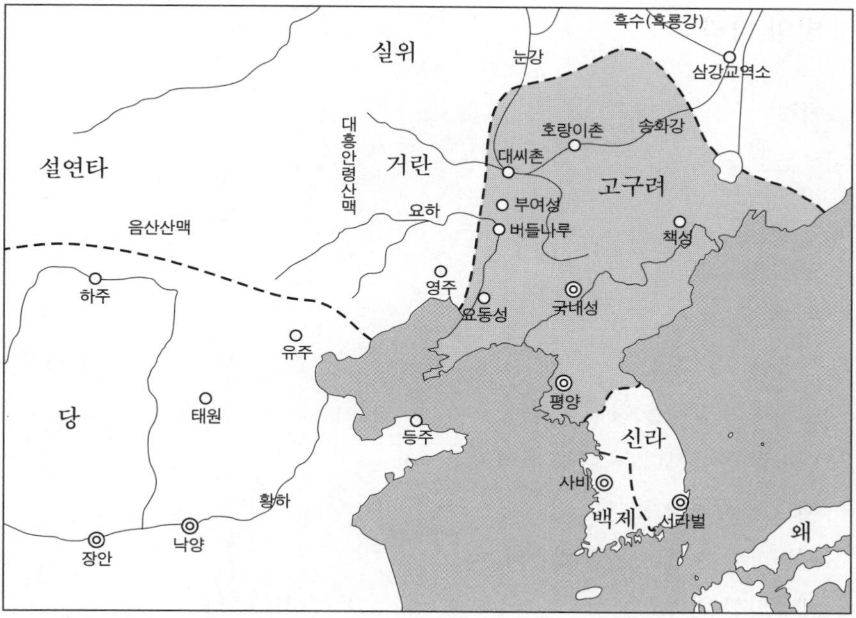

황금삼족오 3

빛의 나라

차례

황금삼족오 4

당태종의 침략

황금삼족오 전5권

제1권 초원과 사막의 나라

제2권 살수는 흐르고 있는가

제3권 빛의 나라

제4권 당태종의 침략

제5권 안시성의 승리

등장인물 소개

양만춘 수당의 고구려 침략 때 나라를 지킨 영웅. 흑수말갈을 평정한 후 성주가 되어 안시성을 건설하고 개혁정치를 성공시킴.

을지문덕 살수에서 수양제의 별동군 30만을 전멸시킨 전쟁영웅이자 변함없는 양만춘의 후원자.

영류태왕 당나라와 평화정책을 추진했으나 당태종의 야욕으로 뜻을 이루지 못하고 천산방벽을 쌓게 해 국방에 힘썼으나 간신을 등용해 내치에 실패하고 끝내 연개소문의 반정으로 죽은 비운의 군주.

대씨 부인 국내성 큰 상인의 부인. 지혜를 발휘해 요서원정군의 보급문제를 해결해 양만춘을 도운 여걸.

대아찬 대씨 부인의 아들. 장사 솜씨가 뛰어나 바카투르 상단을 만듦.

자무 안시성 토호 출신의 학자. 안시고을의 적폐를 바로잡으려 노력한 개혁정치가.

돌고 양만춘이 개혁정치를 이루는 데 초석이 된 뛰어난 정치가.

법인 스님 양만춘의 개혁을 적극적으로 밀어준 안국사 주지.

다로 안시고을 반란 토벌 때 위기에 처한 양만춘의 목숨을 구한 후 그의 호위무사로서 그림자처럼 수행하는 충성스러운 싸울아비.

온사문 화평파 온문의 아들. 안시성 건설의 총책임자가 됨. 안시성 싸움 때 큰 공을 세운 장군

보우 기상예보 전문가로 훗날 안시성 싸움에서 큰 도움을 준 천재

비룡 고정의의 부하. 양만춘의 요서원정 후 중국에서 간첩으로 활약.

온문 화평파 대신. 양만춘과 영류태왕 사이의 다리 역할도 맡음.

부소 화평파의 우두머리로 탐욕스러운 간신.

연실 안시 성주의 외동딸. 주위 훼방을 물리치고 양만춘과 결혼함.

미르녀 양만춘의 첫 애인. 끝내 인연을 맺지 못함.

유화 요동성 대부호의 딸로 이재에 뛰어남.

아골태 흑수말갈 부족장. 흑수말갈 평정 때 양만춘과 동맹을 맺음.

야신세리 아골태의 외동딸.

당태종 수많은 군웅을 토벌해 당나라 건국에 가장 큰 공을 세움. 황제에 오른 후 주위 여러 나라를 정복하고 고구려 침략을 노림.

장손무기 당태종의 처남으로 권모술수에 뛰어난 정치가.

진대덕 겉으로는 사신이지만 고구려 방어시설을 염탐하러 보낸 간첩.

싸움은 이겼건만

飢饉

전쟁의 불길보다 무서운 건 굶주림이었다.

씨를 뿌리지 못했으니 밭에 잡초만 무성하고, 곡식값이 다락같이 올라 여느 백성에겐 그림 속 떡이었다. 산에 들어가 칡과 도토리를 모으고 풀뿌리와 송기(松肌, 소나무 속껍질)를 벗겨 허기(虛飢)를 달래려 애썼지만 배고픔을 어찌 면하랴.

굶주린 백성은 불탄 집터에 움막을 지어 고달픈 삶을 이어갔고, 연고(緣故)라도 있으면 정든 고향을 등지고 전쟁의 불길을 피한 낯선 고을로 떠났다. 전쟁 통에 말과 소를 잃었으니 수레를 끌 짐승이 어디 있으랴. 사내는 지게나 손수레에 살림살이를 싣고 아낙네는 옷 보퉁이를 머리에 인 채 어린애 손을 잡고 길을 나섰다.

골짜기마다 주검이 나뒹굴고, 길가에 쓰러져 죽어가도 돌아보는 이조차 없었다. 굶주린 어미의 젖은 텅 비어 어린 것은 품속에서 싸늘하게 식어갔다. 눈물조차 말라버린 어미는 멍한 눈으로 허공을 바라보았고, 힘없이 일어선 아비는 돌을 모아 무덤을 만들었다.

남으로 가는 길

612년 잔나비해〔壬申年〕 가을 전쟁이 휩쓸고 간 땅에 무서운 기근(飢饉)이 닥쳤다. 양만춘이 부여성에 머물며 소그드 상단에 사람을 보내 식량을 구하려 애쓰는데, 대씨 노부인이 찾아왔다.

"들려오는 소식이 너무 끔찍하군요. 길거리에 떨어진 물건도 주워가지 않던 착한 백성이 지금 훔치고 빼앗고 떼를 지어 강도질까지 한답니다. 제가 마련한 식량을 어떻게 해야 굶주린 사람에게 고루 베풀지 걱정입니다."

"요동성 성주 해부루는 믿을 만하다더군요. 그분께 맡기시지요."

"하도 흉측한 소문이 들리니 벼슬아치를 믿을 수 없어요. 국내성 무명 선사께서 요동성 백성을 돌보신다니 스님께 맡기고 싶으나 그곳 사정이 어떤지 알 수 없군요. 대모달(고구려 최고위 무관)께서 몸소 다녀와 주셨으면 ···."

양만춘도 무명 선사 명성을 들었다. 한번 만나 가르침을 받고 싶었기에 다친 몸이 온전치 않았으나 기쁜 마음으로 승낙했다.

북쪽 부여성(夫餘城) 지역에는 적군이 몰려오지 않아 마을에서 밥 짓는 연기가 피어올랐지만, 신성(新城, 무순 근처)이 가까워지자 저녁 무렵임에도 연기가 피어오르는 집을 찾기 어려웠다. 불타 버린 마을 안으로 들어서자 삐쩍 마른 늙은이가 잿더미를 헤치다가 초점 잃은 눈으로 멀거니 쳐다보았다. 양만춘이 허리춤에서 주먹

밥을 꺼내주자 노인은 다른 사람이 가로챌까 눈을 희번덕거리며 허겁지겁 삼키다 목이 메어 캑캑거렸다.

"노인장, 마을 사람은 다들 어디 갔지요?"

"죽거나 붙들려 가고, 다른 고장으로 떠나 혼자뿐이라우."

멀리서 한 무리 사람이 오기에 걸음을 재촉하니 황급히 길 옆 언덕으로 몸을 숨겼다. 이상한 생각이 들어 개코를 불렀다.

"저 사람들이 왜 우리를 피하지? 사정을 알아보거라."

고개를 갸우뚱거리자 달가가 입을 열었다.

"우리가 벼슬아치 줄 알고 피했을 겝니다. 성주들은 백성이 줄어드는 것을 싫어해 다른 고장으로 가는 걸 막으니까요."

개코가 남루한 옷을 입은 나이 먹은 여인을 데리고 왔다. 햇볕과 먼지로 까맣게 찌들었으나 이목구비가 반듯한 얼굴이었다.

양만춘이 말에서 내려 공손히 물었다.

"곧 추위가 닥칠 텐데 어디로 가시는 길입니까?"

여인이 겁먹은 얼굴로 그 일행을 살펴보다가 한숨을 쉬었다.

"정든 고향 땅을 누가 떠나고 싶겠어요. 곡식값이 너무 비싸 양식을 구할 수 없답니다. 저희는 신성에 사는 활 만드는 장인(匠人) 가족인데, 할아범이 한쪽이라도 살아남아야 한다면서 막내 손자와 며느리를 데리고 부여성으로 가라고 했답니다. 할아범은 아들이 돌아오기를 기다리며 큰손자와 남았어요. 부여성은 전쟁터가 되지 않았으니 먹을 걸 구할 수 있겠지요?"

말을 마친 여인은 눈을 들어 북쪽 하늘을 멍하니 바라보았다.

"할머니, 배고파. 밥 줘."

"그래 아가야, 조금만 참거라."

여인은 눈물을 글썽이며 뼈만 앙상한 어린 손자를 달랬다.

양만춘은 가슴이 아파 되돌아서며 달가에게 눈짓했다. 달가는 이러다간 우리 먹을거리도 남지 않겠다는 듯 주저하다가, 좁쌀 한 포대를 여인에게 건네주었다.

"부여성에 닿거든 대씨 마나님을 찾아가세요. 양식을 구할 수 있을 겁니다."

멀어져 가는 늙은 부인 가족을 바라보노라니 가슴이 답답했다.

무너진 집터와 잡초만 무성한 묵정밭을 지나갔다. 아기 우는 소리, 다듬이질 소리와 물레질 소리가 들려야 할 마을은 폐허가 되었고, 피란 간 사람이 아직 돌아오지 않아 인적(人跡)이 끊겼다.

황혼 무렵 불타버린 마을 앞 우물가에 허름한 오두막이 보였다. 양만춘은 땅거미가 어둑어둑 내리는 우물가에 앉아 늙은 농부가 길게 뻗은 밭이랑을 따라 씨 뿌리는 모습을 하염없이 바라보았다. 늙은이는 어둠이 짙게 깔리자 우물로 왔다.

"내일 뿌려도 될 텐데 밤늦게까지 일하시는군요."

"피란 갔다 돌아왔더니 농사철을 놓치고 말았답니다. 하루라도 서둘러야지요. 지금은 울면서 뿌리지만 기쁨으로 거둘 날이 오겠지요. 오늘 심은 것을 내년에 먹을 수 없다 해도, 농사꾼은 씨앗을 뿌려야 합니다."

주름진 얼굴에 떠오른 밝은 미소를 보노라니 가슴이 벅차올랐다.

아무리 비바람 불고 눈보라가 쳐도 굳건히 땅을 딛고 잡초처럼 끈질기게 살아가는 저 농부를 누가 감히 꺾으랴. 별무리가 가득 돋아난 하늘을 바라보는 노인에게 물었다.

"할아버지 혼자 사시나요?"

"아들 내외와 손자들은 산에 있어요. 부지런히 도토리라도 따 모아야 겨울을 지낼 테니까요. 화전(火田)도 일궈야 하구요."

"우리가 이리로 올 때 뒷산에서 연기가 나는 걸 보았는데, 아드님이 불을 놓은 것이군요."

달가가 고개를 갸우뚱거리며 물었다.

"봄채소는 3월, 메밀을 부치려면 6월 말 무성한 초목을 베어 눕히고, 그게 마른 다음 불을 놓아야 하는데 너무 늦은 건 아닌가요?"

늙은 농부는 쓸쓸히 웃으며 고개를 끄덕였다.

"그러게 말입니다. 수나라 병정이 물러갔다는 소식을 듣고 돌아와 보니 이미 때를 놓쳤어요. 반타작(半打作)이라도 하면 다행이지요. 타향살이가 너무 고달파 다시는 고향을 떠나지 않으렵니다."

한숨을 쉬다가 오두막 굴뚝에 오르는 연기를 보더니 눈을 빛냈다.

"할멈이 돌아왔나 봅니다. 밤이 늦었으니 누추한 집이지만 들어가서 이슬이라도 피하세요."

방 안에는 발 디딜 틈 없이 도토리가 가득 쌓였다. 문득 눈을 들어 쳐다보니 천장 대들보에 삼으로 엮은 커다란 주머니가 대롱대롱 매달려 있었다. 노인이 빙그레 웃었다.

"곡식 종자랍니다. 농부는 아무리 굶주려도 씨앗은 남겨둡니다. 우리 생명줄이니깐요."

밥상에 곡식 낟알이라곤 찾아볼 수 없고 칡가루에 느릅나무 껍질 가루를 섞어 끓인 시래기죽이었다. 그래도 갖가지 산나물과 버섯이 향긋한 냄새를 풍기며 입맛을 돋우었다. 할머니가 그릇에 도토리묵을 가득 담아 들어오더니 재촉했다.

"변변치 않은 음식이지만 시장하실 테니 많이 드세요."

"두 분 사정도 무척 어려울 텐데 너무 폐를 끼치는군요."

"별말씀을. 시골사람은 그래도 형편이 나은 편이지요. 흉년이 들면 하늘은 숲에 많은 열매를 맺어 굶주림을 면하게 하니까요."

어려운 중에도 지나가는 길손을 대접하는 늙은 부부의 따뜻한 마음이 너무 고마워 양만춘은 수저를 들며 부하에게도 권했다.

그는 방 안에서 자라는 권유를 사양하고 집 밖에 자리를 깔았다. 맑은 하늘에 별이 유난히 빛나는 밤이었다.

전쟁이 휩쓸고 간 요동성 모습은 끔찍했다. 성을 둘러싼 드넓은 해자(垓字)는 메워져 곳곳에 물웅덩이만 남았고, 물가에 위엄 있게 늘어섰던 버드나무숲은 베어지고 없었다.

성문 밖 풀밭에 이불란사(伊弗蘭寺) 깃발이 내걸렸고, 구호소 천막 앞에 굶주린 사람이 줄을 지어 기다렸다. 비구승(比丘僧)이 쉴 새 없이 그릇에 죽을 퍼 나눠 주었다. 불탄 마을 터엔 떠돌이 고아와 의지할 데 없는 늙은이들이 밤이슬을 맞으며 추위에 떨었다.

똘똘하게 생긴 사미(沙彌, 어린 중)에게 무명 선사(無明禪師)를 뵙고 싶다고 하자, 머리가 하얀 스님이 나와 합장하며 물었다.

"소승이 무명이오만, 시주님은 무슨 일로 오시었소?"

"대씨 마나님 부탁으로 스님을 찾아왔습니다."

무명 선사는 기뻐하며 양만춘에게 자리를 권했다.

"다로야, 차 한잔 가져오너라."

무명 선사는 차 심부름하는 사미를 가리키며 한숨을 쉬었다.

"저 어린 것도 인연이 있어 거두어들인 전쟁고아라오."

대씨 노부인 편지를 읽은 선사 얼굴에 환한 미소가 떠올랐다.

"이렇게 감사할 수가. 창고에 돈을 가득 쌓아 놓은 거지도 있고 저녁 먹을거리가 없어도 마음은 부자가 있다더니 노마님이야말로 재물의 가치를 아는 진짜 부자구려. 콩 천 가마니면 당분간 걱정을 덜었소. 그 밖에 다른 말씀은 없던가요?"

"일일부작 일일불식(一日不作 一日不食)이라더군요."

선사는 너털웃음을 터뜨렸다.

"이제 보니 그분이 보낼 콩에 꼬리표가 붙어 있구려. 일하지 않으면 먹지도 말라는 건 소승의 좌우명(座右銘)이오. 일할 힘이 있는 사람에겐 땔감을 베어 오게 하거나 집짓기라도 거들게 하고 콩을 나눠 주겠소. 그런데 신성(新城) 사정은 어떻던가요?"

"남문 밖에 초문사(肖門寺) 깃발을 내걸고 수십 개 커다란 독을 늘어놓고 지나는 사람에게 된장국을 끓여 먹이고 있었습니다."

"예로부터 초문사 장맛은 알아주지요. 헛허허, 자린고비 원만 주지께서 이번에 절의 된장을 모조리 풀었구먼!"

무명 선사는 고개를 끄덕이며 유쾌하게 웃었다.

"노마님은 선사께서 이불란사를 크게 중건(重建)하려고 수십 년 간 모았던 시줏돈을 풀어 굶주린 사람에게 보시(布施)를 베푸는데, 적은 도움밖에 드리지 못해 부끄럽다고 하더군요."

"무슨 말씀, 그까짓 절이야 낡고 작은들 어떻겠소. 우선 백성이 살고 난 다음 부처가 있고 절도 있는 게지요. 지금 온 나라가 어려움에 빠져 있고 전쟁터였던 요동 지역이 가장 심각한데, 기근보다 두려운 건 앞날의 희망조차 잃는 것이오. 소승이 작은 힘이나마 보태고 있지만, 이들을 절망에서 벗어나게 하는 건 모든 지도자가 함께 짊어져야 할 짐이오. 그중 하나가 부역자(附逆者) 문제요. 점령당한 땅 백성이 적에 협력한 건 어쩔 수 없는 사정도 있을 텐데, 그 죄를 자식에까지 물으니 너무 가슴 아프오. 성주님을 만나거든 관대한 처분을 부탁해 주시구려."

말을 마친 선사는 눈을 감더니 긴 한숨을 쉬다가 입을 열었다.

"시주님은 부여성에서 오시어 이곳 사정을 잘 모를게요. 수십만 적군이 주둔해서 요동성 주변 수십 리에 나무란 나무는 모조리 베어 버려 땔감조차 구하기 어렵지만, 가장 심각한 문제는 곡식값이 전쟁 전보다 열 배나 오른 것이오. 소승은 절에 모아둔 시줏돈으로 빈민구제가 가능하리라 믿었지만, 곡식값이 천정부지(天井不知)로 뛰어 웬만큼 여유 있던 사람까지 먹을거리를 구하지 못해 여기로 몰려드는구려. 가난한 백성에게 가장 어려운 때가 겨울인데 그때까지 구호사업을 계속할 수 있을지 걱정이오. 나무아미타불."

요동성 성주 해부루가 반갑게 맞이했다.

"고맙네. 약속 날짜보다 일찍 왔구먼."

"내년 싸움보다 더 급한 일에 제 힘을 쏟아야 할 것 같습니다."

"무슨 일이 일어났기에 ⋯."

"성주님, 곡식값이 올봄보다 열 배나 뛰었음을 아십니까?"

해부루는 한숨을 쉬더니 지그시 눈을 감았다. 양만춘은 한갓 싸울아비일 뿐 다스리는 자가 아니지만, 백성이 굶주려서는 적과 싸워 승리할 수 없다는 사실만은 잘 알고 있었다.

"군량(軍糧) 확보가 급해 진대법(賑貸法, 흉년이 들면 가난한 백성에게 곡식을 꾸어 주었다가 다음 해 추수 때 돌려받는 빈민구제 제도)을 중지했더군요. 먹을 게 없는 농민은 농토를 팔아 하루하루 끼니를 때우고, 팔 땅도 없는 백성은 스님이 운영하는 급식소(給食所)만 쳐다보고 있어요. 지금 민심(民心)이 흉흉해 굶주린 백성이 성안의 곡식 가게를 습격할 것이란 소문까지 떠돌고 있습니다."

"그렇다면 자네 생각을 거리낌 없이 말해주게나!"

해부루는 이마에 굵은 주름살을 지으며 쳐다보았다.

문득 '싸움터에서 용맹을 뽐내는 건 쉬우나 윗사람과 동료 눈치를 살피지 않고 바른말을 하는 건 어렵다. 그것이야말로 참된 용기다' 라던 선사의 침통한 모습이 머리에 떠올랐다.

"옛날 부여는 흉년이 들면 그 책임을 왕에게 물었고, 우리도 흉년으로 백성이 굶주림에도 무리하게 궁전을 지었던 폭군 봉상왕을 쫓아냈습니다. 왕이라도 내쫓김을 당했거늘, 이 어려운 때 백성을 쥐어짜 돈을 벌려는 벌레 같은 무리야 말해 무엇 하겠습니까?

가족과 땅을 지키려 용감하게 일어선 농민병(農民兵)이야말로 우리 자랑거리지요. 백성은 나라의 근본이라고 말로만 떠들어봐야 무슨 소용이 있겠습니까. 피 흘려 요동성을 지켰던 병사들이 지금 땅을 잃고 소작농(小作農)으로 굴러 떨어지고 있습니다. 성주님은 내년에 누구와 더불어 성을 지키려하십니까!"

고구려를 강한 나라로 만든 힘의 원천은 자기 땅을 소유한 용감한 농민병이었다. 자작농(自作農)을 바탕으로 삼은 병농일치(兵農一致) 제도는 위대한 개혁군주 소수림태왕(小獸林太王, 재위 371~384년)에 의해 확립되고 튼튼하게 뿌리내렸다.

소수림태왕의 부왕(父王)인 고국원왕(故國原王, 재위 331~371년)은 비극의 주인공이었다. 왕 14년 전연(前燕) 모용황의 침략으로 서울을 빼앗겨 어머니와 아내가 사로잡히고, 선왕(先王) 미천왕릉이 파헤쳐지는 수난을 당했으며, 왕 41년 낙랑(樂浪) 땅을 지키려 평양성에서 싸우다 백제 근초고왕(近肖古王) 군의 화살에 맞아 죽었다. 고국원왕의 아들 구부(丘夫, 소수림태왕)는 17년간 태자로 있으면서 부국강병(富國强兵)의 꿈을 키워 왔었다.

'옛날 소국(小國)으로 나눠져 있던 시절은 소규모 싸울아비 집단만으로 주위를 정복하고 나라를 지탱할 수 있었지만, 시대가 바뀌어 모용황은 5만 5천, 심지어 백제조차 3만 군사를 동원했다. 적에게 서울을 빼앗기는 치욕을 당하고도 정신 못 차리다가 끝내 백잔(百殘, 백제를 낮춰 부르는 말) 군에 부왕(고국원왕)마저 잃는 슬픔을 당했구나. 이제 썩은 옛 제도를 뜯어고쳐 거듭나야 한다.'

아버지 장례식 날 구부는 피눈물을 흘리며 맹세했다.

"동방의 호랑이가 어쩌다 이 꼴이란 말인가. 천지신명(天地神明)께 맹세한다. 짐(朕)은 이 나라를 누구도 넘보지 못할 강한 나라로 일으켜 세우겠다. 산이 막으면 산을 뚫을 것이고, 강이 막는다면 강을 메우리라!"

소수림태왕은 5부 귀족회의에 더하여 싸울아비와 병사의 대표까지 불러 모아 비상대책회의를 열었다.

"우리는 칼날 끝에 서 있다. 이 위기를 깨닫지 못하고 변치 않으면 내일은 없다. 짐은 새로운 나라로 바꾸려 한다. 어떤 어려움이 닥쳐도 모두 힘을 합쳐 자랑스러운 고구려로 거듭나자. 여러 귀족은 동족 노예를 자유민으로 해방시켜라. 싸울아비도 차남(次男) 이하 자녀에게 정복지 땅을 나눠줄 테니 농사짓게 하라. 이제부터 고구려 군 뼈대는 농사를 지으며 나라를 지키는 자작농이다."

소수림태왕의 개혁정책(392쪽 참조)은 귀족에게는 마른하늘에 날벼락이었다. 그러나 모용황의 침입 때 서울에 거주하던 5만여 명 주민이 포로가 되어 끌려갔는데 대부분이 귀족과 싸울아비 가족이어서 태왕의 개혁을 반대하는 세력은 약해졌고, 위기에 빠진 나라를 구하는 데 힘썼던 백성의 발언권은 커졌다. 그리고 "이대로는 안 된다"는 위기의식이 귀족과 평민의 타협을 이루는 바탕이 되었다.

개혁정책은 토지 개혁과 자작농의 국민개병제(國民皆兵制)에 그치지 않고 왕권(王權)을 강화해 봉건국가에서 벗어나 민족국가로

탈바꿈하는 계기가 되었다.

소수림태왕 2년 '강한 나라를 만들 틀〔制度〕을 세우고〔建立〕 새 시대를 열겠다〔開始〕'는 각오를 담아 연호(年號)를 건시(建始)•로 정해 강한 나라로 거듭 태어나겠다는 의지를 내외(內外)에 선포했다. 한편 전진(前秦)으로부터 불교를 받아들여 '왕은 바로 부처〔王卽佛〕'라는 사상을 바탕으로 한 호국불교(護國佛敎)를 널리 펴서 국민의 마음을 하나로 뭉치게 하고, 태학(太學)••을 세워 미래의 지도자가 될 젊은이에게 올바른 통치이념을 가르쳤다.

또한 소수림태왕 3년에는 토지 개혁과 자작농의 국민개병제를 바탕으로 새로운 나라의 틀을 완성하는 율령(律令)을 반포하여, 모든 백성을 왕법(王法)에 따라 다스리는 통일된 민족국가로 만들었다.

나라의 강성함이 어찌 하루아침에 이루어질 수 있으랴. 위대한 정복왕 광개토태왕(廣開土太王, 재위 391~413년)이 주위의 강한 적을 정복해 제국(帝國)을 건설하고 고구려를 동북아 최강의 나라로

• 건시는 지금까지 밝혀진 우리나라 연호 중에서 가장 먼저 사용되었다. 《삼국사기》에 기록된 신라 법흥왕 때 연호보다 150년이나 앞서 사용되었음에도 《삼국사기》는 고구려 연호에 대해 일체 기록하지 않았다. 지금까지(1999년 현재) 밝혀진 9개의 고구려 연호는 대개 출토유물(出土遺物)의 연구를 통해 밝혀진 것이다. 《고구려 연구》(이옥 외 저) 참조.

•• 태학이란 고구려 최고 교육기관으로 372년(소수림태왕 2년) 귀족 자제들에게 오경(五經)과 삼사(三史, 《史記》와 《漢書》, 《後漢書》) 등 유교 경전과 역사서를 비롯하여 무예와 교양과목을 가르쳤음. 이러한 교육에 의한 인재 양성으로 후일 광개토태왕(재위 391~413년) 때 고구려가 대제국으로 뻗어갈 수 있는 바탕이 되었음.

만들 수 있었던 것은 불과 20년 전, 큰아버지 소수림태왕의 개혁 정책에 따라 길러진 힘이 그 밑바탕이 되었다.•

그런데 수나라 침략전쟁과 기근을 거치면서 소수림태왕의 소중한 유산이 뿌리째 흔들리려 했다. 싸움터에 용감한 병사를 보내고 고구려를 떠받치던 자작농의 몰락은 결코 가볍게 볼 일이 아니었다. 이것은 나라의 존망(存亡)과 관계되는 중대한 문제였다.

해부루 성주가 신음소리를 내다 눈을 번쩍 뜨고 양만춘을 노려보았다.

"이 위기를 해결할 뾰족한 방법이라도 있단 말인가?"

"전쟁으로 농사를 짓지 못했으니 곡식이 부족해 값이 오르는 것이야 어쩔 수 없지만, 엄청난 폭리를 취하는 장사꾼 짓거리는 그대로 둘 수 없습니다. 지금 성안의 곡물상은 피라미에 불과합니다. 원흉(元兇)은 거상(巨商) 우씨(于氏) 가문입니다. 전쟁을 틈타 곡식을 매점(買占)했다가 백성의 땅을 사들이는 짓은 반드시 막아야 합니다. 우선 전쟁 이후 거래된 농토와 종으로 팔린 자식만이라도 돌려주게 해야 합니다. 요동성을 다시 한 번 지키려면 10만 구원군보다 더 큰 도움이 될 겁니다."

해부루는 천장을 노려보다 상어 같은 입을 꽉 다물었다.

명문호족 우씨 가문은 요동성 벼슬아치뿐 아니라 평양성 대신과

• 이상하게도 《삼국사기》에는 광개토태왕의 업적이 두드러지게 기록되어 있지 않다. 20세기 들어 광개토태왕의 비〔好太王碑〕가 발견되어 그 비문(碑文)이 연구되고서야 비로소 역사의 재조명을 받게 되었다.

긴밀한 관계를 맺고 있는 요동 최고 부호여서 성주도 함부로 다룰 수 없는 존재였다. 말없이 얼굴을 돌린 해부루가 그를 쳐다보았다. 해부루의 호랑이같이 부리부리한 눈이 빛을 내뿜었다.

"나는 전쟁밖에 모르는 무지한 싸울아비지만 성을 지키기 위해서라면 무슨 짓이든 해야겠지. 자네가 내 눈을 뜨게 했네."

우씨 가문 주인 우대명은 성주 부름을 받자 아들과 집사(執事)를 불러 요동성에 군량미를 얼마나 바치는 게 좋을지 의논했다. 그러나 얼음같이 굳은 해부루 낯을 보자 무엇인가 심상찮은 일이 일어났음을 느꼈다. 애써 미소를 지으며 말문을 열었다.

"성주님! 올해는 저희도 심히 어려운 처지입니다만 최대한 군량미를 많이 바치겠습니다."

해부루는 여느 때와 달리 우대명의 말에 대꾸도 하지 않고 뚫어지게 노려보았다. 답답해진 우대명은 처음 마음먹었던 것보다 갑절의 군량미를 내기로 작정하고 먼저 제안했다.

"우씨 가문은 좁쌀 천 가마니를 군량미로 바치겠습니다."

"오늘 우 노인을 뵙자고 한 것은 군량미 때문이 아니오. 그 곡식은 우씨 가문 이름으로 굶주린 백성을 구하는 데나 쓰시구려."

해부루는 잔뜩 굳은 얼굴을 풀지도 않고 씹어 삼키듯 말을 뱉더니 눈을 지그시 감고 입을 굳게 악물었다.

우대명은 그의 성격을 잘 알고 있었다. 저런 표정은 중대한 결심을 한 때. 그런 경우 이 싸울아비는 목에 칼이 들어와도 흔들리지 않는다. 두려움에 휩싸였지만 애써 마음을 진정하고 애원했다.

"소인이 무엇인가 성주님을 노엽게 했나 봅니다. 잘못된 일이 있다면 즉시 바로잡겠습니다."

해부루가 낮은 목소리로 한 마디 한 마디에 힘을 주며 말했다.

"어떤 일이 닥치더라도 요동성을 지킬 거요. 이를 방해하는 자가 있다면 그 누구라도 적이오!"

그의 부릅뜬 눈이 천천히 내려와 우대명의 얼굴에 멎었다.

"피 흘려 요동성을 지킨 충성스러운 병사가 지금 울부짖고 있소! 우 노인, 그들에게 농토를 돌려주시오."

오늘 아침 수비대장 해마루가 병사를 보내 성 밖으로 통하는 모든 길을 막고 우씨네 창고 주변도 병사가 지킨다기에 무슨 일이 생겼나 했더니 바로 이 일이었단 말인가. 우대명은 눈앞이 캄캄했으나, 애써 손아귀에 넣었던 기름진 농토가 눈앞에 어른거렸다.

"성주님. 저는 결코 법을 어긴 적이 없습니다. 어디까지나 정당하게 … ."

"나는 우둔한 싸울아비라 노인이 법을 어겼는지 아닌지 모르오. 허나 백성이 흩어지고 굶어 죽으면 혼자서 어떻게 성을 지키겠소? 그러니 성난 백성이 노인네 집으로 몰려간다 해도, 나는 그들을 막지 않을 작정이오."

"그러면 저희 가족은 나라의 보호를 받을 수 없단 말씀입니까?"

얼굴이 백지장처럼 하얗게 변한 우대명은 온몸이 와들와들 떨려 바닥에 털썩 주저앉았다. 생각지도 않았던 최악의 사태가 벌어졌음을 비로소 깨달았다.

"그, 그렇다면 저에게 모든 것을 내어놓으라는… ."

"아니오, 땅을 원래 주인에게 돌려주되 곡식을 빌려준 것으로 하면 어떻겠소. 성이 무너지고 나라를 지키지 못하면 요동성 으뜸가는 가문인들 어찌 살아남겠으며 넓은 땅이 무슨 소용이 있겠소?"

해부루가 성큼성큼 걸어가 우대명의 손을 잡았다.

"활이나 칼을 만드는 장인(匠人)은 군량미라도 풀어 어떻게 도울 수가 있겠으나 일반 백성은 도와줄 방법이 없소. 요동성의 튼튼한 대들보였던 우씨 가문 선대(先代) 어른처럼 우 대인이 큰 은덕을 베풀어 백성이 굶주림을 면하도록 도와주시오."

우대명이 마지못해 고개를 끄덕이자 해부루가 호탕하게 웃으면서 노인을 얼싸안았다.

"고맙소, 나도 어르신께 보답하리다. 내 통치지역 황무지 중 원하는 땅이 있으면 기꺼이 드리겠소. 올해같이 살기 힘든 때는 일꾼을 구해 개간(開墾)하기 쉬울 테고, 쓸 만한 포로도 보내 주겠소."

우대명은 오래전부터 밭농사 대신 벼농사를 지을 꿈을 꿔 왔다. 뜻밖에 소원을 이룰 기회가 찾아와서 그의 얼굴에도 웃음꽃이 피었다.

다음 날 아침 요동성 서문 앞에 현수막이 걸렸다. 우씨 가문은 올해 농토를 판 모든 이에게 땅을 돌려줄 테니 다음 해 곡식으로 갚으라는 것과 성 북쪽 늪지대를 개간하기 위해 대량수에 제방을 쌓으려고 인부를 모집한다는 내용이었다.

며칠 후 요동성 성주의 포고문(布告文)이 성안 곳곳에 나붙었다.

"어려운 때 우씨 가문이 백성과 아픔을 함께 나누겠다는 갸륵한 뜻을 듣고 깊이 감동했노라. 이는 온 백성이 한마음 한뜻으로 굳게 뭉쳤음을 만천하에 보여 주는 일이니 성주로서 어찌 기쁘지 않겠는가. 태왕폐하께 아뢰어 표창하고자 한다. 모든 사람이 우씨 가문의 모범에 따르기를 간곡히 권하는 바이다. 나 역시 국난(國難)이 끝날 때까지 곡식으로 담근 술을 입에 대지 않고 백성의 어려움을 생각하여 죽으로 끼니를 때울 테니, 모든 벼슬아치도 이에 따르기 바라노라. 전쟁이 끝날 때까지 다른 곳에 옮겨 살기를 원하는 자가 있으면 신고하라. 우리 백성이 낯선 땅에서 삶의 터를 일구는 걸 도울 것이며, 다시 돌아오는 날까지 집과 농토를 잘 보살피겠노라."

해부루는 곡식을 원활하게 유통시키고 곡식값을 낮추기 위해 수단과 방법을 가리지 않았다. 품삯을 주어 요동성 보수공사를 하고 무기 만드는 장인(匠人)에게 군량미를 풀고, 심지어 병사에게 식사 대신 곡식을 나눠 주어 가족과 함께 먹도록 신경을 썼다.

흉흉하던 민심이 가라앉고 곡식값도 크게 낮아졌다. 그러나 온 나라에 흉년이 들어 중앙정부도 구호양곡을 보낼 여유가 없었고, 계속되는 전쟁 때문에 군량미를 무작정 풀 수도 없어 기근을 근본적으로 해결할 수 없었다. 밑바닥 백성의 고달픈 삶은 여전했다.

멀리 평양성에서 기쁜 소식이 들려왔다.

태왕의 아우 건무 왕자가 전쟁 피해를 입은 백성에게 나라가 빌려준 곡식을 갚는 걸 다음 해로 미루고 세금과 부역을 면제하도록 상소를 올린 데다, 무명 선사를 비롯한 승려의 탄원을 받아들여 앞으로 '부모의 죄를 자식에게 묻지 말라'는 왕명(王命)이 내렸다. 또한 건무 왕자가 앞장서서 왕족도 하루 한 끼는 죽을 먹도록 했고, 권문세가(權門勢家)와 부호의 반대를 무릅쓰고 숨겨둔 곡식을 거두어들여 굶주린 백성을 보살핀다는 소식이었다.

여인의 땅

버들나루 주변 황무지가 2년 만에 완전히 모습을 바꾸었다. 수백만 평 기름진 농토가 바둑판처럼 펼쳐져 있고 여기저기서 개 짖는 소리가 들려왔다. 꿈의 크기가 사람의 값어치를 결정한다지만, 꿈을 현실로 만들려면 피나는 노력을 기울여야 한다. 싸움터에서 사로잡은 포로를 보내 도와주었지만, 한 여인의 꿈이 이렇듯 아름답게 활짝 피어나다니.

대씨 노부인은 양만춘이 돌아왔다는 소식을 듣고 달려왔다.

"요동성을 할퀸 상처가 생각보다 깊더군요. 수십 리 벌판은 잡초만 무성하고, 나무란 나무는 모두 베어 민둥산이 되어 버렸는데, 굶주린 백성은 먹을 걸 찾아 이리저리 헤매고요. 성주는 백성의 사정을 알고 안타까워하나 앞으로 닥칠 싸움을 위해 군량미를 함부로 나눠줄 수도 없어 괴로워했습니다. 무명 선사께서 구휼사업을 펼치시고 있지만 곡식은 적고 굶주린 사람은 많아 사정이 무척 어려웠습니다. 노마님께서 보내는 콩을 무척 반가워하면서도 그것으로 얼마나 버틸지 걱정하더군요."

노부인은 고개를 끄덕이며 한숨을 쉬었다.

"가을철은 숲에서 먹을 것을 구하기 쉬운 계절인데도 그렇게 어렵다면 다가오는 겨울을 어찌 나려는지? 봄이 오려면 아직도 넉 달이나 남았는데 … ."

노부인이 안타까워하며 눈물을 글썽이자 양만춘은 어두운 이야기에서 말머리를 돌렸다.

"요즘 이곳 형편은 어떠합니까?"

"대모달님이 일꾼을 많이 보내주어 버들나루 황무지도 잘 개간했고, 부처님 은덕으로 금년 콩 농사는 풍년이 들었답니다. 이곳 사람이 먹을 양식을 제하고도 1만 가마니쯤 여유가 있을 겁니다."

양만춘이 고개를 갸웃거리자 노부인이 활짝 웃었다.

"스님은 마음이 너무 착해 눈앞에 굶주린 사람을 보면 곡식이 남아나지 않지요. 그래서 매달 1천 가마니씩 나누어 보내렵니다."

양만춘은 슬기로운 노부인의 지혜에 새삼스럽게 감탄했다.

"그런데 부탁드렸던 일꾼은 구했습니까?"

"요동성에는 포로가 많지 않아 을지 대원수께 부탁드렸습니다. 살수에서 사로잡은 포로 5천 명을 보내주시겠다고 약속하셨지만 이곳에 그렇게 많은 일꾼이 더 필요한가요?"

"내년에도 전쟁이 계속된다고 했잖아요. 그러면 내년은 올해보다 기근이 더 심해질지 모릅니다. 그래서 북쪽 송화강 변 초원을 개간하려고요. 벌써 마땅한 곳을 점찍어 놓았답니다."

관평이 양만춘을 반갑게 맞이했다. 그동안 마음고생이 심했던 탓일까? 작년 봄 포로가 됐을 때보다 주름살이 더 깊게 패였고 머리칼은 하얗게 세었다.

"관 장군님, 오래간만이군요. 건강은 어떠하십니까?"

"그저 죽지 못해 살고 있지요."

관평은 씁쓸하게 웃음을 흘리며 허공을 쳐다보았다.

"제가 장군에게 드렸던 약속이 지켜지지 않았습니까?"

"아니요, 노마님께서 너무나 잘 보살펴 주어 제 부하들은 편안히 삽니다. 전쟁터에서 사로잡힌 포로라기보다 좋은 주인을 만난 소작인 같지요."

양만춘이 관평의 손을 잡았다.

"그렇다면 부하를 생각해서라도 힘을 내셔야죠. 평화가 돌아와 병사들과 함께 고국으로 돌아갈 날이 빨리 오기 바랍니다."

4년 전 양제가 서역(西域)을 평정하고 감주(甘州, 장액)에 순행(巡行)했을 때, 양만춘은 소탈한 무인(武人) 관평을 만수사에서 처음 만나 그의 사나이다운 인품을 존경했다. 그는 여름옷을 입은 굶주린 병사들이 기련산맥을 넘다가 눈보라를 만나 얼어 죽었을 때 이들을 구하려다가 미움을 받아 사형 언도까지 받고 백의종군(白衣從軍)해 고구려 원정군에 참전했었다.

작년 봄 대릉강 상류에서 단문진을 공격했던 날, 양만춘은 부상을 입고 사로잡힌 관평을 발견하고 깜짝 놀랐다. 당시 연합군 지휘관들은 부상을 당해 신속한 이동에 짐이 되는 포로들을 모조리 죽이자고 주장했다. 양만춘은 관평을 살리고 싶어 그에게 항복해 달라고 달래면서, 고구려에 협력해 포로를 잘 이끌어 준다면 부상 포로는 즉시 풀어 주고, 평화로운 시절이 오면 나머지 2천 명 포로도 귀국시켜 주겠다고 약속했다. 관평은 수백 명 부상자 포로들의 목숨을 구하려고 무인(武人)의 명예를 버리고 항복했다.

대씨 노부인은 포로들을 따뜻하게 보살피면서 개간과 농사짓기에 동원했고 그 열매가 요동성으로 보내는 곡식이 되었다.

관평은 작은 상에 두부와 함께 머루주를 내놓으면서 전쟁 결과를 무척 알고 싶어 했다. 살수싸움까지 묵묵히 듣던 관평은 양만춘의 양제 습격사건에 이르자 안타까워했다.

"하늘도 무심하시지. 폭군이 목숨을 건지다니 … ."

양만춘이 관평에게 물었다.

"이제는 그놈도 정신을 차리고 전쟁을 그만두겠지요?"

관평은 긴 한숨을 내쉬며 고개를 흔들었다.

"나는 양제를 잘 압니다. 그자는 백성의 괴로움은 눈곱만큼도 생각지 않고, 자존심을 세우려 다시 쳐들어 올 겁니다."

양만춘이 내일부터 이곳에 수백 채 집을 더 지어야 한다고 말하자 관평이 눈을 커다랗게 떴다.

"여기에 그렇게 많은 집이 필요 없을 텐데요."

고개를 갸웃거리는 관평에게 자세히 설명했다.

"살수에서 사로잡힌 포로 5천 명이 곧 이곳에 올 것이오. 노마님이 새로 개척할 땅을 보아두었답니다. 그분은 이번에도 관 장군께서 도와주시길 간절히 바라더군요."

관평은 씁쓸하게 웃으며 말했다.

"또 마름을 맡아달라는 말씀이구려."

"장군이 이곳 책임을 맡은 후 도망자도 생기지 않고 성실하게 농사를 지어 노마님 신임이 대단하더군요. 이번 포로는 무척 굶주렸을 게요. 기근이 들어 우리 백성조차 먹을 양식이 없는데 포로야 오죽하겠소. 따뜻하게 맞이해 건강을 회복시켜 주시구려. 그분의 이번 계획은 5천 명 생명을 살리는 자비로운 일이 될 것이오."

관평이 갑자기 미친 듯이 웃기 시작했다. 슬픔과 한탄을 토해내는 통곡소리였다.

"관평아, 관평아, 청운의 꿈을 품고 군문(軍門)에 몸을 담았건만 어쩌다 적국을 돕는 개가 되어 버렸구나! 그러나 어이하리. 이것도 내 운명인 것을. 불쌍한 동포의 생명 하나라도 더 구하는 게 하늘의 뜻이라면 그에 따를 수밖에…."

관평의 얼굴에서 굵은 눈물방울이 비 오듯 흘러내렸다. 양만춘은 위로할 말이 없어 가만히 그의 손을 잡고 눈을 감아 버렸다.

대아찬이 돌궐에서 수십 대 마차에 말린 고기를 가득 싣고 부여성으로 왔다. 그는 신이 나서 돌궐에서 거둔 성과를 보고했다.

"일이 잘 풀렸습니다. 소그드 상단의 젊은 총관 카이두가 도와주어 양 1만 마리분 보르츠(마른 고기)를 구했고, 동부군의 사령관 아타크도 힘껏 돕기로 약속했습니다. 타르칸 바투는 바카투르(돌궐에 있을 때 양만춘의 이름)에게 전해 달라며 말 30필을 주었고요."

"뭐라고, 부케 바투가 타르칸이 되었다고?"

양만춘은 옛 벗의 따뜻한 도움에 감사하다가 뜻밖에 바투 이야기가 나오자 마음이 너그럽던 젊은 용사의 얼굴이 떠올랐다.

"네, 옛날 대모달께서 이끌던 독립기병대 타르칸에 임명되었다며 도울 일이 있다면 힘껏 돕겠다고 거듭 말하더군요."

"대아찬, 남에게 빚지기만 해서야 되겠나. 빨리 갚도록 해야지. 돌궐에서 들여오는 모든 먹을거리는 자네 어머니께 맡기게. 노마님만큼 지혜롭게 나눌 분이 어디 있겠나."

다음 날 일찍 노부인이 개척하기로 한 송화강 변 초원으로 향했다. 백두산 천지(天池)에서 북으로 흘러오는 송화강(松花江) 푸른 물줄기와 실위 넓은 초원을 지나 남으로 흐르는 눈강(嫩江) 검은 강물이 합류(合流)해 송화강 큰 물이 되어 동쪽으로 흘러갔다.

두 강이 마주치는 두물머리 남동쪽 언덕에 벌써 선발대가 도착해 마을을 건설하고 있었다. 언덕에 올라 사방을 둘러본 양만춘은 대씨 노부인의 뛰어난 안목(眼目)에 감탄을 거듭했다. 멀리 북서로 끝없이 펼쳐진 초원과 남동쪽 숲의 바다를 바라보노라니 가슴 속에 뜨거운 감동이 치밀어 올랐다.

'사나이 가슴을 탁 트이게 하는 벌판이군! 지금까지 요동평야만 넓은 줄 알았더니 이곳은 더 광활하구나. 더구나 사람 그림자도 찾아볼 수 없는 텅 빈 땅. 이곳이야말로 황금삼족오의 꿈을 펼칠 수 있는 땅이 아닐까.'

문득 양만춘의 목숨을 구하려다 죽은 그리운 벗 나친이 성년식(成年式) 때 실위 부족 샤먼(무당)이 들려준 기도문이라며 즐겨 노래하던 목소리가 강물 속에서 들려왔다.

바람 속에 당신 목소리가 있고
그 숨결이 세상 만물에게 생명을 줍니다.
나는 당신의 많은 자식 가운데 작고 연약한 아이.
내게 힘과 지혜를 주소서.
나를 아름다움 속에 걷게 하시고
내 두 눈이 오래도록 석양을 바라볼 수 있게 하소서.
당신이 만든 피조물을 귀하게 여기도록 하시고
당신 목소리를 들을 수 있게 내 귀를 예민하게 하소서.
내 부족 사람에게 가르쳐 준 것을
나 또한 알게 하시고 모든 나뭇잎과 돌 틈에
감춰 둔 교훈을 깨우치게 하소서.
내 형제보다 더 위대해지기 위해서가 아니라
가장 큰 적인 나 자신과 싸울 수 있게 힘을 주소서.
그리고 깨끗한 손, 올바른 눈으로
언제라도 당신에게 갈 수 있게 하시어
저 노을이 지듯 내 목숨 사라질 때
내 혼이 부끄럼 없이 당신 앞에 나아가게 하소서.●

넋을 잃고 강물을 바라보는데, 대아찬이 다가와 말을 걸었다.

"대모달님, 이곳은 한겨울이 되면 오줌발이 땅에 떨어지기 무섭게 얼어붙는답니다. 어머님이 너무 무리하시는 게 아닐까요?"

"그러기에 이렇듯 비옥한 넓은 벌판에 사람이 살지 않았겠지. 그래도 여름철은 무더워 곡식을 심을 수 있다고 하셨다네. 뛰어난 지혜란 남보다 한발 앞서 가는 게 아니겠나."

● 아메리카 원주민 수(Sioux)족에게 전해 내려온 기도문.

양만춘은 기름진 검은 흙을 한 움큼 쥐고 벌판을 내려다보며 말을 이었다.

"자네 어머니는 소서노(召西奴)• 같이 위대한 여장부일세. 여기는 우리 북쪽 국경이 실위와 흑수말갈 땅과 마주치는 곳이고, 큰 강이 흘러 뱃길이 편리하니 명당 중에 명당일세. 자네는 마을 이름을 대씨촌(大氏村)이라 짓고 상단(商團)을 세워 흑수말갈인이 잡아오는 담비 털가죽과 각종 모피를 사 모으게."

대아찬은 자기가 좋아하는 일을 맡게 되어 신이 났다.

"대모달님의 소그드 상인 인맥(人脈)을 이용하면 상단을 크게 키우고 돈을 쓸어 모으는 것쯤이야 땅 짚고 헤엄치기지요. 그러니 상단 이름을 '바카투르 상단'이라 부르겠습니다."

"돈만 목표로 삼지 말게. 중국인은 눈앞의 이익만 좇으나, 소그드 상단은 유목민에게 필요한 게 무엇인지 먼저 생각하더군. 공정한 거래로 서로 이익을 나눠야 그들처럼 신용을 쌓을 수 있네."

• 동명성왕 주몽의 둘째 부인으로 백제를 세운 온조왕의 어머니. 남편과 아들을 도와 두 나라를 건국(建國)하게 할 정도로 뛰어난 이재(理財) 능력과 수완을 가진 대단한 여걸(女傑)이었다.

전쟁의 뒤안길

다시 찾은 요동성은 을씨년스러웠다. 해부루를 도와 바쁘게 일할 때는 괜찮았지만, 한가한 때면 마음이 허전해 시내를 쏘다녔다. 오늘도 젊은 여인 뒷모습이 미르녀와 비슷해서 쫓아갔다가 헛물만 켰다. 요동성 서문 밖에 왕자같이 우뚝 선 늙은 느티나무는 용케도 전쟁의 불길을 피하여 예와 같이 서 있었다.

문득 6년 전 5월 단오축제 때 그네뛰기 시합 광경이 떠올랐다. 잘 차려입은 아가씨들이 줄을 지어 차례를 기다리다가, 악대(樂隊)가 신나게 날라리를 불자 그네뛰기가 시작되었다. 미르녀는 느티나무 우듬지 위로 높이 치솟아 올랐다가 사뿐히 내려오더니 제비처럼 날렵하게 하늘 위로 솟구쳤다. 봄바람에 하늘거리는 몸맵시에 구경꾼이 미친 듯 환호성을 질렀다.

이제 전쟁으로 많은 게 변했다. 어린 시절 살던 마을은 불타 버려 아는 얼굴을 찾을 수 없었고, 미르녀의 집엔 낯선 사람이 살았다. 틈이 나는 대로 그녀를 찾아 헤맸으나 소식조차 들을 수 없었고, 이웃들도 그 가족이 어디로 이사 갔는지 알지 못했다.

어떤 부인이 전쟁 중 미르녀가 내성(內城) 성문 안 부상병 치료소에 다녔다고 했다. 원래 요동성 큰 상인의 저택으로 비구니에게 수도원으로 내 준 곳이었는데 지난 전쟁(612년) 때 부상병 치료소로 쓰였다. 성안 깊숙이 자리 잡아선지 전쟁 피해를 입지 않았다.

늙은 비구니가 두 손을 모아 인사하며 양만춘을 맞이했다.

"사람을 찾습니다. 키가 자그마한 아가씨인데, 올롱하게 눈을 치뜨면 … ."

"그렇게 말씀하시면 어떻게 압니까? 이름을 말씀하셔야지."

"네, 미르녀라고 합니다."

"잘 알지요. 얼마나 부지런하고 착했다고요. 그런데 시주님과 어떤 사이인지요?"

"저는 양만춘이라고 합니다."

비구니가 깜짝 놀라며 반가워했다.

"미르녀가 얼마나 기다렸다고요. 그녀는 부상병이 올 때마다 혹시나 하고 시주님 소식을 물어보곤 했답니다."

"지금 만날 수 있을까요?"

비구니는 안타까운 얼굴로 한숨을 쉬었다.

"얼마 전에 눈을 다친 병사가 이곳에 왔었지요. 요서 전쟁터에서 시주님과 함께 싸웠다면서 양 대모달이 전사하는 걸 보았다더군요. 그때부터 아가씨는 넋을 잃고 오도카니 앉아 있을 때가 많았지요. 지난달 부모님이 사는 곳으로 간다며 이곳을 떠났답니다. 여기 그녀가 자주 부르던 노래가 적혀 있군요."

멀리 떨어져 있어 / 그리워도 만날 수 없는 사람
높이 솟은 달아 / 거울처럼 님의 모습 비추어 주렴.

아무 소득 없이 지친 몸을 이끌고 돌아오다가 동문 밖 강가에 술집 깃발을 보았다. 곡식으로 술 담그는 것을 금했기에 돌배술에 도토리묵을 안주 삼아 술잔을 기울이며 강물을 내려다보았다. 한 떼의 장사꾼들이 세상 돌아가는 얘기를 나누었다. 전쟁이 할퀴고 간 상처로 전쟁터뿐 아니라 요동 모든 지역에 기근이 들어 굶주린 백성이 초근목피(草根木皮)로 끼니를 이어가고, 산골짜기마다 칡을 캐고 도토리를 주우러 몰려들었다. 게다가 진대법(賑貸法)의 실시가 중단된 데다 고약한 탐관오리는 한술 더 떠서 태왕의 명령을 무시하고 작년에 꾸어간 곡식을 갚으라고 심하게 독촉해 목저성(木底城)에 민란(民亂)이 일어났다고 했다.

그러자 늙은 상인이 최근 요동성에서 일어난 사건을 이야기했다. '까막쇠'란 사냥꾼은 사람을 죽이고 요동성으로 도망쳐 숨어살다가 이번 전쟁에서 큰 공을 세웠으나, 우연히 고향사람 눈에 띄어 살인범으로 체포되었다. 피해자 가족이 몰려와 국법에 따라 사형하라고 졸랐지만, 까막쇠 덕분에 목숨을 건진 동료 병사들이 몰려와 그의 죄를 용서해 달라고 탄원했다. 재판장이 난처해 성주의 뜻을 물었는데 그때 지혜로운 벼슬아치가 문제를 해결했다.

"성주님, 법에 따르면 사람을 죽인 자는 사형해야 마땅하지만, 나라에 큰 공을 세운 자를 그대로 죽이는 건 옳지 않은 듯합니다. 옛날 법에는 실수로 사람을 죽인 자가 '솟대' 안으로 몸을 피하면 누구라도 복수하지 못하도록 했습니다. 이번의 경우에도 옛 법에 따라 그가 목숨을 걸고 지켰던 요동성 안에서는 피해자의 가족들이 복수하지 못하게 하고, 그 바깥에서 생긴 일은 상관하지 않으면 어떻겠습니까?"

양만춘은 귀가 번쩍 띄어 자기도 모르게 벌떡 일어나 물었다.

"그 지혜로운 벼슬아치가 누구인지 알 수 있겠습니까?"

"'돌고'라고 하더군요."

여느 해보다 일찍 추위가 찾아왔다. 한 차례 눈이 쏟아지더니 북풍이 휘몰아쳤다. 겨울은 헐벗은 사람이 견디기 힘든 계절이지만 고아와 의지할 데 없는 노인에게 더욱 어려운 시련을 주었다.

무명 선사가 수백 채 귀틀집을 지었지만 무엇 하나 부족하지 않은 게 없었다. 대씨 노부인이 보낸 곡식과 돌궐과 거란에서 가져온 고기도 수많은 사람들이 굶주림을 면하기에는 턱없이 부족했다. 양만춘도 이들과 함께 생활하면서 굶주림의 무서움을 뼈저리게 느꼈다.

전쟁 후에는 으레 그렇듯 반갑지 않은 열병(熱病)이 퍼졌다. 굶주려 쇠약한 사람들인지라 병을 이기지 못하고 요동성에서도 하루에 수십 명씩 죽어나갔다. 부상당했던 몸이 완쾌하기 전에 너무 무리했던 탓이었을까. 양만춘도 열병에 걸려 쓰러졌다. 해부루가 병문안을 왔다가 선사의 하소연을 듣자 백성의 어려움이 너무 심각함에 충격을 받았다. 오랫동안 고민하다 결단을 내렸다.

"적의 공격으로 성이 함락되기 전에 먼저 굶주림으로 무너지겠군. 봄이 올 때까지 빈민(貧民)에게 진대법을 실시하겠소."

모든 백성은 간절히 바랐다. 어서 빨리 봄이 오기를….

눈이 녹고 얼음이 풀리면서 볕이 잘 드는 양지(陽地)에 파릇파릇 새싹이 돋아났다. 백성들은 산과 들로 몰려나갔다.

여린 쑥, 냉이와 달래, 민들레 잎과 돌나물 원추리까지 바구니에 봄나물이 소복이 담겼다. 이것으로 어찌 굶주림을 면할 수 있으랴만 겨우내 우두커니 벽만 쳐다보던 사람들은 허기를 달랠 먹을거리를 구했다는 데 큰 기쁨을 느꼈다.

철없는 어린애는 참꽃(진달래)을 따 먹으며 즐거워했고, 농부는 오랫동안 내버려 두었던 묵정밭을 갈아엎고 그렇게 굶주리면서도 끝내 손대지 않았던 씨앗을 밭에 뿌렸다. 희망에 찬 봄이 돌아와 지치고 여윈 얼굴에 생기가 돌았다. 그러나 먹구름이 다시 몰려오고 있었다.

613년 닭해〔癸酉年〕 봄, 해부루는 양제가 다시 고구려 원정조서를 내렸다는 소식을 듣고도 믿기지 않았다. 제 아무리 미친 폭군이라 해도 그렇게 혹독한 패배를 당해 수십만 대군을 잃고서 몇 달도 지나지 않아 다시 어리석은 짓을 되풀이하다니.

해부루는 열병에서 회복된 양만춘을 만나 요동성 방어를 의논하고 대대로 을지문덕에게 수나라 움직임을 보고했으나 백성에게 비밀로 했다. 이제 막 희망을 찾은 백성의 꿈을 깨는 게 가슴 아파 행여 잘못된 소식이기를 바라는 마음이 간절했다.

3월이 되자 요서의 정찰대로부터 파발꾼이 달려왔다. 침략군의 선봉대가 영주까지 진출했다는 보고였다. 을지문덕은 양제가 그렇게 빨리 재침(再侵)하리라고 생각하지 못했기에 깜짝 놀랐다. 기근으로 요동 지역의 여러 성이 어려운 형편이라 요하 방어는 엄두도 내지 못하고 요동성에서 적군을 막기로 했다.

이제 백성에게 숨길 수 없었다. 성을 지키는 데 도움이 되지 않는 사람은 모두 피란 보내고, 애써 가꾼 밭을 갈아엎었다. 적에게 먹을거리를 남기지 않기 위한 청야작전(淸野作戰)이었다. 밭을 갈아엎고 불태우는 요동성 병사들의 눈에는 굵은 눈물이 흘러내렸다. 겨우내 그렇게 굶주리면서도 끝내 손대지 않고 뿌린 희망의 씨앗임을 너무나 잘 알고 있었기에….

613년 여름 요동성은 지옥과 극락 사이를 오갔다.

이해 6월, 수나라 군 총공세로 요동성 함락이 눈앞에 다가왔는데, 어느 날 아침 일어나보니 적군은 어디에도 보이지 않았다.•

6월 29일 새벽 정찰 나갔던 병사들은 수나라 군 진영에 산같이 쌓여있는 곡식더미를 발견하고 자기 눈을 의심했다. 어제까지 암시장(暗市場)의 보리 1포대가 열 냥이었는데 반 냥에 팔렸고 온갖 먹을거리가 넘쳐났다. 수십만 석 곡식이 요동성에 쌓여 있다는 소식에 흩어졌던 백성이 모여들고, 사람 얼굴에 웃음꽃이 활짝 피었다. 요동성은 전쟁 전의 번화함을 되찾았다.

해부루는 요하를 건너지 못해 포로가 된 수천 명 수나라 병사를 동원하여 무너진 성벽을 다시 쌓고 해자(垓子)를 파느라 신났고, 양만춘은 대장장이를 모아 적군이 버리고 간 공성무기(攻城武器)의 장단점을 연구하느라 쉴 틈이 없었다.

가을이 깊어 가던 무렵 부상병 치료소 비구니에게 연락이 왔다.

• 수양제는 요동성 공격 중 본국에서 양현감이 반란을 일으켰다는 소식을 듣고 급히 원정군을 철수했다.

미르녀와 단짝이었다는 통통한 몸집의 젊은 여인은 품속에서 편지를 꺼내 양만춘에게 건네주었다. 편지에는 그리움을 전하는 내용이 알알이 적혔으나 피란 간 곳을 적어놓지 않았다.

"모란 아가씨, 미르녀가 어디로 간다는 말을 듣지 못했나요?"

여인은 고개를 흔들었다.

"미르녀 성격을 잘 아시죠? 좀체 속을 내보이지 않아요. 혹시나 하고 편지를 남겼겠지만, 사랑하는 이가 죽었다고 생각했기에 전해지리라고 기대하지 않았을 거예요."

어찌하여 열매를 거두지 않나

痛恨

기회란 앞머리는 길고 풍성해 쉽게 움켜쥘 수 있지만, 뒷머리는 민머리라고 한다. 그러므로 기회가 왔을 때 얼른 낚아채야지 우물쭈물하다가 놓치면 다시는 잡을 수 없다. 고구려는 힘들게 싸워 수나라를 멸망시켰건만, 쉽게 점령할 수 있던 요서(遼西)의 적 전진기지 영주를 왜 빼앗지 않았을까?

고구려가 하늘이 준 이 절호의 기회를 어찌하여 놓쳤는지 그 까닭을 알 수 없어 아쉬움을 금할 길 없다. 영주는 대릉강 중류에 자리 잡은 거란인의 땅이었고 고구려와 수나라 중간 지점인 데다, 북서로 몽골고원과 통하고 북동은 말갈인 거주지와 연결되는 교차로로서 비단길 동쪽 끝이자 중계무역이 활발한 상업중심지였다.

수나라가 내란에 휩쓸렸을 때 고구려가 영주를 차지했다면, 요하는 국경선이 아니라 내륙하천(內陸河川)이 되고, 넓디넓은 요동평야를 품안에 넣어 명실공히 동북아 패자(霸者)가 될 수 있었을 것이다. 그렇게 되었더라면 당나라에 대한 영류태왕의 유화정책조차 백성이 쉽게 받아들였을 텐데 ….

서쪽에서 온 소식

616년 쥐해〔丙子年, 영양태왕 27년〕 정월 대아찬이 돌궐에서 돌아와서 귀가 번쩍 띄는 반가운 소식을 전했다. 지난해 8월 시빌 카간이 수십만 돌궐 기병을 이끌고 수나라에 침입하여 안문성(雁門城)에서 북방순행(巡行) 중이던 양제를 거의 한달 동안 포위 공격했다는 소식이었다.

"그래, 싸움 결과는 어찌되었다던가?"

"시빌 카간이 안문군 일대 모든 성을 함락시키고 양제도 사로잡을 뻔했는데, 의성공주가 북방의 설연타가 돌궐 본국을 침략하려 한다는 거짓정보를 시빌에게 보내 급히 철군했다 합니다."

타르칸 바투의 편지 역시 안문성 싸움의 상세한 전투 이야기와 양만춘이 돌궐로 돌아오기를 시빌이 간절히 바라는 내용이었다. 대아찬의 보고는 오랫동안 그가 기다려 왔던 소식이었다. 드디어 시빌 카간이 움직였다. 이것은 고구려 원정으로 기진맥진하고 있을 양제에게 결정적 타격이 되었을 것이었다. 이제 수나라와 지루한 싸움이 끝났음을 깨달았다.

해부루는 양만춘의 이야기를 듣자 너털웃음을 터뜨렸다.

"지긋지긋하던 전쟁이 끝난 모양이구려. 양제란 놈 코가 석 자는 빠져 있을 테니."

"그렇습니다. 이제 제 나라 지키기에도 정신없을 겁니다."

"양 대모달, 빨리 요서로 가서 확인해 보구려. 사실이라면 군사를 집으로 돌려보내 올해 농사에 지장이 없도록 해야겠소."

그의 뒤를 이어 연합군을 이끌던 고정의는 장사꾼 차림의 양만춘을 반갑게 맞이하다가 뜻밖의 이야기를 듣고서 깜짝 놀랐다.

"지난겨울부터 수나라 수송대 움직임이 뜸해서 수상하게 여겼더니 그런 사정이 있었구려."

고정의가 고개를 끄덕이며 웃자 야율고오는 고개를 갸웃거렸다.

"아니, 얼마 전에도 태왕폐하께 알현하러 오지 않으면 다시 고구려를 침공하겠다고 협박했다던데요."

"그놈 허영심이야 정상이 아니잖은가. 이제 양쪽에서 호랑이가 으르렁거리는데도 겁이 나지 않을까?"

양만춘은 큰소리를 치면서도 다시 한 번 확인할 필요를 느꼈다.

영주(營州)의 큰 상인 유영석이 양만춘을 반갑게 맞이하여 후원 연못가 정자로 안내했다.

"대모달님, 드디어 전쟁이 끝났구려."

"무슨 말씀이오? 유 대인."

양만춘은 짐짓 딴청을 부렸다.

"지난달 유주(幽州, 북경 근처)에 갔더니 양제가 안문성에서 시빌카간에게 크게 패배하자 모든 일에 의욕을 잃고 낙양에 엎드려 있다가, 강도(江都, 양자강 하류 楊州)로 순행(巡行)을 떠났다고 했소. 말이 순행이지 도망친 것이지요. 유주 상인들은 그곳도 곧 수나라 통치가 미치지 않을 것이라며 걱정하더군요."

"그렇다면 유주에 있던 원정군 사령부도 철수했겠군요."

"네, 황제 친위군 모두가 강도로 옮겨 갔답니다."

양만춘은 걷잡을 수 없이 가슴이 뛰어 무심코 속마음을 드러냈다.

"기회가 왔구려. 영주를 차지할 … ."

유영석은 말없이 고개만 끄덕였다.

"수나라 본국 사정은 어떠하던가요?"

"강도 행차 후부터 군웅(群雄) 들이 앞다투어 천자(天子) 라는 칭호를 사용한답디다. 이제 갈 데까지 간 셈이지요."

양만춘이 자리에서 일어서며 그의 손을 잡았다.

"유 대인, 다시 만날 때까지 강녕(康寧) 하십시오."

유영석은 여느 때와 달리 붙잡지 않았다.

"양 대모달, 큰 뜻을 이룰 기회요. 을지 대인께 안부 전해 주시오."

양만춘은 밤을 낮 삼아 쉬지 않고 평양성을 향해 말을 달렸다. 을지문덕은 크게 기뻐하며 밤이 깊었는데도 섭정 건무(建武, 395쪽 참조) 에게 면담을 청했다. 그의 보고를 들으며 고개를 끄덕이는 건무의 표정은 의외로 담담했다. 빙그레 미소 짓더니 뜻밖의 말을 했다.

"을지 대원수! 요서 원정군을 철수시켜야겠구려. 수나라가 우리를 침략하지 않는다면 구태여 요서에 병력을 둘 필요가 있겠소."

그리고는 혼잣말하듯 중얼거렸다.

"올해는 동맹축제를 성대하게 열어야 되겠구먼. 그동안 전쟁에 찌들었던 백성도 평화를 즐겨야 하지 않겠소."

양만춘은 온몸이 후끈 달아올라 자기도 모르게 핏대가 올랐다.

'지금 축제가 문제인가. 하늘이 준 이 귀중한 기회를 맞아 고작 축제 타령이나 하다니.'

"섭정전하, 전쟁에는 흐름이 있습니다. 지금 소규모 군사만 동원해도 어렵지 않게 영주를 빼앗을 수 있습니다. 이 천재일우(千載一遇)의 기회를 헛되이 보내서야 되겠습니까?"

건무는 싸늘한 얼굴로 양만춘의 말을 끊었다.

"나라 정책은 나와 대신들이 의논해 결정하는 것이야. 자네는 자기 분수를 지키게."

"하오나 … ."

을지문덕이 양만춘의 소매를 지그시 잡아당기면서 입을 열었다.

"전하, 내일 5부 귀족회의를 열어 이 문제를 논의해 보시는 게 어떠하올지."

"그렇게 합시다."

건무는 심드렁한 얼굴로 대답하고 자리에서 일어섰다.

을지문덕과 건무는 다 같이 나라를 사랑하는 사나이고, 수나라 침공에 맞서 싸운 전쟁영웅이었다. 두 사람이 전쟁의 비참함을 똑같이 겪었으나 고구려의 나아갈 길에 대한 선택은 너무 달랐다.

을지문덕은 수나라가 흔들리는 지금이야말로 영주를 빼앗고 요서를 평정해 요하를 내륙하천(內陸河川)으로 삼고, 드넓은 요동평야를 개척하여 부국강병(富國强兵)의 길로 나가야 한다는 생각이었다. 훗날 중국 땅에 새로운 통일국가가 나타나 요서 때문에 분쟁이 생긴다 해도 그것은 그때 걱정할 일이었다. 이것은 남수북진

(南守北進) 주의자의 공통적 주장이기도 했다.

건무 생각은 달랐다. 그도 고구려 영광을 누구 못지않게 바랐으나, 폐허가 된 국토와 기근으로 굶어 죽어가는 백성을 보면서 전쟁의 무서움을 뼈저리게 느꼈고, 요서 점령은 훗날 새로운 전쟁의 불씨가 될 것이라고 걱정했다. 그의 생각은 여러 해 계속된 전쟁에 몸서리치던 많은 백성과 화평파(和平派, 남진북수파)의 지지를 받았다.

'우리가 강한 나라로 성장한 데는 중국 대륙의 분열이라는 유리한 국제환경도 한몫했다. 지난 전쟁에서 승리를 거두고 사직(社稷)을 보존했으나, 우리가 강해서라기보다 양제의 어리석음 탓이 컸다. 지금 중국 대륙이 혼란에 빠졌으나 진시황 죽음 후 닥쳐왔던 혼란을 곧 한제국(漢帝國)이 수습했듯 새 주인이 들어설 게다. 우리 목표는 우선 삼국을 통일하는 것이다. 그런 후에야 강력한 중국에 당당히 맞설 수 있다. 우리가 통일할 때까지는 화평정책을 펼쳐 그들과 충돌을 피하고 힘을 기를 시간을 벌어야 한다. 그러기 위해서 필요하다면 머리를 숙이는 짓도 기꺼이 감당하리라.'

섭정 건무가 참석한 5부 귀족회의는 화평파가 대세를 이루었다.

"영주를 빼앗아 요서를 차지해 본들 요동 지역 성주들이야 좋겠지만 우리에게 무슨 이익이 있겠소. 중국 대륙의 혼란이 진정되고 나면 영주 때문에 다시 전쟁에 휩쓸리게 될 뿐이오. 단맛은 요동 땅 성주들이 보고 뒷감당은 우리가 맡게 될 게 뻔한 일이오."

대형 부소가 남진북수파의 선봉으로 나서서 평양성과 남쪽 지역 성주들에게 이해득실을 들먹이면서 영주 점령을 강력히 반대하자 을지문덕이 벌떡 일어났다.

"여러분, 멀리 내다봅시다. 이번같이 좋은 기회가 언제 다시 오겠소. 영주를 점령하면 요하는 우리 방어선이 아니라 나라 안 벌판을 흐르는 젖줄이 되어, 우리와 우리 자손을 먹여 살리는 곡창(穀倉)이 될 것이오. 이번 일은 고구려 국운(國運)이 크게 뻗어나갈 하늘이 준 기회요. 계속된 전쟁으로 나라 형편이 어렵긴 하나, 수나라는 내란으로 멸망 일보 직전이고 양제는 자포자기해 강남으로 도망쳤다 하오.

적이 비틀거릴 때 최후의 일격을 가하여 완전히 거꾸러뜨려야 진정한 승자가 되는 법이오! 지금 여기서 멈춘다면 지난 4년간 우리가 흘린 피는 헛되이 되고 말 것이오. 여러분, 농부가 한여름 내내 애써 가꾸었던 곡식을 어찌 추수(秋收)하지 않을 수 있겠소. 지금 나무를 흔들면 탐스러운 열매가 우수수 떨어지게 되어 있소."

을지문덕이 피를 토하듯 호소했으나 회의 분위기는 냉랭했다.

건무가 결론을 내렸다.

"우리는 오랜 전쟁으로 큰 피해를 입었소. 이를 회복하자면 얼마나 긴 시간이 걸릴지 모르오. 지금은 영토를 넓히기보다 중국과 화친해 나라의 존립(存立)을 지키는 게 더 급한 때이오. 영주를 점령하기는 쉽겠지만 지키려면 엄청난 부담이 생길 테고, 우리는 지금 그런 무거운 짐을 감당할 여유가 없소. 그뿐 아니라 다시 전쟁의 불씨를 타오르게 할 분쟁거리를 남길 수 없소."

5부 귀족회의 결정을 듣고 양만춘은 을지문덕 저택으로 달려갔다. 사랑방에는 평양성에 주둔하는 북부군 기병대장 흑구유와 보병대장 통구하가 성난 얼굴로 앉아 있었다.

“수나라는 지금 요서를 돌볼 겨를이 없을 테니, 북만 한 번 쳐도 영주를 빼앗을 수 있습니다. 구더기가 무서워 장(醬)을 못 담근단 말이오. 이런 좋은 기회를 맞아 그따위 어리석은 결정을 내리다니, 당장 건무를 섭정에서 물러나게 하고 영주로 진격해야 합니다.”

양만춘이 입에 거품을 물고 흥분하자 흑구유가 거들었다.

“북부군 병사도 분노하여 금방이라도 폭발할 듯 흉흉합니다.”

“대원수님, 명령만 내리십시오! 즉시 건무를 사로잡겠습니다.”

통구하가 솥뚜껑 같은 주먹을 휘두르며 목소리를 높이자, 을지문덕이 안타까운 낯으로 신음소리를 삼키더니 세 사람을 둘러보았다.

“나도 같은 생각이야. 그러나 우리는 태왕의 나라이지 싸울아비 나라가 아닐세. 5부 귀족회의 결정이 못마땅하다고, 싸울아비들이 제멋대로 들고 일어나 반정(反正)을 하면, 선조 대대로 지켜왔던 고유의 질서가 무너지고 끝내 나라에 불행한 일이 될 게야. 나라의 질서를 지키는 것은 영주보다 더 중요한 가치일세. 또한 영주를 빼앗기는 쉬워도 이를 지키려면 온 나라가 한마음으로 굳게 뭉쳐야 가능하네. 내일 태왕폐하를 알현하려 하니 기다려 주게.”

을지문덕은 병환 중인 영양태왕에게 상소(上訴)를 올렸다.

영양태왕은 지난날 패기만만하였던 군주가 아니라 세상만사에 의욕을 잃고 죽음을 앞둔 쇠약한 노인이어서 무척 가슴이 아팠다.

'4년 전 오골성에서 영특한 왕자 환진이 전사하지 않았더라면 이렇게 되지 않았을 텐데.'

을지문덕은 진한 아쉬움만 지닌 채 병상을 물러나왔다.

양만춘은 살수 강변에 앉아 강물을 내려다보았다. 불과 4년 전 큰 승리가 한여름 밤의 꿈이란 말인가. 수많은 적군을 휩쓸어 갔던 강물은 언제 그런 일이 있었냐는 듯 유유히 흘렀다.

"승리를 얻을 줄만 알지 그 열매를 챙길 줄 모르는 못난이 같으니. 뭐라고, 영주 점령이 전쟁을 불러올 화근(禍根)이라고? 무엇이 그리도 무서워 굴러 들어온 복도 박차는 것인가?"

울분을 풀 길 없어 강물을 향해 큰 소리로 고함을 질렀다.

5부 귀족회의 결정을 전해들은 요동 성주들은 분노했고, 젊은 싸울아비들은 노골적으로 반항했다. 싸울아비들이 요동성으로 몰려들어 누초 치우를 지도자로 뽑아 무려라성(武勵羅城)으로 진군했다.

무려라성은 요하 건너 서쪽에 있던 고구려 성으로 수양제의 원정기간에 수나라 군이 점령해 최전선 전초기지(前哨基地)로 삼은 곳이었다. 수백 명 의용군(義勇軍)이 요하로 행군하자 사방에서 젊은이들이 몰려들어 잠깐 사이에 수천 명으로 불어났다.

무려라 주둔군은 본국으로부터 버림받은 군대였다. 수양제의 강도순행 후 유주에 있던 원정군 사령부가 해체되어 몇 달째 본국의 지원이 끊겼고, 영주 지휘부와 제대로 연락조차 되지 않았다.

이들은 둔전병(屯田兵)이어서 식량은 충분했으나, 포위당하면 오래 버틸 수 없었다. 고구려 의용군이 요하를 건넜다는 보고를 받자 무려라성 지휘관은 겁을 집어먹고, 밤이 되자 영주로 줄행랑쳤다. 이제 요하 서쪽 수백 리 땅에 적 그림자도 찾아볼 수 없었다.

의용군이 싸움도 벌이지 않고 무려라성을 되찾았다는 소식은 요동 지역 성주들의 사기를 올려주었다. 중앙정부가 나서지 않는다면 요동 성주들끼리 힘을 모아 영주로 쳐들어가자는 주장이 거세게 일어났다.

요동 성주들의 움직임을 들은 건무는 잠을 설쳤다. 문득 호랑이를 잡으려면 호랑이 굴에 들어가라는 말이 떠올랐다.

춤추는 회의

고구려 사람은 하늘의 백성이며, 태왕은 천손(天孫)으로 그 소명(召命)을 받아 다스리는 나라님(임금)이고 천군(天君, 최고 제사장)•이었다. 힘 있는 자라면 누구라도 황제에 오를 수 있는 중국과 달리 태왕은 천손이 아니면 오를 수 없는 신성불가침의 자리였고, 그 임무는 홍익인간(弘益人間)의 이상을 이 땅 위에 펼치는 데 있었다.

• 옛날 삼한(三韓)시대에는 나라마다 정치 지도자〔거사(渠師) 또는 신지(臣智)〕 외에 종교 지도자로 천군이 있어 제사를 주관하고 솟대〔蘇塗〕를 다스렸다 함.

고구려 고유의 국선도(國仙道)나 왕이 바로 부처〔王卽佛〕란 호국불교 역시 태왕의 권위를 굳건히 받쳐주는 정신적 바탕이었다. 그러나 건국 이래 5부 부족장 합의에 따라 다스리는 전통을 가진 귀족연합국가(397쪽 참조)였으므로 태왕은 전제군주(專制君主)가 아니라 귀족의 합의에 따라 통치했고, 고구려 통치집단의 뼈대를 이루었던 것은 이들 귀족들과 싸울아비〔武士〕 집단이었다.

건무는 요동의 움직임이 심상치 않자 전국 지도자를 모아 국론(國論)을 통일하기로 결심했다. 비록 요동성이 호랑이 굴이라 해도 정규군(正規軍, 북부군과 남부군)이 주둔하는 평양성보다 오히려 말썽을 막기가 쉬우리라 여기고 충성스러운 친위대만 거느리고 길을 나섰다.

섭정 자격으로 요동성에 온 건무는 지난 전쟁 때 용감하게 싸워 성을 지켜낸 싸울아비들의 공을 표창하고 전쟁으로 불탄 동명성왕의 신전을 복구하도록 많은 내탕금(內帑金, 왕실의 재물)을 내놓았고, 가난한 백성의 삶을 둘러보며 위로했다.

회의에는 5부 귀족회의 귀족은 물론 전국 주요 성주와 대모달 이상 장군 그리고 조의두 대형 이상 대신이 참석했다.

건무의 오른팔이던 부소는 수나라 방어전쟁에서 뚜렷한 전공(戰功)을 세우지 못해 전쟁영웅 양만춘에게 심한 열등감을 가진 데다 시기심 많은 사내였다. 더구나 젊은 싸울아비들에게 떠오르는 샛별이던 양 대모달을 폭발성이 강한 위험인물로 보았기에 그의 뒤를 이어 요서 원정군 사령관을 지낸 고정의는 회의에 초청했으나 양만춘은 현직 지휘관이 아니라는 이유로 제외시켰다.

요동성 회의는 첫날부터 남수북진파(南守北進派)와 남진북수파(南進北守派)가 팽팽하게 대립했다. 그러나 중립적인 지도자들은 오랜 전쟁에 지쳐 은근히 평화를 바라는 분위기였다.

회의 둘째 날 참석자 모두에게 발언 기회를 주자 남진북수파로 여겼던 고정의가 영주 점령에 찬성해 작은 파란(波瀾)이 일어났으나, 부소에게 숨겨둔 비장의 무기가 있었다.

국내성 성주 어사무가 뜻밖에 영주 점령을 반대했다. 북부 지역 성주의 우두머리라고 할 수 있는 국내성 성주가 태도를 바꾸고, 건무의 눈치를 살피던 백암성 성주까지 그 뒤를 따랐다. 그러자 중립적인 여러 성주와 귀족들이 다투어 건무의 편에 가담해 대세가 결정되었다.

의기양양해진 섭정 건무는 한 걸음 더 나아가 나라님의 허락 없이는 어느 누구도 요하를 건너가 군사행동을 하지 못하도록 못을 박았다.

요동성 회의의 결정을 전해들은 요동 지역 싸울아비 사이에 배반자인 국내성 성주와 백암성 성주를 성토(聲討)하는 목소리가 높아지고 분노의 물결이 폭발할 것 같은 팽팽한 긴장이 감돌았다.

양만춘은 홀로 요동성 서문루(西門樓)에 올랐다.

옛 전쟁터는 이제 평화스런 모습을 되찾아 장사치와 행인들로 붐볐지만, 그의 귀에는 요동성 군민(軍民)이 똘똘 뭉쳐 외적을 물리치던 그때 함성이 들려오는 듯하였다.

'다수결(多數決)이 항상 옳은 것은 아니지만 나라가 바로 서려면 한 번 결정된 일은 모두가 한마음으로 따를 수밖에 없다.'

그는 사람 눈이 쏠리는 게 부담스러워 요동성 회의가 열리는 동안 매일 낚시로 시간을 보내다 저녁이면 한잔 술로 시름을 달랬다. 건무가 요하 도강(渡江) 금지를 발표하던 날도 삿갓을 눌러쓰고 대량수 강물에 낚싯줄을 늘어뜨려 찌에다 눈길을 모으고 있었다.

저녁 무렵 "풍덩" 하는 물소리와 함께 어떤 젊은이가 강물 속으로 몸을 던지는 걸 보고 급히 뛰어들어 물가로 끌어올렸다. 젊은이는 의식을 잃었으나 숨을 쉬고 있어 달가를 불러 동문 옆 강가 단골 술집에 맡겨 간호하게 했다.

양만춘은 술집 창가에 앉아 술잔을 기울이다가 싸울아비 차림의 사내들이 수군거리는 이야기를 듣고 깜짝 놀랐다. 백암성 성주가 호위병 니루 바르쇠에게 죽임을 당했고, 바르쇠는 성주의 죄악을 꾸짖는 벽보를 요동성 동문 앞에 붙이고 자취를 감춰버려 지금 성안이 발칵 뒤집혔다는 것이었다. 그는 조금 전 강물에서 건져낸 젊은이가 바르쇠가 아닐까 싶은 불길한 예감에 휩싸였고, 애써 피하려던 분쟁의 소용돌이 속에 끌려들어가고 있음을 느꼈다.

'어떤 사정이 있다 해도 부하가 주군(主君)을 해쳤다면 용서받을 수 없는 짓이다. 회복되는 대로 자수시킬 수밖에 없겠구나.'

며칠 전 밤늦게 부소가 밀사(密使)로 국내성 성주 어사무를 찾아가서 다음 차례 대대로 자리에 어사무를 추대할 테니 이번 요동성 회의에서 건무를 지지해 달라고 부탁했다.

어사무는 부소의 제안을 받아들이고 싶으나 지금까지 지켜 왔던 입장을 갑자기 바꾸기가 곤란하여 백암성 성주도 같이 행동하자고 설득했다. 그러면서 어사무가 대대로에 취임하면 백암성 숙원사업을 해결해 주겠다는 미끼를 내밀었다.

백암성 성주의 호위병 바르쇠는 우연히 이 일을 엿듣고 분노했다. 나라의 흥망이 좌우되는 중요한 결정을 하면서 이따위 사소한 이득을 얻기 위해 양심을 팔다니. 하룻밤을 지새우며 괴로워하다 성주 앞에 무릎을 꿇고 마음을 바꾸시라고 간청했다.

성주는 이제까지 믿고 존경해 왔던 주군이 아니었다. 꿇어 엎드린 바르쇠에게 온갖 욕설을 퍼부으며 발길질하다가, '다시는 내 눈앞에 나타나지 말라' 고 내뱉고는 냉정하게 돌아섰다.

이야기를 끝낸 바르쇠는 차분한 목소리로 말했다.

"주군을 해쳤으니 죗값을 받아야지요. 자수하러 가겠습니다."

요동성에 갇혔던 바르쇠는 이튿날 새벽 암살당했다. 누군가 감옥에 침입해 간수를 살해하고, 죄수들을 깡그리 죽여 버렸다.

백암성 성주의 죽음으로 술렁거리던 요동성 백성은 이 잔인한 사건을 전해 듣고 몸서리쳤다. 온갖 유언비어가 떠돌았다. 가장 난처한 사람은 강경한 남수북진파였던 요동성 성주 해부루였다. 죄수를 얼마나 허술하게 관리했기에 심문조차 못 하고 죽게 내버려 둔 것인지. 그리고 경비가 삼엄한 감옥에서 누가 몰래 죽일 수 있었을까?

양만춘에게도 의심의 눈초리가 쏠렸다. 이번 회의 결정을 달가워하지 않는다는 건 누구나 알고 있었다. 그렇다면 바르쇠가 자기

주군을 죽이게 한 배후가 아닐까. 강물에 뛰어든 범인을 구조한 것도 우연이라기에는 너무 공교로웠다.

감옥을 지키던 병사들이 칼에 찔리기 전에 먼저 독살(毒殺) 당했다는 사실이 밝혀지면서 새로운 의혹이 생겼다. 그날 감옥에 저녁밥을 날랐던 젊은 여인의 행방을 쫓았더니 의외로 빨리 발견되었다. 칼에 찔려 죽은 시체가 백암성 가는 길가 숲에 버려졌는데, 여느 아낙네와 달리 값진 비단 속옷을 입고 향(香) 주머니까지 차고 있었다. 그렇다면 해부루나 양만춘의 짓이 아닌 게 분명했다. 온갖 억측이 나돌았지만 죽은 자는 말이 없었다.

부소는 야심이 많고 냉혹했으나 영리하고 빈틈없는 사내였다.

그의 가문은 남쪽 한성(漢城, 황해도 북쪽) 출신 호족(豪族)으로 왕족 고(高)씨는 물론 평양성을 근거로 한 신흥귀족 연(淵)씨에도 세력이 밀렸다. 그는 전쟁 때 큰 공을 세우지 못했고 재상이 되기에 나이도 젊었으나, 수나라 3차 침입 때 화평사절을 맡아 섭정 건무의 신임을 얻고부터 원대한 꿈을 키웠다. 우선 은밀히 세력을 키우면서 고지렴 다음 대대로에 국내성 성주 어사무를 추대하려고 공작을 꾸몄다. 훗날 건무가 태왕에 오를 때 어사무가 대대로라면 지지세력이 강하지 않아 꺾기 쉬울 것이기 때문이었다.

부소는 부하의 매끄럽지 못한 일처리 때문에 해부루와 양만춘을 곤경에 빠뜨리려던 계획이 어긋나고, 오히려 사람들의 눈총이 그에게 쏠리게 되었다. 이런 상황에서 그냥 물러선다면 언젠가 화살이 자기를 향하게 되리라.

그는 싸울아비의 분노를 잘 이용하면 무엇인가 결정적인 계기를 잡을 수 있으리라 생각하고, 위기를 기회로 바꾸기로 마음먹었다.

요동성 회의가 끝나고 참석했던 성주와 대신들이 돌아갔음에도 올해 동맹 때 요동성에 머물러 성대한 축제를 열어 전쟁으로 괴로움을 당했던 백성을 위로하고 민심을 안정시켜야 한다면서, 건무의 옷깃을 붙잡는 한편 가만히 사람과 돈을 풀어 일을 꾸몄다.

축제의 끝

언젠가부터 양만춘을 그림자처럼 미행하는 자가 있었다. 삿갓을 눌러쓴 사내는 뒤따르는 솜씨가 서툴러 자주 눈에 띄었다.

"저놈을 잡아 족칠까요?"

"별로 위험한 자 같지 않으니 좀더 두고 보세. 그보다 뒤에 누가 있는지 잘 살펴보게."

미행이 여러 날 계속되자 성가셔졌다. 술을 거나하게 마시고 집으로 돌아가는 데, 사내는 여전히 몸을 숨기며 따라왔다. 골목 어귀에 숨었다가 뛰어나가 사내 오른팔을 잡아 뒤로 꺾었다.

"아얏" 하는 비명소리는 뜻밖에 여자의 음성이었다. 깜짝 놀라 손을 놓자 여인은 뒤돌아서서 그의 뺨을 철썩 때리며 소리쳤다.

"어두운 밤에 아녀자를 욕보이려 하다니."

적반하장(賊反荷杖)이라더니 정체 모를 여인은 도리어 양만춘을 치한으로 몰며 큰 약점이라도 잡은 듯이 기세당당하게 나무랐다.

기가 막혀 얼얼한 뺨을 쓰다듬으며 중얼거렸다.

"왜 몰래 뒤따르는 게요? 그러니 이런 일이 생긴 것 아니오."

"공자님께 도움을 드릴까 했는데 틈을 주지 않았잖아요."

여인은 금방 태도를 바꾸어 나긋나긋하게 대답했다. 삿갓을 벗은 여인은 뜻밖에 젊고 예쁜 아가씨였다.

"음식을 맛있게 요리할 수 있소?"

아가씨는 배시시 웃더니 고개를 살래살래 흔들었다.

"옷을 만들 줄은 아시겠지요?"

"그런 건 몰라요."

"그렇다면 아가씨가 나를 위해 할 수 있는 일이 없지 않소."

"계산을 빠르게 하고 장부정리를 잘해요."

"나는 장사꾼이 아니오."

"춤과 노래라면 그런대로 할 수 있는데요."

"그런 걸 즐길 만큼 한가하지 않소."

다음 날 동문 옆 술집에서 술잔을 기울이는데, 삿갓을 깊숙이 눌러쓴 아가씨가 거침없이 양만춘의 맞은편 의자에 앉았다.

"그만 따라다니라고 말하지 않았소?"

"어제 음식과 옷을 말씀하셨지요? 공자님께 내 솜씨를 보여드리고 싶어요."

아가씨는 반짝이는 눈을 들어 그를 뚫어지게 쳐다보다 고집스레 입을 앙다물었다. 그 태도가 워낙 굳세어 더 이상 버티지 못하고 고개를 끄덕였더니, 뜻대로 되어 신이 났는지 참새처럼 깡충깡충 뛰며 앞장서서 걷다가 이따금 뒤돌아보았다.

내성(內城) 앞 골목길에 들어서자 조촐한 기와집이 보였다. 거실은 넓고 조용했다. 맑은 향을 내뿜는 한란(寒蘭)이나 검붉게 윤이 나는 거문고도 명품이었지만, 벽에 걸린 한 폭의 산수화(山水畵)가 유난히 눈길을 끌었다.

바다 위로 솟아오르는 해에 금을 덧입혀 황금빛으로 빛나는 광경과 주사(朱砂)를 칠한 우뚝 솟은 붉은 절벽도 놀라웠지만, 은가루를 아교에 풀어 그린 솟구쳐 오르는 파도는 살아 움직이는 듯했다. 이 집은 요동성 성주보다 더 큰 부(富)를 자랑하고 있어 양만춘은 여인의 정체를 짐작조차 할 수 없었다.

아무리 옷이 날개라지만 이렇게 여자를 달리 보이게 하는가. 옷을 바꿔 입었을 뿐인데 사람이 바뀐 것처럼 깜찍하게 요염했다. 긴 머리칼 위에 앙증스럽게 자그만 금빛 절풍(세모꼴 고깔모자)을 살짝 얹어 턱에 잡아매고, 진홍 비단옷으로 감싼 풍만한 몸을 옥허리띠로 졸라매 개미 같은 허리가 도드라지게 드러났다. 낯선 남자 앞이라고 몸을 사리거나 수줍어하는 티도 없이 터질 듯한 몸매를 스스럼없이 드러내며 바람에 한들거리는 버들가지처럼 걸어 나왔다.

뜨거운 물에 갓 목욕을 한 듯 물기 젖은 머리칼에서 향긋한 내음이 피어오르고 양 볼이 빨갛게 상기되었다. 그녀 뒤에 어린 하녀들이 산해진미(山海珍味)를 가득 차린 상을 조심스럽게 들고 왔다.

여인은 해맑은 미소를 띠며 화려한 비단옷을 내밀었다.

"갈아입으세요. 이 옷은 공자님 몸에 꼭 맞을 거예요. 제 눈대중은 틀린 적이 없으니까요."

"아가씨는 도대체 누구시오?"

"아직 제 이름을 말씀 드리지 않았던가요. 유화(柳花)예요."

그제야 양만춘은 감을 잡았다. 요동성 큰 부자 우대명에게 3남 1녀가 있는데, 애지중지하는 고명딸을 볼 때마다 '네가 사내로 태어났으면 얼마나 좋을까' 라고 한탄한다는 소문이 떠돌았다.

유하는 서늘한 검은 눈을 들어 그를 쳐다보며 옥구슬 구르는 듯한 목소리로 물었다.

"저는 요리할 줄 모르고 옷도 못 짓지만, 이렇게 푸짐하게 상을 차리고 멋진 옷을 입힐 수 있어요. 어디 모자란 데가 있나요?"

크고 맑은 눈에 오뚝한 코, 방긋 웃는 미소까지 어디 한 군데 흠잡을 데 없는 미인이었다. 여인은 요염하게 눈짓을 하고 아양을 떨면서 다가와 나긋나긋한 손으로 백자(白瓷) 항아리를 들어 스스럼없이 술을 권했다.

그녀는 목소리에 꿀을 바른 듯 달콤함이 넘쳤고, 그의 마음을 사로잡으려고 온갖 정성을 다 기울였음에도 왠지 마음이 편안하지 않았다. 이 찜찜한 기분은 어디서 오는 것일까. 바로 눈 때문이었다. 얼굴과 입은 활짝 웃었으나 눈은 웃고 있지 않았다.

언젠가 대상(隊商) 두목 카를룩이 하던 말이 떠올랐다.

'소그드 상인은 눈과 입이 서로 다른 표정을 짓는 사람을 믿지 않아. 아무리 겉모습이 착해 보여도 엉큼한 속셈을 감추고 계산따라 빈틈없이 움직이는 가슴이 차가운 사람이니까.'

양만춘은 옛 기억을 애써 떨쳐버리고 빙그레 웃었다.

"아가씨같이 아름답고 부유한 여인이면 얼마든지 좋은 배필을 고를 수 있을 텐데 스무 살이 넘도록 어찌 짝을 구하지 않았나요?"

고개를 갸우뚱거리는 양만춘을 쳐다보며 유화는 '늙은 총각 주제에 남 말 하는군' 하는 듯한 표정으로 배시시 웃더니, 그의 몸을 찬찬히 살펴보면서 수줍어하지도 않고 당돌하게 말했다.

"아직 눈에 차는 사내를 못 만난 때문이지요. 나는 솜털이 보송보송하고 야리야리한 숫보기 도련님 따윈 관심 없어요. 수말 같은 사내를 좋아하거든요. 그러다 보니 이리되었네요."

유화는 사내처럼 활달하고 시원시원했다. 어린 시절 나이에 비해 무척 조숙한 소녀로 엉뚱한 데가 있었고, 한 번 마음먹으면 남의 눈도 꺼리지 않고 거침없이 밀어붙여 사람을 놀라게 했다.

우대명이 평양성에 상점을 차렸을 때 귀여운 고명딸을 데리고 갔다. 그해 말 상점의 손익을 계산하던 날 그녀는 창고에 가득 쌓인 곡식 가마니 수를 순식간에 알아맞혔다. 그때부터 일꾼들은 주인 우대명보다 어린 딸 유화를 더 두려워했다.

시집갈 나이가 되자 장사꾼뿐 아니라 귀족 가문에서도 중매가 들어왔지만, 풋내 나는 귀공자가 마음에 들지 않아 거절했다. 그녀가 코가 높아 나라 안에 남편감이 없다고 큰소리친다는 소문까지 평양성에 나돌았으나, 단지 눈에 차는 사내가 없었고 우대명도 고명딸을 남에게 주기 아까워 미적거렸던 것뿐이었다. 유화는 장사에 뛰어난 재주를 타고났는지 평양 우씨 상점은 나날이 번창해 우씨상단(商團) 요동 본점보다 큰 점포로 키웠다. 요동 쇠로 농기구를 만들어 황해도 농가에 팔고, 가을에 거두어들인 쌀을 평양성에 가져와 큰돈을 모았다. 이제 패수만(浿水灣, 진남포 앞바다)에 염전(鹽田)을 만들어 소금을 개마고원에 팔아 산삼으로 바꾸고 중국과 무역해 평양성에서 손꼽히는 부자가 되었다.

부소는 자기 꿈을 이루려면 요동성 성주 해부루와 양만춘을 떼어 놓는 것이 유리하다고 생각했다. 그때 떠오른 얼굴이 평양성을 주름잡고 있는 우씨상단의 여걸(女傑) 유화였다. 그가 지배하는 곳은 쌀을 많이 생산하는 황해도 평야지대라 이익을 탐내는 장사꾼쯤 쉽게 다룰 수 있었다. 그녀가 양만춘과 맺어진다면 이 껄끄러운 사내를 어렵지 않게 손아귀에 넣을 수 있으리라.

노처녀 유화는 부소의 부추김을 받자 구미가 당겼다. 귀족 출신도 아니고 별다른 배경이 없음에도 20대 젊은 나이로 대모달에 오른 것도 대단했지만, 융통성이라곤 손톱만큼도 없는 해부루를 움직여 전쟁 통에 아버지가 쓸어 모은 요동성 농토를 뱉어내게 하고 그 대신 논으로 개간할 황무지를 주어, 병 주고 약도 주면서 원한을 사지 않았던 교묘한 솜씨에 혀를 내둘렀다.

그녀는 성공한 장사꾼답게 남의 말을 그대로 믿지 않고, 몸소 양만춘을 뒤쫓으며 요모조모 깐깐히 살펴보고서 이 사나이라면 남편감으로 부족함이 없다고 마음먹었다. 유화는 이제까지 그녀가 노렸던 것을 놓친 적이 없었다. 그물을 촘촘히 짜며 때가 무르익기를 기다렸다.

건무는 올해 풍년도 들었으니 요동성에서 개최하는 동맹축제는 모든 백성과 함께 마음껏 즐기겠다고 선포했다. 축제를 위하여 엄청난 나랏돈을 내놓자 성주 해부루를 비롯한 요동성 부호들도 앞다투어 후원금을 내놓았다.

축제란 즐거운 것. 백성들은 그동안 떨떠름했던 일도 잊어버리고 오랜만에 맛보는 축제가 흥겨웠다. 전쟁기간 엄격하게 시행된 금주령(禁酒令)도 풀려 집집마다 술을 빚고 시루에 떡을 쪄 냈다.

싸울아비도 신이 났다. 요동성 동맹축제는 예로부터 성안의 동명성왕 신전에서 제사를 올렸는데, 동쪽 천산(千山)과 서쪽 의무려산(醫無閭山)에서 사냥한 제물(祭物)을 바치는 게 전통이었다.

수많은 젊은이가 모여들어 사냥대를 조직하고 요하를 건넜다. 그동안 전쟁으로 의무려산의 제물을 바치지 못했다가 온전한 제사를 드리게 되니 모두 즐거워했다.

양만춘은 마음이 어수선하고 무거웠다. 요동성 회의가 끝났음에도 건무가 동맹축제를 주관한다며 요동성에 머무는 것도 심상치 않았고, 부소의 부하가 성내를 들쑤시는 모습도 마음에 들지 않았다. 의무려산 사냥대가 성문을 나서는 광경을 본 양만춘은 왠지 불길한 예감이 들었으나, 사냥대를 막을 마땅한 구실이 없었다.

"요동성 사람이 모두 기쁨에 들떠 있는데 공자님은 왜 어두운 얼굴이지요. 무슨 걱정거리라도 있나요?"

"그럴 리가. 아가씨가 잘못 보셨겠지요."

양만춘의 얼버무림은 유화에게 통하지 않았다.

"공자님은 너무 정직한 분이라 마음을 숨기시지 못해요. 어려운 일이 있으면 말씀하세요. 혹시 풀어드릴 수 있을지 압니까."

유화가 근심스러운 얼굴로 올려다보자 양만춘은 불안한 마음을 털어놓았다.

"오늘 사냥대가 서문(西門)을 나서는 것을 보니 왠지 꺼림칙한 느낌이 들더군요. 좋지 않은 일이 생기지 않았으면 좋겠습니다."

"그까짓 일로 걱정하시다니요. 젊은이들이 몰려갔으니 짐승을 많이 잡아오겠지요."

유화는 모든 사람이 우러러보는 전쟁 영웅에게 이렇게 소심한 구석이 있었던가 싶어 미소를 지었다.

"그동안 바쁜 일이 많아 낭자(娘子)를 이렇듯 늦게 뵙는구려. 하시는 일은 잘 되고 있소이까?"

부소는 너털웃음을 터뜨리며 유화의 안부를 물었다.

"모든 일이 잘 풀리고 있습니다. 지난 주일에는 큰 상거래도 이루어졌어요. 모두 대인께서 밀어주시는 덕분입니다."

"사업도 사업이지만 언제 기쁜 소식을 들려 주실지가 더 궁금하구려. 낭자가 하는 일이니 빈틈이야 없겠지만."

유화는 모닥불을 끼얹은 듯 얼굴이 발그레해졌다.

"어찌 그리 쉽게 …. 두서너 번 만나보았어요."

"중이 제 머리 못 깎는다는 말이 있으니 중매라도 설까요? 그나저나 그 사내가 마음에 들던가요. 그리고 사람 됨됨이는 …."

유화는 겉모습과 달리 앙큼한 여인이어서 부소가 우씨 가문의 든든한 후원자이지만 속내를 내보이고 싶지 않았다. 담담한 얼굴로 피식 웃으며 말했다.

"그분은 보기와 달리 소심한 성격이더군요."

부소는 궁금하다는 듯 다잡아 물었다.

"왜 그 사나이가 소심하다고 생각하지요?"

사냥대가 떠나는 걸 보고 걱정하더라고 유화가 털어놓자 부소는 양만춘이 자기 속셈을 훤히 들여다보는 것 같아 경계심이 더욱 짙어졌다. 의무려산 사냥대는 그가 펴 놓은 함정이었다. 이를 빌미로 요동의 불평분자를 모조리 잡아들이고 여러 성주들을 꼼짝 못하게 얽어매려는 무서운 음모를 꾸미고 있었기 때문이었다.

동맹 제사와 흥겨운 축제가 막을 내리자 요동성에 매서운 찬바람이 불었다. 의무려산 사냥 참가자에 대한 체포령이었다.

어우보를 비롯한 수백 명의 싸울아비들을 잡아들이자 백성들은 뜻밖의 날벼락에 넋을 잃었다. 건무는 크게 화를 냈다. 얼마 전 요동성 회의에서 '무리를 지어 무장(武裝)하고 요하를 건너는 것을 금지한다'는 결정을 내렸는데 이를 정면으로 무시한 짓이라 본 까닭이었다.

해부루가 건무를 찾아가 그들에게 나쁜 뜻이 없었음을 주장하고 즉시 풀어 주기를 호소했으나, 눈을 감고 묵묵히 듣기만 했다.

양만춘은 건무의 속마음을 알 수 없었지만, 그냥 앉아 있을 수 없었다. 알현(謁見)이 허락되지 않을까 염려했으나 뜻밖에 만나주었다. 건무는 양만춘이 영주 점령을 처음 주장했던 장본인임을 잘 알고 있기에 얼음같이 싸늘한 얼굴로 내려다보았고, 그 옆에 부소가 서서 뱀처럼 음흉한 눈으로 그의 행동을 지켜보았다.

"이번에는 무슨 말을 하려고 찾아왔느냐?"

"전하, 그들은 자기 행동이 죄가 되는 줄 모르고 있습니다."

"뭐라고?"

"요동의 명산(名山)은 천산과 의무려산이기에 예로부터 동명성제(東明聖帝)의 제사를 제대로 지내려면 두 산의 짐승을 잡아 제단에 올리는 전통이 있었나이다."

"그래서?"

"의무려산 사냥은 군사행동이 아니라 단지 사냥일 뿐이므로 '요동성 회의'의 결정을 어겼다고 생각지 않습니다."

"작은 개미구멍이 제방을 무너뜨릴 수 있음을 모른단 말인가. 수백 명이 떼를 지어 강을 건넌 걸 그대로 두고 보란 말이냐?"

부소는 티끌만큼 작은 말 실수도 놓치지 않겠다는 눈초리로 양만춘을 뚫어지게 노려보았다. 울컥했으나 마음을 가라앉혔다.

"일벌백계(一罰百戒)란 죄인이 죄를 지었음을 깨닫고 있어야 효과가 있습니다. 이번 일은 가볍게 처리함이 옳을 듯합니다."

"가벼운 처벌이라면?"

"……"

부소가 드디어 끼어들었다.

"이번 일을 주동한 싸울아비는 옷을 벗겨 자격을 빼앗고, 그들을 따른 백성에게는 곤장(棍杖)을 쳐서 다시는 이런 일이 없도록 엄히 경계함이 어떠하올지."

양만춘이 눈을 들어 건무를 올려다보았다.

"전하, 저들은 목숨을 걸고 싸워 나라를 지킨 용사들입니다. 싸울아비란 명예를 지키기 위해서라면 기꺼이 목숨조차 던지는 사나이거늘 명예를 빼앗는 건 죽음보다 더 큰 치욕이옵고, 그들을 따라 사냥한 죄밖에 없는 젊은이에게 곤장은 너무 심하옵니다. 그런 움직임을 알고도 막지 않은 죄가 더 크니 소장에게 벌을 내리시고, 저들에게 근신(謹身) 토록 경고함이 마땅하다 생각됩니다."

건무는 올곧은 사나이였다. 비록 정치적 의견은 달랐으나 옛 부하들을 지키려고 자신의 위험을 돌보지 않는 양만춘의 싸울아비다운 모습에 마음이 뜨거워져 자리에서 일어났다.

비바람 몰아치니 큰 나무 쓰러지고

乙支 隱退

먹구름 드리운 요동성

건무가 떠나고 잡혀갔던 싸울아비들이 풀려난 후에도 요동성은 들끓었다. 온갖 유언비어가 활개치고 술집마다 영주 점령을 포기한 요동성 회의의 옳고 그름을 따지느라 시끄러웠다. 옛날부터 자유롭게 드나들던 요서 땅에 들어가지 못하게 한 조치를 두고 말다툼을 넘어 주먹다짐까지 오가는 살벌한 일이 벌어졌다.

해부루는 성안이 소란하다는 보고를 듣자 술집에서 정치적 논쟁을 하는 자를 처벌하겠다고 포고하고, 포졸에게 순찰을 돌게 했다. 요동성은 겉으로 조용해졌지만 물밑으로 거센 물살이 흐르기 시작했다.

몇몇 혈기왕성한 젊은 싸울아비가 뜻을 모아 건무 암살 계획을 세우고, 건무가 동명성왕 사당 준공식에 참석하러 요동성에 오는 날 행동을 취하기로 결정했다.

밤늦게 싸울아비 세 사람이 양만춘을 찾아왔다. 그중 나이 많고 턱수염이 아름다운 사나이가 입을 열었다.

"요동성 백인대장 고순입니다. 요즘 세상 돌아가는 꼬락서니를 차마 눈뜨고 볼 수 없군요. 이제 뜻을 같이하는 동지가 모여 구국단(救國團)을 만들고 양 대모달님을 지도자로 모시려 합니다."

가장 젊은 싸울아비가 불을 토하듯 목소리를 높였다.

"신성(新城) 싸울아비 어우보입니다. 우리는 을지 대원수님의 큰 뜻을 받들어 섭정 건무를 제거하려 합니다. 지금 전국 싸울아비가 들썩이고 있으니 저희가 일어나면 평양성 북부군도 가만히 있지 않을 것입니다. 아무쪼록 저희를 이끌어 주십시오."

양만춘은 쇠망치로 얻어맞은 것 같았다. 최근 요동 여러 성에서 '요동성 회의 결정'을 둘러싸고 시끄러운 건 알고 있지만, 지금 이들이 하려는 짓은 엄청난 일이었다.

"여러분 뜻은 잘 알겠으나 나라에는 법이 있소. 싸울아비가 사사로이 비밀단체를 만들어 법을 어기는 것은 옳지 않소."

"저는 고검문(高劍門) 출신으로 국내성 수문장(守門將)인 이리매올시다. 오죽하면 저희들까지 일어나겠습니까? 개인이나 나라에도 기회가 있습니다. 주어진 기회를 살리는 자는 흥하고, 이를 놓치면 땅을 치고 후회해도 소용없지요. 지금 놓칠 수 없는 기회가 왔습니다. 이를 가로막는 자가 있다면 누구든 밟고 가야 합니다. 저희는 명예도 목숨도 내놓았습니다. 우리 앞에 서시어 고구려의 위대한 시대를 열어주지 않겠습니까?"

이리매 하소연은 양만춘의 마음을 뒤흔들었다. 그가 건무에게 주장한 것과 똑같은 생각이었다. 유혹은 너무나 강렬했다. 양만춘은 싸울아비가 하나로 뭉친다면 건무의 잘못된 선택을 바로잡을 수 있으리라고 생각하다가, 문득 무명 선사 얼굴이 떠올랐다.

'땀 흘려 심고 가꾸는 자 모두 소중하지만, 자라게 하는 분은 하늘이시다. 농사꾼처럼 열매가 영글 때까지 느긋이 기다릴 줄 아는 자가 큰 그릇이니라. 나라의 대들보가 될 아까운 젊은 인재가 주위의 부추김에 들떠 조바심을 내어 촐랑거리다가 허무하게 꺾기는 걸 여러 번 보았다. 명심하라. 참고 때를 기다려야 풍성한 열매를 거둔다는 것을.'

'영주를 점령하긴 쉽지만 그것을 지키려면 고구려가 하나로 굳게 뭉쳐 힘을 모아야만 가능하다'고 했던 을지 대인의 말씀도 떠올랐다. 그렇다면 건무를 제거한다고 해결될 일은 아니었다.

"여러분과 같은 생각이지만, 내 신념보다 무엇이 나라에 유익할지 먼저 고민하지 않을 수 없소. 나는 싸울아비이기 전에 조의선인이오. 태왕폐하께 충성을 바치고 나라의 법을 지키겠다는 맹세를 깨뜨릴 수 없소."

양만춘이 괴로운 얼굴로 지그시 눈을 감자 숨막힐 듯한 침묵이 계속되었다. 문득 '안다는 너무 생각이 많은 게 흠이야'라던 시빌카간의 말이 귀에 들리는 듯했다.

양만춘은 마음이 어수선해 시름을 잊으려 사냥을 나섰다. 정신이 흩어진 탓인지 몇 번이나 화살이 엉뚱한 데로 날아갔다. 황혼 무렵 돌아오는 길에 싸울아비가 무리를 지어 요동성으로 가는 게 눈에 띄었다. 긴 창을 삼베로 둘둘 말아 어깨에 멘 사나이, 칼을 자루 속에 넣어 손에 든 사나이, 한결같이 입을 꽉 다물고 묵묵히 걸어가는 모습이 어딘지 어두운 분위기를 띠고 있었다.

달가가 집 앞에 마중 나왔다.

"유화 아씨 심부름꾼이 다녀갔습니다. 꼭 만나뵙고 싶다더군요."

"이상하군. 큰 상거래를 매듭지어야 한다며 국내성으로 떠난 지가 사흘밖에 되지 않았는데."

유화는 남장(男裝)이 썩 잘 어울려 청순한 모습에 더하여 여왕처럼 당당함을 뿜어냈다.

"정말 멋있군요. 성안 아녀자들이 잠을 이루지 못하겠어요."

"섭섭해요. 저를 여인으로 느끼지 않는군요. 저는 공자님에게 맛깔스러운 여인으로 보이고 싶은데."

"그럴 리가요. 아가씨의 또 다른 매력에 감탄한 것뿐입니다."

그가 손사래를 치며 얼버무리자 유화가 빙긋 웃더니 숙소로 들어섰다. 그녀는 술상 머리에 앉더니 어두운 낯빛으로 잔을 권하고 여느 때와 달리 술을 급히 들이켰다.

"제가 서둘러 돌아온 건 무서운 이야기가 떠돌기 때문입니다."

양만춘은 깜짝 놀라 그녀를 쳐다보았다.

"장사꾼에겐 정보가 생명이니 세상 돌아가는 일에 무관심할 수 없지요. 요동성에 심상치 않은 일이 벌어지고 있다는 소문을 어제 거간꾼에게 들었어요. 공자님은 그 일에 참여하지 않았겠지요?"

가슴이 덜컥 내려앉았으나 고개를 흔들며 시치미를 뗐었다.

"곧 폭풍이 불어 닥칠 듯합니다. 공자님이 무척 걱정됩니다."

유화가 그에게 매달렸다.

"황소도 비빌 언덕이 있어야 하듯 힘 있는 분이 뒤를 받쳐주어야 출세하지 않겠습니까. 부소는 건무의 오른팔입니다. 그분은 공자님을 남부군 대장으로 임명해 신라 정벌의 선봉장으로 삼겠다더군요. 그편에 서지 않겠습니까. 소녀가 다리를 놓겠습니다."

양만춘은 담담한 얼굴로 여인을 쳐다보았다.

"호의는 고맙지만 그분과 나는 서로 뜻이 다릅니다. 이익을 얻기 위해 신념을 바꿀 생각은 없습니다."

유화는 안타까운 듯 한숨을 쉬더니 여러 잔 술을 연거푸 들이켰다. 술기운이 올라 무더워진 탓인지 여인은 겉옷을 벗어 던졌다. 풀어헤친 붉은 적삼 사이로 우뚝 솟은 젖가슴이 출렁거렸다.

"공자님, 모든 것을 잊어버리고 저와 함께 평양성에 가서 행복하게 살지 않겠습니까. 이렇게 부탁합니다."

유화는 어떤 일이 있어도 이 사내를 사로잡겠다고 결심했다. 그럴 만큼 값어치가 있는 대어(大漁)니까. 자신만만했다. 뭇 사내가 그녀의 무르익은 몸과 미모에 군침을 흘렸다. 더구나 오늘 돌부처 넋도 뽑는다는 용연향(龍涎香)을 살에 듬뿍 뿌렸다.

'온몸을 던져 유혹하면 이까짓 싸울아비 홀리는 게 무엇이 어려우랴. 꿩 잡는 게 매라 했던가? 그까짓 자존심일랑 벗어 던지자. 이런 순진한 사나이는 한 번 품은 여염집 아가씨를 버리지 못한다. 더구나 내가 누군가. 찰거머리 유화이거늘.'

여인은 달콤한 콧소리로 애타는 마음을 호소하면서 터질 듯이 풍만한 몸으로 사내를 끌어안고 몸부림쳤지만, 애끓는 하소연에도 목석같은 사내는 꿈쩍도 하지 않았다.

유화의 몸부림을 술 취한 여인의 술주정쯤으로 가볍게 받아넘기며 어린애 다루듯 그녀 등을 다독거렸다. 여인의 엄청난 재산이나 위험에 대한 경고에도 사내는 빙그레 웃으며 고개를 저었다.

"정말 답답하군요. 눈앞에 재난이 닥쳐오는데 피하지 않다니."

여인은 뜻대로 되지 않자 한숨을 쉬다가 목소리를 낮추었다.

"부소는 요동성에 염탐꾼들을 풀어놓았답니다. 제 귀에 들어온 소문을 그가 모를 리 없습니다. 공자님 아무쪼록 몸조심하십시오."

유화는 거의 손아귀에 들어온 멋진 사내를 놓치기 싫어 가슴이 쓰라렸다. 그러나 그녀는 사랑한 게 아니라 이만하면 지아비로 부족함이 없다고 생각했을 뿐이었고, 그동안 쌓아 올린 재산을 잃을지 모른다는 위험을 감당하기에 너무 이해타산이 밝은 여인이었다. 고민 끝에 양만춘을 포기하기로 마음먹었다. 그는 돌아서는 여인의 얼굴에 눈물이 반짝이는 걸 본 듯하였다.

이미 밤이 깊었지만 해부루를 찾아갔다.

"밤늦게 웬일인가."

양만춘은 고순을 비롯한 세 명의 싸울아비가 찾아왔던 일과 유화에게 들은 이야기를 털어놓았다. 눈을 지그시 감고 있던 해부루는 몇 번이나 무거운 신음소리를 흘리며 한숨을 내쉬었다.

"나도 그런 낌새를 느끼고 걱정하고 있네. 며칠 전 치우와 고순이 벼슬을 내놓기에 의아하게 생각했더니 그런 일 때문이었구먼."

"성주님, 어떻게 해서라도 막아야 하지 않겠습니까?"

"무슨 방법이 있겠는가? 목숨을 걸고 나서는 자를 난들 어찌하겠나. 요동성 싸울아비뿐이라면 모르겠지만 자네를 찾아온 사나이 중에는 국내성과 신성 싸울아비까지 있었다면서…."

"섭정께서 이 일을 알게 되면 피바람이 불 텐데요."

"이미 피할 수 없을 듯하이. 내가 억지로 막으려 해 본들 그들의 죄를 세상에 드러내는 꼴밖에 더 되겠나. 그 순수한 마음을 너무나 잘 아는데 나 혼자 살겠다고 잡아들여 처벌하기도 그렇고."

해부루는 먹구름이 잔뜩 낀 얼굴로 한탄하다가 말머리를 돌렸다.

"그나마 자네가 가담하지 않은 건 다행일세. 섭정의 오해를 피하기 위해서 한동안 요동성을 떠나있는 게 어떻겠는가?"

"어찌 그럴 수 있겠습니까?"

고개를 흔들던 양만춘이 중얼거렸다.

"적과 싸움이라면 물러나 불리한 싸움터를 피할 수도 있으련만."

생각에 잠겼던 해부루가 고개를 끄덕였다.

"할 수 있는 데까지 해 봐야겠지. 국내성 성주에게 사람을 보내 건무 왕자께서 요동성에 들르지 말고 바로 평양성으로 돌아가시도록 부탁드리고, 치우에게도 거사를 중단하라고 타일러 보겠네."

진눈깨비 몰아치고

거센 눈보라가 몰아쳐 요동성 큰 나무들이 뿌리째 뽑혀나가고 동명성왕 사당에 세웠던 솟대가 부러졌다. 무슨 불길한 징조인가 싶어 사람들이 모이면 수군거렸다.

해부루는 이런 사실을 건무에게 알리고 사당 준공식을 연기했다. 양만춘은 가슴을 쓸어내렸다. 건무가 요동성에 오지 않으면 암살 계획도 물거품이 될 테니 무서운 재난을 피할 수 있으리라.

부소는 국내성에 머물면서도 요동성의 움직임을 손바닥 보듯 들여다보았다. 이제 그물만 당기면 골치 아픈 강경파 싸울아비들을 꼼짝달싹 못 하게 옭아 넣을 수 있으리라. 그러면 건무의 생명을 구한 최고의 공신이 되고 을지문덕의 한쪽 날개를 꺾을 수 있을 테니, 앞으로 그의 앞길을 막을 자는 없을 것이었다.

건무가 요동성 눈보라 피해를 듣고 평양성으로 돌아가려 하자 부소는 요동성 싸울아비의 음모를 낱낱이 보고했다.

'수나라와 싸웠던 싸울아비라면 누구나 요동성 회의에 불만이 있겠지만, 세월이 흐르면 내 진심을 알지 않을까? 내가 평양성으로 바로 가 버리면 피를 흘리지 않아도 된다. 비록 이들이 화평정책에 불만이 크지만 나라에 반역하려는 자들은 아니지 않는가.'

마음 한구석에 망설임이 생겼으나 이를 잘 이용하면 태왕에 오르는 데 걸림돌을 없앨 수 있다는 유혹은 너무나 달콤했다.

요동성에 거센 바람이 불었다.

부소는 선발대를 이끌고 동명성왕 사당 옆 홰나무촌을 겹겹이 포위했다. 준공식이 늦춰져 홰나무촌에는 몇몇 반란군 간부만 모여 있었다. 그들을 포위한 병사들은 차마 옛 전우를 공격하지 못하고 항복하기만을 기다렸다.

백인대장 고순이 두 사람을 설득했다.

“일이 잘못되었군요. 치우 장군과 이리매 장군은 몸을 피하시오. 모든 책임을 나 혼자서 감당하리다.”

“구국단 우두머리로 추대받은 자가 어찌 혼자 살겠다고 도망친단 말이오. 같이 싸우다 죽겠소.”

“건무를 죽일 수 없다면 싸울아비끼리 피 흘리는 짓은 의미가 없으니 두 분은 살아남아 우리 뜻을 이어주시오. 곧 국내성 기병 천명이 온다 하니 오늘 밤을 넘기면 탈출할 수 없소.”

다음 날 건무의 사자(使者)가 찾아와 항복하기를 권하자 고순이 반란군을 대표해 항복조건을 내걸었다.

“동명성왕 사당에 분향재배(焚香再拜) 드리고 무기를 사당에 바치겠소.”

부소는 명예로운 의식을 허락하지 않고 무자비하게 토벌하려 했으나, 건무는 민심을 수습하려 반란군 요구를 받아들였다.

끝까지 싸우려고 하던 젊은 싸울아비는 분향재배가 끝나자 사당 뜰에서 스스로 죽음을 택했다. 그리고 고순이 모든 책임은 자기에게 있다는 유서를 남기고 토벌군 앞에서 명예롭게 자결했다. 다음날부터 요동성에 매서운 회오리바람이 불어 반란에 가담한 자를 잡아들였다.

양만춘이 건무를 만나려 하자 부소가 앞을 가로막았다.

"무슨 일로 전하를 뵈려 하오?"

"백성이 두려워 떨고 있어 자비를 간청하려 하오."

부소는 밉살스럽다는 듯 얼굴을 찌푸리며 쏘아붙였다.

"지금 남 걱정할 처지가 아닐 텐데. 당신 목이나 조심하구려."

"나는 이번 일에 가담하지 않았소."

"역모(逆謀)를 알면서도 숨긴 게 죄가 아니란 말이오? 죄가 밝혀지는 대로 모시러 갈 테니 기다리시오."

양만춘이 발길을 돌려 해부루를 만나려 하자 막아섰다.

"성주는 근신(謹身) 중이어서 만날 수 없소. 당신도 집을 떠나지 마시오. 성문 밖으로 나가다가는 체포될 테니."

부소는 그에게 들으라는 듯 비아냥거렸다.

"싸울아비란 명령에 따라 임무를 수행하는 데는 뛰어나지만 서로 의논해서 일을 처리하는 데는 엉성하기 짝이 없단 말이야."

평양성에 머물던 을지문덕은 홰나무촌 반란 사건을 보고받자 깜짝 놀라 즉시 요동성으로 달려갔다.

"이런 불상사가 일어나다니 정말 송구스럽습니다. 다만 섭정님께서 무사하시니 다행입니다."

건무는 싸늘하게 대답했다.

"때맞추어 잘 오셨구려. 역도(逆徒)를 어떻게 처벌하면 좋겠소?"

국법(國法)에 따르면 이러한 반역행위는 사형에 해당되는 범죄였다. 을지문덕은 갇혀 있는 싸울아비를 생각하니 안타까웠으나 차마 죄를 용서해 달라는 말을 끄집어 낼 수 없었다. 묵묵히 땅만 내려다보다가 이윽고 고개를 들고 무겁게 입을 열었다.

"죄인들은 만 번 죽어 마땅하오나 그들 잘못에는 소장도 책임이 있습니다. 제게 죄를 물으시고 자비를 베풀어 주시기 바랍니다."

건무는 얄밉다는 듯 쏘아붙였다.

"대체 어떻게 처벌해야 자비를 베푸는 것이 되겠소?"

"무거운 죄를 지었사오나 지난날 수나라와 싸움에서 큰 공을 세운 자도 있사오니 이를 참작하시어 … ."

건무는 차가운 얼굴로 말없이 자리에서 일어났다.

"섭정을 만난 일은 어찌 되셨습니까?"

몰라보게 여윈 해부루가 어두운 얼굴로 물었다. 을지문덕은 한숨을 쉬더니 고개를 저었다.

"시원한 대답은 얻지 못했소. 건무 왕자는 생각이 깊은 분이시니 기다려 봅시다. 다행히 양 대모달은 이 일에 얽혀 들지 않았다지요?"

"이번 일을 꾸민 자들이 양 대모달을 지도자로 추대하려 했으나 거절했지만 부소가 불고지(不告知) 죄로 엮어 넣으려 한답니다."

"대모달은 참으로 생각이 깊구려. 어떤 일이 있더라도 그 젊은이를 지켜야 하오. 우리의 희망이 될 큰 재목이니까. 지금은 남의 눈이 있어 만나지 못하지만 해부루 성주께서 대신 격려의 말을 전해주시오."

연금(軟禁) 생활은 외로워 사람이 그리웠다. 대역죄(大逆罪)에 얽히는 게 두려워선지 모두 발길을 끊었고, 유화라도 찾아올까 기다렸으나 양만춘이 가장 큰 어려움에 빠졌을 때 안부를 묻는 쪽지 하나 없이 요동성을 떠나버렸다. 얼마 전까지 그렇게 매달리던 여인이 칼로 베듯 냉정하게 가 버렸다는 사실을 믿을 수 없었다.

쓰라린 가슴을 달래고 있는데 뜻밖에 해오름이 찾아왔다.

"사형(師兄)께서 웬일이십니까? 면벽(面壁) 수련에 들어갔다는 말을 들은 지가 그리 오래되지 않았는데요."

"그럴 일이 있네. 그보다 요동성에 바람이 심하게 분다던데."

양만춘은 그동안 일어났던 일을 자세히 들려주었다. 어두운 얼굴로 듣고 있던 해오름이 입을 열었다.

"내가 들었던 것보다 더 심각하구먼. 건무 왕자나 해부루 성주께서 이 일을 어찌 처리하실지 알아보았던가."

"부소가 가로막아 만나지 못했습니다."

"자네는 이 일이 어찌될 것 같은가."

"거사(擧事) 전에 미리 막아 다행이지만, 섭정이고 태왕이 되실지 모르는 존귀한 분을 암살하려 했으니 그냥 넘어갈 수야 있겠습니까? 큰 불상사가 생기지 않을까 걱정입니다."

"나도 그런 생각이 드는구먼. 태극상인(太極上人)께서 무척 염려하고 계신다네.

건무는 큰 고민에 쌓였다. 이번 사건은 단순한 암살 미수가 아니라 뿌리 깊은 정치적 사건이었기에 그 파문(波紋)은 곧 전국으로 퍼져 나가리라. 부소는 단호하게 처벌해 반대파 싹을 잘라야 한다고 핏대를 세우지만, 을지문덕을 비롯하여 전국 싸울아비들이 지금 자신의 일거일동(一擧一動)을 지켜보고 있을 터였다.

고순이 모든 죄를 덮어쓰고 자결했고, 가담자는 명예를 목숨보다 중히 여겨 모진 고문에도 자백을 받아내기가 쉽지 않았다. 수백 명의 혐의자를 뚜렷한 증거도 없이 함부로 처형할 수 없었다. 이들은 하나같이 전쟁터에서 목숨을 걸고 싸운 용사였고, 이곳의 백성은 고구려에서도 거칠기로 유명하니 잘못하면 큰 소동이 벌어질 터였다. 더구나 혐의자는 여러 성에서 모여온 싸울아비여서 한번 불똥이 튀면 요동 전 지역에서 들고 일어날 수 있었다.

벌써 요동의 여러 성주들이 해부루의 구명(救命)을 탄원하는 연판장(連判狀)을 돌렸고, 무명 선사를 비롯한 많은 스님이 반란 가담자들에게 자비를 베풀어 달라고 빌었다. 게다가 오늘 조의선인 우두머리의 편지를 지닌 젊은이가 찾아왔다.

"태극상인께서는 잘 지내고 계신가?"

"네, 다만 이번 사건으로 걱정을 많이 하고 계십니다."

태극상인 서신을 뜯어본 건무는 어리둥절했다. 백지(白紙)였기 때문이었다. 해오름도 백지서신이란 걸 알고 깜짝 놀랐다.

"상인께서 따로 전하시는 말씀이 없던가?"

"면벽수련 중에 서신을 전하라는 말씀만 들었습니다."

건무는 고개를 갸우뚱하며 생각에 잠겼다.

'면벽수련이란 장로(長老)로 임명하려는 제자에게 일 년 동안 누구도 만나지 않고 오직 수도에만 몰두하라는 뜻 깊은 수행이다.

기껏 한 장의 백지를 전하려고 중요한 수련 중인 장로급 제자를 보내다니. 분명히 깊은 뜻이 있으련만 그게 무엇일까. 명백히 죄를 지은 자를 풀어 달라 하기는 어렵지만, 나라를 위한 순수한 마음을 헤아려 용서하라는 뜻을 전하려 했음일까?'

높새바람

부용(芙蓉)은 대대로를 지낸 연태조(淵太祚) 조카딸로 꿈이 무척 큰 여인이고, 평양성의 꽃이었다. 그녀는 아름다운 용모 못지않게 말솜씨도 뛰어난 데다 성격도 활달해 평양성 젊은 귀족들은 그녀 마음을 얻으려 앞다투어 경쟁했다.

왕자 환진이 부용과 결혼하자 사람들은 태왕께서 사랑하는 둘째 왕자와 평양성 최고 미녀의 만남이라며 입에 침이 마르게 축복했다. 미인박명(美人薄命)인지 수양제의 첫 침략 때 환진이 오골성에서 전사하자 그녀는 짝 잃은 외기러기가 되었다.

부용은 아이를 둘이나 낳았지만 여전히 아름답고 피가 뜨거웠다. 지아비를 잃었지만 이에 꺾기지 않고 새로운 목표를 찾았다. 고구려 귀족은 나라가 위급해지면 누구보다 앞장서서 전쟁터에 달려갔기에 전쟁이 계속되자 평양성 귀족 가문마다 젊은 홀어미가 많이 생겼다. 일 년이 지나 상복(喪服)을 벗자 홀로 된 젊은 귀족 여인네들을 왕자궁(王子宮)에 불러 모아 전쟁에 나간 싸울아비 가족과 고아 돌보기에 나섰다.

영양태왕이 병들어 눕고 배다른 아우인 건무가 섭정(攝政)을 맡자, 왕자궁에 모인 귀족 여인은 어느 틈에 첫째 왕자인 환선 태자를 지지하는 모임으로 변했다. 부용이 태왕의 병구완에 정성을 기울이면서 태자를 만나는 일이 잦아지자 그녀가 태자를 노린다는 소문이 귀족 사이에 떠돌았다. 건무가 평양성을 비우고 요동성에 머물게 되자 부용은 물 만난 고기처럼 활발하게 움직였다.

부용이 탐라국에서 보내온 마른 전복과 귤을 한 보따리 선물하자 대대로 고지렴의 부인은 입이 함지박처럼 벌어졌다.

"마나님, 여전히 아름답군요. 대대로 어른도 별고 없으십니까?"

"서재에 계십니다. 들어가 보시지요."

"대대로 어르신, 요동성 회의에서 국내성 성주 어사무가 마음을 바꾸어 섭정님 의견에 찬성한 것을 어떻게 보십니까."

"전혀 뜻밖이었습니다. 왕자비께서 그 내막을 알고 계십니까?"

부용은 주위를 둘러보더니 목소리를 낮추었다.

"섭정님은 어쩌면 그렇게 엉큼하실까. 어르신께 한 마디 귀띔조차 없었다니. 국내성 성주에게 다음 차례 대대로를 약속했답니다."

부용은 고지렴의 눈빛이 흔들리는 걸 놓치지 않았다.

"어르신 임기가 아직 반 이상 남아있는데 섭정이 평양성 귀족과 한 마디 상의도 없이 제멋대로 다음 대대로에 국내성 성주를 추대키로 약속한 걸 아시고 태자님도 분노하고 계십니다. 평양성 귀족이 똘똘 뭉쳐 섭정의 횡포를 막아야 하지 않을까요?"

부용은 배시시 웃으며 마지막으로 못을 박았다.

"나라가 위태로운 때는 혈통(血統)보다 능력이 먼저라면서 건무 왕자께 섭정을 맡겼지만, 이제 평화가 돌아왔고 섭정을 맡으신 지도 3년이 지났으니 건무 님은 물러나고 태자께서 통치해야 되지 않겠습니까. 어르신께서 앞장서 주십시오."

대대로 고지렴은 많은 귀족이 어리석은 태자 대신 섭정 건무가 태왕에 오르기를 바란다는 걸 잘 알고 있었다. 하지만 건무가 자기에게 말 한 마디 없이 다음 대대로에 어사무를 추대한다니 마음이 편치 않았다.

왕자궁은 패수가 내려다보이는 내성(內城) 언덕 위에 있었다. 강물 너머로 능라도 버들가지가 봄바람에 어지럽게 흔들리고 한 쌍의 꾀꼬리가 앞서거니 뒤서거니 봄을 희롱했다.

부용이 목욕을 하고 젖은 머리를 말리면서 잠옷 차림으로 홀본구를 내실(內室)로 불러들였다. 젊은 사내는 짐짓 원망스럽다는 표정을 지으며 여인의 손을 부여잡고 어리광을 부렸다.

"마마, 여러 날 불러주지 않으시니 저를 잊어버리셨나이까?"

"어린애같이 보채기는. 남의 눈이 번거로워 자주 부르지 못했을 뿐 내 어찌 정인(情人)을 잊을 리가."

부용은 예쁘게 눈을 흘기더니 사내 손을 끌었다.

"저에게는 마마뿐입니다. 밤이나 낮이나 마마만 생각한답니다."

방 안은 곧 가쁜 숨소리로 가득 찼다. 한바탕 뜨거운 바람이 지나자 사내가 땀에 젖은 몸을 식히려 찬물을 끼얹었다.

"그래, 을밀(乙密) 장군 태도는 어떠하던가요?"

부용이 나른한 목소리로 홀본구에게 물었다.

"장인(丈人)은 여전히 섭정 편이지만 요동성 변고를 듣자 다소 흔들리는 것 같더군요. 가장 큰 타격을 받은 건 을지 대원수겠지요. 자기를 지지하던 수백 명 싸울아비가 감옥에 갇혔으니."

을지문덕 이야기가 나오자 부용의 음성이 차갑게 가라앉았다. 지아비 환진을 죽음에 빠뜨려 그녀가 태왕비(太王妃)가 될 길을 막아버린 원수. 여인은 입을 삐죽거리며 이를 갈았다.

을지문덕에 대한 부용의 증오를 너무나 잘 아는 홀본구는 미처 몸을 닦지도 못하고 달려 나와 여인을 달랬다.

"평양성 싸울아비들 분위기는 어때요?"

"마마, 초록은 같은 색깔이란 옛말이 있잖아요. 남부군과 북부군 간에 차이는 있으나 모두 흥분하고 있지요. 사건처리에 따라 폭풍이 불어 섭정과 을지 대원수 간에 싸움이 벌어질 테니 우리는 구경하다가 어부지리(漁父之利)를 챙기면 되겠지요."

사내는 여인에게 애무를 퍼부으며 가벼운 화제로 돌리려 애썼지만 여인은 피하지 않으면서도 하고 싶은 이야기는 다했다.

"태자의 평판은 어떻지요?"

사내는 여인에게 거스르지 않으려 거짓말을 했다.

"전보다 많이 좋아졌어요. 건무가 인심을 잃으면 태자 쪽으로 마음이 쏠리는 건 당연하지 않겠어요?"

부용은 사내의 넓은 품에 안기며 소곤거렸다.

"지금 태왕의 건강은 눈에 띄게 나빠졌어요. 건무가 섭정이지만 적통의 왕위 계승권은 태자에게 있지 않겠어요. 대대로 영감님도 우리 편으로 돌아섰으니, 건무와 을지 장군이 싸우게 되면 우리 꿈이 이루어져요. 그러면 당신은 궁성 수비대장!"

사내는 여인을 껴안으며 맹세했다.

"어느 명령이라고 거역하리까. 몸과 마음을 다 바쳐 마마께 충성을 바치겠습니다."

영양태왕의 병문안을 마친 부용이 동궁(東宮)을 찾았다. 방탕한 생활에 찌든 탓인지 창백하고 푸석푸석한 얼굴의 사내가 반갑게 맞이했다. 사내는 그녀를 후원에 있는 정자로 이끌었다.

"부인 얼굴은 복사꽃이 활짝 핀 듯 요염하구려."

"이렇듯 예쁘게 보아주시니 소녀 마음 달뜨잖아요. 태자 전하도 좋은 일이 많으신가 봐요. 지난번 뵈올 때보다 훤칠하십니다."

"말 마시오. 충고대로 왕궁에 처박혀 있자니 좀이 쑤신다오."

"사흘이 멀다 하고 소녀가 찾아오는데도 말씀이십니까?"

여인은 원망스럽다는 듯 눈을 흘기다 배시시 웃으며 몸을 꼬았다. 사내는 여인을 어루만지다가 귓불을 물며 속삭였다.

"부인이 이렇게 찾아오니 망정이지 그렇지 않으면 무슨 수로 이 답답한 감옥에서 버티겠소!"

사내가 나긋나긋한 몸을 파고들며 숨 가쁘게 소곤거리자, 여인은 성급하게 움직이는 등허리를 어린애 달래듯 토닥거렸다.

"기회가 왔어요. 요동성 거사가 미리 발각되어 건무가 죽지 않은 건 유감이지만 싸울아비 사이에 틈이 벌어졌답니다. 이제 전쟁도 끝나고 평화가 돌아왔으니 전하께서도 유력한 귀족과 장군을 찾아가 건무가 섭정 자리에서 물러나도록 밀어붙이세요."

"부인이 잘하고 있는데 나까지 나설 필요가 있겠소? 만날 때마다 잔소리나 하는 늙은 귀족 상판대기 보는 게 지겹다오."

부용은 기가 막혔지만 태왕비(太王妃)가 되는 꿈을 이루려면 어떻게 해서든지 이 못난 사내를 왕위에 앉혀야만 했다.

'이런 멍청이도 좋은 점이 있지. 내 치마폭을 못 헤어날 테니, 이 사내가 태왕이 되는 날 고구려는 나와 내 아들 것이야!'

마음을 돌린 부용은 사내를 정염의 불꽃 속으로 끌어들였다. 흐뭇하게 여인의 정열적인 몸짓에 발맞추던 사내가 뜬금없이 속삭였다.

"처음에는 아우의 옛 아내라 생각하니 망설여졌는데 이제는 대신 위로해준다 싶어 오히려 떳떳해지더라고."

"그것뿐이에요? 내가 좋아서가 아니고…."

여인은 힘껏 몸을 뒤틀어 호흡을 맞추며 마음속으로 생각했다.

'그분을 대신한다고? 어림없는 소리. 너는 그 발가락에도 못 미쳐. 쓸모가 있어 상대해 줄 뿐이지!'

죽은 남편을 그리워하는 마음과 달리 몸이 열리자 여인의 욕망은 무섭게 불타올랐다. 여인은 구렁이처럼 휘감아 조이며 사내의 머리부터 몸통까지 삼켜가는 자신의 모습을 떠올리면서, 미친듯 몸부림치다가 온몸을 굳히며 외마디 비명을 뿜어 올렸다.

"큰아버님, 그동안 강녕(康寧)하셨습니까. 마침 백 년 묵은 산삼을 구해서 이렇게 찾아뵈옵니다."

"고맙구나. 이리 귀한 걸 가져오다니. 하는 일은 잘돼 가느냐?"

연태조는 벙글벙글 웃으며 조카딸을 맞이했다. 꿈이 큰 조카딸을 볼 때마다 대견스러웠고 그 야망과 속셈을 꿰뚫어 보았다.

"그렇잖아도 큰아버님 도움이 필요해서 왔습니다. 고지렴 대인도 건무 왕자가 섭정에서 물러날 때가 되었다고 말씀하시더군요."

"염려 말거라. 도울 일이 있으면 어련히 도울라고."

"건무 왕자가 섭정을 한 지 벌써 3년. 이제 평화가 돌아왔으니 섭정을 그만두도록 큰아버지께서 앞장서 주세요."

연태조는 빙그레 웃으며 고개를 끄덕였다. 늙은 너구리는 겉과 속이 다른 음흉한 정치가로 권모술수가 뛰어난 데다 정보에 밝았고 권력을 지키려고 조카딸을 왕자 환진에게 시집보냈었다.

이미 대대로에 올라 권력을 휘둘러보았고, 지금도 호시탐탐 노리고 있지만 일이 잘못되어 어려운 지경에 빠진다면 언제든지 조카딸을 헌 짚신처럼 버리고 가문을 지킬 터였다. 웃음 짓는 얼굴과 달리 마음속으로 이해타산을 저울질하였다.

'이 아이는 조심성이 너무 없구나. 태자뿐 아니라 젊은 싸울아비와 추문(醜聞)까지 온갖 나쁜 소문이 떠돌고 있다. 능력이나 배짱은 여왕으로 군림(君臨)하기에 부족함이 없지만, 과연 건무와 맞서 무능한 태자를 왕위에 앉힐 수 있을까?'

평양성 백성은 하루하루 살기에 바빠 어지간한 정치 문제는 관심도 없었지만 요동성 회의에는 귀를 곤두세웠다. 요서를 포기한다는 결정이 알려지자 싸울아비들은 두 편으로 갈라져 논쟁을 벌였고 성급한 젊은 싸움아비 사이에 결투가 벌어지기도 했다.

평양성 병영에도 무거운 공기가 떠돌았다. 그중에 을지문덕을 따라 살수싸움에 참전했던 북부군은 조금만 건드려도 폭발할 것 같은 긴장감이 감돌았다. 을지문덕은 병사의 동요를 막고 흉흉한 민심을 달래느라 눈코 뜰 새 없었다. 이런 때 벌어진 요동성 반란 사건 소식은 불길에 기름을 끼얹었다. 백성은 두려움에 수군거렸고 혹시 내전(內戰)이라도 일어나지 않나 싶어 술렁거렸다.

북부군의 세 장군이 밤늦게 원수부(元帥府)를 찾아왔다.

"대원수님, 이렇게 보고만 계실 겁니까. 결단을 내리셔야지요."

을지문덕은 영특했던 환진 왕자가 지금 살아있다면 얼마나 좋을까 싶어 가슴이 쓰라렸다.

"어떻게 말인가. 섭정을 몰아내고 태자를 내세우자는 말인가?"

세 사람은 서로 얼굴을 쳐다보았다. 태자는 무능한 데다 주색(酒色)에 빠져 태왕의 그릇이 되지 못하고 백성의 신망도 없었다.

"대양군(大陽君) 전하는 어떻겠습니까?"

기병대장 흑구유가 을지문덕의 얼굴을 올려다보았다.

건무의 이복동생 대양군을 후계자로 삼는 건 명분(名分)으로 태자에 밀리고, 전쟁터에서 공(功)을 세운 바도 없었다. 또한 건무를 섭정으로 추대한 5부 귀족회의 결정을 정면으로 깨뜨리는 짓이었다.

"그것은 안 될 말이네."

"그렇다면 이대로 주저앉자는 말씀이십니까."

불만이 가득한 얼굴로 보병대장 통구하가 투덜거렸다.

을지문덕은 세 사람을 둘러보며 무겁게 입을 열었다.

"왜 적군에 맞서 피 흘려 싸웠던가! 우리가 가진 소중한 가치를 지키고 만백성을 잘살게 하려 함이 아니었던가. 고구려는 싸울아비 나라가 아니다. 한 번 반정(反正)을 일으킨 싸울아비는 그 맛을 잊지 못할 테니 나라 장래가 걱정되지. 그것밖에 선택의 여지가 없다는 절박한 경우가 아니라면 태왕폐하 명령 없이 군대를 움직이지 않겠네."

말을 마친 을지문덕은 입을 굳게 다물고 눈을 감아버렸다.

홀본구가 어수선한 북부군을 파고들었다. 백인대장과 니루들에게 돈을 뿌리며 건무를 반대하는 모임을 만들어 섭정에서 물러나야 한다고 선동했다. 평양성 경비사령관 겸 남부군 사령관 을밀은 패수전투에서 함께 내호아 수군을 물리쳤기에 건무와 가까웠으나, 패수싸움 때 을지 대원수가 구원군을 보내 주어 승리했던 은혜를 잊을 수 없었다. 그러나 남부군 병력 대부분은 남진북수파 성주들이 지배하는 남쪽 출신이었기에 을밀은 정치문제에 중립을 지켰다. 평양성 민심이 들끓고 군대 분위기가 심상치 않게 돌아가자, 그는 건무에게 빨리 돌아와 사태를 수습하라고 서신을 보냈다.

부용의 야망은 뜻하지 않았던 일로 꼬였다. 귀족 부인 모임에 젊은 사내가 드나들면서 여인들 사이에 시새움이 벌어졌다.

태학박사 딸 우미인은 어린 나이로 고지렴 막내아들에게 시집갔으나 첫날밤을 지낸 지 얼마 되지 않아 지아비가 평양성 방어전에서 전사했다. 고지렴은 홀어미가 된 며느리를 가련히 여겨 친정에 돌려보내고 귀족 부인 모임에 나가는 걸 눈감아주었다.

우미인은 성격이 밝아 늙은 귀부인의 사랑을 받는 귀염둥이였다. 그녀는 모임에 드나드는 홀본구에게 홀딱 빠져버렸고, 소문난 바람둥이는 순진한 우미인에게 사랑을 맹세하여 손아귀에 넣었다. 부용은 처음에는 홀본구를 거들떠보지도 않다가 우미인과 한 쌍의 원앙처럼 어울려 다니는 모습에 질투심이 끓어올라 장난치듯 가벼운 마음으로 사내에게 손을 내밀었다.

부용은 정치적인 일에는 빈틈없었지만 자신의 미모(美貌)에 대한 허영심이 유난히 강했다. 평양성 최고 미남이 자기 노리개임을 자랑하고 싶어 몸이 근질거려, 모임이 있는 날이면 홀본구를 불러 곁에 앉히고 짙은 애정표현을 하도록 은근히 부추겼다.

부용은 홀본구가 감히 올려다보지도 못할 높은 나무였다. 그녀는 지금까지 만났던 여느 여인과 전혀 달랐다. 혼이라도 빼앗을 듯 감정이 풍부한 커다란 눈망울과 신비로운 표정도 그러하거니와 거침없는 애정표현과 육감적인 몸매가 바람둥이의 눈을 멀게 했다. 우미인은 정인(情人)의 마음이 변한 것을 보고도 포기하지 않았다. 그녀보다 열 살이나 나이가 많고 아이가 둘이나 딸린 부용에 비하면 자기는 숫처녀나 다름없지 않은가. 언젠가 다시 자기 품에 돌아오리라 믿으며 쓰라린 마음을 달랬다.

618년 범해〔戊寅年〕 신록이 무르익은 5월 어느 날, 수양제가 부하에게 피살당하고 수나라가 멸망했다는 소식이 평양성에 전해졌다. 평양성 백성이 거리로 몰려나와 평화가 돌아왔음을 기뻐하는 축제가 벌어져 밤늦게까지 춤추고 노래했다.

부용은 고지렴과 연태조가 그녀 편에 서서 건무를 섭정 자리에서 몰아내리라 믿고 의기양양해서 그녀의 연적(戀敵)에게 쓰라린 패배를 안겨주기로 마음먹었다.

일부러 우미인을 불러 거실에 기다리게 한 후, 부용은 헝클어진 머리칼과 할딱거리는 숨소리를 감추지도 않고 보란 듯 방문을 열고 들어섰다. 그녀의 흐트러진 옷매무새와 열없는 웃음을 띠고 뒤따라 들어서는 홀본구 모습이 우미인 가슴을 예리하게 후벼 팠다. 모닥불을 끼얹은 듯 얼굴이 뜨거워지고 쥐구멍에라도 들어가고 싶게 수치심을 느껴 입술을 깨물고 밖으로 뛰쳐나갔다.

패수 강물에 젊은 여인 시체가 떠올랐다. 그녀의 유서는 부용의 난잡한 생활을 낱낱이 폭로하는 고발장이었다. 그날 밤 왕자궁을 나오던 홀본구가 괴한의 습격을 받아 칼에 찔려 죽자, 평양 시내가 벌컥 뒤집어지고 온갖 추문이 퍼졌다. 그것은 하늘을 찌를 듯 기세당당하던 부용의 몰락을 알리는 조종(弔鐘)이었다.

연태조가 누구보다 먼저 조카딸과 의절(義絶)을 선언했고, 뒤이어 고지렴이 그녀의 음모를 폭로했다. 병으로 누워 있던 태왕은 낯 뜨거운 소식을 듣고 크게 노해 그녀의 궁정 출입을 금지시켰다. 마음에 큰 상처를 입은 태왕의 병세(病勢)가 급속도로 악화되어 간다는 소문이 궁정 밖까지 흘러나왔다.

을지문덕은 물러날 때가 왔음을 깨달았다.

'싸울아비의 사명은 나라를 지키는 것이고, 명예가 목숨보다 더 소중하다. 지금 내가 일어선다면 섭정 건무를 몰아내는 건 어렵지 않겠지만 많은 피가 흐르겠지. 환진 왕자처럼 훌륭한 인물을 태왕의 자리에 앉혀 위대한 고구려를 세울 수 있다면 명예를 잃고 손에 피를 묻히는 짓도 기꺼이 하겠지만, 그렇지 않다면 부질없는 일. 자칫하면 나라를 혼란에 빠뜨리는 큰 죄를 지을 뿐이다.

건무가 주장하는 화평정책은 못마땅하지만 어떤 길이 진정 나라를 위하고 사직(社稷)을 잘 지킬지 하늘만 알 수 있으리라. 더구나 서로 생각이 다를 뿐 건무는 어리석은 사람은 아니다. 나라 장래를 생각한다면 이 어려운 때 무능한 태자를 태왕으로 추대할 수 없다.'

을지문덕이 대원수의 직에서 물러날 뜻을 밝히자 건무가 말렸다.

"평화가 돌아왔다 하나 아직 나라 안팎이 어수선합니다. 이런 때 대원수께서 물러나신다면 혼란이 생길까 걱정입니다."

"벼슬에 나가는 것보다 물러날 때 몸가짐이 더 어렵다 들었습니다. 그동안 태왕폐하의 지기(知己)에 힘입어 부족하나마 제 뜻을 펼쳤지만, 이제 섭정 전하의 시대입니다. 그대로 자리에 머물면 섭정께서 뜻을 펴시는 데 걸림돌이 될 것이기에 물러나려 합니다."

건무는 을지문덕의 고상한 인격과 뛰어난 능력을 존경했다.

그동안 남수북진과 남진북수의 정치적 입장이 서로 달라 정적(政敵)이 되었으나 그를 미워할 수 없었다. 더구나 가장 위험했던 순간 결단을 내려 그 지휘 아래 있던 모든 정예군을 보내 주어 패수의 승리를 이루게 해주었던 은혜를 어찌 잊을 수 있으랴.

지난날을 떠올리던 건무에게 을지문덕이 머리를 숙였다.

"섭정 전하, 간곡한 부탁이 있습니다."

"을지 대인, 거리낌 없이 말씀하십시오."

"요동성 반란으로 갇혀 있는 싸울아비를 풀어 주시기 바랍니다. 비록 성급하고 어리석긴 하나 나라를 사랑하는 마음을 지닌 자들입니다. 내란음모죄를 저질렀다면 싸울아비 우두머리인 대원수가 짊어져야 할 짐이오니, 잘못 인도한 이 늙은이에게 죄를 물으시고 저들에게 나라를 위해 명예롭게 싸울 기회를 베풀어 주십시오."

건무는 죄를 미워해도 사람은 미워하지 말라던 무명 선사 탄원과 태극상인의 백지 편지가 생각났다.

"너무 염려 마시오. 곧 바라시는 대로 매듭을 짓겠소."

618년 범해 9월 영양태왕이 죽고 섭정 건무가 왕위에 오르니 영류태왕이었다.

영류태왕은 즉위 첫날 천하에 대사령(大赦令)을 내렸다. 감옥에 갇혔던 요동성 반란 가담자가 풀려나고 성 밖으로 나가는 것이 금지되었던 양만춘의 근신(謹愼) 처분도 풀렸다.

이해에는 중국 대륙에도 새 시대가 열렸다. 3월에 양제가 살해당하고 당(唐)나라가 건국되어 고조(高祖) 이연(李淵)이 황위에 올라 연호를 무덕(武德)으로 정했다.

영류태왕은 국내가 안정되자 이듬해(619년) 2월 당나라에 사신을 보냈다(398쪽 참조). 그의 대외정책 첫 번째 목표가 중국과 평화로운 관계를 회복하는 것이었기 때문이다. 그리고 같은 해 4월 국내성에 행차하여 동명성왕의 능(陵)을 참배하고 사당(祠堂)에 제사를 드리며 태평성대(太平聖代)가 돌아왔음을 아뢰었다.

새로운 하늘과 땅

黑水平定

백두산 천지 물은 송화강(松花江)이 되어 북으로 2천 리를 달리다가 북만주 초원을 적시며 남으로 흐르는 눈강(嫩江) 물줄기와 합치면서, 동쪽으로 방향을 틀어 드넓은 북만주 평야 3천 리를 유유히 흘러 흑수(黑水, 흑룡강)와 합류해 멀리 얼음바다(오호츠크해)로 들어간다. 이 동류(東流) 송화강 가에 사는 사람을 '흑수말갈'이라 불렀다.

후기(後期) 고구려 북쪽 경계선은 그리 분명치 않지만, 문자태왕 때 부여의 옛 땅을 합쳤으므로 역사 지도는 고구려 북쪽 국경선을 부여성(扶餘城) 부근인 북류(北流) 송화강과 눈강의 합류점(合流點)까지로 표시하고 동류 송화강 유역 흑수말갈 땅은 발해 때에야 그 영토에 포함된 것으로 표시하고 있다(399쪽 참조). 그러나 동류 송화강은 고구려 영역에서 가장 큰 강으로, 수운(水運)이 무척 편리하고 담비 털가죽을 비롯한 귀한 교역품(交易品)이 풍부했으니 고구려 생활권(生活圈)에 포함되었을 뿐 아니라 고구려 상인의 활동무대였음이 분명하다.

광개토태왕릉에서

대사령(大赦令)이 내려 연금(軟禁)에서 풀려났으나 양만춘은 절망에 빠졌다. 영주를 점령해 광개토태왕이 정벌했던 옛 땅을 완전히 회복할 절호의 기회를 놓친 데다, 고구려의 영광을 되찾으려던 을지 대장군까지 은퇴하자 나라의 장래가 염려되었다.

양만춘은 쓰라린 가슴을 안고 국내성으로 향했다.

때마침 마자수 강변 동강마을에서 동맹축제가 벌어졌다. 흰 옷 입은 사제(司祭)가 추모태왕과 영락태왕(永樂太王, 광개토태왕의 살았을 때 칭호)의 사당(祠堂)에 태평성대가 돌아왔음을 아뢰고 제사를 드렸고, 하늘의 아들 해모수와 수신(水神) 하백(河伯)께 풍년제(豊年祭)를 올렸다. 그다음 여러 마을에서 모여 온 사람들이 떼를 지어 삼족오 깃발을 앞세우고 흥겨운 풍악을 울리며 광개토태왕릉으로 행진했다. 화려한 명절 옷을 갖춰 입은 사람들은 신나게 꽹과리를 치고 장구를 두드리며 능 주위를 한 바퀴 돈 다음 마을로 돌아갔다.

양만춘은 이들을 눈으로 배웅하고 태왕릉 안으로 들어가 수묘(守墓)하는 우두머리의 안내를 받아 경건하게 참배하고서 태왕릉 비석 앞에 끓어 엎드려 삼일삼야(三日三夜) 향(香)을 사르며 간절히 빌었다.

밝게 빛나는 햇살 속에 위풍당당한 신인(神人)이 나타났다.

“누가 감히 내 단잠을 깨우느냐.”

"요서(遼西)로 출정했던 양만춘이옵니다."

"오호라, 황금삼족오 깃발을 자랑스럽게 휘날리며 비려(거란) 땅을 누비던 젊은 싸울아비로군. 무슨 일로 찾았는고."

"어둠 속을 헤매오니 길을 밝혀주소서."

신인의 얼굴에 밝은 미소가 떠올랐다.

"황금삼족오가 무엇이더냐?"

"해님의 사자(使者)로 하늘의 신령한 뜻을 인간에게 전하는 신조(神鳥)입니다."

"너는 동맹축제의 유래(由來)를 아느냐?"

"시월 상달은 하늘이 열린 개천(開天)의 날이고, 세상이 처음 시작된 으뜸가는 달인 정월(正月)이어서, 이를 감사하는 우리 겨레의 가장 큰 명절이라고 배웠습니다."

"그렇다. 지금부터 3천 년 전(기원전 2333년) 하늘의 아들 환웅(桓雄)께서 태백산 신단수 아래 신시(神市)를 여시고, 홍익인간의 높은 꿈을 이 땅에 펼치신 것을 기리는 축제가 바로 동맹이니라. 너는 조의선인이니 홍익인간의 참뜻은 잘 알 테지. 환웅의 아드님 단군왕검께서 나라를 다스린 후 오랜 세월이 흐르는 동안 허다한 곡절이 있었지만, 그때마다 하늘은 황금삼족오를 보내시어 우리 민족을 구하시고 홍익인간의 귀한 뜻을 온 누리에 펴셨느니라."

"황금삼족오 깃발에는 어떤 사연이 있사옵니까?"

"비려 원정을 떠나던 날 꿈속에서 보았지. 그 후 그 깃발 아래 싸울 때마다 혁혁한 승리를 거두었단다. 오랜 세월 군기(軍旗) 수장고에 잠자던 깃발이 다시 햇빛 아래 펄럭이는 걸 보니 무척이나 기뻐더구나."

신인이 한 걸음 다가왔다.

"네 갈 길을 물었던가? 외적으로부터 고조선 옛 강역(疆域)을 굳게 지키고 하늘의 뜻을 받들어 다스리고 정의로운 밝은 세상, 꿈꾸는 사람이 그 꿈을 이루고 성실하게 노력하면 풍성한 열매를 거두는 나라를 세워라. 그게 삼족오의 뜻이고 네가 걸어가야 할 길이다."

"저같이 부족한 자가 어찌 그처럼 무거운 짐을 지겠습니까."

"그렇다! 어찌 쉬운 일이겠느냐. 나 역시 무척 감당키 어려웠다. 내 아들아, 네게 주어진 사명을 기꺼이 받아들이고 어떤 어려움이 닥쳐도 겸손한 마음으로 온 힘을 다해 네 운명을 개척할 수밖에 없지 않겠느냐. 오래지 않아 너는 다스리는 자가 될 게다. 이 땅의 묵은 폐단을 바로잡아 개혁을 이루고 위대한 황금삼족오의 꿈을 널리 펼쳐라. 그 깃발 아래, 빛의 나라 고구려의 하늘과 땅에 네 꿈을 활짝 꽃 피워야 한다. 내 아들아! 네 운명을 사랑하라. 때때로 좌절하더라도 오늘보다 더 나은 내일이 올 것을 믿으며 꿈과 희망을 잃지 말고 뚜벅뚜벅 걸어가라. 인간은 온 힘을 다해 노력할 뿐 이루어 주시는 이는 하늘이시다. 설혹 네가 이루지 못하면 다른 이가, 지금 이루지 못하면 천년 후에라도 이루어질 테니."

양만춘은 그동안 궁금했던 일을 물었다.

"태왕이시여, 어찌하여 그 당시 삼한(三韓)을 하나로 통일하지 아니하셨나이까. 저희들은 두고두고 아쉬워하나이다."

신인의 밝게 빛나던 얼굴이 문득 어두워지며 허공을 바라보았다.

"네가 정녕 담덕(談德, 광개토태왕 이름)의 가슴 아픈 데를 정통으로 찌르는구나. 내 나이 서른아홉 생일날 내 삶이 오래지 않아 끝날 것을 알고서, 20년 아니 단지 10년만 더 살게 해 주시면 삼한을 통일할 테니 그러고 나서 데려가 주십사고 얼마나 간절하게 하늘에 빌었던가! 무척 원망스러웠다. 거련(巨璉, 큰아들인 장수태왕, 재위 413 ~491년)에겐 96살이나 살게 하면서 끝내 내 소망은 들어주시지 않더구나. 하늘은 한 인간에게 모든 걸 다 이루게 허락하지 않는 것일까. 아들아. 인간이 저 높은 하늘의 뜻을 어찌 알며 운명을 거스르겠느냐. 그러나 나는 믿는다. 우리 민족이 어려움에 처할 때마다 하늘은 황금삼족오를 보내 구원해 주시고, 먼 훗날 이 땅에 영광스러운 시대를 펼쳐 주실 것을."

태왕릉 비석 옆 우람한 미인송(美人松) 소나무 잎에서 후드득 아침 이슬이 떨어져 양만춘은 눈을 떴다. 비몽사몽간의 만남이었으나 꿈이라기에는 너무나 생생했다. 순간 붉게 떠오르는 햇살 속에 날개를 활짝 편 삼족오가 날아오르는 것을 본 듯했다.

양만춘은 이불란사를 찾아가서 무명 선사께 문안인사를 드렸다. 선사께서는 지난날 요동성에서 난민(難民)을 구휼(救恤)할 때 대씨 노부인과 양만춘이 도와 준 것을 감사하다가 돌연 그의 얼굴을 뚫어지게 쳐다보았다.

"시주님 얼굴이 구름을 뚫고 나온 해님처럼 밝게 빛나는군요. 머지않아 놀라운 일이 일어날 듯하구려!"

양만춘이 태왕릉에서 있었던 일을 들려주자 무명 선사는 지그시 눈을 감더니 좌선(坐禪)에 빠져 들었다.

"엄청난 기연(奇緣)이군요. 시주님께서 영락대제(永樂大帝)의 황금삼족오 꿈을 이어받으셨구려. 여태껏 수천 명 참배객이 태왕릉에 다녀왔으나 뜻깊은 인연을 만난 이가 없었건만 그처럼 분명하게 계시(啓示)를 내려주시다니."

선사께서는 엄숙한 얼굴로 말을 이어갔다.

"한갓 장수라면 싸울아비로도 충분하겠지만 다스리는 자가 되려면 유능한 인재의 도움을 받아야 할 것이오. 한 사람 천재는 만인을 잘살게 하고, 현명한 인재는 나라와 백성의 큰 복이니, 다스리는 자는 목마른 사슴이 물을 찾듯 좋은 인재를 구하지요. 그러나 흠 없는 사람 어디 있으리. 유능하다면 백 가지 흠이 있더라도 개의치 말고 적재적소(適材適所)에 가려 쓰면 될 테지요.

다만 권력이 있는 곳은 시궁창 같아 온갖 벌레들이 꼬여드니 특히 악인(惡人)을 경계하시오. 백성을 편 가르고 분열시키는 자는 악한 자이니 아무리 옳은 소리를 지껄여도 가까이하지 마시오. 동료의 흠을 들추며 자기보다 뛰어난 이의 발을 걸어 넘어뜨리는 자, 탐욕에 젖어 부끄러움을 모르고 백성의 삶에 해를 끼치는 자 또한 악한 자이니 멀리해야 할 것이오.

시주님, 이 사바(娑婆) 세상에서 살다보면 온갖 어려움을 겪겠지요. 그러나 악인의 형통(亨通)함을 보더라도 부러워 마시오. 그들의 권세와 부귀함은 시궁창의 분뇨만도 못 하고, 바람에 날리는 겨와 같이 허망하게 사라질 것이오."

양만춘은 무명 선사의 가르침을 가슴에 새기며 스승에 대한 예의로 꿇어 엎드려 정중하게 삼배(三拜)를 드렸다.

양만춘은 흐뭇한 마음으로 국내성 안 고검문(高劍門) 도장을 찾아갔다. 평화로운 세상이 되어선지 초문사 앞길은 몇 해 전보다 더 번화해졌고 지나가는 주민들의 얼굴도 한결 밝았다.

무예사범(武藝師範) 이리매와 함께 술집에 앉아 오랜만에 술잔을 나누며 지난날 요동성 홰나무촌 사건의 추억을 이야기하는데 달가가 뛰어들어 왔다.

"여기 계셨군요. 대모달님을 찾아 얼마나 헤맸다고요."

"달가, 이 먼 곳에 어찌 왔나. 무슨 일이라도 생겼는가?"

"말도 마십시오. 흑수말갈 아이신 부족이 반란을 일으켜 바카투르 상단의 동류(東流) 송화강 가 교역장을 불태웠고, 두물머리 대씨촌(大氏村)조차 큰 위험에 빠졌습니다. 대씨 노마님이 급히 양대모달님을 찾고 있습니다."

문득 양만춘은 '오래지 않아 다스리는 자가 되리라'던 영락태왕의 예언이 머리에 떠올랐다.

'내가 가야 할 곳이 흑수말갈이던가. 그렇다면 어떤 어려움이 있더라도 기꺼이 그 길로 나아가리라.'

그는 이리매와 작별하고 즉시 두물머리로 달려갔다.

원정대

“흑수말갈로 엄청난 수량의 무기가 흘러 들어가고 있답니다.”

대아찬의 보고를 들은 양만춘이 고개를 갸우뚱거렸다.

“창과 쇠뇌라. 어디서 보내는가?”

“영주에 웅크리고 있는 돌지계 일당이 팔고 있습니다. 벌써 두 세 차례 거래가 있었던 것 같습니다.”

“돌지계가 움직였다면 예삿일이 아닌 듯하네. 다음 거래가 언제 있을지 잘 살펴보게.”

흑수말갈인은 한때 물길(勿吉)이란 부족국가를 세우고 때때로 고구려 북쪽 국경을 시끄럽게 했다. 476년(장수태왕 63년) 백제의 한성(漢城, 현재 서울 풍납동)을 빼앗고 아리수(한강) 유역을 고구려가 차지한 해, 물길은 북위에 사신을 보내 공동으로 고구려를 침략하려던 적도 있었지만, 문자태왕(재위 491~519년) 4년 고구려가 북부여를 정복하면서 물길도 평정해 세력권 안에 넣었다.

한 달도 지나기 전에 수상한 마차들이 거란 지역에서 실위 땅으로 들어섰다는 보고가 들어왔다. 양만춘은 즉시 두물머리 대씨촌 기병대에 출동명령을 내렸다.

“개코는 그들의 움직임을 계속 살펴보고, 달가는 기병대를 이끌고 눈강 나루터로 가서 매복하게. 나도 민병대를 소집하여 뒤따르겠네. 무기를 실은 마차가 강을 건너기 전에는 공격하지 말게.”

돌지계 일당은 장사꾼 차림으로 눈강 나루터에 이르러 언덕에서 야영했다. 다음 날 아침 정찰병을 보내 강 건너편을 조심스럽게 살피더니, 뗏목에 마차를 싣고 강을 건너 30대 마차를 둥글게 원진(圓陣)으로 배치하고 휴식했다.

나루터 앞 숲속에 숨어 있던 달가의 기병대가 원진의 마차를 향해 불화살을 퍼부으며 돌격했다. 뜻밖의 기습을 당하자 돌지계 일당은 마차를 방패삼아 반격했다.

양군이 격렬하게 싸우는데, 돌연 강 아래쪽 언덕에서 북소리가 울리며 십여 대 투석기에서 불타는 나무토막을 원진 안에 쏟아부었다. 뒤이어 양만춘이 이끄는 민병대가 달려왔고, 강 위쪽 숲에서도 붉은 깃발이 휘날리며 요란한 꽹과리소리가 울려 퍼졌다.

포위된 것을 깨달은 돌지계 일당은 두려움으로 간이 떨어졌다. 마차를 호위하던 돌지계 군 지휘관이 눈강 나루터의 뗏목으로 달아나자 부하들도 뒤따라 도망쳤다. 그러나 강을 건너기도 전에 강가 나무 그늘에 숨어 있던 바카투르 상단 상선이 뱃머리로 밀어붙여 뗏목을 뒤집어버렸다.

마차에는 엄청난 양의 무기가 실려 있었다. 창 2천 자루, 쇠뇌〔弩〕 500개 그리고 쇠뇌 화살이 가득 실려 있었다. 병사들이 돌지계 군 지휘관과 부상을 입은 흑수말갈 젊은이를 끌고 왔다.

"이 무기는 어디서 가져왔는가?"

"수나라가 망할 때 돌지계 장군이 영주 무기고에서 빼돌린 겁니다."

"누구에게 보내는 것이냐?"

"저는 운반책임만 맡아 모릅니다. 저 젊은이가 주인입니다."

양만춘은 건장한 체격의 흑수말갈인에게 시선을 돌렸다.

"어느 부족 사람인가?"

"나를 죽일 수는 있겠지만 내 입을 열지는 못할걸. 오래지 않아 아버지에게 톡톡히 대가를 치르게 될 게다."

젊은이는 험상궂은 얼굴로 눈을 부라리며 흘겨보았다. 곁에 있던 대아찬이 알려 주었다.

"목걸이와 복장을 보니 아이신(金) 부족 같습니다. 아이신은 흑수말갈에서 가장 큰 부족이고, 부족장이 야심이 큰 사나이라 이웃 부족을 정복해 대추장이 되려 한답니다."

양만춘은 고개를 끄덕이고 일어났다.

옛날 물길의 중심세력이었던 아이신 부족장이 수나라와 오랜 전쟁으로 고구려가 큰 타격을 입어 비틀거리고 있는 틈을 타 새로운 부족국가를 건설할 야심을 펼치고 있음이 분명했다. 그렇다면 그대로 두고 볼 수 없었다.

열흘 후 상선을 이끌고 떠난 대아찬에게서 급한 소식이 왔다. 아이신 부족장이 바카투르 상단의 모든 교역장(交易場)을 점령했을 뿐만 아니라 바카투르 상선이 송화강을 항해하는 길조차 막았다. 잘못하면 담비 교역로를 상실하는 것은 물론 두물머리 개척지도 위태로워질 듯했다.

양만춘은 사로잡은 부족장 아들을 볼모로 삼아 상단 일꾼을 구하도록 지시하고, 아이신 부족과 싸울 군사를 모으려 길을 나섰다. 해부루 성주를 찾았으나 태왕의 허락 없이 국경 밖으로 군사를 보낼 수 없다고 거절당했다. 평양성에 가서 고정의에게 도움을 청하자 태왕의 측근인 온문을 소개해 주었다.

“양 대모달, 태왕께서 왕위에 오르신 지 얼마 되지 않아 천하가 태평하기를 바라시니, 나라 밖으로 원정군을 보내는 걸 달가워하지 않을 게요.”

“온 대인, 그렇다면 지원병을 모집해 싸우는 것이야 허락하겠지요? 흑수 지역은 우리의 뒤뜰이니 그대로 내버려 두었다가는 또다시 돌지계 같은 반역아가 일어나 큰 걱정거리가 될 것이오.”

“흑수말갈은 만만한 부족이 아닌데 지원병만으로 평정할 수 있겠소?”

“무력만으로 정벌할 수 없지요. 소장이 생각하는 평정은 힘이 아니라 그들의 삶을 풍요롭게 만들어 진심으로 우리를 어버이 나라로 믿고 의지하게 만드는 것입니다.”

온문이 영류태왕께 양만춘의 뜻을 전하자 부소가 못마땅한 얼굴로 온문을 노려보았다.

“대사령으로 풀려난 지 며칠 되었다고 그자가 또 말썽을 부리려 하오. 의무려산 사냥사건 때 쓴맛을 벌써 잊었나 보군.”

“양 대모달은 요하를 넘는 건 당나라와 충돌이 염려되지만 송화강과 흑수는 우리 뒷마당이니 그들과 이해관계가 없는 곳이고, 앞날을 위하여 우리 뒤를 튼튼하게 안정시켜야 한다더군요.”

“흑수를 평정해 우리 뒷문을 미리 단속하자는 말은 옳은 것 같소. 그러나 흑수말갈인은 용감한 숲의 사람들. 정예병을 동원해도 쉽지 않을 텐데 지원병으로 평정하겠다니 황당하구려. 그들은 울창한 숲속에 흩어져 사는 사나운 부족이 아닌가요?"

영류태왕이 고개를 갸웃거리며 두 신하를 둘러보았다.

"양 대모달은 무력뿐 아니라 그들을 공생공영(共生共榮)의 길로 이끌어 복종시키겠답니다."

태왕은 양만춘의 주장을 전해 듣고 고개를 끄덕였다.

"한 손에 칼, 다른 손엔 평화라. 짐에게 무엇을 도와 달랍디까?"

"지원병 모집을 허락하는 교서(敎書)를 바랐습니다."

부소가 즉시 반대하였다.

"그자가 지원병을 모집하면 지난날 흉측한 일을 꾀하던 무리가 모여들 게 뻔하니 폐하에게 이롭지 않을 것입니다."

"이미 대사령을 내려 풀어 주었잖소. 평양성에서 수천 리 밖 변방에 짐을 싫어하는 수백 명 싸울아비가 모여 본들 무엇이 두렵겠소. 게다가 그들과 싸우다 보면 많이 죽을 테고 숨어서 원망하는 것보다 일거리를 얻어 울분을 푸는 게 더 나을 듯하구려. 더구나 성공한다면 선대(先代) 태왕께서도 이룩하지 못한 흑수말갈을 평정하는 일 아니오."

태왕은 결단을 내렸다.

"내일 양 대모달을 부르시오. 흑수말갈 원정사령관에 임명하겠소. 두 분도 도울 방법을 찾아보시오."

요동성 성문 앞에 원정대를 모집하는 글을 써 붙였다. 요서 원정 때 함께 싸웠던 용사는 물론 사냥꾼과 무예에 뛰어난 자들이 몰려들었다. 그중에는 요동성 반란사건으로 싸울아비 자격을 잃어

버린 떠돌이 낭인(浪人)이 많았다.

해부루는 염려가 되어 양만춘을 찾았다.

"들으니 지난번 대사령에서 풀려난 싸울아비가 많이 모여왔다던데 조정(朝廷) 대신들이 트집 잡지 않을까?"

"전쟁에서 단련된 자라야 제대로 싸울 수 있지 않겠습니까. 더구나 싸움터가 숲속이 될 테니 무예가 뛰어나지 않으면 쓸모가 없습니다. 이런 사정을 말씀드렸더니 폐하께서 윤허(允許)했습니다. 공을 세우면 싸울아비 자격을 되찾는 것도 허락했고요."

"정말 다행일세. 그러나 자네가 지난번 그 모임의 우두머리가 되기를 거절한 일로 원망하는 자도 있다던데 괜찮을까?"

"제가 마음에 거리끼는 행동을 않았는데 무슨 일이 있겠습니까."

양만춘은 태연한 얼굴로 해부루를 쳐다보았다.

양만춘은 5백 명 지원병이 모이자 급히 이들을 이끌고 두물머리로 출발하고, 어우보가 남아서 지원병 모집을 계속했다.

두물머리 대씨촌(大氏村)과 그곳에서 가까운 송화강 개척농장까지 두려움에 떨고 있었다. 양만춘은 아이신 부족장 아들과 사로잡힌 고구려 사람들을 교환했다는 보고를 듣자 대아찬에게 물었다.

"저들이 문자태왕(文咨太王)의 경계비(碑)를 침범했나?"

"네, 니탕개 부족 군이 경계선을 넘어와 그곳에 사는 유목민과 여기저기 흩어져 있는 농가를 약탈했습니다. 니탕개 부족은 아이신 부족과 동맹을 맺었답니다. 며칠 전 이들이 대씨촌 근처에도 나타나 주민들이 공포에 떨고 있습니다."

고개를 끄덕이던 양만춘이 경비대장을 돌아보았다.

"마을과 농장의 경비 상태는 어떻소?"

"목책을 두 겹으로 튼튼히 보강하고 젊은이를 모두 무장시켰으니 적이 몰려와도 쉽게 근거지를 빼앗기지 않을 겁니다."

"적의 현재 상황은 어떠하오?"

"아이신 부족장이 흑수말갈 대추장이라고 선언하고, 수천 명 군사를 이끌고 주변을 노략질하자 모두 숨도 크게 쉬지 못하는데, 오직 아성(阿城) 지역(현재 하얼빈 남쪽) 부족장 아골태가 이에 맞서고 있답니다."

"그러면 아골태가 우군(友軍)이 되겠군. 대아찬은 우리 원정군을 위하여 배를 준비하게. 지금 몇 척의 상선이 남아 있나?"

"아이신 군 습격으로 두 척이 불타고 세 척만 남았습니다."

"상선에 보급품을 싣고 출항을 서둘러 준비하게."

양만춘은 황금삼족오(黃金三足烏)의 꿈을 흑수말갈 땅에 펼치기로 굳게 서원(誓願)하고 대씨촌 광장에 지원병과 두물머리촌 민병대를 모았다. 황금빛 바탕에 검은 삼족오를 수놓은 군기(軍旗)와 영류태왕이 하사한 '흑수 원정군 사령관 양만춘'이란 깃발이 펄럭였다.

"흑수말갈은 마음을 얻고 믿음을 심어주어야지 무력만으로 평정할 수 없소. 우리가 여기 모인 것은 반란 부족을 토벌하여 섬멸하기보다 동맹 부족으로 만들기 위함임을 명심하시오. 아이신 부족도 지금 적이지만 우리 친구로 만들고 싶으니, 어떤 경우에도 여인과 노인같이 약한 자를 괴롭히거나 노략질하지 않기 바라오. 이를 어기면 군법에 따라 다스리겠소. 지원병 여러분의 용맹과 전투력을 잘 알고 있소. 비록 백의종군하지만, 그대들은 지난날 조국 방어전쟁에서 백인대장과 니루로서 용감히 싸웠던 명예로운 싸울아비였소. 부디 이번 원정에서 공을 세워 지난날의 허물을 벗고 다시 명예로운 싸울아비로 거듭나기를 간절히 바랍니다. 나는 여러분이 예전 지위를 되찾도록 힘껏 도와주겠소."

양만춘은 이리매에게 특별임무를 맡겼다.

"이곳 지형을 살펴보니 경계비가 있는 고갯길이 첫 싸움터가 될 것 같소. 오늘 밤 어둠을 틈타 적이 눈치 채지 못하게 미리 고갯마루를 점령하고 골짜기 뒤 산등성이에 숨어 있다가 싸움이 벌어지면 적의 뒷덜미를 치시오. 본대는 이틀 후에 움직일 것이오."

"대모달님, 감사합니다. 먼저 공을 세울 기회를 주시니."

이리매는 지원병 백 명을 이끌고 아무도 모르게 떠났다.

이틀 후 원정군을 둘로 나누어 양만춘이 이끄는 본대는 대씨촌 동문을 나서 니탕개 군을 소탕하고, 나머지 병력은 보급품을 가득 실은 세 척 상선에 나누어 타고 본대의 진격에 맞추어 뒤따르게 했다. 본대는 부챗살처럼 퍼져 니탕개 군을 동쪽으로 내몰았다.

토벌 작전이 시작되자 니탕개는 흩어진 병력을 모아 서서히 동쪽 경계비 쪽으로 물러나면서 그 앞쪽 좁은 산골짜기에 숨어 고구려 군을 함정으로 유인하려 했다.

검은 말을 탄 거인 니탕개가 큰 쇠도끼를 휘두르며 고구려 군에 싸움을 걸자, 본대 선봉장 달가가 창을 빗겨 들고 달려 나가 맞붙었다. 몇 차례 창과 도끼가 부딪히다가 니탕개가 짐짓 말머리를 돌려 골짜기 안 오솔길로 달아났다. 그러나 달가는 뒤쫓지 않고 본진으로 돌아왔다. 유인 작전이 먹혀들지 않자 니탕개가 날카로운 휘파람을 불었다. 숲속에 숨었던 한 무리 니탕개 군이 튀어 나와 본대를 향해 활을 쏘며 욕설을 퍼붓더니, 고구려 군이 뒤쫓자 재빨리 골짜기 안쪽으로 도망쳐 달아났다.

돌연 귀를 찢을 듯 날카로운 징소리가 울려 퍼지더니, 골짜기 뒤쪽 산등성이 여기저기서 우렁찬 북소리가 뒤를 이었다.

니탕개는 깜짝 놀랐다. 고구려 군을 골짜기로 유인해 함정에 빠뜨리려다가 오히려 포위당한 걸 깨닫고 다급한 휘파람 소리로 후퇴명령을 내렸다. 니탕개 군은 고갯길을 따라 허겁지겁 도망치기 시작했다. 고갯마루에는 말 탄 장수가 긴 칼을 뽑아 목책 앞에 버티고 섰고 그 뒤에 고구려 군사가 활과 창을 뽑아 들고 있었다.

"적장은 어디로 도망치려느냐. 오래전부터 너를 기다렸다."

니탕개는 이리매의 늠름한 모습에 주눅이 들었으나 용기를 내어 도끼를 휘두르며 돌진했다. 힘만 센 멧돼지가 고검문의 뛰어난 검객을 어이 당하랴. 가볍게 몸을 피한 이리매가 번개같이 칼을 내리쳤다. 햇빛이 한 번 번쩍하더니 구슬픈 울음소리와 함께 니탕개의 말 머리가 베어졌다. 땅바닥에 쓰러진 그의 목에 칼끝이 다가왔다.

"적장은 아직도 항복하지 않겠는가?"

니탕개는 무릎을 꿇고 고개를 숙였다. 뒤따라 올라오던 부하 병사들이 깜짝 놀라 모두 무기를 놓고 꿇어앉았다.

이리매가 대장군 막사로 니탕개를 끌고 오자 자리에 앉았던 양만춘이 벌떡 일어나며 소리쳤다.

"귀한 손님을 이렇게 대접하다니. 당장 결박을 풀어드려라."

양만춘이 다가와 꿇어앉은 그의 손을 붙잡아 일으켰다. 생각도 못 했던 따뜻한 대접에 순박한 니탕개는 눈물을 쏟았다.

"죽음이 마땅하거늘 이렇게 너그럽게 … ."

"싸울 때는 적이라 해도 본래 우리는 같은 고구려인이오."

대아찬이 다가와 거들었다.

"그대가 우리 땅에 쳐들어왔으나 무장하지 않은 백성을 해치지 않은 걸 대장군께서 아시고 추장님을 무척 만나고 싶어 하셨다오."

니탕개는 양만춘이 요서에서 소수 병력으로 수나라 군을 격멸시킨 영웅임을 알자 존경하는 마음이 들었다. 아이신 부족장은 아직 자신이 항복한 사실을 모를 테니 그를 유인해 사로잡겠다고 자원했다.

"니탕개 추장, 감사하오. 그러나 차마 꼼수를 부려 적장을 사로잡거나, 아이신 군을 토벌하는 데 앞장서 달라고 부탁할 수 없구려. 이제 우리는 동맹군이 되었소. 사로잡힌 병사를 풀어 줄 테니, 아이신 군으로부터 부족민을 잘 지켜주시오."

그는 백마를 잡아 니탕개와 피를 나누어 마시며 동맹을 약속하고, 군사를 상선에 태워 아골태 부족 근거지로 향했다.

송화강 흐름을 따라 내려가 옛 교역장터에 다다랐다. 황하보다 훨씬 넓은 강물이 아득히 펼쳐져 있었다.

'드넓고 풍요로운 벌판. 이곳이야말로 내 꿈을 펼칠 만한 땅이로구나! 여기를 용광로로 삼아 흑수말갈인을 우리 동족으로 받아들이리라.'

이미 목책과 건물은 모두 불타 폐허가 되었지만, 양만춘은 다시 목책을 세우고 건물을 지어 요새로 만들고, 아골태에게 친선사절을 보냈다.

그는 교역장 가까운 아골태 부족 작은 마을을 찾아갔다가 이상한 제단(祭壇)을 발견했다. 엄청나게 큰 느티나무 아래 새 옷을 예쁘게 차려입은 어린 소녀가 묶여 있었다. 느티나무는 마을을 지켜주는 신목(神木)인데 매년 남자를 모르는 어린 소녀를 바쳐 제사드려야 마을에 나쁜 일이 생기지 않는다며, 촌장은 제사를 올리고 나면 산신(山神)이 나타나 소녀를 데려간다고 했다. 분명히 호랑이에게 바치는 인신공양(人身供養)이었다.

"짐승에게 사람을 제물로 바치다니, 이 무슨 어리석은 짓이오."

촌장은 매우 거북해 하며 더듬거렸다.

"지난번 산신님은 점잖아서 사람과 가축에 해를 끼치지 않았으나, 이번 산신은 성질이 사나워 매년 인신공양을 바치지 않으면 마을 안으로 들어와 많은 피해를 끼치기에 … ."

양만춘이 노하여 소리쳤다.

"사람은 만물의 영장(靈長)이거늘 그따위 짐승에게 사람을 바치다니. 즉시 풀어 주시오. 나무를 베고 호랑이를 사냥하겠소."

즉시 개코를 불러 호랑이를 잡을 벼락틀을 설치하고 느티나무를 베도록 명령했다.

"제발 성스러운 신목에 손대지 마십시오. 벼락이 떨어집니다."

촌장이 벌벌 떨며 베지 말라고 애원했으나 병사가 들고 있던 도끼를 빼앗아 느티나무로 달려가자 이리매 장군이 거들었다.

"멋진 나무로군. 밑둥걸로 회의장 원탁(圓卓)을 만들도록 하지."

사흘 후 한밤중 벼락 치는 듯한 소리가 들려왔다. 호랑이가 벼락틀에 묶어놓은 살찐 돼지를 먹으려다 틀이 무너져 내리자 재빨리 피했지만 틀 위에 쌓아놓았던 바위에 한쪽 다리가 깔려버렸다. 사납게 몸부림치던 늙은 호랑이는 개코가 다가가기 전에 간신히 몸을 빼어 도망쳤다. 새파랗게 얼굴이 질린 개코가 양만춘에게 달려왔다.

"제 솜씨가 시원치 않아 틀에 치었던 범이 도망쳤습니다. 상처 입은 맹수를 그대로 둘 수 없어 사냥하려 하오니 허락해 주십시오."

"그래 얼마나 다친 것 같던가?"

"발자국을 살펴보니 오른쪽 뒷발이 부러졌나 봅니다."

"부상당한 맹수는 매우 위험하다 들었네. 호랑이 사냥에 경험이 있는 병사를 모아 뒤쫓게."

용맹한 몽골견을 선도견(先導犬)으로 십여 마리 사냥개를 앞세우고 사냥꾼 다섯 명이 호랑이의 뒤를 쫓았다.•

부상을 당한 호랑이는 나무와 바위 사이로 뱀처럼 구불거리며 도망쳤지만, 사냥개는 어렵지 않게 호랑이 발자국을 찾아냈다.

• 이하 호랑이 사냥에 대한 서술은 《사냥》(이상오 저)을 참조.

발자국을 발견한 몽골견은 두려움으로 꼬리를 뒷다리 사이로 늘어뜨리고 걸음을 멈추더니 주위를 살피며 끙끙거렸다.

개코가 살펴보니 발자국이 3개뿐이고 핏방울이 군데군데 떨어졌는데, 핏자국으로 보아 지나간 지 얼마 되지 않았다. 몽골견에게 다가가 목덜미를 쓰다듬으며 격려하자 용기를 되찾아 계속 추격했다.

뒤따르는 개들이 짖는 소리가 귀찮았는지 호랑이는 걸음을 멈추고 흘깃 뒤를 돌아보더니 입술을 찌푸리고 이빨을 드러내어 낮은 소리로 으르렁거렸다. 그때마다 개는 짖기를 멈추었고 사냥꾼은 그 울부짖는 소리에 가슴이 울렁거렸다.

드디어 호랑이는 수풀을 벗어나 나무가 듬성듬성한 골짜기로 향했다. 요란하게 짖던 소리가 갑자기 멎었다. 화 난 호랑이가 휘두른 앞발에 몇 마리 사냥개가 희생되었다. 사냥꾼은 사방을 조심스럽게 살펴보며 끈질기게 따라붙었다. 지루하게 추격이 계속되자 도망치던 호랑이는 인내심을 잃고 사냥꾼에게 반격하기로 마음먹었다.

호랑이의 발자국이 빙빙 돌면서 허튼 걸음을 걸었다. 사냥꾼들은 최후의 대결이 다가왔음을 느끼고 전방의 의심스러운 곳을 유심히 살피며 조심스럽게 전진했다.

갑자기 개코가 멈춰 서 왼손을 들었다. 바위 사이에 숨어 있던 호랑이가 불의의 공격을 노리며 개코를 향해 번개같이 날아들었다. 맨 뒤에 따라오던 활잡이가 누른빛을 향해 황급히 화살을 날렸다. 개코는 거의 무의식으로 방패를 들어 올리며 위로 덮쳐오는 호랑이를 향해 힘껏 창을 뻗어 올렸다. 뒤따르던 창잡이가 재빨리 달려가 쓰러진 개코의 방패 위에 엎드려 있던 호랑이의 목덜미와 앞다리 사이로 깊숙이 창을 찔렀다.

호랑이의 울부짖음이 점점 자지러들더니 마침내 꼬리를 일직선으로 내뻗으며 움직임을 멈추었다.

어깨에 붕대를 맨 개코를 선두로 사냥꾼들이 오랫동안 마을을 괴롭혀온 식인호(食人虎)를 메고 돌아오자 기쁨에 들뜬 마을 사람은 잔치를 벌였고, 촌장이 찾아와 감사 인사를 전했다.

교역장을 둘러본 촌장이 눈을 빛내며 이곳으로 마을을 옮겨와도 좋은지 물었다. 양만춘은 기꺼이 승낙하고, 교역장 옆 언덕에 마을 터를 잡아주었다. 병사들에게는 목책을 세우고 집 짓는 것을 거들게 하고, 마을 이름을 '호랑이촌'으로 지었다.

흑수말갈을 평정하려면 무엇보다 든든한 동맹군이 필요했는데, 대아찬이 반가운 소식을 가지고 돌아왔다.

아골태 추장은 자기 몫을 당당히 주장했으나 분수를 지킬 줄 아는 현명한 사나이였고, 양만춘 역시 공정하게 이익을 주고받는 건전한 관계를 바랐기에 그의 솔직한 요구가 마음에 들었다. 아골태는 양만춘의 제의를 받아들여 아이신 군에 대한 공동전선을 펴기로 맹세하고 마을 촌장의 아들 20명을 볼모〔人質〕로 보냈다.

며칠 후 교역장으로 찾아와 양만춘에게 고개를 숙였다.

"천한 종 아골태가 인사 올립니다. 요서에서 장군님 따라 싸웠던 부족 젊은이 이야기를 듣고 오래전부터 우러러 사모했습니다.

이제 존경하는 영웅의 지휘 아래 함께 싸우게 되어 기쁩니다."

"종이라니요. 당신은 나의 귀한 친구올시다. 우리 서로 힘을 합쳐 흑수말갈 땅에 평화를 가져옵시다."

양만춘은 너털웃음을 터뜨리며 아골태를 얼싸안았다. 진정으로 사람을 움직이는 건 눈앞의 이익보다 진심으로 대하는 따뜻한 마음. 아골태는 마음 문을 활짝 열었다.

아이신은 양만춘과 아골태의 동맹소식을 듣자 아골태 마을을 공격하던 병력을 철수시키고, 전군을 모아 고구려 군이 머무는 호랑이촌을 공격하려고 했다. 니탕개는 이러한 아이신 군의 움직임을 양만춘에게 급히 알려 주었다.

수천 명 아이신 군이 수백 척 거룻배로 강을 건너와 호랑이촌을 포위했으나 얼마 전 쉽게 점령했던 무방비의 교역소가 아니었다. 교역소 언덕과 상선의 투석기에서 불타는 나무토막을 쏟아붓자 거룻배에 탄 병사는 황급히 강물 속으로 뛰어들었다. 육지에서 호랑이촌을 공격하던 병사들도 목책에 닿기 전에 우박같이 쏟아지는 투석기 돌덩이와 화살에 맞고 쓰러졌다.

아이신은 입술을 깨물더니 결사대를 뽑아 야습하기로 결심했다. 그믐밤 새벽녘 개 짖는 소리가 요란하게 들리자 목책을 지키던 고구려 군이 일제히 불화살을 쏘았다. 목책 바깥을 둘러싸고 있는 참호에 가득 쌓아 놓았던 마른 풀 더미에서 불길이 치솟았다.

검은 옷에 얼굴까지 진흙을 바른 아이신 군 결사대 수백 명의 모습이 불빛에 드러났다. 이들은 목책과 참호의 불길 사이에 갇혀 어찌할 줄 몰라 허둥거렸다.

“무기를 버리고 꿇어 엎드려라. 그렇잖으면 모두 죽일 것이다.”

결사대 대부분이 항복했고, 도망친 자들은 화살에 맞아 쓰러졌다. 아이신은 패전한 군사를 재정비할 틈도 없이 등 뒤에서 아골태 군 습격을 받자 황급히 송화강을 건너 부족 근거지로 도망쳤다. 어느 쪽에 붙어야 할지 망설이던 여러 부족은 아이신 군 패전소식을 듣자 앞다투어 양만춘과 아골태 연합군에 가담했다.

흑수말갈 12부족 가운데 아골태를 비롯한 7개 부족장을 초청하여 동맹조약을 맺자 이들은 양만춘을 대추장으로 추대했다.

부족장은 고구려 태왕의 신민(臣民)임을 맹세하고 부족 간 분쟁이 생기면 양만춘과 부족장 회의 결정에 따르겠다고 약속했다. 동맹조약을 축하하는 잔치가 한창일 무렵 어우보가 요동성에서 모은 지원병 천 명을 배에 싣고 호랑이촌 부두에 닿았다. 동맹을 맺은 부족장들이 기뻐하며 즉시 아이신 부족을 토벌하자고 주장했다.

“서두르지 맙시다. 대세는 우리 편으로 기울었습니다. 싸워 승리하기보다 싸우지 않고 이기는 게 더 바람직하지 않겠습니까?”

양만춘이 웃으며 손을 흔들어 이들을 막고, 아이신 부족과 아직 동맹에 참가하지 않은 4개 부족장에게 평화사절단을 보냈다.

아이신이 사절단을 잡아가두자 양만춘은 즉시 원정군 2천 명, 흑수말갈 동맹군 3천 5백으로 아이신 토벌군을 조직했다.

고구려 원정군은 송화강을 건너 북쪽을 향해 바로 아이신 부족의 근거지로 나아가고, 아골태와 니탕개가 이끄는 동맹군이 좌우두 방향에서 진군했다.

아이신에 우호적이던 부족장도 사태가 불리하게 변하자 동맹군에 참여해 아이신은 완전히 고립되었다. 그는 결사항쟁을 다짐하며 고구려 군만 깨뜨리면 나머지 동맹군은 저절로 무너진다고 선언하고 고구려 군을 무찌르기 위해 모든 병력을 끌어모았다.

숲속 전투란 적군이 언제 어디서 습격할지 알기 어려운 데다, 한 사람 한 사람이 목숨을 내걸고 맞부딪혀 처절한 백병전(白兵戰)을 벌일 수밖에 없기에 가장 피하고 싶은 전투였다.

고구려 군은 사냥꾼과 개마고원 출신 병사를 선봉대로 삼아 조심스럽게 어두운 숲을 뚫고 아이신 근거지로 진격했다. 이들은 숲속에 숨은 적을 먼저 발견하려고 사냥개를 앞세웠으나, 지형(地形)을 잘 아는 아이신 군이 파놓은 함정을 피하는 데는 사냥개도 별로 도움이 되지 않았다.

선봉대가 적군에 포위되어 위기에 빠지자 양만춘은 더 망설일 수 없어 원정군 전 병력을 이끌고 포위한 적군 뒤를 습격했다.

깊고 어두운 숲속에서 치열한 백병전이 벌어졌다. 나무와 바위 뒤에서 갑자기 나타나는 적병과 나뭇가지 사이에 숨었다가 활을 쏘는 적병들, 이런 전투에는 적을 먼저 발견하는 병사만이 살아남을 수밖에 없는 피 말리는 싸움이어서 무예에 뛰어난 역전(歷戰)의 용사조차 운명을 하늘에 맡기고 싸울 수밖에 없었다.

아이신 부족 명궁(名弓) 검은표범 헤이마루가 우거진 숲 우듬지에 숨어 있다가 양만춘을 발견하고 활을 쏘았다. 개 짖는 소리에 놀란 그의 손이 조금 흔들려 화살이 빗나가 허벅지에 꽂혔다.

곁에 있던 아사오가 재빨리 활을 쏘아 검은표범을 나무에서 떨어뜨렸다. 허리에 찼던 작은 칼을 뽑아 양만춘의 옷을 찢고 화살을 뽑아냈으나 이미 상처는 검푸르게 변해 부풀어 올랐다. 아사오는 칼로 상처를 베고 피를 빨아 뱉으며 옆에 있던 가다오에게 해독(解毒)할 약초를 구해오라고 소리쳤다.

분노한 개코가 헤이마루 목을 베려 하자 양만춘이 사로잡힌 적을 죽이지 말라고 명령하고 정신을 잃어버렸다.

고구려 군에 병력을 집중한 아이신은 좌우에서 쳐들어온 아골태군과 니탕개 군에게 근거지를 빼앗기고 숲속으로 도망치다가 사로잡혔다. 동맹군은 결정적인 승리를 거두고 흑수말갈의 평화를 되찾았으나 총사령관 양만춘의 목숨이 오락가락하니 승리를 기뻐할 수 없었다.

추장의 딸

아사오는 아골태가 동맹을 맺으면서 보낸 인질 중 한 소년으로 영리하고 눈치가 빨라 당번병(當番兵)으로 삼았다. 양만춘이 독화살에 맞아 혼수상태에 빠졌다가 한밤중에 눈을 뜨자 품속에 잠들어 있는 아사오를 보고 깜짝 놀랐다.

"네가 여기 웬일이냐!"

"장군님, 깨어나셨군요. 하늘님, 감사합니다."

아사오는 기쁨에 가득 차 얼굴을 비비며 양만춘을 부둥켜안고 침상에서 일어나 약탕기에서 산삼 달인 물을 가져와 입에 흘려 넣었다. 그제야 아사오가 여자인 걸 알아채고 깜짝 놀랐다.

"넌 사내가 아니라 여자로구나. 이게 어찌된 일이냐?"

아사오는 양만춘을 부축해 눕힌 다음 당번병이 아니라 마치 정인(情人, 애인)이라도 된 듯 당당하게 침상머리에 걸터앉았다.

"장군님은 병자니 움직이면 안 됩니다. 얌전히 누워 계세요."

아사오는 아골태의 외동딸로 어릴 적부터 사내 옷을 입고 말을 타며 자랐다. 원정군 사령관이 미남인데도 서른이 되도록 아내가 없다니 고자(鼓子)가 틀림없다고, 사람들이 수군거리는 것을 듣고 호기심이 생겨 아버지를 졸라 볼모로 끼어들었다.

양만춘이 아사오를 당번병으로 뽑아 곁에 두자 하늘에 오를 듯 기뻤지만, 즐거움이 지나치면 슬픔이 오는지 그가 독화살에 맞아 쓰러졌던 날 하늘이 무너지는 듯했다.

원정군 늙은 의사는 머리를 저었지만, 다행히 그녀가 잘 알던 독사의 독이어서 하이람비(사랑하는 이)의 목숨을 구할 수 있었다.

아사오의 이야기를 듣고 궁금하여 물었다.

"경험 많은 의사도 손대지 못한 뱀의 독 치료를 어디서 배웠지?"

"제 본래 이름은 아사오가 아니라 야신세리(푸른 샘)인데 몇 해 전에 기이한 인연이 있었답니다."

아골태 부족 여자는 가슴이 봉긋하게 부풀면 정성을 기울여 제각기 좋아하는 짐승의 탈을 만든다. 봄가을 '여우축제' 때 이 탈을 쓰고 아직 짝이 없는 사내 집 담을 넘는 풍속 때문이었다.

5월 보름 '각시여우 축제'는 그해 15살 성인이 되어 처음 머리를 틀어 올린 아가씨가 짝을 찾는 날이다. 봄은 마음을 달뜨게 하는 계절. 어둠이 내리고 휘영청 보름달이 뜨면 갖가지 짐승 탈을 쓴 풋내기 여우가 미리 점찍어 둔 총각 집 담을 넘어가 하룻밤을 함께 지낸다.

사내는 아가씨 얼굴을 가린 탈을 벗기지 못하고 풋내기 여우의 마음을 사로잡아야 비로소 탈을 벗고 얼굴을 보인다. 이렇게 서로 눈이 맞은 젊은이는 부부로 맺어진다.

가을 사냥철이 끝나고 눈(雪)의 계절 시월 보름날 벌어지는 '보로리(가을) 축제'는 홀로 사는 아낙네의 외로움을 달래주는 축제다. 가을은 만물이 짝을 찾고 피가 뜨거운 여인의 옆구리가 허전한 때. 더구나 흑수말갈 겨울은 오줌을 누면 오줌발이 땅에 떨어지기 전에 얼어붙는 매서운 추위여서 짝을 잃은 여인에겐 두려운 계절이다. 게다가 말갈 사내는 위험한 사냥을 하며 사니 홀로 사는 여인이 많아, 외로운 아낙네 여우가 홀아비 하나를 두고 몰려들어 서로 사내 마음을 사로잡으려 다투니, 사내 홀리기 경쟁은 불꽃을 튀기게 된다.

홀로 사는 여우는 어떻게라도 보로리 축제에서 사내를 홀려 겨울나기 머슴으로 삼아야 기나긴 겨울을 따뜻하게 지낼 수 있다.

'보로리 축제' 밤이 되면 그해 가을 사냥대회에서 우승한 젊은이 집 앞엔 눈에 불을 켠 외로운 아낙네들이 제비를 뽑아 차례를 정하고, 남몰래 다듬어온 대담한 기교와 아찔한 매력을 모조리 드러내

실력을 겨룬다. 이 치열한 경쟁 끝에 사냥대회 우승자를 홀려 머슴으로 삼으면 '꼬리 달린 여우'라며 부러워했다.

야신세리 마을에 우시하(샛별)라는 '꼬리 아홉 개 달린 여우'가 살았는데, 점을 찍은 사내를 한 번도 놓치지 않고 손아귀에 넣었다. 그녀는 몸집이 자그만 중년 여인으로 얼굴이 예쁘거나 눈에 띄는 몸매가 아님에도 해마다 사냥대회 우승자를 홀려 겨우내 머슴살이를 시키며 따뜻하게 겨울을 지내 사람들이 이상하게 여겼다. 죽은 남편은 심마니 우두머리였는데, 여인은 약초 채집을 하며 제각기 아비가 다른 자식을 여러 명 낳아 길렀다.

야신세리는 성격이 활달하고 또래 소녀보다 키도 크고 건강했으나 사내 옷을 입고 사내애와 어울려 놀았기 때문인지 여느 마을 소녀와 달리 남녀 간 비밀을 거의 몰랐다. 몇 해 전 야신세리도 각시여우 축제에 참가할 나이가 되었다. 마음에 둔 사내는 없었지만 그녀도 호기심이 많았기에 그 비밀이 무척 궁금했다.

그녀의 큰오라버니 가루다는 부족 젊은이들이 우러러보는 용사고 누구에게도 얽매이기 싫은 불곰처럼 거대한 몸집의 사냥꾼이었다. 그는 여자란 하룻밤 즐기는 노리개일 뿐이고 널린 게 여잔데 한 번 품은 계집을 다시 찾는 자는 멍텅구리라고 여기는 난폭한 사내였다. 그녀는 큰오라버니가 사냥대회에 우승했던 보로리 축제의 밤 드디어 '꼬리 아홉 개 달린 여우'를 엿볼 기회를 가졌다.

달이 뜨기 전부터 야신세리네 담 그늘에는 다른 부족 여우까지 몰려와 초저녁부터 이상야릇한 씨름판이 벌어졌다. 눈이 휘둥그레질 낯 뜨거운 차림새로 꼬리를 살래살래 흔들며 들어오는 짐승 탈을 쓴 여우를 오라비는 날랜 사냥꾼답게 재빠르게 덮치더니 성난 멧돼지가 밭을 갈아엎듯 숨 쉴 틈 없이 밀어붙여 울부짖게 만들었다.

금빛 고양이 탈을 쓴 가냘픈 여우는 제비뽑기 운이 없었던지 새벽녘에야 오라비 방으로 들어왔다. 탈로 얼굴 윗부분을 가렸지만 잘록하게 파인 개미허리와 배꼽 아래 큼직한 검은 점을 보고, 야신세리는 그녀가 우시하임을 한눈에 알아보았다.

오라비는 여러 차례 거듭된 몸싸움에 파김치가 되어 금빛 고양이 여우가 들어와도 눈을 감은 채 알은체도 않았다. 꼴사납게 네 활개를 쭉 뻗고 하늘을 향해 누워 있는 오라비 모습에 그녀는 실망한 눈치더니, 우람한 덩치와 억센 팔뚝을 보고 깜짝 놀란 듯 눈이 똥그랗게 커졌다. 그윽한 눈길로 사내 몸을 샅샅이 살펴보는 입꼬리에 짙은 미소가 떠오르고 금빛 탈 속 눈이 번쩍 빛을 뿜었다.

우시하는 다른 여우와 달리 조금도 서두르지 않았다. 숲속 요정처럼 사뿐히 사내 머리맡에 앉은 자그마한 몸이 가물거리는 등잔불에 하얗게 빛났다. 여인은 따뜻한 물수건으로 땀에 젖은 사내 몸을 정성껏 닦다가 늠름한 가슴팍과 배의 근육을 눌러보고 들뜬 목소리로 호들갑스럽게 감탄하면서 환한 미소를 짓더니 소중하게 쓰다듬고 따뜻한 입김을 불어넣었다.

지그시 눈을 감은 사내는 유난히 짙은 여인의 향내에 이따금 코를 벌름거리며 몸을 꿈틀거렸다. 그녀 목에 매단 엄지손가락만 한

병을 열자 은은한 사향내가 퍼졌다. 여인은 땀에 얼룩진 털북숭이 얼굴을 향기로운 물로 깨끗이 닦아 내고, 입에 머금은 감로수를 사내 입안으로 넣어 주었다.

사내가 몸을 뒤척이다가 눈을 뜨자 여인은 부끄러운 듯 품속으로 파고들어 얼굴을 감추더니 아래로 미끄러져 내렸다. 그녀는 숲속을 헤매다가 잔뜩 움츠린 검은 송이버섯을 발견하자, 희귀한 산삼이라도 발견한 듯 침을 꿀꺽 삼키더니, 먹음직한 먹이를 낚아챈 고양이처럼 몸을 동그랗게 웅크리며 그르렁거렸다.

우시하가 오라비를 사로잡는 모습은 너무나 충격적이었다. 여인은 자그만 하얀 조랑말. 꼬맹이의 곰살맞은 애무에 힘을 되찾았는지 우람한 덩치가 벌떡 일어나 풀무질하듯 거센 콧김을 내뿜으며 덤벼들었다. 가여운 암컷은 성난 수말 공격에 찢겨질 것 같았다.

아신세리는 곧 눈앞에 벌어질 광경이 끔찍해 눈길을 돌렸다. 조랑말은 어린 망아지가 난폭한 우두머리에게 잔뜩 겁을 집어먹고 애걸하듯, 무릎을 꿇고 납작 엎드려 바들바들 떨며 울음을 터뜨렸다. 훌쩍훌쩍 흐느끼던 울보는 머리를 바닥에 대고 엉금엉금 기어가 수말 다리를 껴안고 뺨을 비비더니, 두려움이 가득한 눈으로 잔뜩 성난 수컷을 가리키며 몸서리치고는, "가엽게 여겨 살살 어루만져 주지 않으면 저 무시무시한 괴물에 찢겨 죽을 거예요" 라고 콧소리로 찡얼대며 매달렸다.

뜻밖의 반응에 어리둥절해 수말이 멈칫하자, 코앞으로 젖가슴을 내밀며 아양을 떨더니 시커먼 발가락에 입을 맞추고 불끈 솟은 허벅지 근육을 맛깔스레 핥다가 살짝 옆으로 얼굴을 비틀었다.

야신세리는 깜짝 놀랐다. 우시하는 정말 깜찍한 배우였다. 구슬픈 울음소리나 애처로운 몸짓과 달리, 신나는 놀이를 앞둔 개구쟁이처럼 눈빛은 별같이 반짝이고 입꼬리가 활처럼 휘어져 올라가며 흐뭇한 미소를 짓고 있지 않은가!

조랑말은 오늘 밤 들어왔던 여인 중 유난히 몸집이 작고 가냘팠다. 검은 수말은 한 번 겨루어 보기도 전에 미리 겁을 먹고 쩔쩔매는 게 애처로웠던지 애기가 젖을 빨듯 서툴게 애무해 주었다. 신이 난 암컷은 봄바람에 달뜬 망아지처럼 달콤한 콧소리를 내고 깡충깡충 뛰며 찰싹 달라붙어 온몸을 비비고 어리광을 부렸다.

정말 뜻밖이었다. 꼬맹이는 얼뜨기 망아지가 아니라 사랑을 얻기 위해서라면 무슨 짓도 서슴지 않는 발정 난 암컷이었다. 가냘픈 몸으로 저렇게 거대한 수컷을 감당할 수 있을까 몹시 위태로워 보였지만, 덩치만 클 뿐 어리숙한 야생마를 길들이는 노련한 조련사였다. 흥겨운 콧노래를 쉼 없이 내뿜으며 살래살래 방둥이를 흔들고 꼬리를 힘껏 쳐들어 몸을 활짝 열어젖히며 대담하게 수컷을 유혹했다. 고삐 풀린 수컷이 느닷없이 덤벼들자 기다렸다는 듯 놀람이 깃든 낮은 신음소리로 맞아들여 간드러지게 투레질하면서 힘차게 꼬리를 치켜세웠다.

꼬맹이는 보기 드문 싸움꾼. 숨 막히는 공방전이 벌어졌다. 엄청난 불기둥이 맹렬하게 공격을 퍼부어대도 대담하게 맞서 이른 봄밤 암고양이처럼 야릇하고 끈적한 울음을 숨 가쁘게 토하면서 길길이 날뛰는 수컷을 끈끈이 그물로 휘감았다.

수컷이 젖 먹던 힘까지 쏟아붓는 악전고투 끝에 백기(白旗)를 들었건만, 이따위 싱거운 승부론 성이 차지 않다는 듯 휴전을 허락하지 않았다. 숫보기의 얼을 뽑는 야릇한 묘기를 아낌없이 베풀어 수컷의 힘을 북돋워서 다시 일으켜 세우는 모습에 엿보는 야신세리 마음까지 싱숭생숭했다.

저런 얄궂은 짓이 과연 수컷을 기쁘게 할까. 아무리 사랑에 눈이 멀었기로서니 자존심도 없이 저리도 낯 뜨거운 짓을 서슴지 않을까 싶어 야신세리는 얼굴을 붉혔다.

깜찍한 암컷은 수컷이 제멋대로 날뛰면 땀투성이 얼굴을 핥으며 가벼운 투레질로 달랬고, 애무하면 몸을 떨며 흥겨운 울음을 토했다. 파도가 밀려오면 달콤한 신음소리로 수컷과 기쁨을 함께 나누고, 지친 기색을 보이면 혀를 내밀어 콧잔등을 핥아 기운을 북돋우는 정다운 모습은 멋진 연극을 구경하듯 눈길을 뗄 수 없었다.

수말이 크게 울부짖으며 무너져 내리자 나긋나긋하던 조랑말이 돌연 사나운 맹수로 변했다. 무엇이 그렇게 화나게 한 것일까. 이제 금빛 탈은 귀여운 고양이가 아니라 굶주린 표범이었다. 송곳니를 드러낸 암범이 가쁜 숨을 몰아쉬는 수컷의 아랫배를 거침없이 파고들어 게걸스럽게 물고 흔들며 마른 목을 축이는 모습은 너무나 징그러워 야신세리는 자기도 모르게 눈을 감아버렸다.

이윽고 숨 막히는 사냥이 벌어졌다. 아무리 꼬리 아홉 개 달린 여우라지만 몇 곱절 몸집이 거대한 말을 저렇게 거침없이 몰아칠 수 있을까. 날카로운 이빨에서 벗어나려 몸부림치는 말 위에 앙칼진 암범이 찰싹 달라붙어 급소를 물어뜯다가, 수말이 사납게 몸부림칠 때면 온몸으로 휘감아 억누르는 모습이 너무나 눈부셨다.

이미 축제의 주인은 암범이었다. 봄맞이 날 울긋불긋한 옷소매를 산들바람에 나부끼며 휘돌아가는 무당처럼, 흥에 겨워 갖가지 춤사위를 신나게 펼치며 단숨에 야생마 코를 꿰어 굴레를 씌워 버렸다. 암범은 낮게 으르렁거리며 피곤에 젖어 헐떡이는 수말 목덜미를 깨물어 놀라 뛰게 하다가 수말이 갈기를 곤두세우고 미처 날뛰면, 너무 빨리 달리는 게 아쉬운지 찰싹 달라붙어 멈추어 세웠다. 듬직한 방둥이를 느릿느릿 아래로 미끄러뜨려 부드럽게 휘감아 조이며 어르고 달래다가, 돌연 가슴을 치켜들고 힘껏 뒤로 젖혀 고삐를 낚아채며 날카로운 승리의 울부짖음을 뿜어 올렸다.

우시하 얼굴은 아침 햇살에 피어나는 봄꽃처럼 싱싱하게 빛나고, 굼실거리는 몸은 아귀가 잘 맞는 맷돌처럼 빙글빙글 돌아갔다.

'이 조막만 한 계집에게 휘둘려 무릎을 꿇다니.'

가루다는 파도처럼 밀려드는 황홀함에 몸서리치면서도 자존심이 몹시 상해 그물 덫처럼 매섭게 죄여오는 애욕의 올가미를 벗어나려 몇 차례나 발버둥 치다가 끝내 이번 겨울 머슴을 살겠다고 애걸했다.

그녀는 아쉬운 듯 고삐를 놓고 고양이 탈을 벗더니 세리가 엿보고 있음을 잘 알고 있다는 듯 되돌아보며 빙그레 웃었다.

"도둑고양이아가씨, 수줍어 말고 숨은 곳에서 나와요."

우시하는 마을에서 조금 떨어진 외딴집에 살았는데, 영리한 제자를 귀여워해 사내를 사로잡는 온갖 비밀을 가르쳤다. 여인은 약초 캘 뿐 아니라 희귀한 뱀을 기르며 그 독(毒)을 연구했다. 그때 배운 설백사(雪白蛇)의 해독법으로 야신세리는 하이람비를 구할 수 있었다.

"말갈 여인은 마음을 끄는 사내를 만나면 서슴없이 품어요. 결혼하기 전에는 자유로우니까요. 내숭을 떨고 싶지 않아요. 나는 이미 사내를 여럿 알아요. 마음에 들지 않아 탈을 벗은 적이 없지만요."

낯 뜨거운 장면도 스스럼없이 이야기하던 야신세리가 눈부신 듯 양만춘을 쳐다보더니 숫처녀처럼 부끄러워하며 몸을 꼬았다.

"하이람비 눈길이 머물 때면 언제나 가슴이 뜨거워지고 야릇하게 온몸이 뒤틀린답니다. 이런 느낌은 처음이에요. 사랑에 빠진 걸까요? 우시하는 거듭 실망했던 나를 위로했지요. '조금도 부끄러워할 것 없어. 아직 임자를 만나지 못한 것뿐이야. 야신세리(푸른 샘)는 꽁꽁 얼어붙은 차가운 샘이 아니라 걷잡을 수 없이 타오르는 산불이거든. 오래지 않아 꿈에 그리던 왕자님이 나타날 거야. 세리는 멋진 하이람비를 만나 사랑에 빠져야 여인의 기쁨을 알고 마르지 않는 샘물로 사내에게 넘치는 기쁨을 줄 수 있어'."

"사흘이나 혼수상태에 빠졌다가 이제 겨우 위험한 고비를 넘겼어요. 상처의 독을 입으로 빨아내다 하이람비가 고자가 아니라 성난 수범인 걸 알고서 얼마나 기뻤던지. 처음으로 여자로 태어난 걸 하늘에 감사했어요. 그런데 당신을 버리고 간 미르녀란 대체 누구인가요? 정신을 잃고서도 애타게 찾던 … ."

야신세리 눈꼬리가 치켜 올라가며 암범처럼 부르르 몸을 떨었다.

"호기심 때문에 볼모로 왔었지만, 밤을 꼬박 새우며 무서운 독과 싸우다 보니 어느덧 내 가슴속에 사랑이 꽃피었어요. 그래서 하이람비 품속에 안겨 행복을 꿈꾸며 잠들었다가 들켜 버렸네요. 정말 무정한 사내군요. 처녀 몸으로 부끄럼도 무릅쓰고 허벅지 상처의 독을 빨아 뱉으며 하루에도 몇 번이나 온몸을 닦아드렸는데 겨우 이런 대접을 받다니. 나는 말갈 여자지만 당신을 버리고 떠난 미르녀보다 몇 배 착해요. 당신은 이제 세리의 부루〔神〕가 되었답니다. 이 몸을 거절한다면 더 살고 싶지 않아요."

세리는 칼을 뽑아 자기 목에 겨누며 몰아붙였다.

"내 마음을 받아주겠어요? 아니면 죽는 꼴을 보시겠어요?"

사내가 말없이 눈을 감자 품속으로 파고들며 애원했다.

"제발 나를 부끄럽게 하지 마세요. 아직 밤공기는 차답니다. 내 뜨거운 몸으로 언 몸을 녹여 줄래요. 어서 하이람비 여자로 만들어 주어요."

산비둘기 울음 같은 속삭임과 몸부림으로 잔뜩 굳어 있던 사내의 몸이 풀어지자 여인은 기쁨에 북받쳐 달라붙었다.

"꿈에도 그리던 하이람비 마음을 얻다니. 정말 복도 많지요. 내가 바라는 건 오직 사랑뿐이에요. 나는 우시하도 부러워하는 탐스러운 몸을 가진 멋진 여우랍니다. 우시하는 겨울나기 머슴을 삼기 위해서지만 나는 가슴속 불타는 사랑을 바치려 기꺼이 꼬리 아홉 달린 여우가 되렵니다. 하이람비 품에 안길 때면 언제나 달콤한 꿀송이로 기쁨을 주고, 뜨거운 샘물이 넘쳐흐르는 행복한 세리가 되어 사랑하는 님의 목을 축여 줄 거예요. 여기 올 때 이미 아버지께 말씀드렸어요. 하이람비 아이를 낳을 거라고요. 말갈 여인은 강하답니다. 마음을 빼앗은 사내를 결코 놓치지 않아요."

양만춘이 회복되어 일어나자 모든 부족장이 모여들었다. 회의장 안에는 아이신과 헤이마루를 비롯한 포로가 묶인 채 꿇어앉아 있었다. 부족장을 대표하여 아골태가 입을 열었다.

"건강을 되찾으신 것을 축하드립니다. 대추장께서 이번 싸움 뒤처리를 지시해 주십시오."

그는 아이신 부족도 끌어안으려 했으나, 부상당해 생사(生死)를 헤매는 사이에 오랫동안 아이신에게 괴롭힘을 당해 온 말갈 부족군이 그 마을을 깡그리 불태우고 노략질해 잿더미가 되어 버렸다. 손쉽게 흑수말갈을 평정한 것은 기뻤으나, 아이신 부족의 참혹한 상황을 보고받자 가슴이 답답했다. 흑수말갈 평정은 끝난 게 아니라 언젠가 다시 그 부족 때문에 골머리를 썩이리라.

"여러분, 포로를 어떻게 했으면 좋겠습니까?"

"그들은 흑수말갈 평화를 깨뜨린 큰 죄를 지었습니다. '숲의 법'에 따라 옷을 찢어 벗기고 나무에 묶어 호랑이 밥이 되게 하고 처자식도 목을 베어야 할 것입니다."

모든 부족장이 아골태 말에 찬성했다. 양만춘은 눈을 부릅뜨고 고개를 치켜든 아이신을 내려다보다가 부드러운 목소리로 말했다.

"여러분 뜻은 잘 알겠습니다. 그러나 오늘 대추장으로서 중요한 결정을 내리는 첫날이니 많은 피를 흘리고 싶지 않군요."

그는 부족장 한 사람 한 사람 얼굴을 둘러보았다.

"죄는 미워하되 사람은 미워하지 말라더군요. 우리는 다 같은 고구려 사람입니다. 아이신은 죄가 무거워 죽음을 면할 수 없겠지만 무사(武士)에 대한 예의를 갖추어 스스로 목숨을 끊도록 허락하고, 가족은 추방하는 게 어떻겠습니까?"

부족장들이 고개를 끄덕이며 그의 뜻을 받아들이자, 허리에서 단검(短劍)을 풀어 아이신에게 건네주고, 헤이마루의 결박을 풀어 주었다.

"병사가 주인에게 충성하는 건 당연하고 활을 잘 쏘는 게 죄는 아니다. 이제부터 새 주인인 나에게 충성을 다하라!"

양만춘은 아골태를 초대해 마주앉았다. 술이 거나하게 오르자 머뭇거리다가 입을 열었다.

"아골태 님에게 항상 감사하고 있지만 못마땅한 게 하나 있소."

뜬금없이 한마디 던지고 아골태를 외면한 채 술을 연이어 들이켰다. 아골태는 눈이 동그랗게 되어 눈치를 살피다가 조심스럽게 물었다.

"대추장님 마음을 상하게 했나요? 무슨 잘못이라도…."

양만춘은 아골태를 쳐다보지도 않고 퉁명스럽게 대답했다.

"당신이 보낸 인질 중에 여인이 있더군요."

잔뜩 긴장하던 아골태는 그까짓 대수롭지 않은 일로 그러느냐는 듯 배를 붙잡고 웃었다.

"아핫하하. 그까짓 게 무엇이 그리 잘못되었습니까. 대추장님이 심각한 표정을 짓기에 큰일이라도 생겼나 하고 걱정했지요."

"딸을 인질로 보내고도 무슨 일이 생길지 염려하지 않았소?"

웃음을 그친 아골태가 양만춘에게 다가앉았다.

"외동딸을 사랑하지 않는 아비가 있겠소이까. 그 아이는 좀 별난 애지요. 그동안 많은 젊은이가 청혼했으나 거들떠보지 않고 영웅이 아니면 시집가지 않겠다고 고집을 부려 골칫덩이였소. 볼모로 보낸 건 아비를 못살게 졸라 할 수 없이 허락했다오."

양만춘이 어색한 표정을 풀지 않고 계속 술잔만 기울이자 아골태가 목소리를 낮추며 은근히 말했다.

"제 할아버지는 뛰어난 용사였고 모두 우러러보는 영웅이셨지요. 그분이 미천한 병사에서 몸을 일으켜 흑수말갈 두 번째로 큰 부족을 이끌게 된 비결은 결혼이었소. 힘으로 굴복시킨 촌장 딸을 아내로 맞아들이고 땅을 넓혀 오늘날 아골태 부족이 이루어졌지요. 우리 풍속을 따른다면 대추장께선 열두 부족장 딸을 모두 아내로 맞이해야 흑수말갈을 무난히 다스릴 수 있을 겝니다."

"제가 살고 있는 곳의 풍속은 여기와 다릅니다. 사내는 한 여인과 혼인할 뿐이오."

양만춘이 비로소 바로 쳐다보자 아골태는 빙긋 웃었다.

"그게 무슨 상관이 있습니까? 아직 총각이니 결혼할 때까지 내 딸과 함께 지낼 수 있지 않겠소."

"그러면 버림받게 되는 여인이 너무 가련하지 않소."

“버림받다니? 남녀가 서로 좋아 같이 살다 헤어지기도 하는 게지 왜 버린다 생각하시오. 여기서는 아이가 딸렸다고 결혼하는 데 지장이 없소. 영웅의 아들을 가졌다면 오히려 환영 받소이다.”

“그것은 옳은 짓이 아니오. 결코 그럴 수 없소.”

양만춘이 강하게 머리를 저었다.

아골태가 성난 얼굴로 자리를 박차고 일어나 노려보았다.

“어찌 이럴 수가 있소. 적에게조차 관대하던 분이 내게 하나뿐인 딸의 꿈을 무참히 짓밟으려 하다니. 내 딸이 그리 밉게 생겼소? 그래도 당신 목숨을 구했던 아이가 아니오. 내 자식의 작은 소망을 짓밟는다면 그것은 이 아골태 얼굴에 침을 뱉는 짓이오. 이제 우리 동맹은 깨어진 것으로 알겠소.”

양만춘은 깜짝 놀라 그의 옷깃을 붙잡아 앉히고 얼굴을 붉혔다.

“아골태 추장, 당신 딸은 향기로운 꽃이고 내가 여태까지 만나 본 중 가장 멋진 궁노루였소. 나도 야신세리를 무척 좋아한다오. 그만 노여움을 푸시구려.”

기분이 풀린 아골태가 항아리를 들어 벌컥벌컥 술을 마시더니 짐짓 술에 취한 듯 그를 껴안고 혀가 꼬부라진 소리로 자랑했다.

“젊은 대추장 나으리. 당신은 정말 복 많은 사내요. 이 넓은 말갈 땅에 그만큼 귀여운 암노루가 어디 있겠소? 내 한마디 충고하리다. 그 애 등쌀에서 벗어나고 싶거든 빨리 하하주이(사내애)를 안겨 주구려. 손자 놈은 틀림없이 흑수말갈 최고의 추장이 될 것이외다.”

흑수말갈의 평화는 교육에 달려 있다고 믿은 양만춘은 호랑이촌에 경당(扃堂)을 세워 모든 부족장과 촌장의 자녀에게 교육을 받을 기회를 주었다. 여기서 교육받은 젊은이야말로 장차 이곳을 다스리는 기둥이 되고 부족 간 평화와 단결을 가져오는 밑바탕이 될 터였다.

스승인 우시하〔星〕가 부탁할 일이 있다 하니 꼭 한번 만나 주라고 야신세리가 양만춘에게 졸랐다. 별로 소문이 좋지 않은 여인이어서 탐탁지 않았으나 승낙했다.

그녀는 사내 눈길을 끌 만한 데라고는 찾아볼 수 없는 평범한 중년 아낙네여서 꼬리가 아홉 개 달린 여우라는 게 믿기지 않았다. 다만 초승달처럼 양끝이 올라간 입술이 웃음을 머금어 친근한 느낌을 주었고, 은은한 사향 냄새를 풍기는 게 여느 말갈 여인과 달랐다. 문득 옛날 자스미 공주 집에서 만났던 미투나 모습이 떠올랐다. 우시하가 천축의 성전(性典) 카마수트라를 배웠을 리 없었다. 그런데 어떻게 그 두루마리에서 보았던 카마(kama, 사랑)의 기교를 꿰뚫고 있는지 궁금증이 나서 슬며시 장난기가 생겼다.

"사람들이 조심하라던데, 유혹하려고 만나자 한 것이오?"

여인은 총명하게 반짝이는 눈을 살짝 찌푸리며 쳐다보았다.

"제 마음을 끌어당기는 건 야수 같은 사내지, 추장님처럼 빈틈없는 분은 관심 없어요. 여자는 마음에 들지 않는 사내에게 기울어 지지 않는답니다. 죄송한 말씀이오나 사내들은 제가 잘나서 여자를 유혹한 줄 착각하지만, 사내를 골라잡는 건 여자랍니다."

양만춘은 어설프게 여인을 희롱하려다 호되게 당한 걸 깨닫고 아차 싶었으나 애써 웃음을 잃지 않았다.

"그러면 무슨 일로 만나려 했나요?"

"제 아들 로보(말갈어로 칼이란 뜻)를 경당에 입학시켜 주십시오."

"경당은 말갈귀족 젊은이들을 훌륭한 지도자로 훈련하려 세웠어요. 지금 부족장과 촌장 아이들도 모두 받아들이지 못하는 형편이오. 더구나 부인의 평판이 그리 좋지 않더군요."

양만춘은 세리의 실망하는 얼굴이 떠올랐으나 냉정하게 거절했다. 여인이 성난 모습으로 얼굴을 찡그리자 강렬한 성깔이 드러나며 사내 마음을 뒤흔드는 묘한 매력을 내뿜었다.

"제가 꼬리 아홉 개 달린 여우라 불리고 자식의 아비가 모두 다른 걸 알고 계시는군요. 저는 마음이 끌리면 서슴지 않고 사랑을 나누지만 아무나 쉽게 가질 수 있는 여인이 아닙니다. 다만 거친 야생마를 길들이는 데 보람을 느끼는 별난 여자랄까요. 사내를 처음 만날 때 나름대로 갖가지 묘한 방법으로 홀려 사로잡기는 하나, 겨우내 혹독하게 머슴살이를 시키면서 글을 가르쳐 멋진 젊은이로 훈련하고 다듬는 게 제 즐거움이랍니다. 지금까지 거쳐 간 젊은이 중에 잘못된 길로 빠진 사내는 하나도 없습니다. 왜 제가 비웃음을 받아야 하나요?"

여인은 교양 있는 고구려말로 숨 쉴 틈 없이 말을 이어갔다.

"추장님은 인재를 아낀다더군요. 로보는 내 아들이라서가 아니라 정말 빼어난 자질을 타고났어요. 가르침에는 때가 있지 않나요. 지금도 교육 받기에 늦은 게 아닐까 걱정된답니다."

양만춘은 살아오는 동안 '여자와 말로 다투어 이길 수 없다'는 진리를 터득했지만, 그녀 말솜씨보다 자식을 사랑하는 어머니의 뜨거운 마음에 감동해 자기도 모르게 고개를 끄덕였다.

"그래 그 애는 어떤 아이입니까?"

"로보 나이는 열 살. 아비는 호랑이 사냥꾼이었고, 지금 추장님 군대의 니루로 있는 용사입니다. 아들을 사냥꾼으로 기른다면 모르겠지만 아비보다 뛰어난 영웅으로 키우려면 경당에서 배워야 합니다."

"좋소, 로보를 받아들이겠소."

우시하가 밝게 웃었다. 성난 암범 같던 얼굴에 웃음이 떠오르자 신비로운 아름다움이 꽃피어 이 자그만 여인이 그렇게 많은 젊은이를 사로잡았던 비밀을 알 것 같았다.

"대추장님께선 역시 듣던 바와 같이 영웅이시군요. 제 무례한 말까지 너그럽게 받아주시니. 무엇으로 보답해야 할지 … ."

"야신세리에게 가르쳤던 의술(醫術)로 이미 보답을 받았소. 부인께서 그처럼 고구려 말이 능숙하니 살아온 과거가 궁금하구려."

"사람은 한평생 사랑을 꿈꾸면서 살아가지만 사랑해도 괴롭고 하지 못하면 외로운 게 아닐까요. 저는 부여성 싸울아비 집에서 태어나 마음을 바쳤던 이에게 버림받고 비구니가 되었으나, 끊임없이 파고드는 번뇌를 이기지 못하고 강물에 뛰어들었다가, 나이 지긋한 심마니에게 구조되어 그 아내가 되었답니다. 남편은 마음이 따뜻한 분으로 저를 무척 아껴주면서 사랑이란 노예처럼 지아비를 떠받들거나 자기 앞에 무릎을 꿇리는 게 아니라 스스럼없이 서로 몸과 마음을 나누는 관계임을 깨우쳐 주었지요. 그분 사랑을 받아 비로소 여인의 기쁨을 알게 되고 사랑을 바치면서 외로움의 늪에서 벗어났답니다.

젊은 아낙네로 세상에 홀로 남게 되었어도 외롭지 않았습니다. 아름답게 피어나는 꽃 한 송이에 기쁨을 느끼고 가을바람 속에도 생명의 소리를 들었으니까요. 남편은 혼자 살지 말고 마음에 드는 짝을 찾으라 했지만, 새삼스레 낯선 사내에 얽매이기보다 자유로운 숲속 생활이 더 즐거웠지요. 그러나 만물이 얼어붙는 북쪽나라 겨울이 다가오면 길고 어두운 밤을 홀로 지새우기가 괴로웠어요. 제 피가 너무 뜨거운 탓일까요?"

우시하는 좋은 가문에서 교육받은 여인이고 자식을 무척 사랑하는 정이 깊은 어머니 같았지만, 문득 야신세리가 신이 나서 이야기하던 '보로리 여우 축제날'의 얄궂은 행동이 머리에 떠올랐다. 이렇게 매력 있는 여인이 왜 그처럼 엉뚱한 짓을 하며 살까 싶어 고개가 갸우뚱해졌다.

"부인의 삶은 보통 여인과 다르더군요. 그렇다 해도 중년 여인이 처음 만난 젊은이들을 마음먹은 대로 사로잡을 수 있다니 … ."

그녀는 당당하게 고개를 치켜세웠다.

"사내가 바람둥이라면 그다지 놀랄 일도 아닐 텐데 여자니까 이상하게 여기시나요? 더구나 아름다운 젊은 여인도 아닌데 어떻게 멋진 젊은이를 홀리는지 모두 궁금해 하더군요. 남녀 사이란 밖으로 드러난 것보다 그 안에 감춰진 비밀이 더 크답니다. 저는 사내

넋을 뽑는 구미호(九尾狐)라는 소문처럼 눈의 나라 밤을 지배하는 숲속 요정이지만, 마음을 끄는 사내 앞에 서면 한없이 작아져요. 마치 사랑에 눈먼 보잘것없는 여종처럼 왕자님의 사랑을 얻으려 온몸을 다 바쳐 깍듯이 모시지요.

어리석은 아낙네는 잘 차려진 잔칫상만 기대했다가 실망하고 투덜거리지만, 저는 어떤 사내를 만나도 정성껏 모든 것을 바치고 그가 가진 좋은 점을 찾아내어 즐거운 마음으로 요리해서 맛있게 챙겨 먹는답니다. 잘난 걸 찾아내서 끊임없이 칭찬하고 떠받들어야 사내구실을 제대로 한다는 걸 잘 알기 때문이지요.

꼬리 달린 여우가 된 건 천둥벌거숭이 같은 말갈 젊은이와 사랑을 나누고 싶어서랍니다. 나는 외톨이 암노루지만 타고난 사냥꾼인가 봐요. 숲이 눈에 덮이고 기나긴 밤이 시작되는 보로리 축제가 오면 몸 깊숙이 잠자던 갈망이 깨어나 피가 끓어올라요.

말갈 사내는 순수하고 착하지만 맹수처럼 거칠어요. 이런 늑대를 사로잡아 겨우내 길들여 여자를 사랑하고 아낄 줄 아는 젊은이로 거듭나게 하는 데 보람을 느껴요. 봄이 오면 미련 없이 어둠 속 환락의 꿀송이를 떨쳐버리고 애욕의 끈끈한 사슬에서 풀어 주는 건 숲속의 자유로운 삶을 더 귀하게 여기기 때문이고요.

미개하다고 싫어하는 사람도 있지만, 나는 흑수말갈을 사랑해요. 서로 눈이 맞으면 스스럼없이 사랑을 나누고 여인도 사내처럼 사랑을 즐기는 삶의 방식이 제가 태어난 땅에서 사라졌지만, 이 숲의 나라에서는 받아들이니까요. 사람들은 어떻게 볼지 몰라도 제 나름 충실한 삶과 넘치는 즐거움에 행복을 느낀답니다."

우시하가 양만춘에게 작은 나무상자를 내밀었다.

"경당을 세우는 데 보태 쓰세요."

"아니, 이건 산삼 아닙니까. 이 귀한 걸 어디서 구했나요?"

"몇 해 전 행운이 있었어요. 사람의 발길이 미치지 않는 깊은 숲 냇가에서 약초를 캐고 있는데 노랫소리가 들렸지요.

햇빛 들어오지 않는 그늘진 곳에	背陽向陰
세 줄기마다 다섯 잎사귀	三椏五葉
나를 얻고 싶다면	欲來求我
가수나무 아래를 찾아보아라.	椵樹相尋•

노랫소리를 따라갔더니 삼나무 숲에서 노래가 끊기고 나뭇가지에 노란 비단조각이 매여 있더군요. 그 아래 몇 그루 산삼이 자라고 있었고, 여기저기 감추어진 비단조각을 발견했답니다. 그제야 장백산에 사는 신선이 산삼 씨를 뿌려 두었다가 마음씨 착한 심마니에게 산삼 밭을 가르쳐 준다던 옛이야기가 생각나더군요. 오늘 로보의 경당 입학 날이라 몇 뿌리 준비했답니다."

양만춘은 우시하의 말을 듣고 말갈을 올바르게 통치하려면 호랑이촌뿐만 아니라 12부족의 큰 부락마다 경당을 세워 젊은이를 교육해야 한다고 깨달았다. 그리고 그녀의 별같이 반짝이는 눈을 보면서 세상에는 색다른 삶을 사는 여인도 있구나 싶어 고개를 끄덕였다.

• 이 노래는 인삼(人蔘)을 노래한 고구려 시대 작품임.

조문 弔問

619년 토끼해〔己卯年〕 여름 흑수말갈 땅에 평화가 자리 잡았다. 양만춘은 아골태 부족장을 비롯한 모든 부족장과 평화조약을 맺었음을 태왕께 보고하고 부족장에게 합당한 벼슬을 내려 주기를 요청하는 한편, 이번 싸움에서 공을 세운 싸울아비의 공적을 낱낱이 적은 상소문을 보냈다.

영류태왕은 이해 4월 국내성에 행차해 5월까지 머물며 시조 동명성왕의 능(陵)을 참배하고 태평성대(太平聖代)가 돌아왔음을 아뢰었는데, 연이어 흑수말갈 평정소식을 들으니 기쁘기 한량없었다. 양만춘을 흑수말갈 총독으로 임명해 그곳을 다스리는 전권(全權)을 주고, 부족장들에게도 제각기 명예로운 벼슬을 내렸다.

호랑이촌이 무척 활기를 띠었다. 돛단배에서 교역소 부두 창고로 콩과 소금을 옮기는 말갈 인부, 온갖 짐승 털가죽을 거룻배에서 내려 모피상점으로 나르는 사냥꾼, 마을 가까운 농장에서 먹을거리를 수레에 가득 싣고 온 고구려 농부, 어부에게 물고기 잡는 시범을 보이며 그물을 팔려고 열을 올리는 장사꾼들로 시끌벅적거렸다.

몇몇 부족장은 부족 간 사냥터 경계선을 해결해 달라면서 호랑이촌 총독 집무실로 찾아와 양만춘을 괴롭혔다. 이런 분쟁은 부족 흥망에 영향을 미치므로 평화를 깨뜨릴 수 있어 여간 골칫거리가 아니었다. 신중하게 경계선을 조정했으나, 심각한 경우는 현장을 답사시키고 아골태에게 부족장 회의를 열게 하여 최종결정을 내려야 했으므로 눈코 뜰 새 없이 바빴다.

아골태는 호랑이촌과의 교역이 부족민에게 큰 이익이 됨을 깨달았기 때문에 양만춘의 열렬한 지지자가 되었다. 길고 추운 겨울을 보내는 흑수말갈인에게 돼지는 귀중한 재산이었다. 사냥한 짐승의 털가죽과 맞바꾼 콩으로 겨울을 지내는 데 부족함 없이 돼지 먹이를 공급받는 것도 만족스러웠지만, 귀여운 외동딸 야신세리가 잘 지내는지 궁금해 사흘이 멀다 하고 그의 집에 드나들었다.

흑수말갈 부족장이 태왕에게 바치는 조공물(朝貢物)을 꾸려 평양성으로 보내고, 태왕께서 그들에게 하사(下賜)하는 선물을 나눠주는 일이 끝나자 새로운 꿈에 부풀었다. 다음 해 봄 개코에게 흑수가 바다로 들어가는 동쪽 끝까지 탐험하도록 명령했다.

흑수탐험 선단(船團)을 준비하느라 분주했던 어느 날 호랑이촌에 파발마가 왔다. 시빌 카간의 죽음을 알리는 소식이었다. 나라와 민족은 달랐으나 시빌 카간은 잊을 수 없는 은인이었다. 당연히 조문(弔問)을 다녀와야 했으나, 이제 막 자리 잡히기 시작한 흑수말갈의 통치를 접어두고 몇 달 떠나 있는 게 불안스러웠다. 대아찬에게 총독대리를 맡기고, 아골태를 만나 자리를 비운 동안 부족 간에 말썽이 생기지 않도록 부탁한 후 길을 나섰다.

대흥안령을 넘어 돌궐 동부 지역 샤드가 머무르는 호르트(대형천막)에 이르자 샤드 돌리와 타르칸 아타크가 마중 나왔다. 이미 시빌 카간의 장례식은 끝나고 동생 치키가 토이(부족장 회의)의 추대를 받아 초르 카간〔處羅可汗, 재위 619~620년〕이 되었다.

양만춘이 돌궐을 떠난 지 10년도 지나지 않았건만 모든 게 변했다. 아직 소년티를 벗지 못한 돌리를 보니 가슴이 메어져 돌리를 껴안고 위로했다. 그는 호르트 한가운데 설치된 시빌 카간의 영정(影幀)을 보자 설움에 북받쳐 울음이 터져 나왔다.

"안다, 이렇게 빨리 가시다니. 이럴 줄 알았다면 틈을 내어 한번 찾아오는 것을!"

뒤에 서 있던 어린 돌리와 아타크도 목 놓아 울었다.

밤이 이슥해지도록 옛이야기를 나누던 아타크는 화제가 시빌 카간의 죽음에 이르자 눈물을 흘리며 술잔을 놓았다.

"카간이 원정을 떠나 타브가치의 태원(太原) 땅에 진격할 때까지 전혀 건강에 이상이 없었소. 그런데 치키와 함께 저녁식사를 한 후 밤중에 갑자기 돌아가셨소. 독살당하지 않았나 의심스럽소."

"그러면 치키가 … ?"

아타크는 고개만 끄떡이다 무거운 어조로 말을 이었다.

"나는 주군(主君)을 지켜드리지 못한 죄인이지만 어떤 일이 있더라도 어린 샤드만은 꼭 지킬 것이오."

칸발리크〔可汗庭〕는 10년 전보다 더 화려하고 번화했다. 카간이 머무르는 거대한 황금빛 호르트와 그 앞에 늠름하게 늘어선 12명 오르도〔御帳親軍〕는 옛날과 다름없었지만 그 주인은 벌써 딴사람으로 바뀌었다. 초르 카간은 돼지 같은 눈을 가늘게 뜨고 너털웃음을 터뜨리면서 양만춘을 형의 안다로서 정중하게 대해 주었다.

그러나 어딘지 서먹함을 느꼈고, 실리조차 의성공주 치맛자락에 휘감긴 탓인지 옛날과 달리 쌀쌀하게 대했다.

시빌 카간의 묘를 안내하던 타르칸 부케 바투가 양만춘이 슬퍼하는 모습을 지켜보다가 한마디 했다.

"카간께서 살아계셨을 때 얼마나 만나고 싶어 했는지 아시오? 돌아가신 다음에야 나타나다니!"

소리 없이 눈물만 흘리던 부케 바투가 하늘을 보고 울부짖었다.

"내 반드시 그 돼지 대가리를 죽이고 말테요. 탱그리시여, 지켜보아 주옵소서!"

부케 바투는 10년 전의 자상하고 관대하던 사나이가 아니었다. 핏발 선 눈빛에선 원한 맺힌 복수심만 이글거렸다.

양만춘은 당나라와 싸울 때 든든한 방파제가 되어 줄 이웃나라 돌궐의 어두운 미래를 보는 듯하여 가슴이 섬뜩했다.

칸발리크 소그드 상단을 찾아가니 젊은 카이두가 반갑게 맞아주었다. 세월이 흐른 탓일까. 젊은 카이두도 관록(貫祿)이 붙어 의젓한 상인의 모습이었고 걸음걸이조차 늙은 카이두를 닮아가고 있었다. 상점 건물은 예와 다름이 없었으나 어딘지 활기가 보이지 않았다.

"카이두 총관, 장사는 잘 되시오?"

"바카투르 상단과 담비 거래는 잘 이루어지고 있지만 투르크(돌궐)와 당나라가 해마다 싸움을 벌여 교역이 예전 같지 않습니다."

양만춘은 카이두의 손을 잡으며 넌지시 물었다.

"자스미 공주가 고국으로 돌아가셨다고요?"

"조금만 더 일찍 찾아오셨으면 만났을 것을. 시빌 카간이 갑자기 죽자 소그드 상단도 어려움이 생겨 공주님께서 속상해 하셨지요. 얼마 전 오라버니 되시는 펜지켄트 국왕께서 돌아가시고 조카가 왕위에 오르자 두 아드님을 데리고 고향으로 떠났습니다."

카이두는 금고에서 붉은 끈으로 묶은 양피지(羊皮紙) 두루마리를 꺼내어 양만춘에게 내밀었다.

"시빌 카간의 죽음을 들으시면 주인님이 조문하러 올 것이라면서 이 편지를 남기셨습니다."

찌릿한 아픔이 가슴속에 흐르는 걸 느끼며 양피지를 펼쳤다.

그리움이 절절히 담긴 글귀가 이어지더니, 잔소리꾼 큰누나 같은 어투(語套)로 바뀌어 아직도 장가가지 않았다니 걱정이라며 빨리 신부를 구하라는 부탁으로 끝맺었다.

자스미의 따뜻한 마음이 전해져 가슴이 뭉클했다.

"공주님께서는 투르크의 미래를 어둡게 보고 계세요. 어쩌면 다시 돌아오지 않을지도 모릅니다."

양만춘은 사랑과 꿈이 가득 찼던 젊은 날이 멀리 날아가 버린 듯 허망함을 느끼며 하늘에 떠 있는 구름만 멍하니 쳐다보았다.

사람마다 주어진 운명 있나니

因緣

중매꾼

을지문덕이 벼슬을 내놓고 유람여행에 나서 요동성에 온다는 소식을 듣고 해부루 성주가 대량수 강변까지 마중 나갔다.

"대인께서 하실 일이 아직 많으신데 … ."

해부루가 아쉬워하자 을지문덕이 껄껄 웃었다.

"태왕께서 새로 등극(登極)했으니 새 술은 새 통에 담아야지요."

"대인께서 물러나시니 나라의 앞날이 걱정입니다."

"수나라 백만 대군을 무찌른 건 하나로 뭉친 백성의 힘이지 내가 잘난 때문은 아니잖소. 나는 위대한 고구려인을 이끈 한 지도자였을 뿐이오. 위험한 때가 오면 하늘은 뛰어난 새 지도자를 주시겠지요. 지금 태왕께서 당나라와 화친정책을 펴고 계시니 당분간 별일 없겠지만, 다시 전쟁이 일어나면 수나라와 전쟁 때보다 더 어려울 게요. 수나라는 싸움다운 싸움 없이 쉽게 천하를 통일했으나 당나라는 수많은 군웅(群雄)과 혈전(血戰)을 벌여 건국했으니, 다가올 싸움은 지난번과 비교할 수 없이 힘들 것이오."

"전쟁의 징조라도 보이십니까?"

"옛날엔 거북뼈〔甲骨〕를 불 속에 넣거나 별의 움직임을 살펴보고 앞날을 알려고 애썼지만, 사람의 움직임을 살펴보는 것보다 더 확실한 방법이 어디 있겠소. 지금 이세민(李世民)이란 자가 태풍의 눈이오. 그 싸움꾼이 황제에 오르는 날이 걱정이라오."

"그렇다면 어떻게 해야 재난을 막을 수 있겠습니까?"

"하늘은 어려움을 주셔도 피할 길을 열어 주시니, 우리가 미리 잘 대비해야겠지요. 나는 양 대모달에게 큰 기대를 걸고 있소. 그 젊은이는 사람 가슴속에 잠자는 힘을 이끌어 낼 뛰어난 인재요. 골칫거리 흑수말갈을 그렇게 쉽게 평정하더니 한걸음 더 나아가 열두 부족 큰 마을마다 경당을 세워 고구려인으로 교육한다니. 나는 지는 해지만 그 사나이는 떠오르는 해요. 안타까운 일은 귀족 출신이 아니어서 뜻을 펼칠 기반이 마련되어 있지 않기에 성주를 찾아온 것이오."

"뜻을 펼칠 만한 기반이라니요?"

"안시고을이오. 나라에는 이를 지탱하는 권력의 핵심이 있잖소. 우리는 왕족과 귀족 나라이니 이 울타리 안에 들어오지 않으면 아무리 뛰어난 인재라도 뜻을 펴기 어렵소. 다행히 우리나라는 미천한 싸울아비 온달도 공주와 맺어질 수 있는 열린사회요. 우리 함께 그 젊은이를 나라의 대들보로 키워 봅시다."

"안시 성주는 무남독녀뿐이니 데릴사위로 들어가면 되겠군요.

저도 힘껏 노력하겠지만 대인께서 도와주십시오."

"그리하겠소. 안시 성주는 나와 뜻이 통하는 사이요."

부여성 명림 성주의 부름을 받고 저택에 달려간 양만춘은 뜻밖에 을지 대원수가 앉아 있는 것을 보고 깜짝 놀랐다.

"대인께서 어떻게 이 먼 곳까지 … ."

"전국을 유람하다가 여기까지 왔구먼."

"대인께서 자네를 만나시고 싶다기에 불렀네. 어서 술 한 잔 올리게."

벌써 얼굴이 불콰해진 명림 성주가 웃음을 머금고 재촉했다.

"양 대모달을 처음 만났을 때는 소년이었는데 이젠 수염이 가지를 치겠구먼, 이런 좋은 신랑감이 아직 짝을 구하지 못했다니 아가씨들 모두 눈이 삐었나 보군."

을지문덕은 양만춘에게 술을 권하며 농담을 던졌다. 술잔이 거듭되자 흥에 겨워 그리운 듯 옛이야기를 털어놓았다.

"젊은 날 중국을 방랑한 적이 있었지. 낙양에서 왈패가 젊은 여인에게 행패부리는 걸 말리다 시비가 벌어져 태껸 발길질로 때려눕혔는데 운수 사납게 죽어 버렸네. 게다가 죽은 녀석이 벼슬아치 아들이었어. 그러니 왈패뿐 아니라 포졸에게 쫓기게 되었지.

백마사 안으로 도망쳐 숨었는데, 더덕더덕 기운 가사(袈裟)를 걸친 늙은 스님이 미소를 짓고 쳐다보기에 먹을 것을 달랬지. 이리 오라고 손짓해서 따라갔더니 외진 암자였네. 스님께서 마루에 앉으라 하고, 가위를 가지고 나와 대뜸 머리를 깎는 거야. 배고파

밥을 달라는데 아무 말 없이 머리를 깎으니 얼마나 황당하던지. 그러나 거역 못 할 위엄이 있어 꼼짝없이 당했네. 머리를 감기더니 낡은 승복(僧服)을 던져 주시며 '이놈, 얼굴에 살기(殺氣)가 가득하구만. 이 옷이나 입어' 하시는데 유창한 평양말씨야. 중국 한가운데서 우리나라 말이라니, 기절초풍할 수밖에.

얼마 지나지 않아 포졸이 몰려와 절을 샅샅이 뒤지는 거야. 내가 백마사로 숨어 들어가는 걸 보고 누가 밀고했겠지. 암자로 포졸이 밀어닥치자 스님은 태연히 말씀하시더군. '여기는 저 미련한 상좌 놈밖에 없으니 실컷 둘러보시오.'

덕이 높은 정법사(定法師)• 스님을 차마 거짓말쟁이로 만들 수야 없지 않겠나? 꼼짝없이 붙들려 상좌 노릇을 했네. 불경을 많이 배웠냐고? 천만에. 동냥하는 데 지장 없을 만큼 딱 하루 동안 간단한 염불과 목탁 치는 법을 가르치시더니 법명(法名)을 고석(孤石)이라 지어주고 말씀하시길, 살기가 너무 강해 중노릇하기 틀렸다면서 구름 보고 날씨를 예측하고 관상(觀相) 보는 법 같은 잡학(雜學)만 가르치시는 거야. 석 달 열흘이 되던 날 나를 부르시더니 종이 한 장을 주시더군. 바로 이거야."

을지문덕은 품속에서 비단 주머니를 꺼내어 기름종이로 고이 싼 흰 종이를 보여 주었다.

• 정법사는 6세기 말 중국에서 활약한 고구려 출신 고승(高僧). 여기서 인용하는 〈고석〉(孤石)이란 시(詩)는 현재까지 전해오는 고구려 사람이 지은 몇 개 남지 않은 작품 중 하나임.

바위 드높이 공중에 솟아 適石直生空
호숫가 어디나 내려다보이네. 平湖四望通
물결에 스친 돌부리 굳건하여 巖根恒灑浪
나뭇가지 바람에 흔들림도 막아주는가. 樹杪鎭搖風
물결 위에 비친 그림자 밝기도 하여라. 偃流還漬影
노을마저 비치니 붉은 빛 서리누나.' 侵霞更上紅
뭇 봉우리 중 유난히 빼어난 봉우리 하나 獨拔群峰外
흰 구름 싸안고 홀로 우뚝 솟았구나. 孤秀白雲中

"스님께서 엄숙한 얼굴로 말씀하셨네. '중국은 3백 년 계속된 분열의 시대가 끝나고 오래지 않아 통일될 게다. 고구려와 중국은 제각기 다른 문화를 가진 강대국. 아마도 통일되면 고구려를 침공하리라. 내가 천문(天文)이나 관상에 그리 밝지 않지만, 너는 침략을 막아낼 든든한 바위가 될 운명을 타고 났으니 샅샅이 둘러보고 그 허실(虛失)을 잘 살피거라'."

을지문덕은 긴 이야기를 마치고는 빙그레 웃으며 비단주머니를 양만춘에게 내밀었다.

"이제 내 시대는 가고 자네 시대가 되었군. 가을이 오면 낙엽은 떨어지지만 봄은 새로운 잎으로 숲을 덮는다네."

곁에 있던 명림 성주가 엄숙한 얼굴로 양만춘을 재촉했다.

"을지 대인께서 자네를 으뜸제자로 삼으셨다네. 무릎을 꿇고 대인이 내려주시는 의발(衣鉢, 고승이 후계자에게 주는 의복과 바릿대. 여기서는 정법사의 시)을 받들도록 하게."

양만춘이 깜짝 놀라 일어나 경건하게 큰절을 세 번 드려 스승에게 예의를 갖추자 대인은 흡족한 얼굴로 그의 손을 잡았다.

"되도록 빨리 요동성 해부루를 찾아가게. 가슴속에 품은 꿈을 이루고 싶으면 자네에게 주어진 운명을 피하지 말게나."

요동성은 옛날의 번화함을 다시 찾은 듯 활기가 돌았다. 해부루는 양만춘을 반갑게 맞이했다.

"흑수말갈을 평정했다는 소식을 듣고 모두 기뻐하고 있네. 폐하께서도 자네 공적을 매우 칭찬하시며, 무척 만족하신다더군."

"여러분 도움 덕분이지요. 성주님의 건강하신 모습 뵈오니 한없이 기쁩니다."

"자네도 의젓하게 관록(貫祿)이 붙어가는군. 오늘 영웅의 탄생을 축하할 겸 저녁을 함께 들려 하니 집으로 와 주게."

성주의 집무실을 나와 오랜만에 요동성 시장을 둘러보았다. 갖가지 상품을 구경하고 있노라니 장사꾼 차림의 사내가 달려와 반갑게 인사했다. 어릴 때 한동네에 살았던 옛 친구였다.

"만춘이 아닌가? 이게 얼마 만이지? 몰라보겠구만."

"자네 춘삼이로군. 돈 많은 배불뚝이 장사꾼 티가 줄줄 흐르네."

"길거리에서 이럴게 아니라 술이라도 한잔 하세."

선술집에 마주 앉은 두 사람은 그동안 살아온 이런 저런 이야기를 나누다가 혹시나 싶어 미르녀 소식을 묻자 춘삼이가 기억을 더듬었다.

"전쟁 나던 해 가을에 아버지를 따라 피란 갔다더군. 지난겨울

장사하러 국내성에 들렀다가 우연히 남문시장 거리에서 만났네."
"그럼 아직도 국내성에 살까?"
"아버지가 포목상을 한다고 했으니 찾을 수 있겠지."
"지금은 국내성에 갈 틈이 없군. 자네가 좀 연락해 주게."
오랫동안 찾던 미르녀를 만날 수 있을 것 같아 뛸 듯이 기뻤지만 아직 시집가지 않았을 리 없다고 생각하자 마음이 어두워졌다.

저녁식사는 여느 때와 달리 푸짐한 잔칫상인데, 낯선 손님이 있었다. 홍안백발(紅顔白髮) 노인과 열다섯 살쯤 된 소녀였다.
소녀는 아침햇살에 피어나는 꽃처럼 싱그러운 젊음을 눈부시게 내뿜었다. 칠흑같이 검고 윤기 흐르는 머리칼 사이로 봉긋하게 도드라진 하얀 이마는 고귀한 기품을 드러냈고, 초승달 같은 가느다란 눈썹 아래 호기심 많은 검은 눈동자가 샛별처럼 빛났다.
해부루가 양만춘에게 두 사람을 소개했다.
"오늘 저녁은 자네의 흑수말갈 평정을 축하해 주려던 자리였는데 마침 이웃고을 어 성주와 따님이 이곳에 들렀기에 같이 모셨네. 성주님께 인사드리게."
양만춘이 너그럽게 생긴 성주에게 허리를 굽히고 정중하게 인사하니 늙은이는 넉넉한 미소를 머금고 유심히 쳐다보았다.
"양만춘입니다. 많은 가르침을 바랍니다."
"그대가 소문이 자자한 흑수말갈 정복자 양 대모달이란 말인가. 생각했던 것보다 무척 젊어 보이는구려."
"과분하신 말씀이십니다. 아직 부족함이 많습니다."

양만춘이 일어나 두 성주에게 술을 따라 올리자 소녀가 호기심이 가득한 얼굴로 살펴보다가 궁금증을 참지 못하고 물었다.

"아저씨, 말갈 사람은 물고기를 날것으로 먹어요?"

"네, 어부들이 잉어나 쏘가리를 잡으면 회(膾)로 쳐서 먹기도 한답니다. 그러나 보통은 굽거나 익혀 먹지요."

한동안 음식을 먹던 소녀가 고개를 들었다. 아버지가 눈짓을 하는데도 못 본 체하며 물었다.

"당나라 사람은 불도 먹는다던데요."

"불을 가지고 마술을 부리는 게지 정말 먹는 건 아니랍니다."

명랑한 소녀는 궁금한 것이 어찌 그리도 많은지 음식을 먹다가도 쉴 새 없이 이것저것 물었다.

"연실(蓮實)은 나이 들어 얻은 외동딸이라 귀엽게 길렀더니 철이 없네. 이해해 주게나. 딸아이가 오늘 무척 기분이 좋은가 보군."

늙은이는 얼굴에 미소를 가득 담고 변명했다.

안시고을 성주 부녀를 배웅하고 돌아온 해부루가 물었다.

"그 아가씨 어떻던가?"

"성격이 무척 밝더군요. 궁금한 걸 거침없이 물어 쩔쩔맸습니다."

해부루는 빙그레 웃으며 고개를 끄덕였다.

다음 날 아침 일찍 해마루가 호랑이촌으로 돌아가려는 양만춘을 찾아왔다.

"형님께서 만나자고 하십니다. 싱글벙글하는 모습을 보니 무슨 좋은 일이 있나 봅니다."

“어젯밤 작별인사까지 드렸는데 무슨 일일까요?”

“가 보면 알 테지요. 빨리 갑시다.”

해부루는 얼굴에 웃음을 가득 머금고 양만춘을 맞이했다.

“어제 보았던 어 성주 딸을 어떻게 생각하나?”

“네에? 성격이 밝은 것 외에는 잘 모르겠는데요.”

“어 성주는 자네가 무척 마음에 든다며 혼인을 승낙했네. 어차피 장가는 가야 할 것 아닌가. 나이가 있으니 서둘러야겠군.”

“죄송하오나 싫습니다.”

“왜, 마음에 들지 않던가?”

해부루가 부리부리한 눈을 치뜨며 물었다.

“너무 어립니다. 제 나이가 그 아가씨 두 배는 될 걸요. 그리고 옛 정인(情人)의 소식을 들었으니 찾아보려 합니다.”

“여보게, 자네같이 큰 재목은 아무 곳에나 혼인하는 게 아닐세. 이번 혼처(婚處)는 하늘이 마련해 준 자리야. 그 아가씨는 어 성주의 무남독녀란 말일세.”

양만춘은 유화에게 배신당한 후 결혼만은 사랑으로 맺어지기를 간절히 바랐으므로 정략결혼은 싫었다. 미르녀가 아직 시집가지 않았다면 아내로 맞겠다며 도망치듯 호랑이촌으로 떠났다.

해부루는 양만춘과 어 성주 딸 혼사를 포기할 수 없었다. 을지대인의 간곡한 부탁도 있지만, 이같이 든든한 사나이가 이웃고을 성주로 있다면 요동성을 지키는 데도 도움이 될 터였다. 백암성 성주가 남진북수파에 가담하자 그런 생각이 더욱 굳어졌다.

안시고을은 요동에서 가장 가난한 고장이어서 어 성주는 요동성이 독점하는 쇠를 안시고을에서도 생산하고 싶어 했다. 해부루는 넌지시 양만춘의 혼인이 이루어지면 어 성주에게 쇠에 대한 권리를 나누어 주겠다는 미끼를 던졌다. 그리고 춘삼이란 장사꾼을 불러 미르녀 최근 소식을 물어보았더니 그녀 편지에 사랑을 하소연하는 애절한 마음이 적혀 있었다.

기다리던 님 돌아왔건만 / 그리운 마음 전할 길 없네.
밤새도록 애타게 우는 귀뚜라미보다 / 남몰래 속 타는 반딧불이 마음을.

해부루는 애처로운 사랑을 꺾는 게 가슴 아팠으나 눈을 질끈 감고 춘삼이에게 이 일에서 손을 떼게 하고 사람을 보내 미르녀를 불렀다. 그녀를 만나보자 저렇게 착한 아가씨에게 못할 짓을 한다 싶어 마음이 괴로웠지만 약해지려는 마음을 애써 떨쳤다.

"아가씨가 사랑하는 사나이는 나라에 크게 쓰일 대들보야. 그대 행복을 위해 앞길을 막겠는가, 아니면 그 사나이가 날개를 달고 하늘을 훨훨 날도록 밑거름이 되겠는가?"

호랑이같이 번쩍이는 눈이 그녀 눈길을 옭아매었다.

미르녀는 눈앞이 캄캄해졌다. 햇빛이 밝게 빛나던 방 안 풍경이 어두운 잿빛으로 물들어갔다. 그녀는 눈물을 가득 머금은 눈을 들어 쳐다보았다.

"날개라 하시오면 … ."

"큰 고을 성주가 될 기회라네."

"님을 사랑하는 여인이라면 어찌 그런 기회를 빼앗겠습니까."
"그 사나이가 아가씨를 깊이 사랑하고 있더라도?"
"네, 성주님."
대답을 마친 미르녀는 어깨를 들썩이며 울음을 터뜨렸다.

유화는 양만춘이 대역죄로 처벌되리란 귀띔을 듣고 매몰차게 돌아섰지만, 두고두고 아쉬움에 시달렸다. 이른 봄 을씨년스런 소소리 바람이 이불 속을 파고들면 듬직한 그의 품이 새삼 그리웠다. 양만춘이 사면(赦免) 받자 그녀는 다시 찾아가 달라붙었으나 한 번 돌아선 사내 마음을 되돌릴 수 없었다.

"그 사내를 놓친 게 내 일생에서 가장 큰 실수가 아니었을까?"

양만춘의 혼담을 듣고 그녀는 잠을 설쳤다. 어려운 처지에 빠졌을 때는 측은하게 여겼지만, 성주 딸과 결혼한다니 배가 아파 견딜 수 없었다. 질투심에 눈이 멀어 야차(夜叉)가 된 여인은 못 먹는 감 찔러나 보자는 심보로 이 혼담을 깨려고 결심했다.

유화는 어떻게 알았는지 자스미 공주와 말갈 여인 이야기까지 잔뜩 부풀려서 양만춘이 형편없는 바람둥이라는 소문을 퍼뜨렸다. 연실 어머니는 깜짝 놀라 펄쩍 뛰다가 한동안 혼인 이야기가 오갔던 친정집 고씨(高氏) 가문 둘째 아들과 혼담(婚談)을 급히 서둘렀다.

양만춘은 해부루의 성화를 피하려고 서둘러서 중매꾼을 통해 미르녀에게 사랑을 하소연하는 편지를 보냈다.

그녀는 성주를 만난 후 병들어 쓰러졌지만 사랑하는 이에 대한 그리움을 떨치지 못하고 밤새도록 몸부림쳤다. 거울 속에 비친 모습은 초라한 몰골에 눈만 이글이글 타오르는 미친 여인의 얼굴이었다. 새벽녘이 되자 입술을 깨물고 눈물을 흘리다가 양만춘의 편지를 불사르고 집을 떠나 숨어 버렸다.

중매꾼이 돌아와 미르녀는 이미 혼인을 약속한 남자가 있다면서 청혼을 거절하더라고 했다. 양만춘은 그 말을 믿을 수 없어 단걸음에 국내성으로 달려갔으나 '나는 내 길을 가겠소. 사랑했던 이여. 행복하기를 비오' 라는 쪽지만 남긴 채 몸을 피하여 만날 수조차 없었다.

뜻밖에 숙소에는 무명 선사의 편지가 와 있었다.

"빈도(貧道, 스님이 자신을 낮추어 부르는 말)가 소식을 듣고 내 마음을 전하오. 불가(佛家)에는 모든 중생을 똑같이 소중하게 여기지만, 왜 왕과 귀족을 귀의(歸依)시키려 애쓰는지 아시오? 자비로운 자가 다스리면 그 혜택이 만백성에게 미치기 때문이오. 시주님 혼인으로 가난한 고을이 살기 좋게 변하고, 백성이 굶주림을 면하면 얼마나 기쁜 일이겠소. 그렇게 되기를 간절히 비오."

데릴사위

“요동성에서 본 아저씨하고 혼인이요? 나이가 너무 많잖아요.”

연실은 아버지 말을 듣고 깜짝 놀랐다.

“나이는 좀 많다만 뛰어난 사나이야. 네 남편감으로 모자람이 없더구나. 내 뒤를 이어 안시고을을 잘 다스릴 게다.”

“어머니 말씀으론 대단한 바람둥이라던데요. 귀족도 아니고요.”

“떠도는 소문 때문에 걱정했지만 너무 과장되었더구나. 만나보니 진실한 사나이였어. 젊은 날 여자를 좀 사귄 건 그리 큰 흠은 아니란다. 오히려 그런 사내가 결혼하면 아내를 잘 보살펴 주지. 너는 여느 여인과 달리 안시고을을 물려받을 귀한 몸이야. 그러니 네 남편은 능력이 있어야 한다. 고씨댁 귀공자도 만나보았다만 집안이 왕족이면 뭘 하니. 그릇이 다르더구나. 그런 연약한 사내는 어려움이 가득한 이곳을 다스릴 만한 재목이 아니고, 아내를 행복하게 해줄 넓은 마음씨도 보이지 않더구나.”

아버지가 간곡하게 설득했으나 딸은 고개를 흔들었다.

“싫어요. 사랑을 듬뿍 줄 내 또래와 결혼하고 싶어요.”

양만춘은 흑수말갈로 돌아가는 길에 요동성에 들렀지만 정나미가 떨어져 빨리 떠나고 싶었다. 작별인사를 하러 갔더니 해부루가 검은 문사건(文士巾)에 빳빳하게 풀을 먹인 하얀 두루마기를 입은 중년 사내를 소개했다.

사내는 해맑은 기운이 감도는 넓고 흰 이마에 가냘픈 체격으로 샌님 같은 풍채(風采)지만 형형하게 빛나는 눈과 카랑카랑 울리는 목소리는 얕잡아 볼 수 없는 기백을 내뿜었다.

"이분은 안시고을 해성촌에서 온 '자무'라는 학자이시네."

자무가 은근한 미소를 지으며 입을 열었다.

"양만춘 대모달께서 우리 고을에 오시어 연실 아가씨에게 청혼해 주시기를 성주님께서 기다리십니다."

"사양합니다. 서로 조건이 맞지 않소이다. 나는 문벌(門閥)이나 나이 어느 것 하나 부족하지 않은 게 없습니다."

"너무 겸손하시군요. 사나이에게 첫째가는 건 능력 아니겠습니까. 대모달님은 흑수말갈을 평정한 영웅이시고 을지 대인의 유일한 제자니 충분히 자격이 있으십니다. 성주님께서 아들을 얻는 건 사람 힘으로 어쩔 수 없지만, 사위라면 뜻에 맞는 인재를 골라 못 이룬 꿈을 꽃피울 수 있다며 즐거워하고 계십니다."

해부루도 한마디 거들었다.

"진인사 대천명(盡人事 待天命)이란 말도 있지 않던가. 어찌 노력해 보지도 않고 이런 좋은 자리를 포기하려는가."

"성주님, 정략결혼은 싫습니다. 그것은 불순한 짓입니다."

"대모달께서 너무 순진하시군요. 소도 비빌 언덕이 있어야 하듯 영웅이라도 굳건한 기반을 얻고서야 뜻을 펼칠 수 있습니다."

집요하게 물고 늘어지는 자무를 보자 짜증이 났다.

"선생은 누구기에 이처럼 끈질기게 사람을 괴롭히시오."

"몇십 명 제자나 가르치는 변변찮은 해성 백면서생(白面書生)일 뿐이오. 저 스스로 부족함을 알기에 교학관(敎學官)을 맡아달라는 부탁도 사양했으나 이번 일만은 자원해서 찾아왔습니다."

"고을을 좋게 만들 기회조차 거절한 분이 어찌 남의 일에 이렇게 열을 올리시오. 우습지 않소이까?"

양만춘이 자무를 쳐다보며 빈정거리자 그의 눈이 불타올랐다. 땅바닥에 무릎을 꿇더니 양만춘의 옷자락을 붙잡았다.

"사나이로 태어나 좋은 주군(主君)을 만나 목숨을 바쳐 일하는 기쁨보다 더 큰 복이 어디 있겠습니까. 아직 그런 주군을 만나지 못했을 뿐이오. 안시고을 백성은 지금 가난 속에 괴로운 삶을 삽니다. 내 고향이 살기 좋은 곳으로 바뀌는 걸 보고 싶군요. 군자는 구름이 일고 우레 치는 난세에 그 뜻을 펴 태평성대를 이룬다〔雲雷屯 君子以經綸〕고 하니 부디 기회를 놓치지 마시고, 아무쪼록 우리 백성을 불쌍히 여기시어 희망의 불을 밝혀 주시기 바랍니다."

문득 을지 대인과 무명 선사의 간곡한 권유가 생각났다. 양만춘의 가슴속에 미르녀의 모습이 그립게 떠올랐다가 스러졌다.

'그래, 결혼이란 그리움이 아니라 현실 문제겠지. 내가 너무 오래 꿈속에 잠겨 있었는지도….'

요동성을 떠나 갈대고개〔蘆嶺〕 아래 주막에서 양만춘이 평상(平床)에 앉아 목을 축이다가 부경(浮京, 곡식을 저장하는 원두막 같은 창고) 기둥을 감싸고 있는 긴 원통형 독을 보고 궁금해서 물었다.

"주인장, 왜 기둥에 오지그릇을 둘렀소?"

"부경에 둔 곡식을 쥐가 먹어 속상했는데, 어떤 분이 저렇게 하면 미끄러워 못 올라갈 것이라 가르쳐 주었습니다."

"그분이 누군지 아십니까?"

"'돌고'라더군요."

양만춘은 몇 년 전 요동성에서 그 이름을 들은 기억이 나서 자무에게 돌고를 아느냐고 물어보았다.

"천하를 다스릴 만큼 큰 그릇이지만 아직 주인을 못 만나 뜻을 펴지 못하는 숨은 인재지요. 생김새가 부엉이를 닮은 탓인지 해부루 성주가 마땅한 자리를 맡기지 않고 있습니다."

길을 나서려 하자 하늘을 유심히 살피던 주막주인이 날씨가 심상치 않으니 더 머물렀다 가라고 붙잡았다. 양만춘은 약속시간을 지키려 길을 서둘렀다.

고갯길로 들어서자 갑자기 맑은 하늘에 먹구름이 몰려들어 컴컴해지더니 천둥번개가 치고 흙비가 쏟아지며 돌개바람이 고개 위로 휘몰아쳤다. 이윽고 누른 황토모래가 소용돌이치며 거대한 용오름으로 변해 하늘로 치솟더니 서서히 안시고을로 향했다.

양만춘 일행이 도롱이를 꺼내 입고 고갯마루에 이르자, 하늘이 활짝 개며 해성(海城, 안시고을 행정중심지로 성주가 머무는 곳) 위에 쌍무지개가 걸려 있었다.

자무는 넋을 잃고 서서 쌍무지개를 바라보며 중얼거렸다.

"예로부터 전해 내려오는 예언이 이제야 이루어졌군. 안시고을을 빛낼 영웅이 오는 날 황룡(黃龍)이 하늘로 오르고 쌍무지개가 뜰 것이라던 오래된 전설이 … ."

연실 아가씨는 아침이슬 머금고 활짝 핀 흰 장미처럼 싱그러운 미소를 띠고 맞이했다. 양만춘은 눈에 번쩍 띄는 아름다움에 가슴이 설렜다. 처음 볼 때는 머리칼을 내린 풀머리 소녀여서 어리게 보았으나, 칠흑 같은 긴 머리칼을 땋아 올린 쌍상투머리로 흰 목덜미를 드러내서인지 의젓한 처녀티가 났고, 투명할 만큼 흰 살결은 몸속에서 빛을 뿜어내듯 부드럽게 빛났다.

가슴이 봉긋하고 허리가 늘씬해서 머지않아 활짝 피어날 성숙한 몸매지만, 말투에는 여전히 어린 소녀티가 남아 있었다.

가족끼리 만남이라는데 한쪽 구석에 장사치 차림의 늙수그레한 여인이 눈을 빛내며 뚫어지게 쳐다보았다. 양만춘은 흑수말갈 특상품 흰담비와 검은담비 털옷을 꺼내 연실 아가씨와 성주 부인에게 선물로 내놓았다.

"아이 예뻐라. 이게 그 유명한 담비털인가요? 흑수 정벌 이야기를 아버지께 들었어요. 이따가 그 이야기 해주실 거죠?"

흰담비 옷을 걸친 연실이 곁에 다가앉으며 어머니에게 말했다.

"부드럽고 따뜻해요. 어머니도 입어보세요."

"싫어, 꿍꿍이속이 있는 선물은 싫단 말이야."

부인은 눈썹 사이로 깊은 주름살을 지으며 못마땅한 표정으로 딸에게 핀잔을 주고서 뒤돌아보며 이죽거렸다.

"고구려 여인보다 냄새나는 돼지치기 말갈 계집이 더 좋던가요?"

성주가 연방 헛기침을 하며 말렸으나 부인은 할 말을 다했다. 깜짝 놀란 아가씨가 눈을 동그랗게 뜨며 그에게 물었다.

"어머니 말씀이 무슨 뜻인가요?"

양만춘은 부인의 강한 적의(敵意)에 깜짝 놀라 씁쓸하게 웃었다.

"어머니께서 잘 아시는 듯하니 나중에 물어보세요."

홍겨웠던 자리에 찬바람이 휩쓸고 지나갔다.

양만춘은 유화와 헤어진 뒤부터 이해타산에 밝고 위험에 몸을 사리는 귀족 여인에게 정나미가 떨어졌다. 더구나 연실 아가씨가 너무 어리기에 자신이 마치 욕심 많은 늑대 같은 기분마저 들어 부끄러웠다.

아가씨는 주위 분위기를 아는지 모르는지 가냘프고 하얀 손으로 앙증맞게 턱을 고이고 해맑은 미소를 띠며 서늘한 눈길을 그에게 돌렸다. 소녀라기에 너무 짙은 여자다움이 물씬 풍겨 나왔다.

"아저씨, 진짜 싸울아비는 싸움 도중에 물러서지 않는다지요?"

수줍어하면서도 한쪽 눈을 살짝 감았다가 환하게 웃으며 끝까지 포기하지 말라고 다짐하던 속삭임이 돌아오는 길 내내 그의 귓가에 맴돌았다. 저렇게 밝은 여인과 결혼하면 행복해지리라는 예감이 들었고, 올롱하게 치뜬 눈이 왠지 첫사랑 미르녀의 모습을 떠올리게 하여 마음이 훈훈해졌다.

부소는 양만춘이 훗날 안시고을 성주가 될지도 모른다는 사실을 참을 수 없어 영류태왕을 알현(謁見)하고 하소연했다.

"태대형(太大兄, 정 2품) 부소, 경(卿)은 그까짓 시골 성주의 혼사(婚事)에 왜 그리 신경을 쓰시오."

"폐하, 양만춘은 골수 남수북진파입니다. 이자가 안시고을 성주가 되는 날이면 요동성 해부루 성주와 손을 잡을 터이고, 폐하께 근심거리가 될 것이오니 미리 막아야 합니다."

태왕은 이미 대형(大兄) 고정의에게 양만춘이 충성스럽고 뛰어난 장수임을 들어왔고, 여러 차례 만나 사람 됨됨이를 살펴봐 호의를 갖고 있었다. 그리고 그가 안시고을을 지킨다면 옛날 수나라 우중문의 별동군(別動軍)이 요동남로(遼東南路)를 쉽게 뚫고 평양성에 몰려왔던 재난을 막을 수 있으리라 생각했다.

"경은 지나치게 염려가 많구려."

태왕이 안시고을 문제에 너무 매달리지 말라고 달랬으나 부소는 고집을 꺾지 않았다. 심복을 어 성주에게 보내 양만춘을 사위로 삼으면 후계자가 되는 걸 막겠다고 은근히 위협했다.

어 성주의 야심만만한 동생과 조카도 철없는 고씨댁 귀공자가 후계자가 되는 게 유리하다고 생각해 틈이 날 때마다 양만춘을 깎아내렸다. 늙은 성주는 사방에서 압력이 들어오자 지쳤다. 생각 끝에 딸이 직접 신랑을 고르게 하겠다고 선언했다.

고씨 도련님은 화려한 채색(彩色) 비단옷에 온갖 장식품을 단 왕족 복장으로 나타났다. 도련님은 열여섯으로 연실 아가씨와 동갑(同甲)내기 귀공자. 해맑은 미소를 띠고 환하게 웃는 모습이 돋보이는 앳된 꽃미남이었다. 게다가 갸름한 흰 얼굴에 우뚝 솟은 콧마루는 왕족의 고귀한 혈통을 나타냈고, 군살 없이 탄탄한 몸매에 젊음이 돋보여 아가씨 짝으로 어울려 보였다.

도련님은 산더미같이 많은 예단(禮單)을 싣고 와 보는 이의 눈을 어지럽게 했다. 그중에도 진기하고 값진 당나라 비단과 보석이 사람의 눈길을 사로잡았다.

연실 어머니는 예물을 보고 입이 귀까지 찢어져 친척 여인들에게 자랑하느라 침을 튕겼다. 어머니를 비롯해 삼촌과 사촌이 모두 모여 비굴한 모습으로 귀공자를 맞이하자 아가씨는 부끄러운 듯 살포시 고개를 숙이고 궁금한 점을 하나하나 물었다.

"도련님께서 여기 오신 것은 성주 자리가 탐이 나서겠지요?"

"이까짓 촌구석 고을은 관심도 없습니다. 오직 연실 아가씨와 혼인하려고 왔을 뿐입니다."

"도련님은 어떻게 저를 행복하게 해주시렵니까?"

"아가씨처럼 아름다운 분은 이런 누추한 시골에 어울리지 않아요. 평양성으로 모시고 가서 호강시켜 드리겠습니다."

자신만만하게 대답하자 아가씨는 방긋 웃더니 돌아섰다. 누가 보아도 두 사람은 잘 어울리는 한 쌍이었다. 모두 연실 아가씨가 이 소년을 택할 것을 의심하지 않았다.

다음 날 양만춘이 장끼꼬리 깃털을 양 옆에 꽂은 조우관(鳥羽冠)을 쓰고 싸울아비 차림으로 나타났다. 광장 모퉁이에 자무가 수십 명 제자를 이끌고 모였고, 구루와 수백 명 싸울아비가 마중 나왔다. 그의 뒤에는 돌을 가득 실은 수레 세 대가 따랐다. 결혼 예물로 돌을 싣고 오다니. 환영하러 나온 사람이 고개를 갸웃거렸다.

마중 나왔던 연실 아가씨가 다가와 물었다.

"싸울아비께서는 말갈 여인 말고도 여자관계가 무척 많은 바람둥이라던데 정말인가요?"

양만춘은 기가 막혔다. '아저씨'라고 부르지 않는 것은 그나마

다행이지만 이렇게 많은 사람 앞에서 난처한 질문을 하다니. 얼굴에 모닥불을 끼얹은 듯 화끈거렸다. 아가씨 다짐을 믿고 바보처럼 이곳에 온 게 무척 후회되었다. 모여든 사람도 어리둥절하여 서로 얼굴을 쳐다보며 술렁거렸다.

"사실입니다."

성주의 얼굴은 잿빛으로 변했고 부인은 이제 싸움이 끝났다는 듯 의기양양했다. 아가씨는 짓궂은 미소를 지었다.

"싸울아비께서는 성주 자리가 탐나서 오신 건 아니겠지요?"

심술궂은 얼굴로 계속 아픈 데만 찌르는 아가씨를 보고 양만춘은 일이 틀어져 버린 걸 깨달았지만 이미 엎질러진 물이었다.

"저는 몹시 성을 갖고 싶습니다. 그러나 아가씨가 마음에 들지 않았다면 여기 오지 않았을 겁니다."

"왜 성주가 되고 싶은가요?"

"행복한 사람이 모여 사는 고을을 만들고 싶어서지요."

양만춘은 어느덧 진지한 얼굴로 돌아왔다.

"그런데 결혼하고 나서도 계속 바람을 피울 테지요?"

짓궂게 몰아붙이면서도 아가씨는 그를 쳐다보고 방긋 웃었다. 꽃이 활짝 피어나듯 싱그러운 함박웃음이 힘을 북돋아 주었다.

"그런 일은 없을 겁니다. 아가씨만 사랑하겠습니다."

"진짜 싸울아비는 거짓말을 않는다더군요. 여기 모인 많은 사람 앞에서 저만 사랑하겠다고 외칠 자신이 있으세요?"

양만춘은 아가씨를 쳐다보고 광장이 떠나갈 듯 쩌렁쩌렁 울리는 목소리로 외쳤다.

"나는 한평생 연실 아가씨만 사랑할 것을 맹세합니다."

아가씨는 성주를 향해 돌아섰다.

"아버지, 이분을 지아비로 모시겠습니다."

딸이 뜻밖의 선택을 하자 성주가 놀라 말을 더듬었다.

"뭐라고 했느냐. 양 대모달을 남편으로 삼겠다고?"

모여 있던 싸울아비 가운데 우레와 같은 환성이 터져 나왔다. 깜짝 놀라 뛰어나온 성주 부인이 울부짖었다.

"얘야, 네가 실성(失性)을 했나 보구나. 돌덩이를 예단이라고 가져온 저 바람둥이를 신랑으로 택하다니 … ."

"어머니, 대모달님이 돌을 산더미같이 싣고 오자 저도 깜짝 놀랐지만 제 탓이에요. 저분은 중매꾼을 통해 무엇을 예단으로 바라는지 묻기에 장난삼아 돌을 가져오라 했지만 설마 했는데 진짜로 싣고 오는 걸 보고 제 마음이 뜨거워졌답니다."

연실 아가씨는 양만춘에게 다가가서 팔짱을 끼며 선언했다.

"나 이 사람 좋아요. 이제 이분 없으면 못 살아요."

그녀는 어머니에게 달려가서 껴안고 달랬다.

"어머니, 염려 마세요. 부모님이 정한 대로 시집가면 나중에 원망할 데라도 있지만, 제 손으로 지아비를 택하면 누구를 원망할 수도 없는데 얼마나 많이 알아봤겠어요?"

연실 아가씨는 어머니를 안아 일으켰다.

"깊이 생각하고 선택했답니다. 옷감 하나 제대로 못 고르는 제 친구들은 하나같이 꽃미남 도련님을 좋다고 했지만, 세상 이치에 밝은 유모(乳母)는 맞선 보던 날 꼼꼼히 살펴보고 사내 중 진짜 사나이라고 단언했답니다. 아직 장가가지 않은 건 전쟁 탓도 있지만 사랑했던 여인을 찾느라 늦어진 것이래요. 멋있지 않나요.

울음을 그치세요. 저는 좋은 지아비를 찾았어요. 어머니라도 저분을 택하지 않았을까요? 저렇게 많은 사람이 기뻐하는 모습이 보이지 않나요. 그들이 신랑의 화려한 옷차림이나 예단을 구경하러 몰려왔을까요? 저분은 틀림없이 좋은 성주가 될 거에요."

여자는 아버지 모습에서 미래의 짝을 찾는 경우가 많다. 양만춘의 첫인상은 강하고 담대한 모습이었으나 어딘지 모르게 아버지와 닮은 느낌을 주어 자기도 모르게 마음이 끌렸다.

연실은 뒤돌아보고 유모에게 미소를 던졌다. 어머니와 달리 세상 경험이 많은 장사꾼 아낙네였기에 혼담이 오가자 연실은 유모에게 속마음을 털어놓고 잘 살펴 달라고 부탁했었다. 며칠 후 찾아온 유모는 입꼬리를 말아 올리며 싱긋 웃었다.

"행복한 결혼은 겉모습이나 감정만으로 되는 게 아니에요. 더구나 아가씨는 고을 어머니가 될 테니 아씨 선택에 따라 백성의 삶이 달라집니다. 높은 나무에 바람 잘 날 없고 잘난 사내에겐 여자가 따른답니다. 그런 사나이와 사는 게 힘들지 모르겠지만 얼마나 멋지겠어요. 제가 살펴보니 그분은 성실하고 따뜻한 마음을 가졌을 뿐 바람둥이가 아니었어요. 결혼하면 아내를 잘 보살필 겁니다."

결혼식은 안시고을에서 일찍이 없던 성대한 잔치였다. 요동 지역 모든 성주에게 초대장을 돌렸고, 이웃고을 싸울아비까지 떼를 지어 모여들었다. 평양성에서 조의두 대형 고정의가 달려왔고, 묘향산 태극상인도 수제자 해오름을 보내 축하했다.

더욱 사람 눈을 휘둥그레지게 한 것은 아골태가 이끈 흑수말갈 열두 부족장이 붉은 진주와 물고기 가죽〔魚皮〕을 비롯한 특산물을 산더미같이 마차에 싣고 나타났기 때문이었다.

어린 신부는 갓 피어난 꽃처럼 아름다웠고, 나이 든 신랑은 늙은 범이 살찐 암캐를 물어다 놓고 흥글벙글하듯 결혼식 내내 입을 다물지 못했다. 식장(式場)은 축하와 덕담(德談)이 넘쳐흘렀고, 그렇게 반대했던 성주 부인조차 웃음꽃을 피웠다.

결혼식 날 고을 백성이 구름같이 몰려들어 성주집 앞 넓은 마당에 천막을 치느라 부산스러웠다. 여인들은 햇메밀에 꿩고기를 다져 국물을 우려낸 잔치국수를 나르느라 정신없었고, 준비했던 음식이 떨어지자 다시 국수를 뽑느라 요리사들이 비지땀을 흘렸다.

결혼식이 끝나고 신랑신부가 마차를 타고 천산(千山)으로 신혼 여행을 떠났다. 예복을 입고 검은 문사건(文士巾)을 쓴 자무가 신부에게 꽃다발을 건네주며 '아들딸 많이 낳고 행복하게 사시라'고 덕담을 하자 광장을 가득 메웠던 사람들이 외쳤다.

"좋은 성주 되시어 우리 고을 잘 살게 하소서!"

해부루가 천산 기슭 온천장(탕강자 온천)에 지은 신혼집은 멋진 곳이었다. 멀리 우뚝 솟은 천산(千山)을 뒤에 두고 늙은 소나무와 푸른 잣나무 숲이 우거진 봉긋한 언덕 양지 바른 명당에 자리 잡았다. 주위 풍경을 둘러보노라니 옛 시가 머리에 떠올랐다.

봄물은 연못에 가득하고 / 여름 구름 산봉우리처럼 떠 있네.
가을 달 밝은 빛 비추고 / 겨울 산마루엔 큰 소나무 서 있네.

대문 양옆 담장에는 봄 춘(春) 자와 연꽃 연(蓮) 자를 검은 돌〔烏石〕로 큼직하게 새겨 넣었고, 까치발로 서면 마당이 들여다보이는 야트막한 꽃담에는 여러 가지 색깔의 돌과 수키와, 암키와로 꽃과 새의 그림을 그렸다. 신부 연실(蓮實)이 깡충깡충 뛰며 외쳤다.

"와아, 저기 지아비와 소녀 이름이 새겨져 있어요!"

마당에 들어서니 아담한 정원이 꾸며져 있었다. 시냇물이 폭포가 되어 이끼 낀 돌로 쌓은 연못에 흘러들었고, 연못 주변을 둘러선 바위들 사이에는 온갖 꽃나무가 아름다움을 자랑했다.

신혼집은 다섯 칸짜리 작고 아담한 기와집이었으나 마구간과 부경(창고)까지 모든 게 갖추어져 있었다. 향나무로 기둥을 세운 안방에는 흑수말갈 열두 부족장이 선물한 담비이불이 놓였고, 건넌방에는 자무가 보낸 느티나무 밑동으로 만든 큼지막한 책상이 있었다.

"이렇게 멋있는 집은 처음 보아요. 지아비께서는 사람의 사랑을 무척 많이 받고 있군요."

"부인이 복이 많은 탓이지요. 그대 아름다움에 비하면 이 집은 오히려 부족하다오."

"정말 제가 그렇게 아름다워요. 서역 공주보다도요?"

양만춘은 가슴이 덜컥 내려앉았다. 그 먼 나라에서 일어난 일조차 알고 있었단 말인가. 그의 놀란 얼굴을 쳐다보며 어린 신부는 새초롬하게 웃었다.

"구루 아저씨가 유모의 막냇동생이잖아요. 지아비가 사랑했던 서역 공주가 선녀같이 아름다웠다고 입에 침이 마르더군요."

신부는 지아비에 대해 모르는 게 없다는 듯 눈을 깜빡이며 올려다보았다. 그의 가슴이 뜨거워졌다. 미르녀와 그를 아껴주었던 그리운 여인의 얼굴이 차례로 스쳐 지나갔지만 연실 아가씨 모습이 더 크게 가슴을 채웠다.

'온갖 세상 풍파를 겪어 본 여인도 아닌 어린 신부가 그런 과거를 모두 알면서도 나를 택하다니.'

"내 사랑, 그대가 더 예쁘오. 과거는 지나간 일. 살아가는 동안 내 몸과 마음을 다 기울여 그대만 사랑하리다."

양만춘은 과거의 사랑을 모두 강물에 흘려 보냈다. 이미 흘러간 옛일이고 이제 다가오는 미래만 앞에 놓여있었다. 사내는 소중한 보물처럼 신부를 껴안았다.

"유모가 말하더라고요. 사내는 첫사랑을 못 잊지만 여인은 사내의 마지막 여자가 되어야 행복하다고요. 지아비께선 만사람 앞에서 맹세했지요. 이제부터 나만 쳐다보고 곁눈질 말아야 해요."

"아암, 아내만 쳐다보고 살 거야. 행복하게 하고말고."

"나를 뜨겁게 사랑해야 해요. 그러지 않으면 앙앙 울 거예요."

여인은 촉촉이 젖은 눈으로 쳐다보다 사내 목을 껴안고 매달렸다. 어린 신부가 너무 예뻤다. 덥석 들어 올려 품속에 품고 입을 맞추었다. 사내는 어두워질 때까지 기다릴 수 없었다.

미르녀는 사랑하는 이의 앞날을 위해 님을 잊기로 모질게 마음을 다졌지만 끊임없이 돋아나는 미련으로 가슴이 터질 듯했다. 먼동이 트자 집을 나섰다.

해부루는 그녀가 머무는 절을 찾았다. 파르라니 깎은 머리와 작은 몸집은 앳된 소녀처럼 보였지만, 슬픔을 머금은 눈동자와 가늘게 떠는 좁은 어깨는 바람에 흔들리는 가을꽃 같았다. 그녀가 못내 사랑했던 님을 잊으려 애쓰는 모습이 너무나 애처롭고 아름다웠다.

"양 대모달이 성주의 딸과 결혼했소. 언젠가 위대한 성주가 될게요."

"……."

"그대의 소중한 사랑을 훼방 놓았구려. 나를 용서할 수 있겠소?"

미르녀는 고개를 숙이며 입술을 깨물었다.

"염치없는 바람이지만 아픈 가슴을 다독거려 주고 싶구려. 그대 마음씨와 차분한 몸가짐도 내 마음을 뜨겁게 했지만, 사랑하는 사람을 위해 아름답게 물러서는 모습을 보고 이런 여인이라면 내 배필(配匹)로 맞이해도 부족함이 없겠다고 생각했소. 나도 외로운 사내라오. 집사람을 잃은 지 3년. 내 아내가 되어줄 수 없겠소?"

꿀 먹은 벙어리같이 다소곳이 땅만 내려다보다가 입을 열었다.

"성주님 말씀이 명령은 아니시겠지요?"

"그렇소. 간청하는 것이오."

"거절하겠습니다."

해부루는 자리에서 일어서는 여인의 소매를 황급히 붙잡았다.

"명령하겠소. 그대는 내 아내가 되어야 하오. 요동성 성주 해부루는 나의 백성인 그대에게 명령하오!"

어둠 속에 누워 있는 미르녀의 품속은 드넓은 바다였다. 여인은 조금도 저항하지 않고 사내를 받아들였다. 아늑하고 따뜻한 몸이었다. 그러나 사내 품에 안기자 여인은 서럽게 울었다.

자무의 개혁

안시(安市) 고을은 요동성에서 남으로 가면 첫 번째 만나는 큰 고을이다. 천산(千山)을 사이에 두고 북으로 요동성과 백암성을 마주하고 동은 천산산맥이, 남으로 건안성(建安城)에 잇대어 있다. 서쪽 요하 하류는 드넓은 벌판이지만, 3년이 멀다 하고 홍수에 휩쓸려 멀리 요택(遼澤)까지 늪과 진흙 펄뿐이어서 주민은 물고기를 잡고 갈대를 베어 근근이 살고 있었다. 천산 남쪽 골짜기도 풍경은 아름다우나 땅이 메마르고 해성(海城)• 마을 언저리인 해성하 유역에만 그런대로 농경지가 펼쳐져 안시고을은 요동에서 가장 가난한 고장이었다.

천산 기슭에는 예부터 싸울아비촌이 있었다. 한무제가 침략해

• 삼국시대에 낙동강 하구 삼각주는 물론 김해평야 대부분이 바다여서 김해읍(金海邑) 남쪽 이모산 기슭에 배가 닿았듯, 지금은 내륙 깊숙이 자리 잡고 있는 안시고을의 해성(海城) 역시 한(漢)나라와 고구려 시대에는 요하 하구와 바다 가까이에 있었음.

한사군(漢四郡)을 설치했을 때 이곳은 요동군 안시현(安市縣)이었다. 300여 년 전에 고구려가 이곳을 되찾았을 때 싸움에 참가한 병사들이 천산 남쪽 기슭에 살기를 희망하자 태왕께서 국경을 지키는 대신 세금과 부역을 면제했다. 그 후손들이 이 고을 터줏대감으로 행세하며 이 골짜기 농토를 많이 차지해서 주민은 자작농(自作農)보다 소작인이 많았다.

수나라 침략과 뒤이은 기근으로 가난한 자작농들이 적지 않게 소작농으로 몰락했다. 더구나 전쟁 때 포로를 많이 잡아 종(노예)의 값이 소 한 마리 값도 되지 않으니, 터줏대감들은 소작을 주었던 땅을 거두어들이고 종을 부려 직접 경작하는 경우가 많았다.

농토보다 농사꾼이 더 많으니 소작료가 터무니없게 올랐다. 지금까지 수확한 곡식의 3할이던 소작료가 5할로 뛰어, 일 년 동안 뼈 빠지게 농사지어도 지난해 꾸어 먹은 곡식과 이자를 갚으면 남는 게 없어, 추수한 지 얼마 되지 않아 다시 비싼 이자를 물고 곡식을 빌려야 하는 처지가 되었다. 소작인의 삶이 이렇듯 처참하니 언제 폭발할지 모를 긴장감이 팽팽했다.

양만춘은 안시성 성주의 데릴사위가 되던 날, '황금삼족오의 꿈을 따라 이 가난하고 궁벽한 고을을 살기 좋은 고장으로 만들고, 천산(千山) 험한 땅에 어떤 강력한 적도 물리칠 철옹성(鐵瓮城)을 세우리라' 고 천지신명(天地神明)께 굳게 맹세했다. 이 고을을 잘 살게 하려면 밑바닥부터 철저하게 개혁해야 했다.

수성(守成)이 창업(創業)보다 어렵다는 말처럼 개혁(改革)이란 뼈를 깎는 희생과 인내 없이는 성공하지 못한다. 어 성주는 성주가 되자 살기 좋은 고을로 만들겠다는 오랜 꿈을 이루려 했으나, 그는 목숨을 걸고 온갖 어려움을 헤쳐 나갈 투사(鬪士)가 아니라 마음이 여리고 착한 사람일 뿐이었다.

천산 기슭에 자리 잡은 토호(土豪, 터줏대감)는 마을 촌장 자리에 앉아 농민을 지배했다. 그들은 과중한 소작료를 거두어들였을 뿐 아니라 진대법(賑貸法)을 악용해 풍년 때 곡식을 꾸어 주고 흉년 때 이를 거두어들이는 못된 짓으로 멀쩡한 자작농(自作農)의 땅을 빼앗는 일도 서슴지 않았다.

토호 무리와 맞서 싸워 개혁을 이루기에 어 성주는 너무 나약했다. 몇 차례나 개혁을 하려고 몸부림쳤으나 끝내 끈질긴 저항을 꺾지 못하고 속이 상해 괴로워하다가 주색(酒色)에 빠져버렸다.

자무는 이 지방 토호 출신이지만 일찍이 평양성 태학에서 학문을 연구하다가 어 성주가 부르자 큰 기대를 갖고 고향으로 돌아와 밝은 미래를 꿈꾸며 제자들을 가르쳤다. 어 성주의 개혁 실패는 누구보다도 자무에게 큰 좌절감을 안겨주었다.

양만춘이 자무를 찾아 나섰다. 시냇가 오솔길을 따라 올라가니 언덕 위에 '자무학당' 현판이 걸린 큰 기와집이 서 있고, 맑은 매화 향내에 끌려 작은 다리를 건너자 고을에서 손꼽히는 토호가 사는 집이라 믿기지 않는 아담한 초가집이 보였다. 집 앞에는 백 년은 넘었을 듯 검은 용처럼 뒤틀린 등걸의 늙은 청매(靑梅) 수십 그루가 뭉게구름처럼 탐스런 하얀 꽃을 피우고 있었다.

"바쁘실 텐데 누추한 이곳까지 어인 일이십니까?"

청려장(青藜杖, 명아주 줄기로 만든 지팡이)을 짚은 자무가 마중 나와 정자로 안내했다. 삼락당(三樂堂) 기둥에 《논어》 글귀가 걸려 있었다. '배우고 때로 익히면 또한 기쁘지 아니한가〔學而時習之, 不亦說乎〕. 벗이 먼 곳에서 찾아오니 또한 기쁘지 아니한가〔有朋自遠方來 不亦樂乎〕. 남이 나를 알아주지 않아도 불평하지 않으면 또한 군자가 아니겠는가〔人不知而不慍 不亦君子乎〕.

하녀가 오래 묵은 매실주와 조촐한 봄나물 안주를 내오자 마침 매화꽃이 한창일 때 잘 오셨다며 술잔을 권했다. 여러 잔 술이 오가며 기분이 거나해지자 양만춘이 옷깃을 여미고 고개를 숙였다.

"안시고을을 살기 좋은 고장으로 만들려면 훌륭한 인물이 다스려야 합니다. 내가 자무 님을 장사(長史, 성주 아래 최고행정관)로 추천하고자 하니 맡아주십시오."

"대모달께서 몸소 개혁에 앞장서신다면 온몸 다 바쳐 도와드리겠지만, 가르치는 일이면 모를까 장사를 맡을 그릇이 못 됩니다."

자무가 얼굴을 붉히며 사양했다.

"아직 흑수경영(黑水經營)에서 발을 뺄 수 없는 형편입니다. 자무 님께서 이곳을 살기 좋은 고을로 만들고 싶다며 성주 데릴사위로 밀었고, 저는 약속을 지켰습니다. 그런데 자무 님은 어찌하여 책임을 피하려 하십니까?"

눈을 감고 생각에 잠겼던 자무가 괴로운 얼굴로 입을 열었다.

"왜 몸을 사리겠습니까. 작은 자루에 큰 물건을 넣지 못하고 짧은 두레박줄로 깊은 샘물 길을 수 없지요. 부끄러운 말씀이오나

저 같은 백면서생이 감당하기에 너무 벅차기 때문입니다."

"어떤 어려움이 있는지 말씀해 주십시오."

"저도 이곳 토호 출신이지만 똘똘 뭉친 토호의 저항이 너무 거세어 어 성주께서도 그들을 꺾지 못하고 개혁을 포기했답니다. 지금 양 대모달께서 성주 데릴사위가 되자 어씨(魚氏) 일가 마음까지 그쪽으로 돌아서 버렸습니다. 대모달님은 이곳에서 무시 못 할 영향력을 가진 싸울아비촌 젊은이들 마음을 휘어잡을 수 있겠지만, 저 같이 작은 그릇으로는 어렵습니다. 그뿐 아닙니다. 개혁을 밀고 나가려면 경제적 뒷받침이 있어야 할 텐데 고을 형편은 벼슬아치 봉급 주기도 빠듯합니다."

양만춘이 자무의 눈을 똑바로 쳐다보며 두 손을 굳게 잡았다. 훈훈한 온기와 함께 간절한 마음이 자무 가슴에 스며들었다.

"이 고을이 못살게 된 건 입으로 온갖 달콤한 말을 쏟아놓다가도, 쥐꼬리만 한 권력이라도 잡으면 제 한 몸 잘 살겠다고 백성은 뒷전이고 패거리나 챙기며 권력 유지에 급급한 소인배 때문이 아니겠습니까. 자무 님처럼 뜻이 굳고 청렴한 분이 장사를 맡아야 합니다. 지금 바카투르 상단이 무역으로 적지 않은 수익을 거두어들이는 데다 대씨농장 곡물까지 지원하면 충분치는 않겠지만 경제적 어려움을 해결할 수 있습니다. 또한 싸울아비촌 출신 구루를 고을 수비대장으로 함께 추천하면 싸울아비 지지를 받기도 어렵지 않겠지요. 저도 매년 한 달 이상 안시고을에 머물 테니 토호의 저항을 꺾는 데 조금은 도움이 되지 않을까요?"

양만춘의 진심어린 믿음이 자무 마음을 움직였다. 그는 자신을 되돌아보자 부끄러운 마음이 들었다.

'나도 한때 큰 꿈을 품고 바르게 살겠다고 맹세했건만 악(惡)과 맞서 싸울 용기가 없는 겁쟁이였다. 누군가 우리 고을을 개혁해 주기만 기다리며 싸움터에서 멀찌감치 떨어져 팔짱만 끼고 있었구나.'

자무는 머리를 숙이고 깊은 생각에 빠져들었다.

'꿈을 이룰 수 없다면 헛된 인생이 아니겠는가. 강이 앞을 가로막는다고 언제까지 망설이랴. 가만히 웅크리고 있으면 편히 살겠지만, 원하는 걸 얻으려면 위험에 맞서 싸워야 한다. 나 혼자 힘으로 개혁을 모두 이루지 못한들 어떠리. 우선 할 수 있는 일부터 시작하자. 실패를 두려워 않는 자만이 세상을 바꿀 수 있다. 누군가 앞장서야 길이 뚫린다. 이제 두려움을 떨쳐버리고 나설 때다. 어떤 폭풍이 몰아쳐도 이에 맞서 용감히 부딪쳐 가자!'

자무의 눈이 활활 타오르며 얼굴에 굳은 결심이 떠올랐다.

"좋습니다. 그렇게까지 저를 믿어주시니 재주는 모자라지만 목숨을 걸고 이곳을 살기 좋은 고장으로 만들겠습니다."

자무는 제자들을 모아놓고 간곡히 도움을 호소했다.

"백성의 삶에 보탬이 되지 않는 학문이 무슨 의미가 있겠는가. 나는 여러분께 실사구시(實事求是)를 가르쳤고, 가난하고 약한 백성을 보살펴 주는 정치를 꿈꾸어 왔다. 옳은 길을 찾았다면 행동해야 한다. 씨앗도 뿌리지 않고 어찌 싹 트기를 바라는가. 밀알이 땅 속에서 싹 터야 수백 배 곡식을 수확할 수 있다. 우리가 한 줌

밀알이 되자. 나는 우리 고을이 안고 있는 구조적 모순과 그 속에서 신음하는 농민의 참혹한 현실을 바로잡기 위해 모든 것을 바치기로 결심했다. 아무리 추위가 매서워도 봄은 온다. 여러분도 자기가 서 있는 자리에서 최선을 다해주기 바란다. 우리 꿈이 이루어지는 그날까지 쉬지 말고 전진하자. 피곤하다고 멈추거나 고난이 닥쳐와도 움츠리지 말라. 지금 씨를 뿌리면 멀지 않아 열매를 거둘 것이다."

장사로 임명된 자무가 맨 먼저 시작한 것은 부패와 전쟁이었다. 모든 벼슬아치를 해성으로 불러 모았다.

"개혁은 탐욕에서 벗어날 때 피는 꽃이다. 부유하게 살고 싶다면 벼슬아치 옷을 벗고 장사꾼이 되라. 공직이란 선택받은 자에게 주어지는 명예로운 자리이다. 장사꾼도 상도덕(商道德)이 있거늘 명예를 생명으로 삼는 벼슬아치임에랴. 안시고을이 잘살고 못사는 건 여러분 두 어깨에 걸려 있다. 나는 능력보다 공평무사(公平無私)와 청렴결백을 더욱 요구한다. 능력이 부족해 실수한 건 용서하지만 부패는 결코 용납하지 않겠다. 신념을 갖고 맡은 일에 최선을 다하는 일꾼이 되라. 나는 여러분 업적에 따라 신상필벌(信賞必罰)할 것을 약속한다."

자무의 가슴을 짓누르는 건 토호와 소작인의 분쟁을 조정하는 일이었다. 그는 장사에 임명되기 전부터 이 문제를 고민해 왔다. 이제는 안시고을의 가장 큰 골칫거리를 피해갈 수 없었다. 우선 자신이 솔선수범하기로 했다.

'군자(君子)는 허물과 잘못을 스스로에게 찾고, 소인은 다른 사람만 탓한다.'

집안의 노예를 해방시키고 오랫동안 성실하게 일한 소작인에게 여러 해 동안 땅값을 나누어 갚는 조건으로 농토를 나눠주고, 나머지 소작인에도 5년간 경작권과 3할 소작료 징수를 약속하면서 친척과 제자에게도 권유했다. 가까운 친구가 걱정을 하자 자무는 마음을 털어놓았다.

"무릇 정치란 올바르게 해야 한다(政者正也)고 했소. 이제 장사를 맡아 고을의 부패를 척결하고 공정한 세상을 만들겠다면서 말과 행동이 달라서야 어찌 남 앞에 바로 서겠소."

자무는 고을 토호를 초대하여 잔치를 베풀었다.

"더불어 즐기지 못하는 부귀는 뜬구름 같소. 측은하게 여기는 마음이 인(仁)이고, 악을 미워하는 마음에서 의(義)가 나온다 하더이다. 여러분은 고을을 지탱하는 기둥이오. 한 걸음만 양보하면 우리 고장이 살기 좋은 곳이 될 것이오. 불쌍한 소작인을 도웁시다."

그의 간절한 호소에 몇몇 토호는 고개를 끄덕였으나, 승냥이 동구를 비롯한 대부분 토호는 콧방귀를 뀌며 나가 버렸다.

안국사(安國寺) 젊은 주지 법인(法仁) 스님은 유력한 토호 집안 출신이었으나, 일찍이 부처의 자비로움에 감격하여 무명 선사의 제자로 출가했다. 그는 기근 때 백성들의 어려운 삶을 두 눈으로 보면서 가슴 아파했기에 자무의 호소에 감동해 열렬한 지지자가 되었다.

"불제자로서 이제까지 부처님을 욕되게 했구나. 부처는 절이나 경전(經典) 안에 갇혀 있지 않고 저잣거리 중생의 삶 속에 계신다."

법인은 직접 가꿀 채마밭을 제외하고 안국사가 소유한 모든 농토를 소작인에게 나누어주고, 토호 중에 독실한 신자들을 찾아다니며 과중한 소작료를 낮추도록 권유했다.

"탐욕은 재앙을 불러오는 화근(禍根)이오. 초승달은 자라고 보름달이 이지러지듯 분수에 맞지 않게 가득 차서 넘치면 위태롭게 되나, 곳간 문을 활짝 열어 굶주린 이에게 베풀면 마음이 편안해지고 오래지 않아 빈 창고도 채워질 것이오. 때론 밑지는 장사가 큰 이익을 가져온다고 합디다. 이웃과 더불어 나누며 살아야 그 복이 길게 가오."

삼월이는 천산 골짜기 가난한 소작인 딸로 태어나 자수성가(自手成家)한 여걸이었다. 어린 소녀 때부터 나물을 캐 해성 장터에 내다 팔며 굶기를 밥 먹듯 하다가 심마니에게 시집갔으나, 팔자가 드센 탓이었던지 젊은 나이에 홀로되었다. 어느 해 가을 선인대(仙人臺) 절벽 아래서 노다지 산삼 밭을 발견해 돈방석에 앉았으나 그녀 삶에는 변화가 없었다. 해성 장터뿐 아니라 요동성에도 나물 가게를 내 악착스럽게 돈을 모아 닥치는 대로 땅을 사 모았다. 오래지 않아 고을 안에서 손꼽히는 땅 부자가 되었으나 여전히 낡은 옷을 걸치고 푼돈에도 벌벌 떠는 자린고비였다.

그녀는 형제에게도 에누리 없이 소작료를 챙겨 '돈 귀신 삼월이'란 소문이 났다. 돈이 아까워 약 한 첩 제대로 먹이지 않다가 생때

같던 외아들이 죽어 버리자 세상이 허무해 방황했는데, 우연히 법인 스님의 설법(說法)을 듣고 감동을 받아 슬피 울었다.

"스님 설법을 듣고 이 미련한 년이 작은 깨달음을 얻었습니다. 덧없는 고해(苦海)에서 벗어나려 재산을 모두 나눠 주고 머리를 깎으려 하오니 거두어 주십시오."

"그대가 설 자리는 비구니가 아니라 착한 장사꾼이 되는 것이오. 보시(布施)도 좋으나 가진 땅을 나눠 준다고 이 고을 가난이 해결될 수 없소. 스스로 땀 흘리지 않고 얻은 재물은 지니기도 어렵거니와 게으름뱅이에게 도움이 되지 않더군요. 그냥 흩어버리기보다 착실히 모았다가 어려운 날 중생(衆生)의 굶주림을 구한다면 그대가 부유해질수록 부처님도 기뻐하실 게요. 여인이여! 그대 재물이 부처님께서 맡기신 것이라 깨달았다면 창고지기가 되시오. 그대처럼 믿음직한 사람이 어디 있겠소. 좋은 창고지기란 부처 앞에 정성스럽게 꽃을 바치듯 중생을 보살피는 삶이오. 그러니 자무 님께서 권하는 대로 알맞게 소작료를 받아 그 곡식을 쌓아두었다가 기근 때 어려운 사람에게 베푸시구려."

"스님께서는 안국사의 땅을 소작인에게 거저 나눠 주셨다고 들었습니다만…."

"중이란 세상살이에 어두워 그대처럼 좋은 창고지기가 되지 못한다오. 누더기를 입고 탁발해 빌어먹는 것이 중의 참모습이라 생각해서 귀찮은 짐을 벗어 던진 것뿐이라오."

빙그레 웃으며 여인을 쳐다보던 스님이 말을 이어갔다.

"여인이여, '여자 유마거사'가 되시구려! 지난 기근 때 보니 말린 나물도 배고픔을 덜어주더군요. 가난한 이가 천산에 널려 있는 나물을 캐고 이를 사 모은다면 그네 삶에 보탬이 될 테고, 풍년이 들면 곡식을 사서 저장했다가 흉년에 지나치지 않게 이익을 붙여 파시구려. 그 공덕(功德)이 보시하는 것보다 열 배나 클 것이오."

안시고을 서쪽 요하 강변에 드넓은 벌판이 있었지만, 홍수마다 진흙탕으로 변해 버려진 땅이었다. 대대적으로 토목공사를 벌여 튼튼한 제방을 쌓기 전에는 개간할 엄두를 낼 수 없었고, 소규모로 개간하느니 그 비용으로 농토를 사는 게 더 헐하니, 뜻이 있고 부유한 자도 망설였다.

자무는 안시고을 빈곤문제를 해결하려면 새로운 땅을 개간해 농토를 늘려야 함을 깨닫고, 경험 있는 전문가를 초청해 개간하기 알맞은 땅을 찾아 둑을 쌓기로 했다. 날이 풀리자 그는 요하 강변 개간사업의 성대한 기공식(起工式)을 열고 고을 촌장과 토호를 초대했다. 어 성주는 식장에 참석하여 제방을 쌓을 엄청나게 넓은 황무지를 내려다보며 축하인사를 했다.

"이 공사가 끝나 수백만 평 새로운 농토가 생기면 우리도 부유한 고을이 될 것이오."

양만춘은 대씨농장에서 생산된 수천 섬 곡식을 개간사업 밑천으로 내놓았다. 그는 기공식에 참석해 요동성 우대명 대인처럼 늪지대에 논농사를 지을 희망자가 있다면 기꺼이 참여할 기회를 주겠다며 토호에게 곡식과 노동력을 투자하라고 권유했다.

요하 강변 개간사업은 소작인을 들뜨게 하는 기쁜 소식이었다.

일거리가 생기고 몇 년 동안 열심히 일하면 제 땅을 가질 수 있다는 희망이 보이니, 거친 황무지와 모기가 들끓는 늪지대의 어려운 환경도 마다하지 않고 소작인들이 몰려들었다.

동 트기 전이 가장 어둡다더니 개혁이 자리 잡기도 전에 소작료 문제가 곪아터졌다. 가뭄이 들어 가을수확이 시원치 않았는데도 대다수 토호는 여전히 과중한 소작료를 고집했다. 자무의 호소를 받아들인 선량한 지주들은 소작료를 3할로 낮추었으나, 그 때문에 탐욕스런 토호의 농토를 경작하던 소작인의 분노를 부채질했다.

안시고을에서 가장 넓은 땅을 가진 토호는 성주 동생인 어수오와 천존 부자였다. 얼마 전 늙은 탁발승이 천존의 집에 찾아와 며칠 머무른 적이 있었는데, 길을 떠나며 그 어미에게 말했다.

"점쟁이와 무당을 불러 길흉(吉凶) 묻기를 즐기니 이는 어리석음이 뼛속까지 스며든 탓이고, 윗자리 앉기만 즐기고 이익을 탐하는 무리를 모아 수군거리니 위태로울 징조이며, 집 앞에 부정한 재물을 쌓는 수레가 법석대니 이미 재앙이 대문까지 다가왔구려. 보살님, 빨리 곳간을 열어 가난한 이에게 보시(布施)하시오. 몸을 낮추어 덕을 쌓지 않으면 멸문지화(滅門之禍)를 당할까 두렵소."

어미의 말을 들은 천존은 성이 나서 몽둥이를 들고 탁발승을 뒤쫓았으나 간 곳을 찾을 수 없었다.

그해 가을 소작인의 대표가 천존 집을 찾아가 흉년이 들었으니 올해만이라도 소작료를 깎아달라고 애원하다가 태도가 공손하지 않다고 트집잡혀 몰매를 맞고 피투성이가 되어 업혀 왔다.

흥분한 소작인들이 무리를 지어 몰려갔다.

"배고파 못 살겠소. 소작료 낮춰주시오!"

천존의 마름이 대문 앞에 나와 거들먹거리며 소리쳤다.

"우리 땅 소작하겠다고 줄 서고 있어. 안 된다면 그런 줄 알아야지 왜 지랄이냐. 싫으면 낮은 소작료 받는 놈한테 가면 될 일."

소작인 중 성질 급한 젊은이가 뛰쳐나가 마름 얼굴에 박치기를 했다. 피투성이가 된 마름이 뒤돌아보며 소리쳤다.

"이놈들 사람 친다. 거기 누구 없느냐?"

종들이 우르르 몰려나와 몽둥이로 마구 후려쳤다. 앞장선 노인이 머리를 얻어맞고 쓰러지자 뿔뿔이 흩어졌던 소작인이 낫과 쇠스랑을 들고 모여들었다. 노인 아들 돌쇠의 눈에 핏발이 섰다.

"이 짐승 같은 놈들, 늙은이를 해치다니. 어떤 일이 있어도 오늘은 물러서지 않을 테다."

바깥이 소란스러워지자 천존이 검을 빼어 들고 뛰쳐나왔다. 그의 어미가 아들을 달랬다.

"얘야, 왠지 조짐이 심상치 않구나. 너까지 나서지 말거라."

아들은 어미의 손을 뿌리치며 퉁명스럽게 대꾸했다.

"저런 무지렁이들은 초장부터 다잡아 밟아 버려야지, 내버려 두면 상투 끝까지 기어오른다고요."

천존은 검을 치켜들며 서슬이 퍼렇게 고함을 질렀다.

"감히 여기가 어디라고, 땅이나 파먹는 천한 것들이 떼를 지어 몰려와 행패냐. 당장 꺼지지 않으면 물고를 내고 말 테다."

그는 성주 조카인 데다 무예를 익힌 싸울아비였다. 불같은 기세에 주눅 들어 소작인 무리가 멈칫하며 물러서자 돌쇠가 옆에 선 동료의 쇠스랑을 가로채 앞으로 나서며 외쳤다.

"굶어 죽으나 맞아 죽으나 죽기는 매일반, 아예 결판을 냅시다. 칼을 든 놈은 저놈 하나뿐이오."

안시고을은 산이 많고 땅이 메말라 살기 어려운 고장이어서 이곳 사람은 성격이 거칠고 투박한 데다 산골사람 특유의 배타심이 강한 반면 의리가 깊고 단결심이 굳세었다.

싸움이 벌어지자 그 집에서 머물던 칼잡이가 싸움판에 끼어들었다. 낯선 칼잡이를 본 소작인들이 흥분해 물불을 가리지 않게 되어 처절한 살육이 벌어졌다. 보고를 받고 달려간 자무 눈앞에 칼에 찔려 죽은 자와 중상자들이 수십 명 뒤엉켜 있어 차마 눈을 뜨고 볼 수 없는 처참한 광경이었다. 자무는 즉시 군대를 동원해 주모자를 체포했다.

살인한 자를 사형에 처하는 것은 고구려의 국법이었지만 천존의 아비 어수오는 친척과 토호들을 이끌고 성주를 찾아가 폭도(暴徒)를 무찌른 것뿐이니 죄가 없다며 아들을 살려달라고 애원했다. 싸울아비촌 장로까지 나서서 천존을 편들자, 마음 약한 어 성주는 자무에게 조카를 풀어줄 수 없느냐는 뜻을 넌지시 내비쳤다.

학살 주모자에 대한 처형이 늦어지자 소작인들의 움직임이 심상치 않아졌다. 장례식 날 민란(民亂)이 일어나 토호 집을 습격할 것이란 뜬소문까지 나돌아 고을 민심은 흉흉하기 이를 데 없었다.

자무의 다급한 연락을 받고 흑수말갈에 있던 양만춘이 달려 왔다. 데릴사위가 되어 성주 후계자라고 하나 아직 이 고장에 뿌리를 내리지 못한 한갓 외지인(外地人)이어서 이곳 토호의 눈치를 살피지 않을 수 없었다. 그러나 이번 기회에 안시고을의 고질적인 병폐를 뿌리 뽑아야겠다고 굳게 결심했다.

양만춘이 머무는 숙소에 유난히 눈이 맑은 스님이 찾아왔다.

"소승은 나이도 어리고 아는 바도 별로 없사오나 한 말씀 드리겠습니다."

그는 이미 법인 스님의 선행(善行)을 들어 알고 있었다.

"스님은 천 년을 살아계시는 부처님 제자가 아닙니까. 어려워 마시고 지혜로운 말씀을 들려주시지요."

"천 리 길도 한 걸음부터지요. 토호들도 이번 사태로 느낀 바가 많을 것입니다. 바라옵기는 너무 서둘지 마시고 그들에게 기회를 주어 소작료를 양보 받는 조건으로 마무리하심이 어떠하올지 … ."

"살인자를 용서하라는 말씀이신지요?"

"젊은 혈기로 큰 죄를 지었으나 아직 목숨을 빼앗아야 할 만큼 죄가 쌓이지 않았습니다. 잘못 다루었다가 큰 분란이 일어날까 걱정됩니다. 천존에게 근신하도록 명령하시고 싸울아비의 명예를 빼앗는 처분을 내리심이 어떻겠습니까?"

묵묵히 눈을 감고 있던 양만춘이 스님의 손을 잡았다.

"젊은 스님이 저보다 생각이 더 깊구려. 앞으로도 제 부족함을 잘 깨우쳐 주기 바랍니다."

양만춘은 장사의 무거운 짐을 벗겠다는 자무를 간신히 달래고, 고을에서 영향력을 지닌 원로들을 초청하여 타협안을 내놓았다. 천존에게 일 년간 집 밖 출입을 금하는 근신(謹愼) 처분을 내리고, 3할 이상 소작료를 거두지 못하도록 하는 법을 새로 만드는 조건이었다.

통치자가 소작료까지 간섭하는 것은 부당하다는 토호들의 볼멘소리가 터져 나왔다. 그러나 워낙 민심이 흉흉한 데다가 아들 천존의 목숨을 살리려 애쓰던 어수오의 노력으로 양만춘의 중재가 먹혀들었다.

양만춘이 흑수말갈로 떠나던 날 자무가 마음속에 품고 있던 개혁의 밑그림을 털어놓았다.

"두메산골 마을에도 경당을 세워 글을 모르는 백성을 없게 하고, 우선 명예의 소중함을 가르치겠습니다. 많이 배워도 부끄러움을 모르는 염치없는 인간은 짐승과 다름없기 때문이지요. 또한 재정을 튼튼하게 하기 위해 귀족에게 주어진 특권을 폐지하고 토호의 노예를 비롯해 모든 장정에게 인두세(人頭稅)를 징수하고, 빚 때문에 노예가 된 백성을 해방시키려 합니다."

고구려 세법(稅法)에서 가장 큰 부분을 차지하는 건 장정(壯丁)에게 부과하는 인두세였다. 가난한 소작인에게도 부과하는 세금과 부역을 넓은 땅을 경작하는 토호의 노예에게 면제하는 것은 공평하지 않은 일이었으나 이것은 고구려뿐 아니라 모든 나라의 관행이었고, 이렇게 베푼 특혜는 비용이 많이 드는 기병(騎兵)을 유지하는 경제적 바탕이 되는 것도 사실이었다.

"자무 님 말씀은 옳습니다. 방향만 옳게 잡았다면 시간이 걸리더라도 개혁은 반드시 이루어집니다. 다만 이상(理想)에 치우쳐 현실을 외면하고 지나치게 서두르지 않기 바랍니다."

양만춘은 자무의 개혁에 대한 열정이 믿음직하면서도 어쩐지 불안한 마음이 들었다.

세상인심 변하고

長安再見

유목제국(遊牧帝國)은 뛰어난 지도자가 등장하면 초원에 들불 타오르듯 맹렬하게 일어나지만, 그 불꽃이 스러지는 것도 빨라 하루아침에 신기루(蜃氣樓)처럼 사라져 버린다.

고구려에 우호적이었던 초원의 지배자 돌궐제국 역시 다민족(多民族) 통치의 미숙함과 카간 계승(繼承)제도의 취약성으로 내부분열이 일어나 백 년도 되지 않아 허무하게 멸망했다.

당나라의 돌궐 정복은 고구려에 어두운 그림자를 드리웠다. 북방의 근심에서 벗어난 당태종은 서역경영[西域征伐]에 본격적으로 나서는 한편 은근히 동쪽 고구려를 압박하기 시작했다.

영류태왕은 이러한 동북아의 기상(氣象) 악화에 신경을 쓰지 않을 수 없었다. 태왕은 몸을 낮추어서라도 양국 간 평화를 지키려 온갖 노력을 다했다.

포로 교환

당나라 첫 번째 황제 고조 이연(李淵)은 통치기간 동안 고구려와 평화롭게 지냈다. 이연은 야심이 큰 인물이 아니었다.

"짐은 비록 황제의 자리에 올랐으나 교만을 부리고 싶지 않다. 나라 안 모든 백성이 평안히 살 수 있도록 힘쓸 뿐이지, 무엇 때문에 이웃나라(고구려)를 신하(臣下)라고 칭하면서 스스로 존귀하고 위대한 척 뽐내야 하겠는가?"

고구려는 4차에 걸친 수나라와 전쟁으로 국력 소모가 심각한 상황이어서 당나라 건국 초기부터 적극적으로 외교활동을 펴면서 우호적인 태도를 보였다. 영류태왕은 왕위에 오른 지 반년도 되지 않은 다음 해(619년) 봄 2월 당나라에 사신을 보내 조공했고, 그 후도 끊임없이 사신을 보내며 양국 간 평화를 지키려 노력했다.

고구려 사신이 처음 당나라 장안에 갔던 날 장안 거상(巨商) 정수이가 찾아와 극진히 대접했다. 사신이 떠나는 날 지난 전쟁 때 포로 중 정거이가 있는지 알아봐 달라고 간곡히 부탁했다.

태원(太原) 출신 정수이는 이연 부자(父子)가 태원에서 반란을 일으켜 당나라를 건국할 때 이들을 도와 군수물자를 공급해 큰 부자가 된 상인으로 가슴 아픈 사연이 있었다.

611년(대업 7년) 정수이는 고구려 원정군에 소집통보를 받았다. 늙은 부모를 모셔야 하고 아내가 갓 아기를 낳은 터라 눈앞이 캄캄했다. 형의 딱한 사정을 보고 덩치는 컸지만 14살밖에 안 된 아우

정거이가 대신 군대에 가겠다고 졸랐다.

이듬해 7월 우중문의 좌 12군에 소속된 정거이는 살수 패전으로 생사를 알 수 없게 되었다. 큰 부호가 된 정수이는 전국을 샅샅이 뒤져 살수에서 돌아온 병사들을 만났으나 어떤 소식도 듣지 못했다. 정수이는 양국의 사신이 왕래하자 제일 먼저 평양성에 무역상 점포를 열고 돈을 아낌없이 뿌려가며 아우 소식을 알아보았다.

살수 참변 때 정거이는 운이 좋아 우중문 직속군에 끼어 미리 강을 건넜지만, 대령강 변에서 고구려 기병대의 추격을 받아 부대는 산산조각 나버렸다. 간신히 목숨을 건져 산속으로 도망쳤으나 굶주림에 시달리다 강가에 외딴 오두막을 발견했다.

늙은 어부는 바싹 여윈 소년이 비틀거리며 들어오는 것을 보고 불쌍히 여겨 물고기 한 마리와 식은 수수밥 한 덩이를 주었다. 늙은이는 허겁지겁 삼키는 소년을 물끄러미 보다가 천천히 먹으라고 손짓하더니 자기가 먹을 몫까지 아낌없이 주고는 찢어진 여름군복을 벗기고 낡은 겨울옷을 꺼내 입혔다.

하루 동안 쉬다가 정거이는 노인의 걱정스러운 눈길을 뒤로하고 고향이 그리워 무작정 북쪽으로 발걸음을 재촉했으나 마자수(압록강)를 건너지 못하고 고구려 군에게 사로잡혔다.

십여만 적군을 사로잡은 고구려도 큰 낭패였다. 겨울은 다가오고 백성도 굶주리거늘 포로를 먹여 살릴 뾰족한 방법이 없었다. 을지문덕은 생각다 못 해 어린 포로를 농가에 종으로 주려 했으나, 한 입이라도 줄이려는 판에 아무도 군식구를 늘리려 하지 않았다.

을지문덕은 골칫덩어리인 포로에게 스스로 먹을 것을 구하라는 자력갱생(自力更生) 명령을 내리고, 머리를 빡빡 깎은 포로를 만 명씩 나누어 험한 산골짜기나 외딴 섬으로 몰아넣었다.

정거이는 낭림산맥 골짜기로 보내졌다. 백 명의 포로집단에 겨우 도끼 서너 자루를 주고 다섯 자루 칼과 낫을 지니는 것만 허락했기에 추위를 피할 오두막을 짓는 것도 힘들었다.

다행히 골짜기에 도토리나무가 많아 이를 따 모으고 소나무 속껍질과 칡, 나무뿌리를 캐고 꽁꽁 얼어붙은 개울의 얼음을 깨 물고기를 잡는 등 온갖 방법으로 먹을거리를 구하려 애썼으나 굶주림을 면하기 어려웠다. 쉬쉬하며 귓속으로 속삭이는 말은 참혹했다. 배고픔을 견디지 못한 포로 중에 죽은 동료의 인육을 파먹는다는 소문까지 떠돌았다.

봄이 오기 전 추위와 굶주림으로 포로 반 이상이 죽었다. 정거이는 운이 좋았다. 그가 속한 백인대 대장은 성품이 올곧고 통솔력 있는 사나이로 농사꾼 출신이어서 아는 게 많아 살아남기 위해 힘을 모았고, 끝까지 질서를 유지했다. 더구나 늙은 어부에게 얻어 입은 겨울옷은 소년을 추위로부터 지켜주었다.

봄이 오자 형편이 조금 나아졌다. 살아남은 포로들은 농가에 종이나 황무지를 개척하는 곳으로 보내기도 했다. 소년 정거이는 용모가 깨끗하고 영리해 평양성 장사꾼 집에 종으로 팔려갔다. 고된 하루하루를 보내다가 몇 해가 지나자 주인의 신임을 얻어 밖으로 나다니는 것도 허락받게 되었다.

어느 날 심부름을 다녀오던 정거이는 평양 외성(外城) 종각 앞에 사람이 모여 있는 것을 보고 궁금해 들여다보았다. 현상금으로 황금 백 냥을 걸고 정거이를 찾는다는 벽보였다.

정수이는 소년 때 헤어졌다가 10년이 지나 청년이 된 아우를 얼싸안고 감격에 젖어 목이 메었다.

"이게 꿈은 아니겠지. 네가 정녕 내 아우 거이란 말이냐? 네 소식을 알려고 이 먼 나라까지 왔지만 이렇게 건강하게 살아있으리라곤 꿈도 꾸지 못했다. 이게 다 부처님 은덕이로구나."

정수이가 아우의 주인을 찾아가서 황금 백 냥을 내놓았으나, 중국과 무역을 꿈꾸던 주인은 현상금을 사양하고 몸값만 받았다.

정수이는 황금 수백 냥을 시주해 아우가 살아 돌아온 것을 감사하는 감은사(感恩寺)를 짓게 했다. 그리고 밥을 주고 겨울옷을 입혀준 늙은 어부를 찾았으나, 오두막은 발견했지만 어부 소식을 끝내 알 수 없었다. 이들 형제의 만남은 당나라 사람들 입에 오르내렸고 이윽고 당고조 이연의 귀에도 들어가게 되었다.

622년 말〔馬〕해(영류태왕 5년, 무덕 5년) 당고조 이연은 고구려에 사신을 보내 전쟁 때 사로잡힌 포로의 교환을 요청했다.

"왕이 요동〔遼左〕을 다스리며 조공을 바치고 사신을 보내니 매우 기쁘오. 이제 두 나라가 평화롭게 자기네 땅을 지킨다면 어찌 아름다운 일이 아니겠소. 다만 수나라 말엽에 서로 싸워 많은 백성이 죽고, 부자, 형제, 부부가 헤어져 오랜 세월을 지나니, 지아비를 잃은 여인의 한(恨)과 홀아비 외로움이 아직 풀리지 않았소.

이제 양국이 화친을 맺었으니 포로 교환의 명분은 충분할 것이오. 이곳으로 잡혀 온 고구려 사람들을 찾아내 보내 주겠으니, 왕도 자비로운 마음으로 포로를 돌려보내면 어떻겠소."

당고조의 서신•을 받은 영류태왕은 그 제의를 받아들여 전국에 전쟁 포로의 현재 상황을 조사하도록 명령을 내렸다.

흑수말갈은 몇천 리를 가도 가도 끝없이 펼쳐진 숲의 바다〔樹海〕가 계속되는 땅이어서 이곳 주민은 사냥과 고기잡이를 하며 살았다. 그러나 길고 무서운 추위가 닥쳐와 숲은 눈에 덮이고 강이 꽁꽁 얼면 집에서 기르던 돼지로 겨울철을 버텨야 했다. 그러므로 흑수말갈에서 돼지는 귀중한 재산이고 부유함의 상징이었다.

양만춘은 무력으로 흑수말갈을 평정했지만 이들을 제대로 다스리려면 먹을거리를 해결해 주는 게 가장 좋은 방법이었다. 대씨농장에 넘쳐나는 콩이야말로 알맞은 미끼였다. 이제 이 콩은 말갈인을 고구려에 붙들어 매는 동아줄이 되었다.

동류(東流) 송화강 물길을 따라 바카투르 상단은 아골태 부족에게 콩을 팔고 그 대신 사냥한 짐승의 털가죽을 사들였다. 도토리 열매로 돼지를 기르던 아골태 여인들에게 배에 가득 싣고 온 돼지 먹이인 콩이야말로 축복이었고, 옛날보다 몇 곱절 많은 돼지를 기를 수 있어 긴 겨울을 걱정하지 않게 되었다.

다른 부족도 앞다퉈 콩을 사들이니 대씨농장은 나날이 커졌고,

• 《삼국사기》 고구려본기 인용.

말갈인에게 꼭 필요한 소금과 콩을 양만춘이 손아귀에 움켜쥐고 있는 한 이들을 다스리는 데 어려움이 없었다.

대씨농장에는 고구려 농부보다 수나라 포로가 훨씬 많았다. 양만춘은 부지런히 일해 목표 이상 생산한 포로는 종의 신분에서 벗어나 자유롭게 생활하도록 허락하고, 자유민 신분을 가진 자는 언젠가 평화가 돌아오면 귀국할 수 있게 약속했다. 관평은 포로를 설득해 아무 말썽도 피우지 않고 열심히 일하게 했다.

대씨 노부인은 농장 경영과 일손 확보에 뛰어난 수완을 지닌 여걸이었다. 성실하게 일하는 포로를 눈여겨보아 두었다가 스스로 중매쟁이가 되어, 전쟁으로 남편을 잃고 어린애가 딸린 여인들과 혼인을 주선했고, 땅을 나눠 주어 자작농(自作農)으로 만들었다. 이로써 대씨농장에는 전쟁 포로도 열심히 일하면 언젠가 자유로운 농민이 될 수 있다는 희망으로 활기찬 기운이 감돌았고, 노부인은 더욱 부유하게 되었다.

포로 송환계획이 알려지자 나라 안에 큰 소동이 일어났다.

고구려는 땅이 넓고 사람은 귀한 곳이어서 종으로 팔려간 포로는 주인에게 큰 재산이기에 아무리 태왕의 명령이라 해도 정당한 대가 없이 내놓을 리 없었다. 나랏일에 쓰던 관노(官奴)는 송환에 어려움이 없었으나, 백성에게 종으로 팔려간 포로는 늙고 병들어 쓸모없는 자만 마지못해 내놓았다.

대씨농장에서도 한바탕 소동이 일어났다. 수천 명의 일손이 빠져나가면 농장 문을 닫아야 할 형편이었기 때문이었다. 양만춘은 관평을 만나 포로 송환에 대해 의논하였다.

"관 장군, 좋은 소식이 있소. 장군께서 이번 포로 송환으로 고향에 돌아가게 되었소. 그동안 우리 백성의 기근을 면하게 하는 데 큰 도움을 주시어 감사하게 생각하오."

관평은 온갖 생각이 가슴에 오가는지 눈을 지그시 감았다.

"나도 진심으로 감사하오. 살수에서 사로잡힌 포로들이 이곳에 오던 날 그 처참한 몰골을 잊을 수 없다오. 다른 곳에는 추위와 굶주림으로 반 이상 죽었지만 여기 온 포로는 큰 고생 없이 살아남았소. 다만 나보다 부하들이 어떻게 되는지 더 궁금하구려."

양만춘은 종의 신분을 벗어난 포로에게 약속을 지키고 싶었으나, 노부인은 이곳 여인과 결혼한 자는 처자식을 먹여 살려야 하고, 이미 고구려 사람이 된 것이니 송환할 수 없다고 강경하게 주장했다.

"그대와 맺었던 약속을 지키려 하오. 성실히 일하여 자유를 얻은 포로는 희망하면 귀국시키겠소. 다만 고구려나 말갈 여인과 결혼한 자유민은 보낼 수 없소."

"이곳 여인과 결혼한 자는 왜 못 보낸단 말이오?"

"그들은 딸린 식구를 먹여 살려야 하지 않겠소."

"나는 마지막 한 사람의 포로가 귀국할 때까지 돌아가지 않겠소. 내가 여기 남을 테니 더 생각해줄 수 없겠소?"

양만춘은 관평을 달랬다.

"관 장군께서는 고향의 처자식이 그립지 않으시오?"

"그립기야 하오만. 무슨 낯으로 귀국하겠소. 부하를 살리려고 협조했다지만 적국을 도운 셈이니 나는 조국에 반역자요."

연거푸 술잔을 기우리다가 물끄러미 빈 잔을 보며 탄식했다.

"사내대장부 큰 뜻 꺾이고 / 부질없이 흰머리만 늘어가누나 / 가슴에 묻어둔 말 한마디 끝내 못 하고 / 술잔에 넘치느니 눈물뿐인가."

양만춘은 관평이 괴로워하는 모습을 바라보다 마음이 뜨거워져 그의 손을 잡았다.

"장군의 뜻을 잘 알겠소. 아직 종의 신분을 벗어나지 못했더라도 늙고 병든 자를 송환시키도록 노부인을 설득하겠소."

산동 출신 이사(李四)는 중년사내로 고향에 처자식이 있었다. 그는 성실한 농사꾼이어서 부지런히 농사를 지었고 매년 가장 많은 곡식을 거두어들여 농장에 온 지 3년 되던 해 자유민 신분을 얻었다. 노부인은 이사에게 아이 딸린 과부를 중매하여 슬하에 아이 둘을 낳았다. 그는 정이 많은 사내여서 부부간에 사이가 좋아 주위에서 부러워하는 행복한 가정이기도 했다.

포로 송환 소식을 듣자 고향이 그리워 잠을 이루지 못했다.

제1차 포로 송환이 시작되어 자유민이 되었던 포로 중에 결혼하지 않은 귀국희망자가 떠나던 날, 하룻밤 새 머리가 하얗게 센 이사는 음식 먹기를 거절하고 드러누웠다.

관평의 호소에 따라, 아직 자유민의 신분을 얻지 못했으나 늙고 병든 포로를 2차 송환하던 날 이사는 자리에서 일어나 집 앞을 흐르는 요하로 달려갔다. 머리칼이 하얗게 센 사내가 머리를 풀어헤친 채 술병을 끼고 비틀거리며 강물 속으로 들어가자, 그 뒤를 아내가 뒤쫓아 가면서 목이 터져라 남편을 부르며 물을 건너지 말라고 애원했지만 뒤돌아보지도 않고 깊은 물속에 휩쓸려 들어갔다.

임이여 강을 건너지 마소.	公無渡河
끝내 강을 건너시네.	公竟渡河
강에 떨어져 죽으니	墮河而死
이를 어이 하나.	當奈公何•

당시 당나라에서 고구려로 송환된 포로 숫자는 기록이 없으나 고구려는 몇 차례에 걸쳐 만 명이 넘는 포로를 중국으로 송환했다. 물론 고구려가 사로잡은 포로 중 일부에 불과했지만 고조 이연은 이 포로 송환을 크게 기뻐했고 양국 간 평화가 여러 해 계속되었다.

초원의 회오리바람

621년 뱀해 여름. 개코가 이끌던 흑수탐험대가 두 척의 배에 산더미같이 많은 털가죽을 싣고 호랑이촌으로 돌아왔다.

"첫해 가을 우리 탐험대는 송화강 물이 흑수와 우수리강을 만나는 곳에 닿았습니다. 그곳 강 언덕에 삼강(三江) 교역소를 설치한 후 겨울을 지내고, 이듬해 늦은 봄에 강물이 풀리자 북동쪽으로

• 고조선 때 여옥(麗玉)이 지었다는 노래 〈공무도하가〉(公無渡河歌).

흐르는 흑수 하류로 내려갔습니다. 그곳 강폭은 바다같이 넓어 좁은 데도 10리(4㎞), 넓은 곳은 50리(20㎞)가 넘어 강 건너편이 아득하게 보였습니다. 때때로 며칠을 가도 사람을 볼 수 없었는데, 원주민은 물고기를 잡아먹고 사는 미개인(未開人)이라서 말갈사람과 달리 말이 통하지 않았습니다. 대모달께서 바다까지 가 보라 하시어 항해를 계속했으나 일 년의 반이 겨울이라 초가을부터 매서운 추위가 휘몰아치고 강물이 얼어 앞선 배가 얼음덩어리에 부딪쳐 가라앉았습니다. 그곳은 세상 끝이었고 사람이 견딜 수 없는 추위와 어둠의 땅이었습니다."

양만춘은 바다로 나가는 길 찾기를 단념하였다.

개코 선단(船團)이 흑수(黑水, 흑룡강, 아무르강) 동쪽 땅끝까지 탐험하고 돌아온 후부터 바카투르 상단(商團) 교역소가 흑수와 송화강 곳곳에 자리 잡았다. 삼족오(三足烏) 깃발을 단 상단의 배가 교역소에 닿으면 근처에 사는 말갈인이 모여들어 담비를 비롯한 털가죽을 가져와 소금이나 콩 같은 생활필수품과 바꾸어 갔다.

629년 소해 2월 송화강 변 북쪽 땅은 아직도 눈과 얼음으로 덮인 한겨울이었다. 얼어붙은 강을 따라 개썰매를 몰고 온 파발꾼이 호랑이촌으로 뛰어들어 왔다.

파발꾼이 삼강(三江) 교역소가 불타고 약탈당했는데 아이신 부족 짓이라고 하자, 오랫동안 염려했던 일이 일어났음을 깨달았다.

양만춘은 아이신 부족을 토벌해 뿌리 뽑기보다 이번 기회에 본래의 부족 자리를 되찾도록 도와주겠다고 마음먹고, 호랑이촌을 비롯한 여러 경당에서 교육한 청년들을 지원병으로 모았다. 그는 검은표범 헤이마루를 선발대 지휘관으로 삼고 경당 출신 젊은이를 니루로 임명해 삼강교역소로 보내면서 백여 대 개썰매에 나눠 타고 출정하는 선발대 병사에게 간곡히 부탁했다.

"여러분은 흑수말갈의 꽃이고 뛰어난 용사다. 경당에서 갈고 닦은 실력을 마음껏 발휘해 주기 바란다. 지금 말썽을 부리는 자는 아이신 부족이라 한다. 그들은 적이 아니라 동족이고 고구려인이며, 우리가 품어 주어야 할 길을 잃은 말썽꾸러기일 뿐이다. 이번 기회에 섭섭한 마음을 풀고 우리 품에 다시 들어오게 하려 하니, 내 마음을 잘 헤아려 동족에게 잔혹한 짓을 말라."

3월 하순 얼음이 녹아 물길이 열리자 양만춘은 말갈 여러 부족에서 모은 2천 명 병사를 10척의 상선에 태우고 흑수로 향했다. 삼강교역소는 흑수와 송화강이 마주치는 곳에 자리 잡은 큰 물물교환소이고 가장 동쪽 끝에 위치한 교역소였다. 헤이마루 선발대는 불타버린 교역소를 다시 세워 원정군을 맞이했다.

헤이마루는 용감하게 싸워 교역소를 되찾은 아골태 막내아들 아라하치와 아이신 부족 근거지를 샅샅이 정찰하고 온 로보를 자랑스럽게 소개했다. 지도를 살펴보니, 아이신 마을은 뒤에 높은 산을 두고 양옆으로 흐르는 큰 시냇물이 합쳐 강이 되는 산등성이에 자리 잡은 데다, 깎아지른 절벽 험한 지형을 이용한 목책성이었다.

"니루 로보, 큰일을 해냈군. 지금 아이신 부족을 이끄는 자는 어떤 사람이지?"

"10년 전 죽은 아이신 추장의 막내아들로, 살아남은 부족민을 이끌고 동쪽으로 도망쳤던 야신 사루(검은수염) 입니다."

"그자의 평판은 어떠하던가?"

"아비와 달리 겸손하고 온화한 성격인 듯합니다. 다섯 장로를 세워 공정하게 다스리고, 부족민과 고생을 함께 나누어 백성의 사랑을 받고 있습니다. 우리 교역소를 습격한 것도 교역소 책임자가 약속을 어기고 무리하게 탐욕을 부렸던 게 원인이랍니다."

묵묵히 지도를 보던 양만춘이 한숨을 쉬었다.

"그런 뛰어난 지도자가 이런 험한 곳을 지킨다면 정면공격으로 빼앗기가 쉽지 않겠는걸. 무슨 좋은 방법이 없을까?"

로보가 눈을 빛내며 지도의 한 곳을 손가락으로 가리켰다.

"대추장님, 제가 살펴본 바로는 마을 안에 우물이 없고, 뒷산 어귀에 큰 샘이 있어 물을 길어 먹었습니다."

"그곳은 목책성 밖이라 하나 아이신 부족의 방어가 굳을 텐데."

"마침 오늘이 그믐입니다. 제게 백 명의 병사만 주시면 어둠을 틈타 빼앗겠습니다."

"로보, 그 샘은 빼앗기도 쉽지 않겠지만 지키기가 더 어려울 거야. 이리매 장군이 3백 명 증원군을 이끌고 대기하고 있다가 자네가 그곳을 빼앗으면 즉시 강력한 진지를 세워 지키게 하겠네."

양만춘은 로보와 대화를 나눌수록 영리한 데다 생각이 깊은 젊은이여서 마음이 끌렸다.

'저 젊은이를 큰 그릇으로 키우리라. 언젠가 흑수말갈을 이끌 좋은 지도자가 되겠지.'

로보가 샘을 빼앗고 세 가닥 횃불을 흔들자 즉시 근처에 숨어 있던 이리매의 증원군이 출동했고, 숲속에서 기다리던 양만춘의 원정군이 행동을 개시해서 아이신 부족 근거지를 포위했다.

"더 이상 전진하지 말고 목책을 세워 아이신 부족을 포위만 하라. 다만 언덕을 내려와 개울에서 물을 길는 건 철저히 막아라!"

아이신 군은 이리매 장군과 로보가 지키는 샘을 되찾으려 여러 차례 돌격했으나 세 겹 목책으로 둘러싼 방어벽을 돌파할 수는 없었다. 목마른 부족민은 마을 옆 절벽을 타고 내려와 시냇물을 길어 가려 했지만 밤낮 가리지 않고 지키는 포위군의 화살받이가 되었다.

사흘이 지나자 검은수염 사자가 흰 깃발을 흔들며 나타나 늙은이와 어린애들을 내보낼 테니 살려달라고 애원했다. 양만춘은 이들을 기꺼이 받아주었다. 닷새가 되던 날 여인들을 내보냈다. 남아있던 아이신 부족 병사들은 마실 물이 없어 말 오줌까지 받아 마시며 버텼으나 더 이상 견딜 수 없었다. 검은수염은 어두워지면 최후의 돌격을 하도록 명령했다.

그날 저녁 무렵 양만춘은 맨 처음 항복했던 아이신의 다섯 늙은이를 돌려보내며 검은수염에게 간곡한 편지를 썼다.

"아이신 부족은 흑수말갈의 큰 부족이고 고구려의 한 부분이오. 10년 전 내 잘못으로 그대 부족에게 일어났던 참혹한 학살을 가슴 아프게 생각하며 사과드리오. 내가 바라는 바는 아이신 부족 멸망이 아니라 부흥이오. 또다시 괴로운 일이 반복되는 것을 원하지 않으니, 싸움을 멈추고 항복하면 과거의 잘못을 따지지 않고 본래 고향으로 돌아가도록 도와줄 것을 맹세하겠소. — 흑수말갈 총독 양만춘."

검은수염은 항복 권고문보다 노인과 어린애들을 얼마나 따뜻하게 대접했는지 자세히 알려 주는 다섯 노인의 설득에 마음이 움직였다. 그는 흰 깃발을 든 병사를 앞세우고 자신의 몸을 결박한 채 목책 문을 열고 나왔다. 양만춘이 달려가 결박을 풀고 껴안았다.

"대추장, 반란 책임은 나에게 있으니 모든 책임을 제게 묻고 부하의 죄를 용서해 주시구려."

"아니오. 야신 사루(검은수염), 당신은 내 친구요. 앞으로도 부족을 이끌어 주시오. 곧 흑수말갈 부족장 회의를 열 테니 거기서 다른 부족장과 화해하고 부족의 옛 땅에 돌아가시오."

검은수염은 목이 메어 말을 못 하고 땅에 엎드려 머리를 찧었다.

629년 소해 5월, 호랑이촌에 황금삼족오 깃발을 높이 걸고 큰 축제를 열었다. 양만춘의 중재로 부족장 회의는 아이신 부족을 동족으로 다시 받아들이고 그들이 살았던 옛 땅을 돌려주었다. 아골태는 으뜸추장으로 추대되어 입이 찢어졌고, 검은수염도 흩어진 아이신 부족민을 모아 흑수말갈의 유력한 부족으로 남게 되었음을 기뻐했다.

숲의 나라 흑수말갈에 평화가 깃들어 어디에서나 고구려 법(法)이 말갈 부족 관습(慣習)과 함께 공정하게 시행되었다.

628년 쥐해〔戊子年〕 겨울 몽골고원에는 유목민들이 가장 두려워하는 '조드'가 닥쳐왔다. 엄청난 폭설(暴雪)이 쏟아지더니 뒤이어 매서운 추위가 몰아쳐 쌓인 눈이 꽁꽁 얼어붙었고, 초원에서 먹을 풀을 찾지 못해 수많은 가축이 굶어 죽었다.

이런 무서운 재난을 당하면 굶주린 부족민의 구제에 힘써야 마땅함에도 실리 카간은 이를 아랑곳하지 않고 여러 부족에 가혹하게 세금을 거두었기에 곳곳에서 반란이 일어났다.

실리 카간의 토벌명령을 받은 조카 샤드 돌리가 싸움에서 패전하자, 성난 카간은 조카에게 모욕적인 처벌을 내려 두 사람 사이에 메울 수 없는 틈이 벌어졌다.

당태종이 이런 좋은 기회를 놓칠 리 없었다. 샤드 돌리를 위로하여 자기편으로 끌어들이는 한편 돌궐 정복을 준비했다.

이듬해 11월 태종은 병부상서 이정과 병주 도독 이적이 이끄는 10만 대군을 동원해 돌궐 정복에 나섰고, 반년도 지나기 전에 동돌궐을 정복하고 실리 카간을 사로잡았다(630년, 정관 4년 3월).

아이신 부족 평정으로 기쁨에 들떠 있던 양만춘에게 돌궐의 멸망 소식은 얼음물을 끼얹는 것보다 더 놀라운 일이었다. 이것은 단순한 이웃나라의 멸망이 아니라 당나라를 견제하던 가장 믿음직한 동맹국의 상실이었고, 고구려의 안전에도 어두운 그림자를 드리우는 재난이어서 양만춘은 잠을 이루지 못했다.

돌궐 멸망은 영류태왕에게도 끔직한 악몽이었다. 지난해(629년, 영류태왕 12년) 가을 낭비성(娘臂城)•을 신라 군에게 빼앗기고 남진

(南進) 정책이 뜻대로 되지 않아 답답하던 차에 대륙에서도 마른하늘에 날벼락이 떨어진 셈이었다. 이제 남북 양쪽에 강력한 적군을 맞게 된 형세였다. 며칠 밤 잠을 설치다가 화평파 중신(重臣) 들의 의견에 따라 당나라와 평화로운 관계를 유지하기 위해 돌궐 정복을 축하하는 사절단을 보내기로 결심했다.

영류태왕은 사절단을 구성하는 데 껄끄러움을 느꼈다. 우호국이던 돌궐 정복을 축하하는 국서(國書) 나, 요하 서쪽 땅의 권리를 포기하는 봉역도(封域圖, 고구려 영토를 표시한 지도) 를 당나라에 보내면 강경파〔北進南守派〕가 벌떼같이 들고 일어날 것은 불 보듯 뻔했기 때문이었다.

부소가 양만춘을 평화사절로 선임하는 게 좋겠다고 추천하자 태왕은 부소의 건의를 받아들여 그를 평양성으로 불렀다.

"돌궐의 멸망으로 우리나라 형세가 고달프게 되었네. 오랜 고민 끝에 당나라에 보낼 사신(使臣) 으로 경을 택했네."

양만춘은 갑작스러운 평양성 소환을 의아하게 생각하다가 뜻밖의 말을 듣고 그 이유가 궁금했다. 사신이란 원래 조정의 대신을

- 낭비성의 위치는 충주〔김정호의 《대동지지》(大東地志)〕 또는 청주〔조선 중기 《신증동국여지승람》(新增東國輿地勝覽)〕라고 옛 문헌에 기록하고 있다. 7세기 전반기의 고구려와 신라 국경선을 감안하여 임진강 유역의 경기도 북부라고 주장하는 학자도 있으나 보통 충청 지역으로 추정되니 낭비성의 함락은 영류태왕이 추진하던 남진정책이 실패하였음을 나타낸다. 낭비성 싸움은 당시 34세였던 김유신이 역사에 이름을 드러내는 최초의 승리였고 가야계 군벌(軍閥) 의 중심으로 우뚝 서는 계기가 되었다.

보내지 싸울아비〔武官〕를 보내는 것은 흔한 일이 아니었다.

"황공하오나 이번 사신이 해야 할 임무가 무엇이온지요?"

"당나라의 돌궐 정복을 축하하고, 양국 간 우호관계가 계속되기를 바라 봉역도를 보내기로 조정 회의에서 결정했네."

양만춘은 쇠망치로 얻어맞은 듯한 충격에 눈앞이 캄캄했다.

을지문덕 대인이 은퇴한 이후 양만춘은 남수북진파 젊은 싸울아비들에게 존경을 받고 있어, 태왕의 그런 결정에 앞장서서 반대해야 할 처지인데 오히려 사신으로 가 달라고 하다니.

"폐하, 중신(重臣)이 맡아야 마땅한 일이온데, 소장 같은 싸울아비에게 맡기시다니요…."

양만춘은 태왕의 용안(龍顔)을 우러러보았다. 몇 해 전만 해도 원기왕성하고 자신만만한 모습이었으나, 이제 흰머리가 늘고 며칠 잠을 설쳤는지 수척한 얼굴에 먹구름이 잔뜩 끼어 있었다.

"정사(正使)는 재상 중에서 뽑겠지만 부사(副使)는 경이 맡아주었으면 하네. 짐은 지금 몹시 답답하네. 돌궐을 정복한 당나라 분위기도 궁금하나, 이런 일을 맡길 만한 신하는 그대밖에 없네."

말을 마친 태왕은 괴로운 낯빛으로 천장을 쳐다보았다.

아무리 마음에 들지 않아도 조정(朝廷) 회의를 거쳐 결정된 국가정책을 신하된 자로서 외면하기 어려웠다. 그러나 이를 따르는 건 지금까지 뜻을 같이하던 동료에게 배신(背信)이 될 터였다.

태왕은 그의 어려운 입장을 잘 알면서도 '양만춘'이라고 신하의 이름까지 부르면서 무거운 짐을 져 달라고 간곡히 부탁했다.

그런데 양만춘에게는 또 다른 걱정거리가 있었다.

어 성주가 양만춘을 데릴사위로 삼은 것은 과감한 결단력을 가진 전쟁영웅을 사위로 맞아 자신의 꿈을 이루고자 함이었다. 그는 사위의 도움을 받아 현자(賢者) 자무에게 장사(長史)를 맡기고 개혁정책을 폈으나 토호 세력을 등에 업은 야심 많은 동생 어수오가 은근히 훼방을 놓아 개혁은 순조롭게 진행되지 않았다.

양만춘은 안시고을 싸울아비의 대표 구루를 수비대장으로 추천해 자무의 개혁정치를 뒷받침했는데, 최근에 늙은 어 성주의 건강이 크게 나빠진 데다 구루의 움직임조차 수상하다는 보고를 받았다. 이제 흑수말갈 평정도 순조롭게 자리 잡았으므로 안시고을에 눌러앉아 개혁을 적극 뒷받침하기로 마음먹고 있던 참이었다.

머리를 숙이고 고민하던 양만춘이 고개를 들었다.

"소장은 태왕의 신자(臣子)이온데 어찌 폐하의 뜻을 거역할 수 있겠습니까. 다만 소장의 어려운 처지를 헤아리시어 부사가 아니라 사신을 보호하는 호위대장을 맡겨 주시었으면 … ."

"잘 알겠네. 정사는 경과 뜻이 통하는 태대형 온문으로 정하고 부사는 태학(太學)의 박사 중에서 뽑겠네. 경은 당나라 움직임을 잘 살펴보고, 짐에게 낱낱이 알려 주기 바라네."

630년(영류태왕 13년) 9월• 사절단은 평양성을 떠났다.

• 《삼국사기》에는 당태종이 실리 카간[肹利可汗]을 사로잡은 것을 축하하고 봉역도를 보낸 것을 628년(영류태왕 11년) 9월로 기록하고 있다. 그러나 돌궐 멸망과 실리 카간 생포는 당태종 정관 4년(630년) 3월의 일이므로 영류태왕 13년으로 바로잡았음.

빨간물레방아

장안(長安)은 예와 다름없었다. 내전(內戰)의 상처가 아직 아물지 않은 낙양(洛陽)과 달리 전쟁의 불길을 빗겨간 장안은 여전히 번영하고 활기찬 국제도시였다.

온 세계에서 몰려 온 제각기 독특한 복장과 갖가지 피부색의 외국인 수만 명이 온갖 진기한 상품을 팔고 있었다.

양만춘은 서시(西市)의 견행(絹行, 비단상인들의 동업조합)을 둘러보다가 '소그드 상단'이란 큼직한 간판을 보고 상점 안으로 들어갔다. 탐스러운 붉은 턱수염을 기른 중년의 소그드인이 반갑게 맞아주었다. 카를룩을 대신하여 소그드 대상(隊商)의 우두머리가 된 바얀초르였다.

"바얀초르, 이게 얼마 만인가. 사업은 잘되고 있는가?"

"내란 때는 어려웠지만 정관(貞觀, 당태종의 연호)에 들어서면서 예전의 활기를 되찾았소. 우리가 헤어진 지 벌써 20년이 지났군요. 당당한 모습을 보니 형님 역시 바라던 것을 얻은 것 같구려."

바얀초르는 옛 추억에 잠겨 유사(流砂, 타클라마칸 사막)와 천산(天山)을 넘던 이야기를 하다 소그드 상인다운 침착함을 되찾았다.

"어인 일로 장안에 오셨소?"

"사신(使臣)을 모시고 왔으나 황제께서 귀천곡(貴泉谷)에 사냥가시어(정관 4년 10월 신축일) 여유가 생겨 들렀네."

양만춘의 이야기를 들은 바얀초르가 고개를 끄덕이며 웃었다.

"카를룩 대장께서 형님이 장군의 길을 걸으리라고 말씀하시곤

했는데 그 말씀이 맞았군요. 바쁘시겠지만 오늘 아우를 위해 시간을 내 주시오. 이번에 헤어지면 언제 다시 만나겠소."

장안 서문(西門) 개원문(開遠門) 밖에 5층 주루(酒樓)가 있었다.

"예전에 못 본 건물이군. 성 밖에 이렇게 화려한 술집이 있다니."

"이곳은 장안의 숨 막히는 통금령(通禁令)에서 벗어나 밤새도록 마시기 좋지요."

꼭대기 층 특실을 예약한 바얀초르는 자린고비 소그드 상인답지 않게 산해진미(山海珍味)를 주문하고 쿠차(龜茲國)의 악단과 페르시아 아가씨(胡姬)를 불렀다. 흥겨운 가락에 맞추어 춤추던 호선무(胡旋舞)도 끝나고, 거나하게 포도주에 취해 옛이야기를 나누는데 아래층에서 왁자지껄하게 소동이 벌어졌다.

"이런 고급 주루에도 행패를 부리는 자가 있다니 놀랍군."

"술 취한 돌궐 망나니 떼거리가 몰려온 모양이군요."

바얀초르가 이마를 찌푸리며 대답했다.

"돌궐을 정복한 후 당태종은 항복한 돌궐인들을 나라 안으로 옮겨 장안에 많이 살지요. 그들 중 무예가 뛰어난 자를 선발해 무관(武官)으로 뽑았는데 조정 고위무관의 반이 돌궐인이란 말도 있소. 그 가운데 난폭한 자가 적지 않아 몰려오면 시끄럽지요."

"당나라 고위무관의 반이 돌궐인이라니 어떻게 그럴 수가 있나?"

양만춘이 놀라서 펄쩍 뛰자 그렇게 된 사연을 설명했다.

정관 4년 돌궐을 정복하자 항복한 부족장들은 태종을 천가한(天可汗)으로 추대하고 충성을 맹세했으나 이들의 뒤처리에 골머리를 앓았다. 이 일로 조정 대신 사이에 치열한 논쟁이 벌어졌다.

대신들은 돌궐인이 하나로 뭉치면 나라에 큰 근심거리가 될 테니 그 부락을 없애고 하남(河南)•에 흩어져 살게 하자고 주장했고, 중신(重臣) 온대아는 한 걸음 더 나아가 '유목민의 생활방식과 풍속을 강제로 바꾸어 농사짓는 한족(漢族)으로 만들자'고 했다.

돌궐에 머문 적이 있어 그 사정에 밝았던 중서령(中書令) 온언박은 온대아의 의견에 반대하여 돌궐인을 포용하자고 주장했다.

"항복한 흉노족에 대한 후한(後漢) 광무제의 포용정책을 본받아야 합니다. 돌궐인을 하남 일대에 거주하게 하되, 그 부락들을 보존하고 자기네 풍속대로 살게 하면서 너그럽게 끌어안고 나라를 지키는 울타리로 삼아야 합니다. 그러면 폐하의 위엄을 두려워하고 은덕에 감격할 테니 무슨 염려가 있겠습니까?"

태종이 온언박의 포용정책에 찬성하자 비서감 위징이 반대했다.

"장안에서 멀지 않은 곳에 그들이 집단을 이루어 모여 살게 하면 이는 맹수를 길러 훗날 큰 우환이 될 것입니다."

위징은 옛날 '영가의 난리'까지 들먹이며 그 주장을 굽히지 않았으나 태종은 온언박의 주장을 옳게 여겨 돌궐인들이 사는 곳에 기미주(羈縻州)를 설치했다.

그 때문에 돌궐인이 장안에 들끓는다는 바얀초르의 푸념을 듣자

• 여기에서 하남(河南)은 중국 본토 평야지대 하남성(河南省)이 아니라 음산산맥 남쪽 내 몽골의 오르도스 지역. 즉, 황하 상류가 북쪽으로 흐르다가 음산산맥을 만나 동으로 흐르고 산서(山西省) 서쪽에서 남으로 흐르는 지역으로 사막과 초원 지대라서 사람이 별로 살지 않았던 중국 북쪽 변경임(자오커야오·쉬다오쉰의 《당태종 평전》 참조).

양만춘은 정신이 번쩍 들어 술이 확 깨고 가슴이 서늘해졌다.

'내가 흑수(黑水)를 평정한 것 못지않게 대담한 포용이로군. 이 기미주•야말로 전형적인 이이제이(以夷制夷, 오랑캐의 힘을 빌려 다른 오랑캐를 정복한다는 중국의 외교정책) 정책이고, 무서운 차도살인(借刀殺人, 남의 칼로 적을 죽이는 계교)의 본보기가 아니겠는가!'

장손무기(長孫無忌)는 수나라와 당나라 초기까지 권력의 핵심을 이루었던 관롱군벌(軍閥) 출신으로 장손황후 오라비인 데다가, 태종과 죽마고우(竹馬故友)여서 황제 마음을 누구보다 잘 헤아리는 심복이었다. 그는 아버지 장손성처럼 정치공작에 능하여 장안의 금오위(金吾衛, 치안을 담당하는 관청)를 손아귀에 넣었다.

고구려 사절단이 장안에 도착한 날 밤 장손무기의 집사 조홍에게 장사꾼 차림 사내가 찾아와 고구려 화평파 우두머리 부소의 서신을 전했다. 그 서신에는 이번 사절단에 양국의 평화를 위협하는 양만춘이란 자가 끼어 있으니 제거해 달라고 했다.

권모술수(權謀術數)에 뛰어난 자는 앞날을 내다보는 능력이 있다. 장손무기는 정보망을 통해 이미 양만춘을 잘 알았고, 당나라에 위험한 적임을 꿰뚫어 보았다.

'지난 전쟁 때 놀라운 활약을 벌였고, 최근 손쉽게 흑수말갈을

• 기미주란 항복한 부족장의 통치권을 그대로 인정하고 그 지위의 세습을 허락하며, 부족의 전통과 문화를 그대로 보존하는 것을 인정하는 통치구조로서, 세금과 부역도 그들 스스로 관할하게 하고 자치를 인정했다. 다만 전쟁이 일어났을 때 병력 동원의 병역 의무만을 지게 했다.

평정한 걸물이니 장차 고구려 정복에 큰 걸림돌이 될 게다.'

즉시 금오위 장관에게 양만춘을 철저히 감시하다가 함정을 파서 옭아매도록 명령했다.

금오위가 고구려 사절단을 해치려 한다는 정보를 우연히 장군 이적이 듣고 고개를 갸우뚱거리다 금오위를 찾아갔다.

"장관, 오랜만이오. 그런데 고구려 사절단 호위대장을 노린다는 소문이 사실이오?"

이적이 금오위의 은밀한 움직임을 눈치 챈 것을 알고 장관은 깜짝 놀랐으나 대수롭지 않은 일이란 듯 털어놓았다.

"나라에 해를 끼칠 염려가 있는 자가 사절단에 끼어 있다 해서 조사하는 중이오."

이적도 양만춘에 대해 알고 있었다. 통일전쟁 때 싸웠던 수나라 장수 장수타가 요서에서 양만춘이 이끄는 기병대에 참패했다는 이야기를 들었기 때문에 호기심이 나서 물어보았다.

"그 사나이가 그렇게 위험한 인물이란 말이오?"

"훗날 고구려 원정을 할 때 큰 걱정거리가 될 뛰어난 적장이니 미리 제거하라는 장손 대인의 말씀이 계셨다오."

돌궐 정복의 영웅 이적은 자존심이 몹시 상했다. 원래 적과 맞부딪쳐 싸우는 무장(武將)들은 온갖 술수나 꾸미는 모사(謀士)꾼을 탐탁지 않게 여긴다. 깡패 출신의 장군 이적은 전쟁터에서 큰 공을 세운 적도 없는 장손무기가 황후의 오라비임을 코에 걸고 조정에서 권력을 휘두르는 걸 아니꼽게 여기던 터라 왕년의 근성이 튀어나왔다.

"좀팽이 같으니라고. 우리 당나라 장수를 어떻게 보는 것인가? 그까짓 오랑캐가 무서워 미리 제거한다고 … ."

금오위 장관은 눈을 껌벅거리며 손을 저어 그의 막말을 막았다.

분이 풀리지 않은 이적은 곧장 군벌 우두머리 이정을 찾아가 장손무기의 옹졸한 짓에 욕을 퍼부었다. 이정은 생각이 깊은 장군이었다.

"내가 장손무기를 만나 설득해 보겠네. 정당한 명분도 없이 외국 사절에 손을 대는 짓은 옳지 않지. 쥐 한 마리를 잡으려고 독을 깰 수야 있나. 그로 인해 고구려와 평화를 깨뜨리는 건 어리석은 일이야."

장손무기는 대장군 이정의 점잖은 충고를 듣고 고개를 끄덕이며 그런 일이 없을 것이라고 약속했다. 그러나 이정이 문밖으로 나가자 바로 집사 조홍을 불렀다.

"신중하게 추진해야겠네. 그 누구도 반대 못 할 명분을 찾아야겠어. 어떻게 해야 말썽 없이 그자를 제거할 수 있을까?"

꾀가 많아 조조라는 별명을 가진 조홍이 여우같은 눈을 빛내며 염소수염을 쓸어내렸다.

"함정에 옭아 넣으려면 먹음직한 미끼를 던져놓고 기다려야지요. 우리는 그자가 미끼를 물 때 잡아채기만 하면 됩니다."

양만춘이 청방(靑幇) 장안지부를 찾았다. 가로막는 문지기에게 진무를 찾아왔다고 말하고 안내해 주기를 청했다. 그러자 문지기는 의아한 눈초리로 쳐다보다가 퉁명스럽게 물었다.

"당신은 누구이기에 두령님 성함을 함부로 입에 올리는 게요?"

"의형제 양만춘이오. 그분에게 말씀드리면 아실 것이오."

"명함이나 두고 가시구려."

양만춘은 머물고 있는 숙소와 이름을 적고서 물어보았다.

"언제쯤 만나볼 수 있겠소?"

"내가 어찌 알겠소. 돌아가 기다리라니까요."

문지기는 별놈 다 보겠다는 듯 시큰둥한 표정을 지었다.

더 이상 말을 붙이지 못하고 되돌아 나오는데 눈빛이 날카로운 중년 사내가 들어오다가 유심히 살펴보고 고개를 갸웃거리더니 뒤좇아 와 두 손을 마주잡고 예의를 갖추었다.

"혹시 대인께서는 오래 전 진무 어르신을 찾아오신 적이 ⋯."

"그렇소. 벌써 20년이 지난 옛날 일이오만."

"역시 제 기억이 틀리지 않았군요. 양 공자님이시죠?"

양만춘은 낯선 사내가 자신을 알아보자 깜짝 놀랐다.

"그렇소만 선생은 누구기에 저를 기억하십니까?"

"그 당시 진무 어르신을 모시고 다니던 꼬마 아둡니다. 여기서 이럴게 아니라 차 한잔이라도 대접하고 싶습니다."

양만춘이 사신을 호위하고 장안에 왔던 길에 진무 얼굴이라도 한번 보고 가려 한다고 하자 아두가 난처한 얼굴을 지었다.

"진무 어르신은 사만보 대협(大俠) 뒤를 이어 청방 우두머리가 되셨습니다. 운상인(雲上人, 가까이할 수 없는 높은 지위에 있는 사람)이라 장안지부 간부인 저도 부르시기 전에는 뵐 수 없답니다.”

실망한 낯으로 자리에서 일어나자 아두가 소매를 붙잡았다.

“그분을 만나려면 대신이나 장군 같은 높은 신분을 가진 사람 도움이 필요할 터인데….”

“나 같은 외국인이 어찌 그런 귀한 분을 알겠소. 아무래도 만나보지 못하고 돌아갈 수밖에 없겠구려.”

고개를 갸우뚱거리던 아두가 무릎을 치며 말했다.

“혹시 정수이 대인을 모르십니까? 그분은 장안에서 손꼽히는 큰 상인인데, 포로가 된 동생을 구하려 여러 차례 평양성을 다녀왔으니 틀림없이 고구려에 신세진 이가 있겠지요. 그분은 진무 어르신과 가까운 사이이니 다리를 놓을 수 있을 겝니다.”

양만춘은 사람 사귀기 좋아하고 발이 넓은 온문 얼굴이 떠올랐다.

진무를 만나러 빨간물레방아를 향해 명광대로를 달리는데, 갑자기 벽제소리가 요란히 울리며 통행을 금했다. 이윽고 어룡천(魚龍川) 몰이사냥•을 마치고 돌아오는 당태종 행렬이 나타났다.

황금 안장 위에 높이 걸터앉아 백성의 환호에 손을 흔드는 모습은 황제라기보다 개선장군같이 늠름했으나 그 행렬은 검소했다.

• 《구당서》 태종본기(太宗本記)에 의하면 당태종은 630년에서 642년까지 13년간 모두 9차례 몰이사냥을 나갔는데 그중 630년 10월에만 귀천곡과 어룡천에 2번이나 나갔다 한다. 이해 3월 돌궐을 정복하고 9월에 고구려 사신이 돌궐 정복을 축하하고 봉역도를 바치는 저자세외교를 펼쳤던 것과 관련이 있는 것이었을까.

양만춘의 눈길을 사로잡은 건 태종 주위를 호위하는 친위대였다. 표범무늬 안장깔개를 덮은 준마(駿馬)를 타고 호랑이나 용 무늬를 그린 옷을 입었는데, 건장한 체격과 자로 잰 듯 절도 있는 동작에 기백이 넘쳐났다. 날랜 몸놀림으로 보아 고구려 조의선인의 흑의대(黑衣隊) 못지않게 뛰어난 무예를 갖춘 용사 같았다.

황제 행렬에 열렬히 환호를 보내는 젊은이에게 물어보았다.

"저 짐승무늬 옷을 입은 용사들은 어떤 사람인가요?"

"장안 젊은이 우상인 백기(百騎)라오. 무예가 뛰어나고 말을 날래게 타는 용사를 비기(飛騎)라고 부르고, 그들 중에서 특별히 가려 뽑은 용사 중의 용사 100명을 백기라 한답니다."

동도(東都, 낙양) 쪽으로 가는 넓은 낙양대로(洛陽大路)를 달리다가, 마차는 어느덧 여산(驪山) 온천으로 가는 갈림길에 접어들더니 샛길로 들어섰다. 화려한 복장의 문지기가 지키는 대문을 지나니 수백 년 묵은 홰나무와 느릅나무가 늘어선 가로수길이 곧게 뻗었는데 하얀 마사토가 깔려 있었다. 십 리쯤 갔을까, 오른쪽 언덕 위에 궁궐같이 큼직한 오층 전각(殿閣)이 우뚝 솟았고, 이를 호위하듯 옹기종기 배치된 누각(樓閣)들이 보였다.

양만춘의 놀라는 모습을 지켜보던 정수이가 빙그레 웃었다.

"이곳은 원래 수양제 동생 양량이 지은 궁전으로 아버지 문제는 너무 화려하다며 아들을 크게 꾸짖었지요. 태상황(太上皇) 고조(高祖, 이연)께서도 권력을 남용해 수많은 주민을 쫓아내고 지어 백성의 원한이 맺힌 건물이니 허물라고 하셨다오. 장안의 대 협객

(俠客) 이셨던 사만보 청방두령께서 이를 들으시고 장차 천하가 태평해지면 조정의 높은 벼슬아치와 부호들이 쉴 휴식공간이 필요할 테니 허물기보다 보존하는 것이 어떠냐고 만류해 간신히 허락을 받아냈답니다."

전각 앞 넓은 정원은 지대가 높은 탓인지 앞이 탁 트여 멀리 위수(渭水) 푸른 강물이 내려다보였고, 뒤로는 병풍을 둘러치듯 여산의 기이한 봉우리들이 둘러싸고 있었다.

전각 옆 절벽에 계곡의 시냇물을 끌어와 폭포수로 쏟아지고, 그 물줄기가 거대한 붉은 물레방아를 돌리다가 호수로 흘러가는데, 장안 곡강지(曲江池)를 흉내 낸 호수에는 난간을 화려하게 장식하고 오색으로 단장한 용머리 배가 떠 있었다.

"저 물레방아 때문에 이곳을 '빨간물레방아 집'이라고 부르지요. 이 정원의 모란꽃도 아름답지만, 여름 호수에 가득 핀 연꽃은 장안 제일의 장관이랍니다. 더구나 저 폭포 물을 전각 위로 끌어들여 벽을 타고 흐르게 하여 한여름에도 가을처럼 서늘합니다."

호숫가 여기저기 기이한 태호석(太湖石)과 괴석(怪石)이 우뚝 솟았고, 그 사이에 낙락장송(落落長松)과 매화, 대나무와 비파나무 같은 온갖 기화요초가 한 폭의 그림처럼 자리 잡았다. 정수이가 마중 나온 청년에게 금패(金牌)를 내보였다.

"여기 와서 침향정(沈香亭)에 들르지 않으면 후회한답니다."

이끼가 푸르른 오솔길을 따라가 시냇물 위에 걸쳐진 무지개다리를 지나자 후미진 연못가 동산에 아담한 정자가 서 있었다. 가까이 다가가자 맑은 향내로 머리가 상쾌했다.

정수이가 뒤돌아보며 빙그레 웃었다.

"이곳은 빨간물레방아의 꽃이라 불리는데 누구나 올 수 있는 데가 아니라 귀한 손님을 접대하는 곳이랍니다. 이 기둥은 침향목을 다듬어 세웠고, 난간은 단향목으로 조각했지요."

용정차를 마시며 주변 경치를 둘러보는데 어느 틈에 땅거미가 지며 어둠이 깃들었다. 호수 너머 오층 전각 앞에 하나둘 등불이 켜지며 수백 개 등불이 화려한 화룡(火龍)을 이루었다.

시중을 들던 소녀가 다가와 가마(輦)가 준비되었다고 알렸다.

양만춘은 이십 년 만에 진무를 만나니 무척 반가웠다.

"세월이 너무 빨리 흘러가 버렸군요. 오랜만에 여전히 건강한 모습 뵈오니 반갑습니다. 그런데 형님 얼굴 뵙기가 여간 어렵지 않더군요."

"그렇던가. 그동안 자네 못지않게 내게도 변화가 많았다네."

진무도 빙긋 웃으며 맞장구를 쳤다. 세월이 흐른 탓일까. 진무의 칼날같이 뻗은 눈썹은 하얗게 세었고, 형형하게 빛나던 눈과 불타던 기백도 안으로 갈무리되어 부드러워졌지만, 권력을 쥔 사람 특유의 함부로 다가가지 못할 위엄을 풍겼다. 옥같이 흰 피부의 호희(胡姬)가 위수에서 갓 잡은 잉어회를 은쟁반에 받쳐 들고 오며 만찬이 시작되자 정수이가 분위기를 잡았다.

"양 대인, 여덟 가지 진미(珍味)를 비롯하여 스무 차례나 온갖 요리가 나옵니다. 뒤로 갈수록 귀한 음식이 나오니 한 상에서 서너 젓가락 이상 손대지 마십시오."

그는 진무와 이야기를 주고받으며 이상하게 서먹서먹함을 느꼈다. 진무는 고구려와 수나라가 전쟁 일보 전이었던 그 옛날에도 마음을 활짝 열고 맞아 주었다. 그러나 지금은 영류태왕이 펼친 화평정책으로 양국관계가 평화로운데도 반겨주는 겉모습과는 달리 어딘지 경계하며 말을 아끼는 것을 깨닫자 그에게서 보이지 않는 벽을 느꼈다.

이윽고 다섯 가지 술과 안주를 가득 담은 주안상(酒案床)이 들어오며 빨간물레방아 집 여주인이 나타났다. 사십 대에 들어선 야래는 화려하게 수놓은 페르시아식 웃옷에 메추리알만 한 슬슬(瑟瑟, 에메랄드) 목걸이를 걸었고, 짧은 소매에 시원하게 팔을 드러낸 활달한 차림새로, 당당한 여장부의 모습을 드러냈다.

"아유 반갑기도 해라. 양 공자님, 이게 얼마 만인가요. 못 본 사이 더 멋진 미남이 되셨구려."

호들갑을 떨며 반가움을 표현하다가 마노(瑪瑙) 잔에 붉은 포도주를 가득 부어 권하고, 진무와 정수이에게도 술을 따랐다.

포도주 한 잔을 마신 정수이가 자리에서 일어났다.

"빨간물레방아 여왕님, 소생은 술이 약한지라 이만 실례하오니 용서해 주십시오. 세 분께서는 그동안 쌓인 회포가 많으실 테니 즐거운 시간 보내십시오."

야래는 정수이가 물러나자 두 사람에게 난각(煖閣, 난방기구가 설치된 방)에서 밝은 달과 별을 보며 술을 마시는 게 어떤지 물었다.

벌써 5층 누대(樓臺) 난간 사방에는 두꺼운 푸른 모전(毛氈, 모직으로 만든 돌궐식 담요)을, 바닥에는 곰의 털가죽을 깔았는데 세발

청동화로에 숯불이 이글거렸다.

야래는 '돌아가실 때 침향정에 들러 주세요' 라고 쓴 엷은 초록색 색지(色紙)를 양만춘의 손에 쥐여 주고는 자리를 피했다.

양만춘과 진무가 달빛 아래 마주앉아 숲 너머 멀리 은빛으로 빛나는 위수 강물을 내려다보며 주거니 받거니 술잔을 기울이다 보니 두 사람의 마음도 어느덧 옛날로 돌아갔다.

진무는 당나라가 건국하자 청방의 우두머리이고 장안의 대협으로 이름난 사만보(史萬寶)를 도와 당나라 군에 종군(從軍)했다. 사만보가 행군총관(行軍總管, 사단장급 고위 장군)으로 낙양(洛陽) 공략전에 참가했을 때 진무는 소림사의 무승(武僧)을 동원하여 큰 공을 세워 양지(陽地)의 인생으로 바뀌었다. 사만보가 은퇴하자 청방의 우두머리가 되어 이제 당나라 권력의 실세(實勢)와도 긴밀한 관계를 맺고 있었다.

"형님, 돌리 카간을 한번 만나볼 수 없을까요? 그의 부친 시빌 카간과 인연이 있으니 인사라도 나누려 합니다."

진무의 표정이 싸늘하게 변하고 갑자기 분위기가 얼어붙더니 양만춘의 얼굴을 뚫어지게 노려보았다. 그는 이해할 수 없는 진무의 태도에 얼떨떨하여 연이어 술잔만 비웠다.

한참 동안 말이 없던 진무가 호탕하게 웃었다.

"내 나이 이제 육십. 살 만큼 살았지. 지금 조정에서는 외국인에게 우리나라 사정을 알리는 것을 엄하게 금지하지만 아우님에게야 어찌 그럴 수 있겠나."

진무는 새삼스럽게 주위를 한 번 둘러보더니 목소리를 한껏 낮추어 말했다.

"여보게, 큰일 날 소리 말게. 그렇지 않아도 자네는 요주의(要注意) 인물로 금오위의 감시를 받고 있네."

진무의 말을 듣고서야 양만춘은 이제까지 보였던 그의 어색한 태도를 이해하고 감사하는 마음이 들었다.

"지난날 수나라와 전쟁 때 자네 활약이 너무 인상적이었던 모양이야. 조정을 쥐고 흔드는 장손무기가 앞으로 큰 근심거리가 될 인물이니 없애버리자고 주장하자 후군집도 찬성했네. 그러자 군부의 강력한 실세인 이정(李靖)과 이적(李勣)이 적극 반대했다네. 그까짓 오랑캐 장수가 무엇이 그리 대단하다고 떳떳하지 않게 암살하여 봉역도까지 가져온 평화사절단을 욕보이고 고구려인을 쓸데없이 자극해 분쟁거리를 만들려 하느냐고.

조심하게. 장손무기는 황제의 처남인 데다 끈질긴 음모가야. 행여나 그를 자극할 행동은 하지 말게. 지금 나라의 장래를 염려하는 사람들은 돌궐인의 움직임에 신경을 곤두세우고 있네. 그러니 그들을 접촉하거나 혼자서 고려방(高麗坊)을 방문하지 않는 게 좋을 거야. 무슨 꼬투리를 잡아서라도 자네를 없애려고 하는 무리가 있으니까."

침향정에서 두꺼운 검은 외투와 유모(帷帽, 당나라 여인이 쓰던 얼굴을 가리는 비단베일이 붙은 모자)로 온몸을 감싼 야래가 기다렸다.

"두 분은 회포를 풀었겠지만 저는 아니에요. 지금까지 수많은 사람을 만나보았지만 그대처럼 진실한 사나이를 만나지 못했다오. 그대의 어두운 얼굴을 보고 얼마나 가슴이 아팠던지. 그러나 눈앞에 보이는 일에 너무 실망하지 말고 뜻을 높이 세우세요. 이 옥패(玉牌)를 보이면 나를 만날 수 있을 테니 꼭 다시 들러 주세요. 아마도 이번 생의 마지막 만남이 되겠지요."

사절단의 태종 접견이 늦어져 양만춘은 지루한 나날을 보냈다.

어느 날 고구려와 무역하는 상인이 초대해서 사냥을 떠나기로 했다. 초대장을 가져왔던 사냥터 산지기가 한밤중 사람 눈을 피해 찾아와 눈물을 흘렸다.

"장군님, 저의 부모님은 통일전쟁 때 황제의 군대에 무참히 학살당하여 원한이 하늘에 사무쳤습니다. 사냥터에서 산등성이 하나만 넘으면 고구려 원정 때 사용할 신무기를 만드는 곳이 있습니다. 그곳을 지키는 군관은 저와 의형제를 맺은 사이오니 은 50냥만 주시면 수비병을 매수하여 그곳으로 안내하겠습니다. 내일 밤 장군께서는 허름한 일꾼 차림새로 기다려 주십시오."

양만춘은 귀가 솔깃했다. 이웃나라의 침략을 염려하는 장수라면 이런 좋은 기회를 어찌 놓칠 수 있으랴. 그러나 다음 순간 진무의 경고가 머리에 떠올랐다.

'이것은 나를 구렁텅이에 빠뜨리려고 파놓은 함정이 분명하다.'

다음 날 아침 양만춘은 병이 났다고 핑계를 대고 자리에서 일어나지 않았다.

고구려 사신 일행이 장안을 떠나던 날 장손무기는 발을 동동 구르며 입술을 깨물었다.

"우리 속에 갇힌 호랑이를 뻔히 보고도 놓치다니. 얼마나 교활하고 영리한 놈인가. 그처럼 먹음직한 미끼를 물지 않다니 … ."

나라를 지키려면

千里長城

적군을 막으려 성벽을 쌓지만, 위태로울 때 나라를 지키는 건 사람이다. 현명한 성주가 다스리면 고을이 살기 좋아지고, 열 사람 의인(義人)이 일어나 잠자는 백성을 깨우면 흔들리던 나라도 바로 선다.

그러나 나라 주인이 그 외침에 귀 기울이지 않고, 그 피가 헛되이 땅에 떨어진다면 어찌 구원받을 수 있으랴. 나라의 주인이 어리석으면 현명하고 정직한 신하는 밀려나고, 거짓말을 밥 먹듯 하며 부끄러움도 없이 이익만 밝히는 도신(盜臣)과 양심조차 팔아먹는 간신(奸臣)이 끼리끼리 모여 당파(黨派)를 만들어 날뛰고, 조국을 팔아먹을 역신(逆臣)까지 꿈틀거리게 된다.

나라를 바로 세우려면 튼튼한 성벽 못지않게 먼저 이따위 벌레를 깨끗이 쓸어내야 한다.

먼 훗날 백성이 주인이 되는 날 더 살기 좋은 세상이 되리라. 눈을 부릅뜨고 간사한 자를 멀리하고 참된 사람을 가려 뽑는다면.

반란 진압

양만춘은 다시 찾아간 장안에서 충격을 받고 정신이 번쩍 들었다.

'지도자가 뛰어난 인물로 바뀌면 나라 모습까지 변하는 것인지, 백성의 걸음걸이는 활기가 넘쳤고, 지배층도 굳게 뭉쳤다. 게다가 을지 대인이 수나라와 싸움을 앞두고 그렇게나 두려워했던 초원의 기병전력(騎兵戰力)이 고스란히 당태종 손아귀에 쥐여졌다. 지금 당나라가 쳐들어오면 과연 막아낼 수 있을까?'

임유관(臨楡關)을 나서며 새로운 각오를 다졌다.

'폐하께 당나라의 강성함을 알려야겠다. 그러나 태왕은 평화만 추구하고, 대신들은 화평파와 강경파로 나뉘어 다투고 있다. 하늘이 내게 준 사명은 안시성을 건설해 당나라의 침략 야욕을 꺾는 것. 나만이라도 정신을 차려 저들을 막을 준비를 서둘러야겠구나!'

귀국길에 오른 양만춘은 어떻게 해야 당태종에 맞서 나라를 지킬지 생각에 잠겼다.

'뛰어난 고수(高手)와 목숨을 걸고 한 판 내기 바둑을 두어야 할 운명이라면, 필패(必敗)의 상황이라도 최선을 다해 한 수 한 수 둘 수밖에 없지 않겠는가. 하늘은 극복할 수 없는 시련은 주시지 않는다. 아무리 강한 자와 대결하더라도 승패는 하늘에 달린 것. 참고 기다리다 보면 교만한 적이 실수할 수도 있겠지.'

닷새 후 사신 일행이 영주에 도착하여 객관(客館, 여관)에 머물렀는데, 양만춘은 왠지 불안한 마음이 들어 잠을 못 이루고 뒤척이다가 새벽녘에서야 얼핏 잠들었다.

바깥이 소란하더니 개코가 달려와 열흘 전 안시고을에서 자무가 암살당했음을 전했다. 양만춘은 자무에게 개혁의 무거운 짐을 지워놓고 가까이서 보호하지 못한 게 가슴 아팠으나, 분노보다 혼란을 수습하는 게 더 급했다.

"즉시 호랑이촌으로 달려가 아라하치와 로보에게 흑수말갈 기병을 이끌고 안시고을로 오라고 전하라. 사람 눈에 띄지 않게 갈대고개 뒤 골짜기에 머물며 내 명령을 기다리도록!"

"밤낮없이 말을 달려가겠습니다."

개코가 급히 떠난 후 달가와 이리매를 불렀다.

"임유관을 나온 후 우리보다 먼저 요동성에 간 상인이 있던가?"

"없었습니다."

"다행이군. 이리매 장군은 호위대를 이끌고 10리 앞서 달려가 사신의 귀국을 요동성에 전하지 못하게 막아라. 상인들은 우리를 뒤따르게 하여 요동성에 도착할 때까지 비밀이 유지되어야 한다. 이제부터 호위대장 깃발을 내리고 달가가 지휘를 맡는다. 달가, 아흐레 뒤 요동성에 닿으면 우리 임무는 끝나고 호위군사도 해산하게 될 테니 믿을 만한 군사를 은밀히 모으게."

자무는 양만춘의 뜻에 따라 안시고을의 장사(長史)를 맡아 오랫동안 병석에 누워 있던 장인(丈人) 어 성주를 대신하여 고을을 다스렸다. 자무 암살은 반란이고 양만춘에 대한 정면 도전이었다. 자무의 죽음을 듣자 개혁을 하기가 얼마나 어려운지 새삼스럽게 깨달았다.

'자무 님은 나를 대신해서 개혁하려다가 죽었다. 그 희생을 결코 헛되이 할 수 없다. 이것은 그 사명을 이어받아 완수하라는 하늘의 명령이 분명하다. 망설이지 않고 무거운 짐을 떠맡아 모든 것을 바치겠다. 피를 흘려야 한다면 목숨을 걸고 싸우겠고, 필요하다면 가족의 평화와 행복까지도 기꺼이 버릴 테다. 힘껏 노력해도 개혁을 이루지 못한다면 그것은 내 능력이 부족한 탓일 뿐.'

귀국하는 하루하루가 너무나 길게 느껴졌다. 사신이 요동성에 도착하기 전날 밤 양만춘은 남몰래 정사(正使)를 찾았다.

"온문 대인님, 안시고을에 변고가 생겨 급히 돌아가 이를 수습해야겠습니다. 소장이 대인을 모시고 평양성까지 수행함이 도리인 줄 아오나 넓으신 마음으로 헤아려 주십시오."

"자네 도움으로 사신 임무를 무사히 마쳤네. 본래 호위 임무는 요동성까지가 아니던가. 걱정 말고 반란부터 수습하게. 폐하께 잘 말씀드릴 테니 급한 일을 마무리 짓고 평양성으로 오게."

사람 좋은 온문은 따뜻하게 위로하였다.

저녁 무렵 사신이 요동성 서문에 닿았을 때 그 행렬을 향해 달려오는 젊은이가 있어 이리매가 데리고 왔다. 자무의 아들은 아버지가 죽은 후 해성에는 피바람이 불고 있다고 울면서 하소연했다.

양만춘이 사신을 접대하는 연회 자리에서 슬그머니 빠져나와 어둠이 덮인 요동성 서문 밖으로 달려갔더니 달가와 3백여 명 기병이 모여 있었다. 그를 따르기로 맹세한 병사를 둘러보았다.

"여러분, 우리는 새벽이 되기 전에 해성(海城)에 닿아야 하오. 지금 바로 출발하겠소. 이리매 장군은 100명의 기병을 이끌고 나를 따르고, 달가는 나머지 기병을 거느리고 해성에서 외부로 통하는 모든 길을 막으라."

그는 이를 악물고 굳게 결심했다.

'위기는 바로 기회다. 이번 일을 계기로 안시고을의 얽히고설킨 매듭을 깨끗이 끊어버리리라.'

해성 북문을 지키던 니루 금모루는 먼동이 트기도 전 느닷없이 들이닥친 기병대를 보고 깜짝 놀랐으나, 기병대 선두에 선 양만춘을 보자 황급히 문을 열고 경비군사를 모아 꿇어 엎드렸다.

"금모루! 목책 문을 굳게 지켜라. 내 명령 없이는 누구도 통과시키지 않도록."

"넷, 남문을 지키는 목도루에게도 즉시 명령을 전하겠습니다."

양만춘은 이리매에게 감옥에 갇힌 벼슬아치를 풀어 준 후 안시고을 정청(政廳, 행정 사무를 보는 건물)을 지키라고 명령하고 성주 저택으로 들어갔다. 병석에 누워있던 늙은 성주는 외동딸 연실의 부축을 받아 침대에 일어나 반가운 얼굴로 반겼으나, 살날이 얼마 남지 않았음을 한눈에 보아도 느낄 수 있었다.

"이렇게 무사히 돌아왔으니 … 편안히 … 눈을 감겠네 … ."

"왜 이렇게 늦었어요? 당신 없는 동안 흉측한 일이 일어났어요."

아내는 양만춘을 보고 울먹이며 투정했다.

"이제 내가 왔으니 안심하구려."

핼쑥하게 여윈 아내의 모습에 가슴이 아팠다.

해성 망루 종소리가 요란하게 울려 해성에 거주하는 벼슬아치와 니루 이상 군 지휘관을 비상소집했다. 해가 떠오르기도 전에 고을 벼슬아치들이 모두 정청(政廳)에 모여들었다. 수비대장 구루는 뒤늦게 옷도 제대로 갖추어 입지 못하고 달려왔다.

“대모달님께서 연락도 없이 어찌 이렇게 빨리 ….”

구루는 양만춘을 보자 깜짝 놀란 얼굴로 인사말을 우물거렸다. 묵묵히 구루를 쳐다보다가 무겁게 입을 열었다.

“수비대장은 자무 님의 살인범을 체포했소?”

“아직 범인을 찾지 못해서 ….”

“고을을 다스리는 가장 높은 벼슬아치가 암살된 지 스무날이 지났는데 아직도 수사 중이란 말이오?”

“…… .”

수비대장이 말을 잇지 못하자 정청에 모인 사람들은 찬물을 끼얹은 듯 무거운 침묵에 짓눌렸다.

“감찰관 여지, 그대는 스승이 죽었음에도 여태껏 무엇을 하고 있었단 말인가?”

여지는 무릎을 꿇고 양만춘을 우러러보더니 굵은 눈물방울을 떨어뜨렸다.

“내가 직접 범인을 밝혀내겠소. 그대들은 자기 할 일도 못했으니 집에 돌아가 명령이 있을 때까지 근신하시오!”

흑수말갈 기병이 밤낮을 가리지 않고 달려와 갈대고개에 닿았다는 전령이 왔다. 양만춘은 고개 아래 숲속에 숨어 있도록 지시한 다음 안시고을 모든 촌장에게 해성에 모이라고 명령했다.

정청에 수사본부를 차려놓고 해성 포교(捕校)와 자무의 제자들을 심문하는 자리에 그동안 행방을 알 수 없던 자무의 호위병이 부상당한 몸으로 나타났고, 근신명령을 받은 감찰관 여지의 하인이 암살에 관한 조사자료를 가져왔다. 수사가 급속히 진행되던 때 임시로 수비대장을 맡은 달가가 급히 달려와 보고했다.

"근신하던 구루와 자무 님 암살 후 장사 대리(代理)를 맡았던 하우매가 자취를 감추었고, 몇몇 니루도 도망쳤습니다. 대모달님, 이번 기회에 반역의 무리를 뿌리까지 뽑아 깡그리 없애버립시다."

"아니다. 썩은 과일은 버려야겠지만, 반란에 가담했더라도 쓸 만한 인재라면 끌어안아야 한다."

양만춘은 누가 자무를 암살했는지 짐작하고 있었다.

연실 아가씨와 결혼 때부터 한사코 반대했던 성주의 친족 그리고 양만춘의 뜻에 따라 자무가 개혁을 시행하자 강력히 반발했던 지방 호족(豪族)이 암살에 관련되었음은 틀림없었다. 그러나 구루의 행동은 뜻밖이었다. 일찍이 돌궐과 서역에서 생사를 함께했던 심복(心服)이고, 연실 아가씨와 결혼을 누구보다 기뻐했던 안시고을 젊은 싸울아비의 우두머리였다. 믿었던 도끼에 발등이 찍혔기에 어두운 얼굴로 천정을 쳐다보다가 금모루를 불렀다.

"즉시 천산 싸울아비촌 장로(長老)를 뵈옵고 내 말을 전하라. 모든 젊은이를 이끌고 즉시 해성으로 오시라고."

그의 얼굴은 얼음같이 굳어 있었다. 모든 군사에게 전투명령을 내리고 금모루가 돌아오기를 초조하게 기다렸다.

안시고을 싸울아비는 양만춘에게 우호적이었고 개혁에도 찬성했다. 다만 오랫동안 지방호족과 끈끈한 관계를 이어왔고, 이곳 출신 구루의 강력한 지지자였다. 이들이 어떤 선택을 하는가에 따라 얼마나 피가 흐를지 가늠할 수 있을 터였다.

해가 지고 어두움이 짙어갈 무렵 한 무리 싸울아비가 해성 북문으로 다가오는 걸 보고, 양만춘이 목책 문을 활짝 열고 나갔다.

긴 지팡이를 든 장로가 무리에서 나와 무릎을 꿇자 급히 달려가 늙은 싸울아비를 일으켜 세우고 얼싸안았다.

"감사합니다, 장로님. 많은 피가 흐르지 않게 되었군요."

늙은 싸울아비는 호탕하게 웃으면서 익살을 부렸다.

"싸울아비란 질 게 뻔한 쪽에는 붙지 않습니다. 전광석화 같은 대모달님에게 두려움을 갖지 않을 싸울아비가 어디 있겠소이까!"

웃음을 그친 늙은이는 하늘을 우러러보며 탄식했다.

"대모달님, 싸울아비란 본래 의리에 약하고 우직(愚直)하지 않습니까. 제 막내를 비롯해 몇몇 젊은이가 다른 길을 택했지만 부디 저들에게 자비를 베풀어 주시기 바랍니다."

그는 묵묵히 고개를 끄떡이며 한숨을 쉬었다.

길고 긴 하루가 끝나고 밤이 되었으나 되도록 피를 적게 흘리며 반란을 진압해야 할 양만춘은 휴식을 취할 시간조차 없었다.

날이 밝기도 전 해성 북문 밖에 완전 무장한 수많은 병사가 대오(隊伍)를 지었다.

"반란군은 겁쟁이만 모인 오합지졸(烏合之卒)이다. 우두머리만 사로잡으면 뿔뿔이 흩어질 게다. 나는 흑수말갈 기병대를 이끌고 반란의 심장을 깨부숴 버리겠다. 금모루는 고을 병사를 이끌고 반란에 가담한 마을을 평정하고, 달가는 호위대 300명으로 이를 지원하라. 달가와 금모루는 명심하라. 반란을 일으켰더라도 저들은 안시고을 백성이다. 그대 임무는 아직도 촌장을 보내지 않은 마을을 평정하고 반란자를 진압하는 것이지만 섬멸시키라는 건 아니다. 반항하는 자는 제압해야겠지만, 강력한 저항을 만나거든 진격을 멈추고 나에게 보고하도록. 고을 군사와 호위대는 즉시 출발하라!"

뒤이어 아라하치와 로보를 불렀다.

"자네들은 내 주먹이다. 명령이 떨어지면 폭풍같이 빠르게 돌진하라. 적에게는 과감하게 그러나 백성을 해치지 않게 명심하라!"

"저희는 대추장님 마음을 잘 아오니 조금도 염려 마십시오."

로보가 빙그레 웃으며 다짐하자 아라하치도 고개를 끄덕였다.

"공격을 받지 않는 한 명령 없이 주먹을 쓰지 않겠습니다."

어수오 부자(父子)는 성주가 양만춘을 데릴사위로 맞자 그때부터 뜻을 같이하는 호족들과 힘을 모아 남몰래 한판 싸움을 준비해왔다. 그러다가 장사가 되지 못한 데에 원망을 품은 구루를 포섭했다.

드디어 기회가 왔다. 부소로부터 양만춘이 당나라에 붙잡혀 쉽게 돌아오지 못할 것이란 비밀편지를 받자, 행동을 개시해 자무를 암살하고 고을을 손아귀에 넣었다. 그러나 일장춘몽(一場春夢)이었다. 뜻밖에 양만춘이 귀국했다는 보고를 받고 하루도 지나기 전에 흑수말갈 기병대가 물밀듯이 그의 거성(居城)으로 달려오자, 날벼락을 맞은 듯 놀랐다. 혼비백산(魂飛魄散)해 어쩔 줄 모르는 어수오에게 아들 천존이 맞서 싸울 것을 주장했다.

"아버지, 지난 10년 동안 끊임없이 병사를 훈련하며 철통같은 방어시설도 갖추었고 성 뒤에 천산도 험하니, 그자가 아무리 뛰어난 장수라 해도 쉽게 빼앗지 못할 겁니다."

흑수말갈 기병대가 눈앞에 나타나자 수비병은 잔뜩 겁을 먹고 뿔뿔이 흩어져 달아나 버렸다. 어수오 부자와 그를 따르던 촌장들도 할 수 없이 천산(千山) 험한 산기슭으로 도망쳤다.

어느 쪽에 붙어야 할지 머뭇거리던 자들은 달가와 금모루가 이끄는 군사가 몰려오자 서둘러 마을 앞에 나와 엎드려 촌장회의에 참석하지 못한 잘못을 빌었다. 어떤 마을은 끝까지 저항하자고 주장하는 형을 묶어와 항복을 청하거나, 고집 센 아비를 버리고 탈출하기도 했다.

양만춘의 뜻에 따라 달가와 금모루는 저항하는 마을을 만나도 천산 쪽으로 도망칠 길을 열어두고 마을을 둘러쌌기에 반란의 뜻을 굳힌 자 대부분은 그들의 근거지를 버리고 천산 동쪽 산속에 있는 오두미교 마을로 모여들었다.

저녁 무렵 천산 동쪽 기슭의 험준한 산골 마을을 제외하고 모두 평정했다는 보고를 듣고 있는데, 한 떼의 젊은이가 숨어 있던 구루와 하우매를 사로잡아 왔다. 이제 어수오 부자와 오두미교 무리만 남았다.

천산 기슭 계곡을 내려다보는 언덕 위에 작은 절이 있었다.

이리매는 이틀 동안 강행군으로 피곤에 지친 양만춘을 위해 이 한적한 곳을 숙소로 삼았다. 어떻게 피 흘리지 않고 오두미교 마을을 소탕할까 잠을 이루지 못하다가 새벽녘에야 풍경소리를 들으며 얼핏 선잠이 들었다.

어스름 달빛 아래 검은 그림자가 법당(法堂) 담벼락 그늘에 달라붙었다. 주위를 살피던 그림자가 소리 없이 담을 넘어 어둠 속으로 녹아들더니, 순찰 돌던 병사가 다가오자 입을 틀어막고 단검으로 심장을 찔렀다. 세 명의 그림자가 불탑 뒤 어둠 속에 숨어 절 앞마당에서 화톳불을 쬐고 있던 파수꾼들을 감시하는 사이에 홀쭉이와 땅딸보가 법당 뒷문으로 다가와 방 안의 기척을 살폈다.

양만춘의 숨소리를 듣고 깊이 잠든 것을 확인한 암살자들은 소리 없이 문을 열고 방 안으로 들어섰다. 차가운 밤바람에 얼핏 잠을 깬 양만춘은 잠결에도 본능적으로 위험을 느끼고 머리맡에 두었던 검을 뽑아 그림자를 향해 휘두르며 일어났다.

"쨍그랑" 하는 쇳소리와 함께 양만춘의 칼이 허공으로 날아가자 땅딸보는 미소를 머금더니 그의 머리를 향해 칼을 내리쳤다. 그 순간 어디선지 수리검(手裏劍)이 날아와 땅딸보의 목을 꿰뚫었다. 홀쭉이가 방문을 박차고 도망치는 걸 보고 급히 외쳤다.

"죽이지 말고 사로잡으라."

소란이 벌어지자 탑 그늘에 숨었던 세 명의 암살자가 법당 앞문으로 달려왔고 앞마당 파수꾼들이 뒤쫓았다. 어둠 속에서 연이어 날아온 수리검이 검은 옷을 입은 암살자 손목에 꽂혔다.

"내 목숨을 구해준 분이 누구신지 모습을 보고 싶소."

양만춘이 정신을 차리고 파수꾼에게 등불을 켜게 했다. 아직도 소년 티가 남아 있는 젊은이가 천장에서 뛰어내려 와 한쪽 무릎을 꿇고 군례(軍禮)를 올렸다.

"처음 보는 젊은이로군. 그대는 누구인가?"

"다로입니다. 해오름 장로께서 안시고을 변고를 들으시고 대모달님을 지켜드리라 해서 달려왔습니다. 다행히 늦지 않았군요."

다로는 우러러보며 빙긋 웃었다.

"대모달님께서는 기억하지 못하시겠지만 저는 뵈온 적이 있습니다. 어렸을 때 고아가 되어 무명 선사님께 은혜를 입었었지요."

"그럼 요동성 밖 구호소에서 보았던 어린 사미(沙彌)란 말인가."

양만춘이 깜짝 놀라면서 다로의 등을 쓰다듬었다.

"고맙네. 앞으로도 내 곁에 머물러 지켜주게나."

"감사합니다. 저를 자식처럼 거두어 주십시오."

천산 험준한 산기슭에 자리 잡은 오두미교 마을은 안시 통치권이 제대로 미치지 않는 고장이었다. 이곳은 천산에 가로막혀 해성보다 백암성에 가까웠고, 깊은 숲속이라 숯 굽는 사람만 살았다.

언젠가부터 여러 사정이 있어 제 고장에서 살기 어려운 사람이나 범죄자가 모여 화전(火田)을 일구며 살았는데, 오두미교(五斗米敎)•가 이곳을 파고들면서 독특한 종교집단을 이루었다.

양만춘은 화전민촌이 그의 통치를 거부하고 어린이 교육을 위한 경당조차 외면해 골머리를 앓았는데, 극단적으로 평등을 주장하던 종교집단이 정반대로 탐욕스럽게 백성을 착취하고 기득권을 지키려는 어수오 무리와 왜 어울렸는지 믿기지 않았다.

숲속 전투의 참혹함을 잘 알기에 어찌해야 손쉽게 평정할까 고심하던 중 정탐하러 갔던 개코가 사로잡혔다는 소식이 들려왔다.

개코는 개마고원에서 만나 20년 동안 함께 지내 정이 깊은 부하였다. 어떤 대가를 치르더라도 살리고 싶어 싸움을 멈추고 개코를 구하기 위해 온갖 노력을 기울였다.

오두미교 우두머리가 보낸 사자는 포로 교환을 위한 모든 조건을 거부하고 화전민촌의 완전한 자치를 요구하면서 오늘 중에 천산 지역 모든 군사를 철수시키라는 최후통첩을 보냈다.

사로잡은 오두미교 간부를 풀어 주면서 협상을 계속하려는데, 포로가 되었던 병사가 나무상자를 가지고 돌아왔다. 상자 속에는 무참하게 짓이겨진 개코의 목이 들어 있었다.

양만춘은 격분하여 아라하치와 로보에게 소리쳤다.

• 오두미교는 도교(道敎)의 한 분파(分派). 도교는 노자를 교주로 삼았으나 노자 사상과 그다지 관계가 없고, 중국 민중의 기복(祈福) 신앙을 바탕으로 하는 토속(土俗) 종교임. 고대에는 난세(亂世)가 되면 황건적같이 민중봉기를 부채질하는 정치세력 집단이 되기도 했고, 당나라 때는 노자가 황실과 같은 이씨(李氏)라 하여 국교로 보호받았음.

"즉시 진격해 오두미교 놈들을 한 놈도 남김없이 모두 박살내어라! 나머지 병력도 이들을 포위해 도망칠 길을 막아라."

무시무시한 숲속 전투가 사흘이나 계속되어 천산 동쪽 산기슭 화전민 마을은 깡그리 불타고 반란은 평정되었다. 달가는 험준한 봉우리의 요새에서 끝까지 저항하던 어수오와 그를 따르던 토호의 무리를 사로잡았고, 이리매 정찰대 조장(組長) 온사문(溫沙門)이란 어린 싸울아비가 도망치던 천존을 묶어 왔다.

로보는 명령받은 대로 저항하던 오두미교 신도를 무참하게 몰살시켰으나, 아라하치는 촌장을 비롯해 적지 않은 화전민을 사로잡아 왔다. 잿더미가 된 처참한 광경을 보니 무척 가슴이 아팠다.

'내가 분노에 못 이겨 이렇게 몹쓸 짓을 저지르다니!'

구루가 끌려 나와 고개를 숙이고 눈물을 흘렸다.

"자무 님을 지켜야 할 수비대장이 오히려 반역에 가담하다니."

구루가 울먹이다가 말문을 열었다.

"대모달께서 저를 형제처럼 아껴 주시어 장사로 추천하실 줄 믿었다가 자무가 되자 원망하는 마음이 들어 어수오 꾐에 빠졌습니다. 믿음을 저버린 제가 어찌 살기를 바라겠습니까."

애처로운 구루의 호소를 듣자 목 메인 목소리로 말했다.

"잘 가시게 구루, 자식 걱정은 하지 말고…."

되돌아서서 눈물을 닦다가 소리쳤다.

"도부수(사형집행관)는 어디 있는가, 군법을 집행하지 않고…."

양만춘이 정(情)에 못 이겨 눈물을 흘리면서도 구루를 처형하자 죄수들은 낯빛을 잃었다.

반란을 평정하자 양만춘은 삼촌 어수오와 사촌 오라버니 천존의 목숨만은 살려달라는 아내의 애원에 시달렸다. 그러나 많은 사람이 반란으로 죽었는데, 자무를 암살하고 양만춘을 습격했던 흉악범이 그들에게 살인명령을 내린 자가 어수오와 천존이라고 자백했거늘 어찌 반란을 일으킨 주범을 살려줄 수 있으랴.

"반란의 우두머리 어수오는 할 말이 있는가?"

어수오는 이미 죽음을 각오했으나 양만춘의 아내 연실이 그들의 목숨을 살려달라고 애원함을 잘 알고 있었다. 한 가닥 희망은 아들 천존이 살아남는다면 언젠가 이 치욕을 갚을 날도 있으리라.

"내 죄를 인정하오니, 자비를 베풀어 가문의 제사가 끊기지 않게 해 주시오."

눈을 감고 있던 양만춘이 입을 열었다.

"법은 누구나 똑같이 적용되어야 하오. 정의와 원칙이 무너지면 이미 법이 아니오. 죄인은 큰 죄를 저질렀으나 귀한 신분이니 스스로 목숨 끊을 것을 허락한다. 결박을 풀고 단검을 주어라."

천존을 비롯한 살인자를 참형(斬刑)에 처하고 반란에 적극 가담한 자는 법에 따라 벌을 주었다. 재판정을 지켜보며 울먹이던 그의 아내는 끝내 정신을 잃고 쓰러졌다가 하녀의 부축을 받고 나갔다.

양만춘은 천산 오두미교 마을의 참혹했던 모습이 떠올랐기에 그 신도의 처벌에는 마음이 약해졌다. 끝까지 저항하다가 포로가 된 자들에게 노비(奴婢)가 되거나 흑수(黑水) 지역 개척민으로 가는 길을 선택하도록 자비를 베풀었다. 그리고 자유민 이주자와 똑같이 2년 동안 먹을 것과 정착에 필요한 지원을 약속했다.

안시고을에 평화가 돌아오자 숨어 있던 자무의 한 제자가 찾아와서 서신을 바쳤다.

자무는 암살되기 전 그의 죽음을 예감했던 것일까. 밀봉(密封)된 유언장에는 천산의 현인(賢人) 돌고를 꼭 모시라는 부탁과 함께 그의 뒤를 이을 후계자로 재주가 뛰어난 오준과 결단력이 강하고 심지(心志)가 굳은 제자 저유를 추천했다.

양만춘은 물불 가리지 않고 개혁을 밀어붙일 뚝심을 가진 인재가 필요해 저유를 차사(次史, 장사 다음 계급)로 임명하려 하자, 미천한 집안 출신이고 젊은 날 거친 삶을 살았기에 흠이 많아 주위에서 거센 반대가 일어났다. 그는 고을 대표자회의에 나가 설득했다.

"지혜는 빌릴 수 있고 유능한 자도 구하기 쉬우나 개혁을 맡길 만한 사람은 찾기 어렵소. 나는 성인군자가 아니라 고을을 잘 다스릴 인재를 뽑으려는 것이오. 지난날 잘못만 꼬집지 말고 저유가 차사를 맡아서 안 될 이유가 있다면 밝히시오."

개혁을 두려워하는 무리가 양만춘의 발목을 잡으려고 겉으로 그럴 듯한 명분을 내세우면서 반대했지만, 망설임 없이 저유를 임명하고 자무의 뒤를 이어 개혁정책을 펼치게 했다.

천산방벽 千山防壁

안시고을에 먹구름이 걷히고 개혁의 수레바퀴가 제대로 돌아가자 양만춘은 태왕을 알현(謁見)하려 길을 나섰다.

631년 토끼해(영류태왕 14년) 살수를 건너 안주성(安州城) 앞 경관(京觀)에 이르렀을 무렵 한 무리 성난 군중을 만났다.

당나라 사신으로 온 광주사마(廣州司馬) 장손사(長孫師)가 태왕에게 수나라 전사자 위령제(慰靈祭)를 지내는 것을 허락받고, 이를 빌미로 경관(京觀)을 훼손했기 때문이었다. 경관은 수나라와 싸움에서 전사한 영령(英靈)을 모신 거룩한 땅이고, 살수대첩의 위대한 승리를 기리는 기념탑이며, 고구려 싸울아비의 자존심이었다. 사신이란 자가 감히 이 성스러운 곳에 손을 대다니.

소식을 듣고 구름같이 모여든 성난 군중이 경관을 훼손한 놈을 쳐 죽여야 한다며 살벌한 기운이 감돌자, 눈에 보이는 게 없다는 듯 거들먹거리던 장손사도 얼굴이 새파래졌다. 안주성 성주가 수비병을 이끌고 달려와 해산시키려 애썼으나 군중의 분노가 높아가자 어쩔 줄 몰라 쩔쩔매고 있었다. 성급한 젊은이들이 장손사가 데리고 온 인부를 둘러싸고 주먹질하기 시작하니 군중이 술렁거리며 곧 폭동이 일어날 듯 분위기가 험악했다.

양만춘은 사정을 듣고 울컥 화가 치밀었으나 당나라 사신을 해치면 어떤 일이 벌어질지 걱정하지 않을 수 없었다. 그는 겁 없이 이따위 짓을 저지른 장손사도 못마땅했고, 일이 이렇게 커지도록 무책임하게 내버려둔 성주도 밉살스러웠으나 눈앞에 벌어지는 참사를 막아야 했다.

"여러분, 진정하시오. 나는 대모달 양만춘이오. 우연히 길을 지나다 이런 가슴 아픈 일을 보게 되었구려. 나도 여러분과 똑같이 피가 거꾸로 솟고 있소. 그러나 잠깐 멈추고 생각해 봅시다. 비록 큰 잘못을 저질렀지만 평화로운 시절 남의 나라 사신을 해칠 수 없는 노릇이오. 여러분의 분노를 보고, 사신도 정신이 번쩍 들었을 것이오. 내가 사과를 받아낼 테니 해산해 주시오."

간신히 군중을 달랜 양만춘이 장손사에게 다가가 항의했다. 장손사는 목숨의 위협을 느끼고 하얗게 질렸다가 위험이 사라진 걸 알자 다시 기(氣)가 살아나 오랑캐 백성이 분수도 모르고 대국(大國) 사신을 모욕했다며 펄펄 뛰었다.

"장손사 장군, 그대는 사신이기 전에 많은 병사를 거느렸던 무인이오. 무인이란 만일에 대비하며 걸음걸이조차 조심스러워야 하거늘, 지금 그대 모습을 황제께서 본다면 어떻게 생각하시겠소. 여기는 고구려 땅이오. 그대가 대인(大人)이라면 남의 나라에 평화사절로 와서 이따위 만용(蠻勇)을 부리지 않을 듯싶구려."

유창한 중국어로 젊잖게 타이르는 양만춘의 말에 장손사도 부끄러움을 느끼고 입을 닫았다. 그는 혼이 나서 여러 성에서 베푸는 대접도 사양한 채 고구려 병사 호위를 받으며 도망치듯 귀국했다.

평양성에 도착한 양만춘은 고정의를 찾아갔다. 장손사의 경관 훼손을 들은 고정의는 심각한 표정으로 변했다.

"그렇잖아도 작년 9월 당나라에 봉역도(封域圖)를 바친 일로 젊은 싸울아비들이 굴욕 외교라며 분노하는데, 이 일이 알려지면 불에 기름을 끼얹는 꼴이 될 테니 큰 소동이 벌어지겠군."

"그렇습니다. 봉역도란 우리 통치권이 미치는 범위를 표시한 지도인데, 당나라에 영토 확장의 야심이 없다는 것을 알린 것까지는 좋으나 요서 땅에 대한 우리의 영토권(領土權)을 포기한 꼴이어서 요동 싸울아비의 움직임도 심상치 않습니다."

"말 타면 경마 잡히고 싶다더니 기고만장(氣高萬丈) 해도 분수가 있지, 봉역도를 바친 지 몇 달 되었다고 경관을 훼손하는 무례한 짓을 한단 말인가."

고정의가 걱정스러운 얼굴로 쳐다보다가 화제를 돌렸다.

"안시고을 변고를 잘 매듭을 지었다니 비 온 뒤 땅이 굳는다고 전화위복이 될 걸세. 그런데 당나라에 가 보니 어떻던가?"

"그 때문에 찾아왔습니다. 지금 당나라는 겉으로 평화를 내세우지만 두려울 만큼 큰 힘을 갖고 있습니다. 다시 전쟁이 일어난다면 수나라 침략과 비교할 수 없는 재앙이 닥칠 것입니다. 폐하를 뵈옵고 방어대책을 세우도록 건의해야겠습니다."

고정의는 신음소리를 내뱉다가 입술을 깨물며 고개를 끄덕였다.

"그렇게나 심각하던가. 화평파 대신 중에는 그래도 태대형 온문이 말이 통하니 매달려 보게. 어떻게 해서라도 태왕폐하를 직접 뵙고 말씀드릴 기회를 만들어 줄 걸세."

태왕은 장손사의 무례한 행동에 잔뜩 화가 나 있었다. 양만춘이 당나라에서 보고 온 것을 이야기하자 심각한 얼굴로 듣다가 입을 열었다.

"당나라 정규군 지휘관 반을 돌궐 무사가 차지한다고 했는데, 전쟁이 나면 어떤 상황이 벌어질까?"

"지난번 수나라와 싸움을 앞두고 을지 대원수께서 가장 염려했던 게 돌궐 기병대 참전이었는데, 지금 그 악몽이 현실로 나타났습니다. 다시 전쟁이 일어난다면 강력한 돌궐 기병대 때문에 우리 기병대가 적 후방 요서(遼西)에서 유격전을 펼쳐 적 군량수송을 막을 수 없을 겝니다.

그뿐 아닙니다. 요동의 우리 성은 가깝게는 40리, 멀게는 100리나 서로 떨어져 있습니다. 이 성들을 하나로 묶어 쇠사슬같이 굳센 방어체제를 유지하려면 적보다 강한 기병이 있어야 할 텐데, 돌궐 기병대가 몰려온다면 우리 방어진이 제구실을 못 하고 고립되어 각개격파(各個擊破) 당할까 두렵습니다."

영류태왕〔建武〕은 일찍이 수나라 내호아 대군을 격멸했던 전쟁 영웅이어서 누구보다 방어 작전에 대한 이해가 빨랐다.

"그 외에 다른 불리한 여건은 없는가?"

"싸움을 제대로 알지 못했던 수양제와 달리 당태종은 통일전쟁 때 전쟁영웅이었고, 당나라 군은 10년에 걸친 내전(內戰)에서 단련된 용사들입니다. 더구나 지금까지 한 번도 정복하지 못했던 북방 유목민족 돌궐을 정복해 사기가 왕성합니다."

태왕은 한숨을 쉬면서 한탄하듯 내뱉었다.

"경의 말을 듣고 있자니 전쟁이 일어나면 적군을 막지 못한다는 소리처럼 들리는구먼."

"아니옵니다. 올바른 대비책을 세우면 능히 막을 수 있습니다. 적을 알고 나를 알면 백 번 싸워도 위태롭지 않다는 전훈(戰訓)이 있지 않습니까."

"그럼 어떤 대책을 세워야 할까?"

"우리는 나라를 지키기 위해서라면 죽음도 두려워하지 않는 싸울아비가 있고, 요동의 혹독한 겨울추위와 험준한 산천이 있습니다. 천산산맥에 강력한 방어진지를 세워 여러 성의 뒤를 받쳐주면서 추위가 올 때까지 지연작전을 펼친다면 승산이 있습니다."

"그렇다면 만리장성이라도 쌓자는 말인가?"

"우리는 그렇게 많은 사람을 동원할 여유도 없고 그럴 필요도 없습니다. 다만 천산을 넘는 고개와 협곡의 험한 산길〔隘路〕을 요새화하고, 천산 방어벽과 전략적으로 중요한 요동의 성들을 서로 연결시켜 적을 요동 땅에 묶을 수 있다면, 지난날처럼 바로 평양성까지 몰려오는 일이 없을 것입니다. 군량이 떨어지고 추위가 닥쳐와 풀이 마르면 적군이 어찌 힘을 쓰겠습니까. 그때 우리가 열 배 백 배로 갚아 주어야지요."

"그 당시 수양제 별동군 30만 중 우중문이 이끌던 요서군은 험준한 천산 고갯길을 피해 해성(海城) 방향으로 진군해서 마자수를 건너 평양성에 몰려오지 않았던가. 그에 대한 대비책은 있는가?"

"천산방벽이 완성되면 해성이 우리 방어선의 약점이 됩니다. 해성에서 오골성으로 가는 천산 남쪽을 넘는 길은 멀리 둘러가지만 고갯길이 그리 험하지 않으니까요. 적군 진격로 길목인 안시고을 안에 오래전부터 눈여겨보았던 좋은 성터가 있습니다."

"해성 근처에 새로 성을 쌓자는 말이로군. 그러자면 엄청난 비용이 필요할 텐데."

"폐하께서 안시고을의 10년간 부역을 면제해 주시면 스스로 세워볼까 합니다."

"짧은 시일에 튼튼한 성을 세우는 게 그리 쉬울까? 좋네. 그곳에 난공불락(難攻不落)의 안시성(安市城)을 세운다면 그동안 부역뿐 아니라 세금까지 면제해 줄 테니 짐의 믿음을 저버리지 말라."

"감사합니다. 폐하의 뜻을 받들어 소장은 적의 어떤 공격에도 버틸 수 있는 성을 세우겠나이다."

"양 대모달, 경은 당나라 침략에 대해 깊이 연구한 듯하니 천산산맥 방어계획을 구체적으로 세워주게. 경의 계획을 바탕으로 천산방벽(천리장성)•을 쌓도록 하겠네."

태왕은 양만춘같이 미더운 무장이 있어 마음이 든든하고 흡족했다. 대궐 안 연못가 누각에 술상을 차리도록 분부하고 황금 술잔에 손수 술을 따라 권하며 물었다.

"경은 앞날을 내다보는 지혜를 가졌으니 나라를 위해 좋은 의견이 있으면 짐을 깨우쳐 주기 바라노라."

"폐하, 나라를 지키는 데 강한 군사와 튼튼한 성도 필요하지만

• 《삼국사기》 고구려본기에서는 영류태왕 14년 2월부터 무려 16년 동안 부여성에서 바다에 이르기까지 천리장성을 쌓았다고 기록하고 있음. 이 기록의 문제점에 대해서는 4권 《황금삼족오》 깊이 읽기를 참조.

가장 으뜸은 좋은 정치입니다. 뛰어난 인재를 뽑아 바르게 다스리어 백성을 하나로 뭉치게 하고, 풍족하게 살게 하소서. 또한 간절히 바라기는 신라와 싸움으로 국력을 낭비하지 마소서. 소신의 어리석은 생각으로는 삼한(三韓)을 통일하기 위한 전쟁이 아니라면 동족 간 피 흘리는 일은 부질없으니, 신라와 백제가 서로 견제하도록 하시고 이들과 화평을 유지하여 당나라와 전쟁 때 후방의 근심을 덜어야 할 것입니다."

"그렇다면 신라에게 빼앗겼던 아리수(한강) 유역 죽령(竹嶺) 이북 땅을 그대로 두고 보자는 말인가?"

"그렇사옵니다. 역사를 살펴보면 중국 통일왕조가 밖으로 세력을 뻗는 때는 50~60년에 불과하고 그 후는 나라 안 문제에 얽매여 밖을 돌아볼 겨를이 없었나이다. 지금 이 어려운 시기를 잘 넘기고 국력을 길렀다가, 훗날 삼한을 통일해야 하옵니다."

부소를 비롯한 화평파는 천산방벽 건설을 한결같이 반대했다.

"이런 부질없는 일로 당나라와 평화가 깨어질까 두렵습니다. 더구나 평화로운 시절 백성을 부역에 동원하면 온 나라가 소란스러울 테니 통촉하시어 이 계획을 거두어 주시기 바랍니다."

조의두 대형 고정의가 일어나 반박했다.

"국방을 튼튼히 하는 건 평화로운 때라도 태만히 할 수 없을 뿐 아니라, 장손사의 경관 훼손을 살펴보니 당나라의 시커먼 속셈을 헤아리기 어렵습니다. 천산방벽 건설은 두 가지 이익이 있습니다. 만약의 사태에 대비해 국방을 강화하기도 하지만, 경관 훼손으로 전국에서 들고 일어나는 싸울아비 분노를 가라앉히고 흔들리는 민심도 다잡을 수 있으니 일석이조(一石二鳥) 입니다."

조정에는 화평파 대신이 많아 천산방벽을 쌓자는 논의가 더 이상 진전되지 않았다.

영류태왕의 화평정책은 황폐한 나라를 부흥시키고 나라를 지키려는 고민에서 시작되었지만, 평화의 단꿈에 빠져 본뜻을 잊어버렸다. 천산방벽을 쌓으려는 태왕의 뜻이 화평파 대신들의 반대로 어렵게 되었다는 소문이 돌자, 수나라 군사가 외성 안까지 몰려왔던 악몽을 경험했던 평양성 민심이 술렁거렸다.

싸움터에서 한 팔을 잃은 늙은 장수가 목소리를 높였다.

"나라는 백성의 삶을 지켜주는 방패이다. 뭐라고, 평화를 위해 당나라를 자극하지 말라고? 나라를 지키는 일이 어찌 파당(派黨)의 이해관계로 다툴 일인가! 전쟁이 나면 활과 칼로 적을 물리치고 성과 방벽이 우리 병사를 보호하지 얼빠진 잠꼬대나 하는 대신의 혓바닥으로 적의 화살을 막는 게 아니다."

수나라 전쟁에 참전했던 노병(老兵)들이 들고 일어나 중성(中城)의 원수부 앞으로 행진하자, 경관 훼손 사건으로 잔뜩 열이 올라 있던 젊은 싸울아비와 병사들도 이들에 가담했다.

"당나라가 무서워 우리를 지켜 줄 방벽 쌓는 걸 반대한다니 그따위 대신은 당나라로 쫓아 버리고 그 자식들로 국경을 지키게 하자. 당장 요하 전선 수비대로 보내라!"

성이 떠들썩해지자 다경문 밖 홍등가 여인까지 병사 꽁무니에 따라붙었다. 행렬을 지켜보던 화평파 대신의 아낙네가 그 꼴을 보고 이죽거렸다.

“참깨 들깨가 노니 아주까리도 춤춘다더니, 몸 파는 천한 갈보까지 야단법석이구먼.”

늙은 창녀가 대열에서 뛰쳐나와 입에 거품을 물고 삿대질했다.

“전쟁에 남편과 자식 잃고 이처럼 처량한 꼬락서니가 되었지만, 왕년에 나도 너처럼 비단옷 걸치고 거들먹거렸지. 우리야 이왕 버린 몸 되놈이라고 상대 못 할 것도 없다만 잘난 척하는 네년도 우리 틈에 끼일 테냐.”

온갖 흉흉한 소문이 떠돌자 두려움을 느낀 부소는 대대로에 취임하려던 계획을 포기했다.

631년 2월, 영류태왕은 서둘러 천산방벽을 건설하도록 하고, 지난 전쟁 때처럼 적 수군이 평양성을 공격하지 못하게 수군 함대를 증강하라는 어명(御命)을 내렸다.

안시성 축성 安市城 築城

젊은 시절부터 양만춘은 어떤 강한 적도 막아낼 철옹성(鐵甕城)을 세우고 싶었다. 중국과 고구려 여러 성을 둘러볼 때마다 그곳의 장점과 허술한 점을 눈여겨보면서 난공불락(難攻不落)의 성을 쌓는 꿈을 키워왔다.

해성에는 마을을 둘러싼 토성(土城)이 있어 옛 성터에 목책을 세워 이를 보강했다. 그러나 이 평지성(平地城)은 지대가 낮아 해성하의 홍수에도 피해를 입었고, 성을 고쳐 쌓더라도 대군을 막아내기는 어려운 지형(地形)이었다.

어 성주 사위가 된 후 안시고을 통치지역 안에서 새로 성을 쌓을 곳을 찾았으나 마음에 흡족한 성터를 찾지 못했다. 때때로 헛된 꿈을 좇고 있는 게 아닌가 싶어 절망하고, 다소 부족함이 있어도 적당한 곳으로 타협할까 하는 마음도 들었지만 자신을 모질게 채찍질했다.

'큰일을 이루려면 뜻을 높이 세워야 한다. 뜻이 있으면 길은 열리고, 온 힘을 쏟아부으면 언젠가 꿈은 이루어진다.'

양만춘이 원하는 성은 적군이 평양성으로 가려면 피해 갈 수 없는 전략적 요지(戰略的 要地)이고, 그 성터엔 반드시 샘이 있어야 했다. 단순히 좋은 우물이 아니라 땅속 깊이 흐르는 강(江)에 연결되어 극심한 가뭄에도 마르지 않을 수원(水源)이어야 했다.

사막을 건너면서 물의 귀함을 뼈저리게 느꼈기에 철옹성의 으뜸 조건은 물이었다. 그러나 적군이 피해갈 수 없는 길목에서 그런 멋진 샘을 찾는다는 게 어찌 쉬운 일이랴.

양만춘은 고창국(高昌國, 투르판) 카레즈(지하수로)에 흘러넘치던 물에 깊은 인상을 받아 그 나라에서 우물 파는 최고기술자를 초청했다. 고창국과 안시고을 기술자들이 3년을 헤맨 끝에 사철하(沙鐵河) 기슭에서 땅 속을 흐르는 강물줄기를 찾아냈다.

말발굽형 계곡 안 산중턱에서 폭포같이 쏟아져 내리는 물세례를 맞으며 양만춘은 덩실덩실 춤을 추었다. 이 물이라면 몇만 명이 먹고 남을 풍부한 샘물이었다. 드디어 꿈에 그리던 성터를 찾았다. 그는 즉시 이 산기슭 일대 땅을 사들여 말을 기르는 목장으로 만들고 사람 왕래를 금지시켰다.

성터를 마련했다고 당장 성을 세울 수 있는 건 아니었다. 성을 쌓으려면 엄청난 돈과 노동력이 필요하기에 그가 성주로 취임하는 날까지 엄두도 낼 수 없었다. 다만 결혼 날짜를 잡은 알뜰한 처녀가 미리 살림살이를 마련하듯, 성터 안 북쪽 산기슭에 큰 굴을 파서 식량창고를 만들어 진대법(賑貸法)에 따라 빌려줄 곡식을 저장했고, 그 안에 창과 칼을 만드는 대장간을 세워 미래의 안시성에 필요한 시설을 하나둘 준비해 나갔다.

어느 날 문득 혼자서 철옹성을 세울 수 없다는 사실을 깨달았다. 누군가 그의 뜻을 잘 헤아리는 자를 선발해 성 쌓는 일을 맡기고, 한 걸음 떨어져 감독자로서 살펴보며 부족한 점을 바로잡아야 흠 없는 성을 세울 수 있을 터였다. 싸움터에서 죽음과 맞서 본 싸울아비가 아니라면 좋은 성을 쌓을 수 없고, 단순한 싸울아비가 아니라 지혜로운 데다 비밀을 지킬 미더운 부하라야 해서 마땅한 인물을 구하기가 쉽지 않았다.

영류태왕 14년 2월 천산방벽을 쌓으라는 어명(御命)이야말로 오랫동안 꿈꾸어 왔던 안시성 축성(築城)의 신호탄이었다.

양만춘이 죽음을 앞둔 어 성주를 대신해 성주 대리로 취임하자,

성 쌓기에 걸림돌이 없게 되어 촌장과 고을 장로들을 불러 모았다.

"중요한 소식을 알려드리겠소. 폐하께서 천산방벽을 건설하면서 우리 고을에는 안시성을 쌓으라는 임무를 주시었소!"

그는 서둘지 않았다. 그해 3월 축성도감(築城都監)을 만들어 책임자로 온사문을 임명하고 농번기(農繁期)가 끝난 후 공사를 시작했다.

온사문(溫沙門)은 당나라에 가는 사절단 호위부대를 뽑을 때 이리매 장군 부하병사로 들어온 청년으로 무예가 뛰어나 곧 5인 병사의 조장(組長)이 되었다. 최초로 공을 세운 건 어수오 반란군을 소탕할 때였다. 백암성으로 넘어가는 고갯길에 매복한 호위대 소대는 도망치던 천존을 발견하고 공격했으나, 오히려 반격을 받아 지휘하던 니루가 전사하고 호위대 병사들이 뿔뿔이 흩어졌다. 그때 온사문이 용맹을 떨쳐 천존을 사로잡고 반란군을 물리쳤다.

양만춘은 태왕을 알현하려 평양성으로 떠나면서 달가에게 열 명의 영리한 병사를 뽑아 안시고을 가난한 백성들의 실정(實情)을 살피고 보고하게 했다. 평양성에서 돌아와 보고서를 읽다가 깊은 통찰력과 뛰어난 글 솜씨에 깜짝 놀라 그 병사를 불렀다. 키가 훤칠하게 큰 젊은이는 총명하게 빛나는 검은 눈과 칼끝같이 뻗은 짙은 눈썹이 인상적이었다.

"니루 온사문, 자네 통찰력에 감탄했네. 어디 출신인가?"

"평양성에서 자랐습니다."

"멀리서 왔구먼. 혹시 태대형 온문 대인과 집안 간인가?"

얼굴을 붉히며 고개를 숙인 온사문이 머뭇거리다가 대답했다.

"그런 높은 분과 인연이 있다면 어떻게 병졸로 ….”

양만춘이 고개를 끄덕이더니 당번병(當番兵)으로 곁에 두고 서류 정리를 맡겼다.

어느 날 도망친 노예 때문에 토호 두 사람이 소송을 걸어 다투자 난처해진 촌장이 판결을 미루었다. 그는 온사문의 능력을 시험해 보려고 소송서류를 건네주며 의견을 물었더니 다음 날 아침 지혜로운 답변을 내놓았다. 신기하게 여겨 그때부터 자질구레한 일을 해결하도록 맡겼던바, 열에 일고여덟은 그의 뜻에 맞아 보좌관으로 삼고 눈여겨보았다.

태왕께서 '천산방벽 쌓기' 어명(御命)을 내린 날, 양만춘은 안시성 축성도면(築城圖面)을 펴놓고 밤늦게까지 골똘히 검토했다. 난공불락의 성이 되려면 성벽보다 기초공사에 흠이 없어야 했다. 눈에 보이는 성벽의 결점은 나중에라도 바로잡기 쉬우나, 기초공사는 한 번 설치하면 뜯어고치기 어렵기 때문이었다.

그는 성터 안 샘물을 사철하(沙鐵河)로 흘려보낼 비밀수로(水路)를 어떻게 만들어야 적의 눈을 피하고, 그 통로를 통해 적군이 잠입(潛入)하는 것을 막을지 골머리를 썩였다.

온사문이 따뜻한 차를 가져왔기에 무심코 그의 의견을 물었다. 양만춘의 고민을 들은 온사문의 답변은 지금까지 생각했던 바와 전혀 다른 각도에서 본 대답이었다. 온사문의 의견이 옳고 그름을 떠나 신선한 충격이었다.

다음 순간, 자신이 경솔했다는 생각에 가슴이 덜컥 내려앉았다.

구루에게 배반당한 후부터 쉽게 사람을 믿을 수 없었는데, 온사문은 그의 부하가 된 지 얼마 되지 않았고 정체조차 분명치 않았다.

'안시성 내부 핵심구조는 비밀 중에도 극비(極秘). 어떤 성도 적이 그 구조를 훤히 안다면 이미 난공불락의 성이 아니다. 나의 경솔로 저 사내는 그 일부를 알게 되었다. 믿을 만한 부하란 확신이 들지 않으면 가슴 아프지만 없애버릴 수밖에 없겠구나.'

여태껏 한 번도 본 적 없던 양만춘의 굳은 얼굴을 보고 온사문은 영문도 모른 채 벌벌 떨었다.

"너는 누구인가? 숨김없이 말해다오!"

목소리 속에 칼날 같은 기운이 서려 있었다. 온사문은 그 기백(氣魄)에 눌려 숨을 쉴 수 없었다. 문득 '큰 위기를 당하거든 정직하게 부딪치거라. 너는 남을 속일 만큼 영악한 위인(爲人)이 못 되니까' 라던 흥국사 자혜 스님 말씀이 떠올랐다.

온사문은 숨김없이 털어놓았다. 할아버지는 온달(溫達) 장군이고, 온문의 큰아들로 태어났으나 어릴 때 어머니를 잃어 독실한 불교 신자였던 할머니 평강공주 슬하에서 자랐다. 태학에 다니던 소년시절 유난히 정의감이 강해, 출세에 눈이 어두워 부소 무리와 어울려 손가락질 받던 아버지와 사이가 좋지 않았다.

어려운 고비마다 감싸주던 할머니가 돌아가시자, 정 붙일 곳 없어 집을 뛰쳐나왔다. 흥국사 자혜 스님을 찾아 머리를 깎으려 했으나 스님은 "살기(殺氣)가 강해 선골(仙骨, 도를 깨우칠 성품)과 인연이 없으니 사문(沙門)이 될 운명이 아니다" 라며 내쫓았다.

그는 이리저리 떠돌다 요동성에 갔다가 이리매 장군이 사신을 호위하는 병사를 뽑자 자원하게 되었다고 이야기했다.

"지난번 물었을 때는 왜 신분을 숨겼느냐?"

"아버지나 가문에 의지하지 않고 할아버지처럼 스스로의 힘으로 일어서고 싶어 말씀드리지 않았습니다."

평양성 젊은이 사이에 화평파 대신 온문을 손가락질한다는 소문은 들었으나, 그가 겪어 보니 나라의 앞날과 관계되면 파당(派黨)을 떠나 올바른 판단을 하고 사리(事理)가 분명했다.

"네 부친은 그리 나쁜 사람이 아니야. 다만 서로 생각이 다를 뿐이지. 자기 뜻과 맞지 않다고 아버지와 의(義)를 끊음은 옳지 않다. 너는 자신이 선택한 길을 걸으면 될 뿐이다."

의심의 구름이 걷히자 온사문을 데리고 길을 나섰다. 해성하(海城河)를 건너고 벌판을 지나 남동쪽 산으로 들어서자 경비병이 나타나 앞을 막았고, 산줄기를 넘으니 낯선 풍경이 보였다.

두 산줄기 사이 말발굽형 분지에 숨겨진 마을이 있었다.

"안시성이 들어설 땅이니 잘 살펴보거라."

계곡에는 다섯 겹 통나무 목책을 세우고 목책 사이에 제각기 다른 벽돌과 자갈을 채워 넣은 성벽을 세워 놓고 거대한 포차(砲車, 투석기)에서 성벽을 향해 돌을 날리고 있었다.

"석성(石城)보다 더 튼튼한 토성(土城)을 쌓는 게 내 꿈이다. 여러 해 전부터 갯벌에다가 안시성을 쌓고도 남을 충분한 통나무를 바닷물에 담가 두었어. 수나라 군이 요동성을 공격했을 때 가장 두려운 무기가 저 포차였다. 그래서 어떻게 토성(土城)을 쌓아야 포차 공격에 성벽이 무너지지 않고 잘 버틸지 연구하고 있다."

지휘관이 달려와 한쪽 무릎을 꿇고 군례를 올렸다.

"대모달님, 지금 소금에 구운 흙으로 바닥을 다지고, 바다에 3년 동안 담갔던 다섯 겹 통나무 사이에 그 흙을 채워 넣은 성벽에, 포차로 돌을 날려 실험하고 있습니다."

"수고했네. 공방(工房) 우두머리들을 회의장으로 불러 모으게."

온사문은 양만춘의 빈틈없는 준비에 눈이 휘둥그레졌다.

'평화로운 때 전쟁에 대비함이 평화를 지키는 최선의 길. 유비무환(有備無患)이라 말하기는 쉬우나 현실에서 얼마나 어려운 일인가. 모두 잠들어 있던 오래전부터 나라를 지킬 준비를 하셨군. 이런 분을 모시게 된 나야말로 정말 행복한 싸울아비로구나.'

광장 앞에 돌로 쌓은 견고한 5층 건물이 서 있고, 주위에 벽돌로 쌓은 3층 공방 건물들이 가지런히 늘어서 있었다.

안시고을 민가(民家)는 대개 늪지의 갈대나 야산 억새풀로 지붕을 이었다. 간혹 깊은 산골짜기에 너와나 굴피 지붕을 볼 수 있는데, 이곳 건물은 적의 화공(火攻)을 피하려고 한결같이 돌집이나 벽돌집이었다. 대장간과 성을 세우는 데 필요한 물건을 만드는 공방 풍경이 평양성 다경문 밖 공방거리 못지않게 활기가 넘쳤다.

회의장에 공방 우두머리들이 모여 그동안의 업적을 보고하더니 애로사항을 해결해 달라고 했다. 급한 일을 마무리 지은 양만춘이 일어나 그들을 둘러보고 입을 열었다.

"기쁜 소식을 알려드리겠소. 폐하께서 천산방벽을 건설하라는 어명을 내렸소. 이에 발맞추어 우리도 농번기가 끝나는 10월부터 안시성 터를 파기 시작할 것이오. 한 가지 더 알려드릴 게 있소."

양만춘은 온사문을 일으켜 세우고 소개했다.

"성주 대리로 취임해 할 일이 많아 전처럼 안시성 건설에 전력을 기울일 수 없게 되었소. 부득이 대리인을 세워 성을 세우도록 하고 나는 뒤에서 감독하려 하오. 그러므로 성을 세울 축성도감(築城都監)을 설치하고 그 책임자로 이 젊은이를 임명하였소."

양만춘을 철석같이 믿었지만 새파란 젊은이가 그들을 지휘해 성을 쌓는다니 모두 어안이 벙벙해 옆 사람 얼굴을 쳐다보았다.

뜻밖의 말에 온사문도 어리둥절해 멍하니 서 있었다.

"축성도감 온사문은 내 대리인이니 여러분은 그 지시를 내 명령처럼 따라주기 바라오. 다만 지시 내용이 합당하지 않다고 생각되거든 언제든지 나를 찾아와 부당한 점을 지적하시오."

한동안 술렁거리던 우두머리들은 그의 마지막 말에 고개를 끄덕였다. 온사문도 마음속으로 감탄했다.

'얼마나 생각이 깊은 분이신가. 대모달이 명령하면 어지간한 잘못은 아랫사람이 반대하기 어렵지만, 내 지시라면 작은 흠도 지적해 바로잡기 쉬우니 잘못되는 걸 미리 막을 수 있겠구나. 안시성 기본설계야 바꾸지 않겠지만, 온갖 기술적 문제를 끊임없이 연구하고 검토해서 완벽한 성을 쌓는 게 대모달님 뜻이리라. 아무리 그렇더라도 햇병아리 니루에게 축성도감을 맡기다니 ….'

말발굽 같은 계곡 입구에 그리 넓지 않은 평지가 있고 큰 시내인 사철하(沙鐵河)가 흘렀다. 그가 온사문을 돌아보았다.

"잘 보게. 이곳이 안시성 방어에 가장 큰 약점인 남문(南門) 터일세. 성문 밖 60보로부터 저 시내까지 호수로 만들까 하네."

"엄청나게 큰 호수가 되겠군요."

"그렇네. 수양제는 요동성 해자를 흙으로 메웠네. 싸움이 벌어지면 여기도 흙과 돌로 메울 테지. 요동성 해자보다 몇 곱절 더 깊고 넓은 호수를 만들 뿐 아니라, 메우더라도 적 포차(砲車)가 움직이기 힘든 진흙탕이 되도록 연구해 보게. 그러면 계곡 입구인 남문에서 성을 공격하기가 무척 어려울 거야."

그는 온사문의 눈을 뚫어지게 쳐다보다 어깨에 손을 얹었다.

"자네를 축성도감에 임명한 까닭을 알겠는가? 한 사람 천재보다 여러 사람 지혜를 모으기 위함일세. 아무리 성을 잘 만든다 해도 빈틈이 있어 적에게 함락된다면 무슨 소용이 있겠나. 예상하지 못한 돌발사태가 일어나 적군이 성안으로 밀려오더라도 미리 대비책을 세워 무너지지 않을 성을 만드는 것이 자네 임무라네.

명심하게. 승패란 싸우기 전에 이미 결정된다는 걸. 나는 성의 겉모습에 관심이 없어. 평범하게 보일수록 좋지. 자네가 적장(敵將)이라면 어떻게 성을 공격할지, 수십 배 적 대군으로부터 지켜야 할 처지라면 어떤 방어 장치가 좋을지 끊임없이 고민하며 쌓게. 내 목표는 우리 평범한 농민병(農民兵) 3인조가 서로 힘을 합쳐 적 용사의 돌격을 어렵지 않게 무찌르고, 우리 병사 한 사람이 열 명 적병 목숨과 맞바꾸게 지켜주는 성일세.

이 양피지(羊皮紙)는 젊은 날 카를룩이라는 대상 두목에게서 얻었던 콘스탄티노플의 삼중성(三重城)을 그린 두루마리이니 참고하게나."

양만춘의 말을 들으면서 온사문 머릿속에 난공불락의 철옹성인 안시성의 모습이 뚜렷이 떠올랐다.

'온 정성을 다 바쳐 이분이 원하시는 꿈을 이루게 하리라!'

비 온 후 땅 굳어지고

濟世安民

역사란 사람 이야기이고 나라의 흥망도 사람에서 비롯된다. 그러므로 나라를 다스림은 뛰어난 인재를 찾아 어떻게 쓰는가에 따라 결정되고 이것이 역사의 평가기준이 되니, 인사(人事)야말로 만사의 으뜸이고 통치자의 성공과 실패를 가르는 잣대이다.

당태종은 평범한 중재(中材)에 불과했으나, 포용력을 갖춘 넓은 가슴과 열린 귀를 가졌기에 자기보다 더 뛰어난 인재를 발탁해 훌륭한 통치자로 칭송받았다. 하지만 수양제는 타고난 자질이 빼어났으나, 지나치게 자만(自慢)해 아랫사람 말을 듣지 않고 독선에 빠져 백성을 도탄에 빠뜨리고 나라까지 망하게 했다.

아무리 세상이 혼탁하다 해도 왜 뛰어난 인재가 없겠는가. 다만 스스로 몸을 낮추고, 등불을 켜서 두루 찾지 않았을 뿐이다. 통치자는 천재거나 군자(君子)일 필요까지 없다. 백성의 믿음을 저버림 없이 법에 따라 다스리고 신상필벌(信賞必罰)의 원칙을 지킨다면, 물 흐르듯 다스려지고, 간악한 자는 저절로 숨아질 터이다. 이렇듯 평범한 이치가 현실에서는 얼마나 찾기 어려운 일이던가.

어진 사람 얻고서야

어 성주가 죽자 양만춘이 안시고을을 다스리게 되었다.

'성주란 멋있고 신나는 자리가 아니라 다스리는 고을에서 일어나는 모든 일에 책임지는 힘들고 두려운 가시방석이다. 그런데 내가 아는 건 전쟁밖에 없구나. 권력을 휘두르는 지배자가 아니라 백성의 사랑을 받는 지도자가 되려면 뼈를 깎는 노력뿐 아니라 올바르고 능력 있는 사람의 도움을 받아야 꿈을 이룰 수 있다.'

자무가 죽은 후 안시고을 통치를 그의 제자인 차사(次史) 저유에게 맡겼다. 그는 젊은 날 방탕한 생활을 한 무뢰배였으나, 자무의 감화를 받고 너그러운 마음을 가진 겸손한 사람이 되었다. 그러나 고지식한 탓인지 맡은 일은 성실하게 잘 처리했으나 뜻밖의 문제가 생겼을 때 해결하는 능력이 부족했다.

양만춘의 부하는 세상일에 어두운 싸울아비뿐이었다. 단순한 흑수말갈을 다스림에는 싸울아비라도 그리 어렵지 않았지만, 안시고을은 다양한 집단이 모인 사회였다. 들녘 농부와 산골짜기 사람 생각이 서로 다르고, 토호와 싸울아비 집단 그리고 가난한 백성이 바라는 게 복잡하게 얽혀 있었다.

양만춘은 현명한 인재를 찾아 백성의 마음을 하나로 묶고 살기 좋은 고장을 만들겠다고 결심했다. 그때 머리에 떠오른 인물이 돌고였다. 그는 요동성 벼슬아치를 그만두고 천산 골짜기에서 농사짓고 있었다. 어 성주의 장례식으로 틈을 낼 수 없어 양만춘은 다로를 보내 정중하게 초청했다.

"성주님, 그 건방진 영감이 편지를 펴 보지도 않고 한 마디로 거절하더군요. 억지로라도 끌고 올까요?"

"현인(賢人)을 그리 대접해선 안 된다. 몸소 모시러 가야겠군."

다로를 달래고, 장례식이 끝나자 바로 돌고를 찾아 나섰다.

천산 깊은 산골짜기에 시냇물이 시원하게 흘러내렸다. 오솔길 따라 올라가자 노랫소리가 들렸다.

소에 쟁기 매어 밭 갈고 / 대지의 품에 씨앗을 뿌리노라. / 우리 노래로 오곡이 영글면 / 낫으로 곡식을 거두어들이네.

돌고가 시냇가 길게 뻗은 밭이랑을 따라 김을 매다가 양만춘을 내려다보며 알은체했다.

"귀하신 분이 이 산골에 어인 일이십니까. 모처럼 누추한 곳까지 오셨으니 산나물에 쓴 술이라도 한잔 하시지요."

돌고는 크고 동그란 눈, 작달막한 키에 공처럼 둥근 몸집이 영락없이 부엉이 모습인 데다, 술을 즐기는 탓일까 큼직한 딸기코가 우스꽝스러웠다. 요동성 성주가 그를 귀하게 쓰지 않았던 까닭을 알 것 같았다. 양만춘은 위징을 만나보고 나서 사람을 겉모습으로 판단하는 것이 얼마나 어리석은지 깨닫고 있었다.

"돌고 어른, 높은 이름을 사모하다가 이렇게 찾아왔습니다."

그는 돌고에게 안시고을을 나라 안에서 가장 살기 좋은 고을로 만들려 하니 장사(長史)를 맡아 달라고 간청했다.

"별말씀을 다 하십니다. 무엇을 보고 그리 생각하셨는지 모르겠지만, 요동성 하리(下吏, 낮은 벼슬아치)도 감당하지 못하고 쫓겨난 변변찮은 늙은이에게 가당치 않은 말씀이오."

"개혁을 성공시켜 백성을 잘살게 하고 황금삼족오의 꿈을 이루려면 꼭 필요한 분이라고 자무 님이 추천했습니다."

"그분이 그렇게 보아주셨다니 고맙기는 하나 그런 그릇이 못 되오. 더구나 세상일에 미련을 버리고 산과 물을 벗 삼아 구름처럼 유유히 살기로 했으니 더 이상 번거롭게 하지 말아 주시오."

돌고가 심드렁한 낯으로 거절했으나 양만춘이 물러서지 않고 끈질기게 간청하자 빙그레 웃었다.

"누구나 한 번쯤 개혁을 꿈꾸어 보지만 그리 쉬운 일이 아니오. 잘못하다간 많은 걸 잃을 수 있기에 곧 현실과 타협하고 주저앉지요. 만약 장사를 맡았다가 많은 사람이 입을 모아 저를 내쫓아야 한다면 성주는 어찌하시려오?"

"돌고 님에게 잘못이 없다면 만 사람이 떠들어도 꿈쩍도 않겠습니다."

양만춘이 너털웃음을 터뜨리며 자신만만하게 대답했다.

"옳지 않은 말씀이오. 통치자가 가까운 부하를 감싸기 시작하면 개혁은커녕 제대로 다스리기조차 어렵소. 귀머거리가 되는 순간 멍청이 독재자로 버림받을 테니. 진정 황금삼족오의 꿈을 이루려면 백절불굴(百折不屈)의 의지도 필요하나, 고집을 버리고 앞뒤를 헤아리는 겸손한 마음과 열린 귀로 백성의 소리에 귀를 기울여야 하오.

좋은 통치자 되기가 얼마나 어려운지 아시오? 더 큰 것을 지키려 때로는 죄 없는 부하를 버릴 줄도 알아야 하고, 옳지 않더라도 나라의 안전과 번영에 보탬이 된다면 주저 없이 밀어붙여야 하오. 대의명분에 맞더라도 그것을 고집하는 게 어리석은 짓이라고 판단되면 망설이지 않고 버려야 하고요.

개혁이란 무척 고달프고 외로운 싸움이오. 손해 보는 자는 벌떼같이 덤벼들 테지만, 혜택 받는 백성은 남의 일처럼 멀뚱멀뚱 지켜보기만 할 게요. 그뿐 아니오. 기득권을 지키려는 자의 저항뿐 아니라 같은 편이라도 성급한 자의 조바심과 탐욕에 과감히 맞서 싸우며 백성을 바른 길로 이끌어야 할 텐데, 그게 어찌 쉽겠소. 이처럼 거센 풍랑(風浪)을 헤쳐 나갈 마음의 준비가 되어 있소?"

개혁정치를 입에 올리면서부터 돌고의 눈빛이 달라졌다.

"소수림태왕께서 개혁정치를 펼쳤을 때는 중원(中原, 중국)은 분열되어 있었고, 우리는 살아남으려 한마음으로 뭉쳐 몸부림치던 작은 부족국가(部族國家)였지만, 지금 중원은 강력한 통일제국이 되었고, 우리도 여러 족속을 끌어안은 제국(帝國)으로 변했소. 새로운 시대에는 그에 걸맞은 개혁이 필요하오. 인간이 만든 어떤 제도도 완벽한 것이란 없기에 무엇이 나라에 도움이 되고 현실에 맞는지 끊임없이 고민하면서 새롭게 바꾸고 손질해야 하오."

양만춘은 꿇어앉아 돌고의 두 손을 굳게 잡았다.

"제 목숨을 던져서라도 반드시 개혁을 이루겠습니다. 도와주십시오."

"좋소! 반년만 도와드리리다. 벼슬아치가 아니라 손님으로서요."

"반년이라면 너무 짧지 않을까요?"

"세상을 바꾸는 데 반년이면 충분하고 3년이 지나면 너무 늦소. 백성이 새로운 통치자에 대한 기대로 마음이 부풀어 있을 때 잘못을 바로잡고 새로운 틀〔原則〕을 만들어야지, 꾸물거리다가 때를 놓치면 기회를 영영 놓치고 마는 법이오."

개혁을 도와주기로 결심한 돌고는 조금 전 냉정했던 늙은이가 아니라 열렬한 투사(鬪士)의 모습으로 변했다.

양만춘이 눈을 빛내며 물었다.

"어떤 마음가짐을 가져야 잘 다스릴 수 있겠습니까?"

돌고가 자신 있게 대답했다.

"다스리는 자는 먼저 자신부터 바로 서야 하고〔政者正也〕, 올바른 통치를 하려면 치세(治世)에 대한 뚜렷한 정략(政略)을 갖고 원칙부터 바로 세워야 백성의 믿음을 얻고 제대로 다스릴 수 있소. 옛사람이 말씀하기를 군주가 막다른 곳에 몰리면 나라를 지탱하는 3가지 기둥 가운데 먼저 군대〔兵〕를 버리고, 양식〔食〕조차 버릴지언정 결코 믿음〔信〕만은 잃어서는 안 된다 하였소. 현실 세계에서 어찌 그게 가능하겠소. 다만, 어떤 어려움이 닥쳐도 통치자는 백성에게 믿음을 잃으면 안 됨을 강조한 것이겠지요.

아무리 급해도 원칙에 따라 근본적인 대책을 세워야지 눈앞에 보이는 작은 이익을 얻으려 편법(便法)을 써서는 안 되오. 그것은 소인(小人)이 하는 짓이고 오래지 않아 후회의 씨앗이 될 것이오.

통치의 성공과 실패는 사람 선택에 따라 결정되오. 조금 전에 필요하면 죄 없는 부하도 버려야 한다고 했지만 그건 아주 특별한 경우요. 인재(人材)를 선택할 때는 신중하게 판단하되 한 번 맡겼으면 끝까지 믿고 밀어주어야 하오."

돌고는 양만춘의 손을 굳게 잡았다.

"개혁을 성공시키는 데 가장 필요한 건 결단력이오. 좌고우면(左顧右眄, 망설임)이란 결단을 내리기 전에 하는 것. 지도자가 흔들리면 아랫사람도 머뭇거리게 되니 큰일을 망치게 되오."

양만춘은 자무가 개혁에 성공하지 못한 까닭을 물었다.

"자무 님은 뛰어난 학자고 큰 뜻을 품었지만, 강직한 성품을 지닌 분이 흔히 그렇듯 지나치게 원리원칙에 얽매여 융통성이 없었고, 반대파는 물론 백성과 소통하기를 게을리했던 게 흠이었지요. 통치자는 생각이 다른 사람 말에도 귀를 기울이고 이들을 끌어안을 넓은 아량을 가져야 하오."

양만춘은 돌고의 충고를 가슴에 새기며 굳게 결심했다.

'사나이라면 이글이글 타오르는 열망(熱望)을 가슴에 품어야 한다. 누가 감히 내 발걸음을 멈추게 하랴. 밤마다 벅찬 꿈속에 잠들고, 아침이면 그 꿈을 이루려 한 걸음 한 걸음 나아가리라!'

개혁은 이제 양만춘에게 맡겨진 하늘의 명령이었다.

황금삼족오의 꿈은 뭉게구름처럼 부풀어 올라 젊은 날 그를 사로잡았던 사랑의 열병 못지않게 불타올랐다. 그것은 꺼지지 않는 불길이어서 그 꿈을 이루지 않고는 영혼의 안식을 얻지 못하리라는 걸 깨달았다.

이 길은 피가 마르는 무시무시한 싸움이다. 늑대 같은 무리와 목숨을 걸고 맞부딪히는 진검승부(眞劍勝負). 한순간도 곁눈질해서는 안 된다. 한눈파는 순간 손발이 잘리고 목숨조차 잃을 테니. 그렇다고 불타는 열정만으로 꿈은 이루어지지 않는다. 평정한 마음을 잃으면 목표와 다른 엉뚱한 곳에 닿을 수 있으니까. 이제 개혁군주 소수림태왕이 겪었던 고뇌(苦惱)를 알 것 같았다.

'목표를 높게 잡자. 쉽게 이루는 건 개량이지 개혁이 아니다.'

안시고을에는 예로부터 촌장과 싸울아비 대표들이 모여 성주의 통치를 도우는 원로회의가 있었으나, 이를 확대하여 고을 대표자회의를 처음 소집한 것은 자무였다. 자무는 개혁정치를 실현하기 위하여 마을의 두레 우두머리에 상인과 장인(匠人) 대표까지 더하여 고을 대표자회의를 만들어 개혁정치를 밀고 나가는 보루로 삼았으나 토호의 저항 때문에 뜻대로 움직이지 않았었다.

양만춘은 성주에 취임하고 며칠 후 고을 대표자회의를 열었다.

"오늘 여러분을 모신 것은 우리 고장을 살기 좋은 곳으로 만들기 위해서요. 머리를 맞대어 좋은 법(法)을 만들고 그에 따라 안시고을을 다스리려 하오. 법은 공정하고 정의로워야 하고, 반드시 지켜야 하오. 법을 지키지 않는 백성이 어찌 잘살 수 있겠소."

고을 대표자회의는 개혁을 뒷받침할 법을 만들기로 했다. 이제 반란 평정으로 토호세력이 꺾인 데다 새로 취임한 성주가 개혁에 굳은 의지를 보이자 걸핏하면 헛소리나 몽니를 부리던 승냥이를 비롯한 말썽꾼들도 입을 다물었다.

자무의 개혁보다 한 걸음 더 나아가 올바른 세상을 세우려고 새로운 법과 틀을 만들었고, 법을 위반한 자에 대한 처벌규정도 자세히 정해 누구라도 알 수 있게 했다.

새 법을 공포한 날 안시고을 모든 마을 입구에 그 내용을 적은 간판을 세우고 경당에서도 자세히 가르쳤다.

차사(次史) 저유는 안시고을 모든 벼슬아치를 불러 모았다.

"이제 밝은 세상이 열렸다. 벼슬아치란 군림(君臨)하는 자리가 아니라 백성을 섬기는 머슴으로 거듭나야 한다. 앞으로 백성을 괴롭히거나 할 일을 게을리하는 자는 남김없이 솎아내고, 벼슬아치가 지은 죄는 더 엄하게 다스리겠다. 명예가 무엇인지 모르거나, 선량한 백성만도 못한 벼슬아치는 스스로 옷을 벗어라. 명예를 잃고 쫓겨나는 것보다 나을 테니."

백성은 기쁨에 겨워 춤을 추었다. 소작인은 가혹한 소작료, 상인은 벼슬아치의 탐욕으로부터 해방되고 모두 공평하게 세금과 부역(賦役)을 부담한다는 희망에 들떴다.

새 법을 공포한 날 모든 관청에 민성고(民聲鼓)란 북을 매달아 억울한 일을 당한 사람은 이를 쳐 하소연하고, 그래도 바로잡히지 않으면 매달 초하루 성주 저택 앞에 큰 북을 치게 했다.

또한 초현전(招賢殿)을 세워 요동 지역은 물론 전국 각지에서 숨은 인재를 모으게 했다. 학자뿐 아니라 쇠를 다루는 장인(匠人)이나 날씨를 잘 예측하는 우사(雨師)까지 어느 분야에든 뛰어난 인재라면 누구든지 받아들이도록 문을 활짝 열었다.

자무가 남긴 발자취는 엄청나게 컸다. 훌륭한 유학자답게 마을마다 경당을 세워 많은 젊은이를 올바르게 교육하였기에 이제 그들이 안시고을을 지탱하는 뼈대가 되었고, 또한 두레라는 마을 공동체를 만들어 서로 힘을 합쳐 농사를 짓게 했다. 요하 강변 개간 사업도 두 곳이나 마무리되어 수천 호 소작농과 유민(流民)들이 자기 밭에서 농사를 짓자 곡물 생산이 늘어나서 지금까지 이웃고을에서 들여오던 곡식이 오히려 남아돌게 되었다.

비 온 후에 땅이 굳는다더니 재앙도 축복으로 변했다. 반란 평정으로 개혁의 걸림돌은 기세가 꺾였고, 반란에 가담한 토호들에게 몰수한 농토는 자작농을 늘리는 데 숨통을 터주었다. 더구나 자무가 목숨을 걸고 추진한 3할 소작료 제도가 이제 자리 잡혀 무거운 짐을 덜어주었다. 그러나 개혁에 저항하는 무리가 모두 사라진 건 아니었다.

뜻밖에 안국사 주지 법인 스님이 개혁의 전도사가 되어 때와 장소를 가리지 않고 설법(說法)을 베풀어 힘껏 밀어주었다.

"우리가 변치 않으면 밝은 미래란 없다. 개혁은 씨를 뿌린다고 바로 싹이 나고 열매를 거둘 수 있는 게 아니니, 조급한 생각은 버리고 한마음으로 성주님을 돕자. 사촌이 땅 사면 배 아프다는 어리석은 심보를 버리고 그 옛날처럼 너도 살고 나도 같이 잘살자는 성숙한 마음으로 돌아가자. 이것이 홍익인간(弘益人間)의 길이고 부처 가르침의 참뜻이다."

민성고를 매달고 한 달도 지나지 않아 법인 스님이 성주 저택 앞 북을 두드렸다.

"청렴한 벼슬아치로 표창받았던 신도(信徒) 한 분이 감옥에 갇혀 사형당할 날만 기다리는군요. 그분의 깨끗한 성품으로 미루어 억울한 누명을 쓴 게 분명하나 워낙 증거가 불리하니 ….”

"스님께서 그렇게 믿으신다면 다시 한 번 조사하겠습니다.”

사형수 정남은 진대법에 따라 춘궁기(春窮期) 때 어려운 농민들에게 곡식을 빌려주는 벼슬아치로 원망을 듣기 쉬운 자리였다.

감찰관이 천산창고 조사를 나갔던 날 창고지기가 유서를 남기고 목을 매달은 데다, 창고의 곡식이 엄청나게 부족했고, 그 책상에서 아직 장부에 정리하지 않은 곡식 지출명령서가 한 묶음 나왔다.

명령서에 찍힌 관인(官印)은 정남이 보관하던 도장이 분명했으나, 곡식을 주었다고 적힌 촌장들은 한결같이 모르는 일이라고 부인했다. 그리고 정남의 집에서 관곡(官穀)을 가득 담은 곡식 부대가 발견되어 증거물로 압수당했다. 재판기록으로 판단하면 변명할 여지가 없었으나, 혹시나 싶어 다로에게 지시했다.

"다로, 이번 사건은 민성고를 설치하고 첫 번째 사건이야. 백성의 신뢰가 걸린 문제이니 철저히 조사해 주게.”

며칠 후 다로가 보고했다.

"서류에 찍힌 도장은 관인이 분명하나 지출명령서는 자신이 쓴 게 아니고, 며칠 전 출장 갔다가 돌아왔는데 어떤 바보가 훔친 곡식을 집에 두겠느냐며 죄인이 범죄 사실을 완강히 부인합니다.”

다로는 의심스러운 점을 발견하고 동료 창고지기 두 사람을 구속하고, 죽은 창고지기 무덤을 파서 조사했다.

목매어 죽은 창고지기가 독살(毒殺) 당한 게 밝혀지자, 양만춘은 수비대를 풀어 고을 밖으로 통하는 모든 길을 막고 사라진 곡식을 수색하고, 지출명령서의 필적을 낱낱이 감정시켰다.

수비대 수색조가 천산계곡 부경(창고)에 숨겨둔 곡식을 찾아내자 즉시 곡식을 훔친 도적은 물론 공모한 창고책임자와 진대법을 악용해 백성의 피땀을 짜내던 벼슬아치까지 줄줄이 잡아들였다.

새로운 법에는 거짓을 뿌리 뽑기 위해 법정에서 거짓 증언을 한 자도 죄인에 버금가는 형벌을 받도록 규정했기에, 그들에게도 엄한 벌을 내렸다.

양만춘은 마을 어귀마다 포고문을 내걸었다.

"벼슬아치는 성주의 손발이니 이들이 저지른 죄는 바로 내 잘못이오. 법에 따라 죄인을 공개 처형하고, 피해를 입은 백성에게 합당한 손해배상을 하려 하니 마을 촌장은 하나도 빠짐없이 조사해 주시오. 또한 이번 일로 고초를 겪은 정남의 명예를 회복시키고 그 직책을 돌려줄 뿐 아니라, 누명을 씌우려고 거짓 증언한 자들을 모두 종으로 삼아 그에게 주겠소. 앞으로 이런 잘못이 거듭되지 않도록 부당한 일을 당하면 즉시 민성고를 울리기 바라오."

이 사건을 통해 깨달은 바가 있어 재판할 때 증인에게 위증죄(僞證罪)의 무서움을 미리 알려 주고, 사형과 같은 무거운 벌을 내릴 때는 다른 재판관이 다시 한 번 신중하게 심사하도록 했다.

양만춘은 자무가 뿌린 씨앗을 소중하게 가꾸고, 돌고의 큰 뜻에 따라 고을을 살기 좋은 고장으로 만들어갔다. 어느덧 반년이 지났지만 돌고를 놓치고 싶지 않아 붙잡고 싶었으나 약속을 깨뜨리려니 답답해 연거푸 술잔만 기울이자 그가 입을 열었다.

"성주께서 한 마디 말씀도 없이 술만 들이켜는 걸 보니 무언가 단단히 벼르고 있는 모양이구려."

옆에서 차를 마시고 있던 법인 스님이 입을 열었다.

"돌고 님 같은 분이 왜 벼슬을 사양하시는지 모르겠소이다."

"젊은 날 벼슬아치로 출세하고 싶은 꿈에 젖은 적이 있으나 나이 드니 부질없다는 생각이 드는군요. 이제 자연을 벗 삼아 술이나 즐기며 스스로 자족(自足)함을 배우려 하오."

"돌고 님, 머리를 깎고 출가하시구려. 소승(小僧)이 곁에서 모시며 해탈하는 법을 배울까 하오."

돌고는 스님의 농담을 웃어넘기고 양만춘에게 고개를 돌렸다.

"성주는 광(狂)에 대한 이야기를 들어 보았소?"

"앞뒤를 돌아보지 않고 자기 신념대로 행동하는 외골수를 가리키는 말이 아니던가요? 소인(小人)과 달리 더불어 사귈 만하다는 옛사람의 글을 읽은 적이 있습니다."

"그렇소. 광이란 군자(君子)의 덕은 갖추지 못했으나 바르게 살려 애쓰는 꼿꼿한 원칙주의자요. 지도자는 자기 몸가짐엔 가을서리같이 엄격하더라도 타인에게는 봄바람처럼 부드럽게 대해야 하는데, 나는 너무 한 쪽으로 치우친 광이어서 사람을 대하는 태도가 거칠어 성주 곁에 오래 머물면 폐를 끼칠까 두렵습니다. 이제 통치의 틀이 제대로 자리 잡혔으니 제 할 일은 끝났소."

"돌고 님, 제 꿈을 이루려면 넘어야 할 산이 너무도 많은데…."

그는 빙그레 웃으며 손사래 쳤다.

"성주는 개혁을 이끌어 갈 지혜와 추진력을 두루 갖추었으니 이제부터 스스로 개척해 나가시구려. 나 같은 외골수는 아쉬워하면서 붙잡을 때 물러나 거리를 두고 돕는 게 오히려 좋을 듯싶소. 다만 개혁이란 살아 움직이는 생물이니 조금 성공을 거두었다고 자만하여 고삐를 늦추면 곧 물거품처럼 사그라질 게요."

양만춘은 법인 스님을 돌아보며 도와주길 바랐으나 뜻밖에 스님은 지그시 눈을 감고 고개만 끄떡이고 있었다. 안타까워 발을 구르자 돌고가 능청을 떨었다.

"이제 천산에 파묻혀 채마밭이나 가꾸며 자유인으로 살려 하니, 때때로 생각나시거든 좋은 술이나 보내 주시구려."

"좋습니다. 매월 초하루와 보름날 밤에 초대할 테니 오실 때마다 좋은 가르침을 베풀어 주시기 바랍니다."

법인 스님이 짐짓 심통을 부렸다.

"성주께서는 돌고 님만 아끼시고 소승에겐 푸대접이 심하구려."

"스님께는 언제나 문이 열려 있지 않습니까."

"문지기가 막으면요?"

"문 앞에서 하루 종일 목탁을 치시구려. 그래도 내다보지 않거든 신도를 불러 모아 북을 치고 범패(梵唄) 소리 크게 외치세요. 어떤 귀머거리가 문을 열지 않고 배기겠습니까."

양만춘이 개혁을 강력하게 밀고 나가자 사방이 적으로 둘러싸였다. 어느 때보다 아내의 따뜻한 격려를 바랐으나, 부부란 정답게 사랑을 나누기도 하지만 끊임없는 갈등에 짓눌리며 제각기 무거운 짐을 지고 서로 보살펴야 하는 살얼음판 같은 관계였다.

그는 연실을 사랑했고 그녀도 남편을 떠받들어 한 쌍의 꾀꼬리처럼 다정한 부부였지만, 어수오 부자를 사형시킨 게 두 사람 사이를 갈라놓았다. 온갖 정성을 다해 벌어진 틈을 메워보려 애썼지만 한 번 어긋난 아내의 마음을 돌이킬 수 없었다.

결혼할 때 적극적 후원자였던 유모도 막냇동생 구루가 죽임을 당하자 왕래를 끊었고, 장모 역시 천존을 양자(養子)로 삼으려 할 정도로 예뻐했던지라 사위를 원수 보듯 했다.

나쁜 일은 연이어 닥치는 법이던가. 개혁에 골몰해 바쁜 나날을 보내느라 오랫동안 뵙지 못했던 잊을 수 없는 은인 을지 대인이 돌아가셨다. 이미 장례식까지 마쳤다는 소식에 가슴 아파하는데, 충성스러웠던 부하 달가조차 병들어 죽었다.

외로움이란 견디기 어려운 아픔이었다. 주위에서 일어나는 건 괴로운 일뿐이라 우울증에 걸려 의욕을 잃어버렸다. 성주가 어두운 얼굴을 짓고 있으니 고을 백성도 불안하여 민심이 흉흉해졌다.

연실은 한때 자랑스러웠던 결혼조차 후회가 되었다. 그까짓 죄인 하나 살리는 게 뭐 그리 대단하다고, 제발 목숨만은 빼앗지 말라고 그렇게 애원했건만, 아내의 간절한 호소를 듣지 않고 고집스럽게 정의만을 내세우던 남편을 도저히 용서할 수 없었다.

'누구 덕에 성주가 되었단 말인가. 내 말을 그렇게 무시하다니.

나를 사랑한다고? 새빨간 거짓말이야.'

여느 여인네처럼 평범한 남편을 만났다면 이런 아픔이 없으리란 생각이 하루에도 열두 번 치밀어 올랐다. 어머니는 연실을 만날 때마다 뱀처럼 차가운 사위라고 푸념했고, 어려울 때 힘이 되어 준 유모도 발걸음을 끊었다. 소녀시절 다정했던 친구조차 개혁정치의 피해자인 토호의 딸들인지라 서먹서먹한 사이가 되어 버렸다.

"아내란 집안의 해이거늘 해가 먹구름에 가려서야 어찌 사내가 제대로 뜻을 펼 수 있겠는가."

안국사 주지 법인 스님이 근심이 되어 연실을 찾았다.

"수신제가치국평천하(修身齊家治國平天下)란 말이 있습니다. 아무리 뛰어난 사내라도 행복한 가정을 이루어 마음의 평정을 갖지 못한다면 뜻을 펴기 어렵습니다. 지금 성주는 우리 고장을 살기 좋은 낙원으로 만들 첫걸음을 내딛고 있습니다. 어수오 부자(父子)는 새로 밭을 일구려면 불살라 없애야 할 가시덤불이라 그분이 품은 크나큰 꿈을 이루기 위해서 반드시 넘어야 할 산이었습니다. 그분은 빼어난 능력을 갖춘 위대한 사나이지만 누구보다 외롭습니다. 훌륭한 통치자가 될지 아닐지는 부인 손에 달렸습니다."

연실은 독실한 불교 신자였지만 여자 마음을 헤아리지 못하는 스님의 충고는 화만 돋웠다.

'스님이면 스님답게 인정머리 없는 남편을 꾸짖어야지. 세상을 바로잡을 영웅이고 구세주라니, 그게 나와 무슨 상관이란 말인가.'

양만춘이 마을 사이에 일어난 분쟁을 해결하느라 골머리를 앓고 있는데, 법인 스님이 찾아와 빙글빙글 웃으며 물었다.

"이빨이 아파도 항상 웃어야 하는 직업이 뭔지 아시겠소이까?"

그는 스님의 뜬금없는 물음에 심드렁하게 대답했다.

"하릴없이 길거리나 쏘다니는 중이겠지요."

"백성을 다스리는 사람이오. 윗사람이 찌푸리고 있으면 아랫사람은 할 말이 있어도 눈치만 살피게 되니 어찌 제대로 다스려지겠소."

스님이 엄숙한 얼굴로 양만춘을 쳐다보았다.

"세상에 고민 없는 사람이 어디 있겠소. 부처님은 번뇌를 통해 보리(菩提, 깨달음의 경지)에 이르니 번뇌가 바로 보리라 하셨소. 어둠이 끝나는 곳에 밝은 빛이 비치듯, 괴로움에 맞서 이를 극복할 때 번뇌야말로 사람을 위대하게 만드는 힘으로 바뀝니다."

"스님 말씀은 너무 어려워 알아들을 수 없구려."

"좋은 윗사람이 되려면 지치고 괴로울 때도 마음을 다스려야 하지요. 느긋하게 하늘을 우러러보고 활짝 웃어 보구려. 그러다 보면 지금까지 몰랐던 감사할 일이 눈에 띄고 기쁨을 찾을 수 있을 거요."

어 성주의 첫 번째 제삿날 연실은 안국사에서 극락왕생(極樂往生)을 비는 법회(法會)를 열었다. 아버지를 누구보다 사랑했던 연실은 그 옛날이 몹시 그리웠다. 그리고 며칠 전 큰 병에 걸린 유모가 손을 꼭 붙잡고 하던 말이 머릿속에 맴돌았다.

"내가 서방님과 아씨께 큰 죄를 지었나 보오. 막냇동생 구루가 처형되자 서방님을 원망하는 마음이 가득했지만, 이제 죽음을 앞에 두고 보니 생각이 달라졌다오. 구루는 자기 잘못에 따라 정당하게 벌을 받았고, 이 세상에서 진 무거운 죄업(罪業)을 갚았으니 극락에 갔을 것이오. 그러니 서방님을 너무 미워하지 말아요."

연실은 결혼 후 처음 싸웠던 일이 머리에 떠올랐다. 그녀는 요리솜씨가 자랑이었는데 아무리 정성껏 음식을 만들어도 밥상머리에 앉은 남편은 쓰다 달다 말 한 마디 없이 급히 먹기만 했다.

"제가 만든 음식이 그렇게 맛이 없나요?"

"아니, 당신이 만든 요리는 너무 좋은데…."

"그러면 어찌 아무 말도 없이 성난 사람처럼 먹어요."

양만춘은 깜짝 놀라 멍하니 쳐다보다가 머리를 긁적였다.

"미안하오. 어릴 적 음식 투정을 하면 안 된다고 배워 당신 마음을 몰라주었구려. 이제부터 음식 맛을 칭찬하며 먹겠소."

남편을 제 뜻대로 바꾸려는 게 얼마나 부질없는 짓이던가. 얼마 지나지 않아 말없이 급히 먹는 버릇은 원래대로 돌아가고 말았다.

이런저런 생각에 잠 못 이루고 뒤척이는데, 옆방에서 소리가 들렸다. 아가씨들은 결혼을 앞두었는지 신랑감 이야기를 재잘거렸다. 한 아가씨가 다정한 남자를 만나 행복하게 살기를 빌었다고 하자, 명랑한 목소리의 아가씨는 꿈이 큰 남자를 만나 멋진 삶을 살고 싶다는 소망을 부처님께 드렸다며 열을 올렸다.

처녀 때 자기도 명랑한 목소리 아가씨 같은 소원을 가졌다는 생각이 떠오른 순간, 우렁찬 범종(梵鐘) 소리가 울려 퍼졌다. 문득 연실은 양만춘을 지아비로 선택한 날 자랑스럽게 웃음을 지었던 아버지 모습이 생생하게 떠올랐다.

"아가, 고맙다. 좋은 남편을 선택해 주어서. 나는 꿈을 제대로 펼치지 못한 졸장부(拙丈夫)였지만, 내 사위는 과단성 있는 대장부이니, 내가 이루지 못한 꿈을 이룰 게야. 우리 고을이 잘사는 것을 두 눈으로 본다면 지금 죽어도 여한이 없단다."

그러면서 아버지는 그녀의 어깨를 토닥거렸다.

"영웅이란 어떤 어려움이 닥쳐와도 그 뜻을 굽히지 않는 사나이 중의 사나이를 말하지. 그런 영웅과 살려면 말 못 할 괴로움을 겪을지 모르겠다만 항상 따뜻한 마음으로 감싸주어야 한다."

꽁꽁 얼어붙었던 그녀 가슴에 훈훈한 바람이 불어오면서 자기도 모르게 눈물이 쏟아졌다.

'어리석은 베갯머리송사(訟事) 때문에 얼마나 많은 위대한 인물이 구렁텅이로 빠졌던가. 뜻대로 되지 않는다고 원망만 했으니 정말 어리석은 아내였다. 서방님은 처음 만났던 날과 다름없이 그분의 갈 길을 묵묵히 걷고 있건만, 나 홀로 증오의 늪에 빠져 방황하고 있구나. 결혼할 때 가졌던 초심(初心)으로 돌아가자!'

가르침은 모든 것의 뿌리

자무가 남긴 유산 중 가장 값진 것은 교육이었다. 교육이란 참된 인간을 기르는 성업(聖業). 마을마다 경당(扃堂)을 세운 뒤에 글 모르는 사람이 없어져 고을 발전에 튼튼한 버팀목이 되었고, 거칠고 제멋대로인 사내를 훈련시켜 올바른 젊은이로 변화시켰다.

또한 학문뿐만 아니라 홍익인간(弘益人間)의 이념 아래 예의와 염치를 가르쳐 백성의 품성을 한층 높이고, 활쏘기를 통해 익힌 규율과 무예는 뛰어난 용사가 될 바탕이 되었다.

날이 갈수록 경당은 안시성을 떠받치는 기둥이 되고 고을을 지탱하는 뿌리가 되었다. 양만춘은 동맹축제가 열릴 때면 젊은이들에게 강조했다.

"경당(扃堂)•이란 위대한 민족으로 거듭나게 하는 곳이니, 명예를 귀하게 여기는 젊은이야말로 나라의 대들보고, 거짓 없는 성품과 굳건한 단결력을 가진 백성만이 길이 번영할 수 있다. 일찍이 문명이 몰락하고 나라가 무너졌던 건 외적의 침략이 아니라 내부가 분열되고 썩어 스스로 무너진 탓이다. 거짓을 일삼고 백성을 분열시키는 무리가 우리 속에 발붙이지 못하게 하라."

차사(次史) 저유는 한 해가 지나자 벼슬아치의 공과(功過)를 평가했다. 그동안 아무 말썽 없이 다스려온 고을 터줏대감이고 명문(名門) 출신 정래를 일등으로 뽑았고, 수해(水害)로 큰 피해를 입은 해성하(海城河) 유역 마을을 다스렸던 솔뫼가 가장 낮은 평가를 받았다.

• 고구려 교육기관으로 조선의 향교나 서당의 뿌리라 할 수 있으나, 모든 백성의 젊은이에게 귀천(貴賤)을 가리지 않고 글(文)뿐 아니라 무예를 함께 가르친 점이 다르다. 《수서》(隋書)는 "사람들이 글 배우기를 즐겨하여 궁벽한 마을 상민(평민)의 집에서도 서로 글 배우기를 힘쓰고 자랑하며 길거리 옆에 서당(경당)을 지어 놓고 미혼자제들이 한데 모여 경서(經書)를 외고 활쏘기를 연습한다"고 기록하고 있다.

양만춘은 오랜만에 찾아온 돌고에게 저유의 평가서를 보이고 의견을 물었더니 뜻밖의 말을 했다.

"솔뫼는 고을을 다스리는 동안 수십 건 재판과 백성의 민원(民願)을 올바르게 처리했으나 정래가 맡은 고을에는 한 건의 재판이나 민원도 없었소. 사람 사는 곳에 어찌 억울한 일이나 불만이 없을 수 있겠소. 이는 정래가 목소리 큰 유력자 눈치만 살피면서 힘없는 백성의 눈과 귀를 틀어막았기 때문이오. 하늘이 내리는 홍수 같은 재앙은 벼슬아치 잘못이 아니오. 솔뫼는 홍수가 나자 몸소 앞장서서 제방을 높이 쌓아 올려 이를 막으려 애썼고, 낮은 데 사는 마을 주민을 미리 피난 보냈소. 그뿐 아니라 밤잠을 설치면서 이재민을 돕다가 수해 뒤처리가 마무리되자 한 마디 변명도 없이 사직서를 내었소. 성주는 성실하게 노력하는 일꾼보다 주인 눈치나 보며 요령 좋게 처세한 삯꾼에게 상을 주려는 것이오? 내 눈에는 솔뫼처럼 충직한 벼슬아치를 크게 쓰고, 정래 같은 자는 멀리함이 옳을 듯하오. 앞으로 벼슬아치의 평가기준을 고쳐야 할 것이오."

천산 기슭은 메마른 땅이어서 예로부터 안시고을 백성은 부지런하고 근검절약했으나 싸울아비촌이 자리 잡은 탓인지 성격이 거칠고 불같아서 한 번 싸움이 붙으면 끝을 보아야 직성이 풀렸고, 서로 의견이 다르면 결투로 해결하는 풍속이 있었다.

승냥이 동구는 부유한 토호이고 고검문(高劍門) 검객 출신으로 칼싸움에 뛰어났으나 무척 탐욕스러운 데다 무도(武道)의 진정한 뜻을 터득하지 못한 망나니였다. 그는 늘 개혁에 걸림돌인 말썽꾼이었으나 세상의 흐름을 깨닫는 데는 눈치가 빨라 용케 어수오 반란에 가담하지 않았다. 고을 대표로도 뽑혔으나 백성의 삶에는 관심이 없고, 자기 이익을 위해서는 상대방의 발목을 붙잡으며 생트집을 일삼는 철면피(鐵面皮)였다.

게다가 뻔뻔한 성격이어서 승냥이란 별명을 부끄러워하기는커녕 자랑스레 뽐냈다. 올곧은 사람들과 말다툼을 하다 밀리면 결투를 신청해 기를 꺾기 일쑤였고, 여러 차례 칼싸움으로 몇 사람 목숨을 빼앗았다. 그런 주제에 양만춘이 고을 대표자회의에 참석하면 벼슬 한 자리 얻을까 해서 남보다 먼저 얼굴을 내밀고 아첨했다.

오랜만에 양만춘이 고을 대표자회의에 참석했는데, 으레 나타나야 할 승냥이가 보이지 않아 의장에게 물었더니 재미난 이야기를 들려주었다.

지난 회의 때 무엇이 못마땅했던지 승냥이가 여느 때처럼 몽니를 부리자 정의감 강한 젊은 니루 모두리가 무안을 주었다.

"저번에는 어르신께서 앞장서서 지지하더니 이제 와서 어깃장을 부리니 이해할 수 없군요. 회의 진행이나 방해하지 마시구려."

생떼를 부릴 때마다 모두리가 올곧은 소리로 창피 주는 게 못마땅했던지라 승냥이는 오늘 단단히 기를 꺾어 놓아야겠다고 마음먹고 얼굴이 시뻘겋게 되어 씨근덕거리며 겁을 주었다.

"애송이 녀석이 건방지게 말이 많군. 칼 맛을 못 보아 몸이 근질근질한 게로구나."

"어른이면 어른다워야지 불한당같이 힘으로 억누르려 합니까."

젊은 싸울아비도 지지 않고 맞받아쳤다.

"건방진 놈. 끝까지 맞서다니. 혓바닥만큼 용기가 있다면 뒤뜰 솔밭으로 나오거라."

모두리는 두 자루 칼을 들고 마주섰다. 방어는 일체 무시한 채 오로지 함께 죽자는 필살(必殺)의 공격 자세. 어느덧 젊은이 몸은 사라지고 두 자루 칼만 살기(殺氣)를 뿜어냈다. 상대가 저 같은 자세로 부딪혀온다면 아무리 검술에 뛰어나도 두 사람 모두 죽음을 피할 수 없었다. 승냥이 가슴에 죽음의 공포가 덮쳤다.

"내가 오늘 심했던 것 같아. 이쯤에서 그만두자."

"비겁한 놈, 먼저 싸움을 걸어놓고 잘못도 빌지 않고 멋대로 그만두자니. 넌 이미 명예를 잃은 인간이다. 무릎을 꿇어라!"

나지막한 목쉰 젊은이 소리에는 목숨을 초개같이 내던져버린 자의 기백이 스며있었다.

승냥이는 그날부터 쥐죽은 듯 집 밖을 나오지 않았다. 고을의 잘못된 전통을 바로잡을 좋은 기회였다. 양만춘은 멀찌감치 떨어져 고개를 푹 숙인 모두리에게 눈을 떼고 의원들을 둘러보았다.

"싸울아비는 칼은 함부로 뽑는 게 아니다. 옳고 그름을 판단하는 나라의 법이 있거늘, 결투로 해결하던 옛 풍속은 잘못된 전통이니 앞으로 일체 결투를 금지하겠다. 이제부터 먼저 결투를 신청한 자는 엄중히 처벌하고, 그에 응하다가 상대방을 해친 자도 마땅한 벌을 받도록 오늘 회의에서 결정해 주시오."

그는 결투를 법으로 금지하는 대신 다른 방법으로 젊은이들의 경쟁심을 북돋우기로 했다. 매월 초하루에 경당끼리 학문을 경쟁시키고 무예시합을 열어 시월 상달(上月) 동맹축제(東盟祝祭) 때 그해 학문에 우수한 성적을 거둔 자에게 상을 주고 무예대회 우승자를 싸울아비로 뽑겠다고 약속했다. 또한 자무학당을 설립해서 경당에서 뛰어난 성적을 거둔 인재에게 평양성 태학(太學) 못지않게 깊은 학문을 닦을 기회를 주었다.

자무가 세우고 돌고가 다듬은 틀에 따라 백성을 다스리니 안시고을 백성의 삶은 제자리를 잡아갔다.

성주 취임 후 처음 맞은 동맹축제에서 마을과 경당에서 뽑힌 선수들이 서로 실력을 겨루는 무술대회를 열었다. 경당에서 제자를 잘 가르친 스승과 뛰어난 학생들을 가려 표창했다.

"수십 배 병력을 가진 적에 맞서려면 우리 병사 한 사람 한 사람은 적보다 몇 곱절 뛰어난 실력을 갖추어야 살아남을 수 있다. 여러분은 자신이 가진 재주를 갈고 닦아 최고 경지에 올라서라. 활꾼〔弓兵〕은 장마철 활을 쓰지 못할 때를 위해 표창 던지기와 백병전(白兵戰)에 쓸 단창(短槍)을 배우고, 도끼병은 멀리 떨어져 있는 적을 돌팔매질로 공격할 수 있어야 한다."

축제 날 올해의 명예로운 인물로 요하 제방을 기일보다 앞서 완공한 감독관과, 청렴결백하게 살다 죽은 벼슬아치를 뽑았다. 특히 청렴결백한 벼슬아치가 재산을 남기지 않아 남은 가족들이 어렵게 산다는 말을 듣고, 모든 벼슬아치들이 본받아야 할 사표(師表)로 떠받들고 그 자식에게 벼슬을 주기로 했다.

축제가 끝난 며칠 후 돌고가 양만춘에게 쓴소리를 뱉었다.

"통치자는 항상 민귀군경(民貴君輕)의 마음가짐으로 백성을 귀하게 여겨야 마땅하고, 성주란 맡은 책임을 제대로 감당치 못할까 염려하며 하루하루 살얼음판 걷듯 조심스럽게 행동해야 하오. 성주는 제방을 쌓은 감독관이 기일을 단축하기 위해 농번기(農繁期) 백성을 지나치게 몰아붙이지 않았는지 살펴보았소? 더구나 청빈(淸貧)하게 살다간 벼슬아치를 지나치게 떠받드는 것도 찬성할 수 없구려.

벼슬아치가 부정을 저지르지 않고 검소하게 사는 것이야 당연한 일이나, 그렇다고 적빈(赤貧)이 자랑거리는 아니오. 처자식 생활 바탕을 마련함 없이 자녀교육도 제대로 못 할 정도로 가난을 물려주는 삶은 그리 칭찬할 게 아니오. 내 스승께서 지나치게 청렴한 사람은 후손 중에 탐욕으로 몸을 망치는 자가 생긴다고 경계(警戒)하셨소. 벼슬아치가 부정을 저지르지 않게 애쓰는 건 좋지만 이번 일은 못마땅하오."

양만춘은 칭찬받을 일을 했다고 자랑했는데, 뜻밖에 돌고의 매서운 꾸중을 듣자 깜짝 놀랐다.

"그렇다면 내가 어찌했어야 옳았는지 말씀해 주시지요."

"세상에 흠 없는 사람이 어디 있겠소. 모름지기 다스리는 자는 너그러운 마음을 갖고 온갖 사람을 보듬어야 하오. 옳은 길을 걸으려 애쓰는 자라면 다소 잘못이 있거나 눈에 거슬리고 심지어 다른 길을 걷더라도 북돋워 주시구려.

이제 개혁이 제대로 자리를 잡아가니 내 마음도 무척 기쁘구려.

그러나 고을이 잘살려면 성주와 벼슬아치 힘만으로 되지 않소. 백성들이 스스로 잘살고 싶은 꿈을 품고 앞다투어 산업(産業)을 일으키고, 제 능력과 잠재력까지 아낌없이 발휘할 수 있게 서로 경쟁시키시오.

진정 뛰어난 성주가 되고 싶다면 농부가 새싹을 소중히 여겨 땀 흘려 가꾼 뒤에 풍성한 열매를 거두듯, 열정을 지닌 사람들이 가슴속에 품은 꿈을 활짝 꽃피우게 힘껏 도우시오. 그래야 참다운 부국(富國)의 길이 열립니다."

돌고는 고개를 끄떡이는 양만춘에게 충고했다.

"인사(人事)는 가장 중요한 일이오. 인재를 능력에 따라 적재적소(適材適所)에 배치하고 썩은 벼슬아치를 솎아내야 백성의 믿음을 얻을 수 있기 때문이오. 그러니 그 평판을 살피고 능력을 시험한 후 뽑아야지 아비의 공으로 자식을 뽑는 것은 옳지 않소. 청빈했던 벼슬아치의 유족에게 농사를 지을 땅을 주어 생활터전을 마련해 주는 건 좋은 일이지만, 그 자녀에게 관직을 약속한 건 무척 잘못되었소. 다만 성주가 만인 앞에 한 약속은 반드시 지켜야 할 것인즉, 이번만은 벼슬아치로 채용하더라도 중요한 일을 맡기지 말고 세심하게 그 능력을 관찰하는 게 옳겠소."

첫눈이 내려 천산에 사냥을 나가 산막(山幕)에 머물다가 산지기 노인이 전하는 애처로운 이야기를 들었다.

천산 참나무골의 싸울아비 마을에 윗마을 총각과 아랫마을 처녀가 서로 눈이 맞았는데, 그 총각을 짝사랑하던 윗마을 촌장 딸이

두 사람의 사랑을 시샘해서 아랫마을 처녀 행실이 좋지 않다는 헛소문을 퍼뜨렸다. 한 입 두 입 건너가는 사이에 아랫마을 처녀가 나쁜 짓을 하는 걸 보았다고 소문이 부풀려졌다. 억울한 누명을 쓴 처녀는 원통해서 하소연했으나, 총각 부모가 두 연인의 결혼을 끝내 반대하자 스스로 목을 매었다.

처녀 오라비는 헛소문을 퍼뜨린 촌장 딸을 찾아가 누이의 죽음을 따지다가 촌장 아들과 결투했는데, 불행히 목숨을 잃었다. 촌장 아들은 처녀 오라비가 먼저 결투를 신청했다고 주장했으나, 재판장은 결투금지법에 따라 소 다섯 마리를 배상하라는 판결을 내렸다.

아랫마을 촌장 동생인 처녀 아버지는 졸지에 두 자식을 잃자 윗마을 촌장 아들에 복수를 맹세했고, 아랫마을 사람도 처녀 편을 들어 정답게 지내던 두 마을은 원수가 되어버렸다. 싸울아비촌 장로가 두 마을의 다툼을 말리려 애썼으나 헛일이었고, 이제 윗마을 사람은 아랫마을 앞 다리를 건널 수 없어 해성읍으로 가려면 산줄기를 넘어 수십 리 길을 둘러 다니게 되었다.

양만춘은 싸울아비촌이 두 패로 갈라져 다투는 걸 두고 볼 수 없어 법인 스님에게 두 마을을 화해시키도록 부탁했더니, 아랫마을에서는 윗마을 촌장 딸이 머리를 깎고 절에 들어가 죽은 두 사람 명복을 빌어야 한다고 요구했고, 윗마을 촌장은 딸이 잘못을 저질렀으나 시집을 못 갈 정도로 큰 죄를 지은 것은 아니라며 거절해 두 마을의 앙금을 씻을 길이 없었다.

그는 싸울아비촌을 방문해 두 마을 촌장과 유력한 마을 사람들을 불러 모으고 아랫마을 촌장 동생에게 말했다.

"자식을 둘이나 잃은 그대 마음을 어떻게 위로해야 할지 모르겠소. 하지만 사이좋던 두 마을이 원수로 지내는 것을 그대로 두고 볼 수 없구려. 윗마을 사람이 돈을 거두어 아랫마을 다리 앞에 사당을 세우고, 촌장 딸과 소문을 부풀려 처녀를 죽음에 이르게 한 여인들이 사당 앞에 꿇어 엎드려 사흘 동안 먹지 않고 곡(哭)을 하여 두 영혼을 위로하는 위령제를 지내면 어떻겠소?"

성주의 권유를 따르는 게 좋겠다고 싸울아비촌 장로가 사람들을 설득하고, 아랫마을 촌장도 동생을 달래 위령제를 지내기로 했다. 양만춘은 촌장 동생의 손을 잡고 아랫마을 주민을 둘러보았다.

"너그러운 그대 마음에 진심으로 감사하오. 앞으로 오월 단오(端午)가 되면 두 마을 아낙네들이 사당에 꽃을 바치고 그네뛰기 대회를 열어 두 영혼을 위로하며 화목하게 지내시오."

사가라는 고지식한 사나이는 젊은 날 니루였는데, 전투 중 부상을 입어 한쪽 다리를 쓰지 못하면서 자무의 제자가 되었다.

스승이 정치에 몸을 던지면서 제자에게 살기 좋은 고장을 만드는 데 힘을 보태 달라고 호소하자, 가난한 아이들을 가르치는 게 그의 사명이라고 결심하고서 고향을 떠나 산골마을에 경당을 세웠다. 경당은 누구나 들어갈 수 있었으나 소작농 아이들에게는 그림속 떡이었다. 보리 서 말 학비도 부담스러웠지만, 당장 부모를 도와 생계를 꾸려가는 데 보탬이 되어야 했기 때문이었다.

사가는 몇 명 소작농 아이에게 품삯을 주어 경당에 딸린 밭에 일을 시키며 틈틈이 활쏘기를 가르치고 어두워지면 글을 가르쳤다. 밥도 제대로 못 먹은 피곤한 어린애를 가르치는 게 쉽지 않았고, 가르치는 시간도 다른 경당에 비해 턱없이 부족하니 배우는 속도 역시 더딜 수밖에 없었다. 그러나 실망하지 않고 아이들에게 희망을 북돋아 주고 떳떳한 삶을 살아갈 자부심을 길러주었다.

'무엇이든 한 가지라도 다른 경당에 앞선다면 그것이 사가경당의 전통이 되고 학생에게 자부심을 심어줄 수 있겠지. 내가 잘 가르칠 수 있는 건 활쏘기뿐이니 이것만이라도 제대로 가르쳐 보자.'

매년 동맹축제 때 우수한 성적을 거둔 학생을 표창하는데, 뜻밖에 시메산골 사가경당 억새가 활쏘기 대회에서 우승하는 놀라운 일이 일어났다.

양만춘은 큰 감동을 받고 우승한 소년을 불렀다.

"개천에서 용(龍)이 난다더니 그렇게 어려운 처지에서 우승하다니 정말 기특하구나. 네 희망이 무엇이냐?"

"주위 모든 어른에게 감사드리고 키워주신 부모님과 스승님께 은혜를 갚고 싶습니다. 더욱 노력해 어려운 삶을 사는 이웃에게 도움을 주는 사람이 되려 합니다."

가슴을 펴고 당당히 말하는 소년의 눈이 맑게 빛났다. 가슴이 뭉클하여 억새와 스승 사가를 단상에 올라오게 하였다.

"사가 님, 정말 놀라운 성과를 거두셨소. 제자의 우승은 스승에게도 영광이 아니겠소. 그대에게 존경과 감사를 드리며 이 소년을 싸울아비로 받아들이겠소. 내가 도와드릴 게 없겠소?"

사가는 잠깐 주저하더니 입을 열었다.

"성주님께서는 어려운 개혁을 이루신 행복한 분이십니다. 그처럼 복된 삶을 살아가는 비결이 무엇인지 밝혀주시면 젊은이들이 살아가는 데 큰 교훈이 되겠지요."

"가슴에 품은 열정(熱情)이오. 오늘 하루가 내 삶의 마지막 날이라고 여기며 온 힘을 기울여 하루하루 살아왔던 것뿐이라오."

양만춘은 빙그레 웃으며 사가의 어깨를 껴안았다.

"좋은 활 30벌을 상으로 주겠소. 이에 더해 우리 역사를 기록한 책《신집》(新集)과《유기》(留記) 1벌과 10경(頃, 1경은 3천 평)의 밭을 사가경당에 줄 테니 부디 좋은 인재를 기르는 데 보탬이 되기 바라오."

양만춘은 차사 저유를 불러 소작농 아이도 농사를 지으며 경당에서 공부할 기회를 주도록 지시했다. 이때부터 사가경당은 고을 사람의 주목을 받아 소작인 자식이 아닌 젊은이까지 모여들었다.

의식에 부족함 없어야 예의를 아나니

안시고을 행정중심지 해성 남서쪽 멀지 않은 곳에 요하 하구(河口)가 있어 요하를 거슬러 오르면 부여성을 거쳐 거란에 이른다. 지류(支流)인 대량수〔太子河〕로 요동성과 백암성에 갈 수 있고, 야래강〔渾河〕으로는 신성과 현도성에 닿는다.

양만춘은 이런 지리적 이점을 살려 무역항을 만들 꿈에 부풀어 성주 사위가 되자 요하 하구 어촌에 포구(浦口)를 건설했다.

배는 수레보다 훨씬 많은 화물을 운반하니 안시고을은 물론 요동 모든 상품이 이 포구를 통해 거래가 이루어졌다. 처음에는 고기잡이배 사이에 한두 척 화물선이 끼어 있어 엉성해 보였으나, 곧 어촌에서 잡은 수산물을 강 상류로 운반하는 어선 수가 부쩍 늘더니, 날이 갈수록 활기를 띠어 강 상류 상품까지 부두에 쌓였다. 해성포구가 완성되자 바카투르 상단 본부를 이곳으로 옮기고, 호랑이촌에는 지사(支社)를 두었다.

사람 모이는 곳에는 돈과 물건이 쌓이고, 백성이 풍요로워지면 재정도 튼튼해진다. 그러나 포구의 입지조건이 아무리 좋아도 사람이 모여들려면 사람과 물건 흐름이 자유로워야 한다. 통행세와 야간통행 금지를 없애고 상인에게 세금 외에 일체 돈을 거두지 못하게 했으며, 포구의 행정도 상인조합에 넘겨주었다.

세금을 낮추니 상인이 사방에서 모여들고 물건과 돈의 흐름이 늘어났다. 몇 해 지나지 않아 해성포구는 요동성 못지않게 번창한 저잣거리가 되었고, 여기저기 술집이 생겨 흥청거렸다.

법인 스님이 시주(施主)를 얻으려 포구 앞 민들레란 술집에 들어서니 요염하게 생긴 어린 주모(酒母)가 반갑게 맞이했다. 방 안에 있던 얼굴이 불쾌한 사내가 달려 나와 "재수 없는 중놈"이라고 호통을 치고 쫓아내려다가 스님 얼굴을 보니 친한 친구 동생이라 멈칫했다.

"자네 진성(출가 전 이름)이 아닌가. 언제 중이 되었나?"

"동구 형님, 여긴 어인 일이십니까?"

사내는 부끄러운 얼굴로 우물거렸다.

"이 술집 주인이 바로 나일세."

그제야 법인 스님은 승냥이 동구가 젊은 싸울아비와 결투하다가 마음에 큰 타격을 받고 두문불출(杜門不出) 하더니, 요즘 어린 술집 여인에게 홀딱 빠져 방탕한 생활을 한다던 소문이 머리에 떠올랐다.

"형님은 고검문에서도 알아주던 인재신데 어찌하여 헛되이 방황하고 계십니까?"

"나는 이미 싸울아비의 명예를 잃어버렸거늘 이제 와서 무얼 할 수 있겠나?"

"이 넓은 세상에 사나이가 할 일이 어찌 없겠습니까. 더구나 지금은 질풍노도가 휘몰아치는 격랑(激浪)의 시대 아닙니까."

법인 스님이 승냥이에게 다가가 목소리를 낮추었다.

"성주가 안시고을을 잘살게 하려고 애쓰고 있지만 한 사람이 모든 걸 다 할 수는 없잖아요? 그래서 부유한 백성의 자본을 끌어들이고 그들의 창의력을 백방(百方)으로 활용하려 한다더군요. 그분은 쇠와 소금으로, 말갈은 물론 거란과 실위의 경제를 움켜쥐려는 큰 야망을 품고 쇠가마(제철소)를 크게 늘리고 있으니 곧 철광석이 엄청나게 많이 필요할 테지요. 또한 거대한 염전을 만들려고 물주를 찾는데 농토보다 열 곱절 이상 수익을 올린다니 돈 벌기에 이보다 더 좋은 기회가 어디 있겠어요?"

승냥이의 눈이 횃불같이 불타며 벌떡 일어나 외쳤다.

"이제야 내 할 일을 찾았군. 돈을 쓸어 담으면 자네 절에도 듬뿍 시주하겠네."

우리나라는 고조선 때 이미 쇠로 만든 자모전•을 사용했다 하나, 고구려 시대는 전국적으로 통용되던 화폐가 없어 베나 비단을 교환수단으로 삼아 무역하는 데 불편했다. 양만춘은 상인조합에 10근과 100근짜리 네모난 쇠덩어리(鐵錠)를 만들 권한을 주어 무역거래에 사용하고, 이 쇠덩어리를 기준으로 금과 은, 소금과 당나라 화폐 간 교환비율을 매월 정하도록 했다.

상인조합은 이 쇠덩어리와 바꿀 수 있는 종이어음을 발행해 해성포구에서 이루어지는 무역거래 결제수단으로 삼고, 작은 거래는 5근과 10근 소금을 나무 상자에 넣어 편리하게 사용했다.

어느 날 초현전 책임자가 양만춘에게 늙은이를 데려왔다.

"젊은 시절 산동(山東) 염전에서 일한 적이 있습니다. 전쟁이 끝나자 수나라 포로 중에 염전을 잘 아는 자 몇 명을 찾아내 십여 년 전부터 염전을 시작했으나 워낙 자본이 부족해 별로 이익을 내지 못하고 있는데 성주님께서 도와주실 수 없겠습니까?"

"염전에서 만든 소금을 볼 수 있겠는가."

"네, 여기 가져왔습니다."

• 《동국사략》(東國史略, 권근·하륜 지음)과 조선 후기 한치윤이 쓴 역사책에 의하면 우리나라 최초로 기원전 957년 고조선 때 자모전이란 쇠로 만든 화폐가 있었다 하고, 기원전 1세기경 마한에선 동전을, 진한에서는 철전을 사용했다는 기록이 있다 함.

노인이 나무 상자에 담아온 것은 하얗게 빛나는 천일염이었다. 그는 품질이 뛰어난 소금을 보자 눈이 번쩍 띄었다.

"염전을 제대로 만들려면 돈이 얼마나 필요한가?"

"제가 일했던 산동 염전은 제(濟)나라 때부터 소금을 만들었던 오래된 염전이었는데 엄청나게 큰 규모였습니다. 비록 작은 규모의 염전을 만들려 해도 천금이 필요합니다."

양만춘은 해성포구에서 30여 리 떨어진 바닷가 염전을 보러 갔다. 큰 파도라도 몰아치면 곧 무너질 듯한 제방과 어설픈 시설이었으나, 밀물 때 바닷물을 가두어 소금을 만들었다. 늙은이 막내아들과 일꾼 다섯 명이 디딜방아로 햇볕에 증발한 진한 소금물을 소금밭으로 퍼 올렸고, 창고 앞에 하얀 소금이 큼직한 무더기를 이루었다.

"여러 해 동안 산동 염전과 비슷한 조건을 갖춘 곳을 두루 찾아 헤매다 이곳을 발견했지만 워낙 보잘것없는 규모라 부끄럽습니다."

"큰 염전은 엄청난 이익이 생긴다고 들었는데, 옛날 일하던 염전에서 얼마나 이익을 올리던가?"

"염전 인부만 천 명이 넘었는데, 매년 나라에서 거두어들이는 세금이 수만금이 넘는다고 들었습니다."

"이곳에 제대로 염전을 만들려면 그 규모가 어느 정도나 될까?"

늙은이의 흐릿하던 눈이 갑자기 불꽃같이 타올랐다.

"이 산기슭에서 저 두루미섬까지 둑을 쌓아 염전을 만든다면 산동 염전 규모와 맞먹을 겁니다. 성주님께서 농토를 개간해 얻는 수입 열 배 이상 이익을 올릴 수 있습니다."

"그런 큰 염전을 경영하려면 많은 기술자가 필요할 텐데 … ."

늙은이는 기쁨에 가득 차 외쳤다.

"염려 마십시오, 성주님. 벌써 5년 전에 두 아들을 산동 염전에 보내 기술을 배우게 하고 있습니다."

양만춘은 큼지막한 은덩이를 꺼내 노인에게 주며 말했다.

"돈이 필요하면 얼마든지 줄 테니 자네 아들에게 그곳 염전 최고 기술자를 몇 명 데리고 돌아오도록 하게. 그리고 이곳에 염전을 만들 계획도를 자세히 그렸다가 아들과 함께 찾아오게나."

양만춘이 오랜만에 초현전을 찾았다. 맑은 시냇가 양지바른 곳 여기저기 초대한 인재들의 가족이 사는 아담한 집이 흩어져 있었고, 사무실에는 '나는 잔소리꾼인가, 열린 귀를 가진 지도자인가'라 쓴 액자가 벽에 걸려 있었다. 책임자 야루는 총명한 눈에 유난히 귀가 크고 밝은 미소를 띤 사나이였다.

시냇가 대장간 앞에 석탄과 참나무 숯 더미가 산같이 쌓여 있었다. 웃통을 벗은 사내가 제자들과 함께 쇠가마 불 속에서 쇠막대를 꺼내 모루에 올려놓고 두드리다가 물에 넣어 식히는 작업을 여러 차례 반복했는데, 그가 들어가도 알은체도 않고 일에만 골몰했다. 야루가 사내에게 성주님이라고 소개했으나 뒤돌아보며 무뚝뚝하게 인사하는 둥 마는 둥 하더니 곧 자기 일에 빠져들었다.

"여기는 별난 사람(奇人)이 많아 예의를 차리는 게 어설픕니다."

양만춘이 빙그레 웃으며 고개를 끄덕였다.

"한 사람 천재는 만 사람을 먹여 살리지. 옛말에 불광불급(不狂不及)이라더군. 일에 미치지 않고서야 어찌 천재가 될 수 있겠나. 자네가 대신 예의를 갖추니 되었네, 됐어."

대장간 옆에는 철공소가 있어 갖가지 기계와 물레방아를 만들어 냇물을 높은 곳으로 끌어올렸고, 그 옆에는 벌통처럼 나누어진 백여 개 작은 밭마다 중국과 서역에서 들여온 낯선 과일나무를 비롯해 온갖 곡식과 채소를 심어 좋은 종자를 찾아냈다.

양만춘은 초현전을 한 바퀴 둘러보고, 오후에는 조작법이 간단하고 고장이 나지 않는 쇠뇌(弩)와 종이를 만드는 공장을 구경하기로 했다.

야루가 권하는 녹차를 마시는데 웬 젊은 사내가 들어와 깍듯이 예의를 갖추어 인사했다.

"어두워지면 서풍이 강하게 불고 사나흘 계속 비가 쏟아질 테니 서둘러 돌아가심이 좋겠습니다."

"아니, 해가 저렇게 환히 빛나고 있거늘 무슨 말을 하는가."

야루가 빙긋 웃으며 옆에서 거들었다.

"성주님, 보우의 예측은 한 번도 어긋난 적이 없습니다. 지금 돌아가심이 좋을 듯합니다."

"며칠 후 날씨까지 예측하다니, 날씨를 알아맞히는 신통력(神通力)이라도 가졌단 말인가?"

"타고난 능력이라기보다 세심한 관찰력 덕분이지요. 처음 가본 곳에서 날씨를 맞히라면, 그곳에서 수십 년 살고 있는 농부보다 별로 나을 게 없을 겝니다. 그러나 한 해 이상 머문 곳이라면 아마 저보다 정확히 맞히는 사람은 없을 겁니다."

"나를 따라오게. 자네 말이 맞는지 보아야겠네. 만약 틀리면 곤장 맞을 각오를 단단히 하게."

양만춘은 빙그레 웃으며 생각했다.

'얼마나 대단한 재주인가! 저 사내가 정말 날씨를 맞춘다면 호위무사로 삼아야겠군."

세월이 흘러 해성포구에 머무는 외국인이 많아졌다. 외국인을 다루는 건 미묘한 일이 많아 스스로 자치단체를 만들어 자기 나라 법에 따르게 하고, 벼슬아치에게 포구의 치안만 맡겼다.

무역은 안시고을에 큰 이익을 주었으나 해성포구가 번창할수록 걱정거리도 많이 생겼다. 사치한 풍속이 스며드는 걸 막는 것도 신경 쓰였지만, 외국인 범죄도 두통거리여서 어지간한 범죄는 자치단체에서 스스로 해결하게 했다.

어느 날 당나라 여인이 성주 저택 앞 민성고를 쳤다.

산동 사람 악운학은 성실하고 의리 있는 선비로 여러 차례 과거에 떨어지자 장삿길에 나섰다. 그는 시험운보다 재물운이 더 좋았던지 무역에서 큰돈을 벌고서 아예 해성포구에 머물러 살았다.

한 달 전 당나라마을 거상(巨商) 조동루 집에 도둑이 들어 하인을 죽이고 많은 재물을 훔쳐갔는데, 부인 몸종이 침입한 도적은 악운학이라고 고발했고, 그의 집에서 잃어버린 은덩이가 발견되자 조동루는 그를 체포해 저택 안에 가두었다.

조동루는 자기 돈벌이에서 가장 큰 몫을 차지하던 소금무역에 악운학이 끼어들어 눈엣가시처럼 여기던 터라, 어떻게 해서라도 자백을 받아내려고 모진 고문을 하며 사건처리를 질질 끌었다.

해성포구에서 외국인끼리 벌어진 범죄는 그 나라 법에 따르게 했다. 하지만 사형을 내리거나 재산을 몰수하려면 성주의 허락을 받아야 했다.

악운학 부인은 성주 저택 앞에 백성의 억울함을 풀어 주는 민성고가 있다는 말을 듣고 남편의 무죄를 밝혀달라고 하소연했다. 양만춘은 외국인 재판에 간섭하기를 꺼렸으나 부인 처지가 너무 딱했고, 다스리는 땅에서 일어난 살인사건을 외면할 수 없었다. 게다가 조동루가 사건을 빌미로 눈 밖에 난 상인에게 소환장을 함부로 보내 해성포구 무역거래에 지장을 주고 있다는 상인조합 보고를 받고서 감찰관을 보내 진상을 밝히게 했다.

사건이 일어났던 날 밤, 악운학이 포구에서 30여 리 떨어진 염전에 머물렀고, 염전 거래장부에서 그 사실이 확인되었다.

감찰관은 즉시 악운학을 해성포구 감옥으로 옮기도록 명령하고 그를 범인이라고 고발한 몸종을 구속했다. 몸종의 화려한 옷차림을 수상히 여겨 뒷조사를 했더니 포구 왈패와 친밀한 관계였음이 밝혀졌다. 감찰관이 왈패의 행방을 찾자 두목인 주작노인이 범인을 묶어서 해성포구의 치안을 담당하던 도두(都頭)에게 보냈다. 왈패는 몸종의 도움을 받아 조동루의 집에 침입해 도적질하다 하인에게 발각되자 그를 죽이고 도망쳤다고 자백했다.

양만춘은 일부러 재판을 질질 끌며 모진 고문으로 선량한 사람을 괴롭힌 조동루에게 분노했고, 수사하는 과정에서 그의 의심스러운 짓이 드러났으나 당나라와 무역에 지장이 있을까 염려해 처벌하지 않고, 거짓 고발한 몸종과 악운학 부인에게 뇌물을 강요한 그 집 문지기만 처벌했다.

범인이 훔친 재물은 이 사건으로 많은 피해를 입은 악운학에게 배상금으로 주도록 조치하고, 외국인 간의 범죄라도 무거운 죄는 해성포구 감옥에 가두도록 법을 바꾸었다.

강물 흘러가듯

通則不痛

'올바른 다스림이란?'

저유는 백성을 배부르게 하는 것이라고 주장했고, 온사문은 법과 원칙을 지키고 외적과 도둑 걱정을 없게 함이 통치자의 으뜸 의무라고 목소리를 높였다. 법인 스님은 가진 자가 서로 나누고 도와야 살기 좋은 세상이 된다고 입에 침이 말랐다.

늙은 농부는 홍수나 가뭄이 들어도 처자식이 굶지 않길 바랐고, 장사치와 대장장이는 약속을 제대로 지켜야 안심하고 장사하고 물건을 만들 수 있다고 했다.

돌고가 찾아왔기에 양만춘은 다로의 보고를 들려주었다.

"해답을 모두 갖추었구려. 그에 더해 초심(初心)을 잊지 않고 백성을 어려워하며 겸손한 마음을 잃지 않아야 하오. 홍수와 가뭄이나 강한 외적의 침략을 막기가 어찌 쉽겠소. 그러나 통즉불통(通則不痛, 마음이 통하면 괴로움도 견딜 수 있다)이니, 다스리는 자와 백성이 서로 마음이 통하여 하나로 뭉친다면 어떤 어려움이 닥쳐와도 이겨낼 수 있소."

기우제 祈雨祭

정월 대보름달이 주황색을 띠면 가뭄이 들고, 꽃나무 꽃이 밑에서부터 피면 흉년이 된다더니, 양만춘이 성주에 올라 3년이 되던 해 극심한 가뭄이 요동벌판을 휩쓸었다.

곡우(穀雨, 4월 20일경)가 지난 지 두 달이 넘었건만 한 방울 비도 내리지 않았다. 들녘을 바라보는 농부의 가슴은 까맣게 타 들어가 땅이 꺼질 듯 한숨 쉬며 하늘을 우러러보았으나 무심한 하늘에는 구름 한 점 없이 불볕만 내리쬐었다.

밭에는 푸석푸석한 마른 흙이 바람에 날렸다. 애써 가꾼 보리는 이삭도 패기 전에 누렇게 타 들어갔고, 새로 뿌린 씨앗은 싹도 트기 전에 말라 죽었다. 시냇물이 마르고 저수지조차 거북 등껍질처럼 갈라져 마실 물조차 걱정할 형편이었다. 농부들은 비지땀을 흘리면서 시내 바닥을 파헤쳐 웅덩이를 만들고, 고인 물을 두레박으로 퍼 올려 밭에 물을 뿌렸으나 밑 빠진 독에 물 붓기였다. 혹시나 하고 마을마다 기우제(祈雨祭)를 올리느라 야단법석을 떨었지만 아무 소용이 없었다.

홍수나 가뭄이야 어디 한두 해 겪는 일이겠냐만 올해같이 혹독한 한발(旱魃)은 60 평생 처음이라고 늙은 농부도 탄식했다.

"이번 가뭄은 내가 부덕(不德)한 탓이니 하백(河伯, 水神)을 모시는 요하 강변 사당에 제단을 쌓고 기우제를 지내자."

합리적 생각을 가진 유학자인 저유가 만류했다.

"성주님, 이번 가뭄은 우리 고을뿐 아니라 요동 모든 지역에 닥친 재앙입니다. 기우제란 어리석은 백성의 미신(迷信) 일 뿐이니 다시 한 번 생각해 주십시오."

"미신이면 어떤가. 백성의 가슴이 타 들어가는데, 다스리는 자가 함께 고통을 나누고 그 마음을 위로하는 일을 어찌 게을리하겠나. 혹시 아는가. 정성을 다해 빌면 하늘이 들어주실는지."

하백의 사당 앞에 하늘에 제사드릴 제단을 쌓고 거친 삼베옷을 입은 양만춘이 멍석 위에 꿇어 엎드렸고, 뒤에는 벼슬아치와 촌장(村長), 마을 장로들이 모두 꿇어앉았다.

"하늘이시여, 안시고을을 잘못 다스려 이런 재난이 닥쳐왔습니다. 저희가 허물을 깨닫고 이렇게 엎드려 비오니 노한 마음을 푸시고 단비를 내려주소서."

사흘 동안 낮에는 불볕 아래, 밤이면 송진에 심지를 박은 등불을 켜고 간절히 빌었으나 비는 오지 않았다.

기우제도 소용이 없자 저유에게 지시했다.

"역사를 살펴보니 하늘의 뜻에 어긋나는 짓을 하거나 억울한 판결로 백성의 원망이 가득할 때 큰 가뭄을 내렸는데, 무고한 죄인을 풀어 주자 큰비가 쏟아졌다 하오. 우리 고을에 누명을 쓰고 갇힌 죄수가 없는지 조사해 억울한 죄수 한 사람도 없게 하시오."

벼슬아치는 감옥에 갇힌 죄수 중 억울한 사람이 없는지 다시 한 번 살펴보고 가벼운 죄를 진 자들을 풀어 주었다.

양만춘이 밤잠을 설치며 가뭄의 피해를 줄이려 애쓴다는 소식을 듣고 돌고가 찾아와 위로했다.

“우(禹)가 다스리던 10년 동안 아홉 번 홍수가 나고, 탕(湯) 임금의 8년 동안 일곱 해나 가뭄이 들었지만 백성을 잘 다스렸기에 후세 사람은 태평성대(太平聖代)라 부르오. 올바르게 다스리고 미리 재난에 대비하면 자연재해건 전쟁이건 두려워할 게 없소이다. 이번 재난은 어쩌면 전화위복(轉禍爲福)이 되어 성주의 능력이 세상에 드러나고, 작은 안시고을이 큰 고을로 성장할 기회가 될게요. 백성은 어려움을 당할수록 믿음을 주는 통치자를 찾는 법이니, 슬기롭게 극복하면 많은 인재가 모여들 것이오. 또한 유민(流民)이 몰려올지 모르니 그것도 미리 대비하시오.”

돌고는 기우제와 죄수를 풀어준 게 민심을 안정시켰다며 구황식물(救荒植物, 흉년 때 먹을 음식)을 마련하고, 안시성 쌓기를 미루며, 태왕께 ‘천산방벽 공사 중단’을 상소(上訴)하라고 권유했다.

극심한 가뭄을 극복하는 데는 수나라 전쟁 이듬해 겪었던 기근의 아픈 경험이 큰 도움이 되었다. 곡식가격 안정과 진대법의 공정한 시행이 무엇보다 중요했기에 믿을 만한 부하를 파견해 고을에서 보관하던 모든 창고의 곡식 재고(在庫)를 샅샅이 조사하고, 진대법을 집행하는 벼슬아치에게 엄한 명령을 내려 부정행위는 오직 목숨으로 갚겠다고 서약하게 했다.

또한 화전(火田) 금지령을 풀어 가뭄이 계속되는 동안 화전을 일구는 것을 허락하고, 촌장들에게 요하 강변 갈대밭에 불을 놓아 메밀 씨앗을 뿌리도록 지시했다. 양만춘은 끼니를 죽으로 때워 솔선수범하면서 금주령(禁酒令)을 실시했다.

고을 창고의 곡식만으로 기근을 헤쳐 나가기는 턱없이 부족해 부유한 백성의 협조가 필요했으나, 이를 강요하면 일시적으로 효과가 있겠지만 나쁜 편법(便法)이 되어 훗날 벼슬아치가 백성의 재산을 강탈하는 나쁜 전례가 될 염려가 있었다. 그는 토호(土豪)와 지주(地主)를 초청해 어려운 이웃을 도와주도록 호소했다.

만석꾼 우보는 재물에 대해 트인 생각을 가진 토호였다. "내 집 10리 안에 굶어 죽는 사람이 생겨서는 안 된다"라며 창고를 열고 어려운 이웃과 고통을 나누었다. 양만춘은 태왕에게 우보의 착한 행실을 보고해 표창을 내리도록 하고 상로(上老)라는 명예와 함께 언제든지 성주를 만날 특권을 주었다.

외솔은 진대법에 따라 백성에게 꾸어 줄 곡식을 보관하는 창고지기였다. 그의 상관과 동료 벼슬아치가 곡식 빼돌리기를 상의했으나 끝내 거절했다. 어느 날 밤 그는 괴한의 습격을 받아 한 팔을 잃은 데다 곡식을 훔쳤다는 누명까지 쓰고 감옥에 갇혔다.

다로의 끈질긴 노력으로 진상이 밝혀져 주범을 처형시키고, 동료 벼슬아치 두 명을 외솔에게 종으로 주었다. 그는 동료를 불쌍히 여겨 종 문서를 불태우고 자유를 주었다. 양만춘은 그 이야기를 듣고 감격해서 청백리(淸白吏)로 표창하고, 모든 진대법 창고를 관리하는 책임자로 임명했다.

가장 어려운 일은 곡식값의 안정이었다. 흉년이 들었으니 값이 오르는 건 어쩔 수 없었으나, 옛날 요동성 기근 때처럼 터무니없이 오르는 것만은 어떻게 해서라도 막아야 했다.

멀리 대씨농장에서 콩을 들여오고, 당나라에서 곡식을 사들이며, 거란에서 말린 고기를 수입하여 먹을거리를 확보했다.

또한 진대법을 널리 실시해 빈민에게 곡식을 풀고, 안시고을에서 다른 곳으로 곡식이 빠져나가지 못하게 방곡령(防穀令)을 내려 단속했으나 이웃고을의 곡식값이 훨씬 높으니 몰래 빠져나가는 곡식의 흐름을 막기란 어려웠다. 양만춘은 나름대로 최선을 다했으나 나날이 올라가는 곡식값을 보고받고 주름살이 깊어갔다.

사람 사는 세상에 어찌 착한 사람만 있으랴. 안시고을에도 도적들이 나타나 백성의 삶을 어지럽혀 소탕령을 내렸다.

날품팔이를 하려 해도 흉년이라 일거리가 없어 처자식에게 죽한 사발을 먹이려 도둑질한 자는 안타까웠다. 고구려 법은 훔친 물건의 12배를 갚아야 하는데 먹을 게 없어 훔친 자가 어찌 갚을 수 있으랴. 끝내 자신은 물론 처자식까지 종이 될 수밖에 없었다. 가뭄이 끝나면 제일 먼저 구제해야 할 대상이었다.

인색한 부호나 부패한 벼슬아치만을 골라 재물을 훔치는 큰 도적도 생겼다. 이들은 훔친 물건 중 일부를 가난한 자에게 나눠 주어 의적(義賊) 행세를 하면서 도적질을 부끄러워하지 않고 무리를 모아 떼강도 짓을 하여 고을 질서를 심히 흩트렸다.

가장 흉악한 도적은 남보다 잘 살려고 도적질을 일삼는 자였다. 욕심꾸러기 장사꾼과 짜고 곡식값을 올리는 벼슬아치가 도적 중 가장 질 나쁜 도적으로, 꼬리를 잡기도 어렵고 백성에게 큰 피해를 입히기에 가장 먼저 없애야 할 도적이었다.

번개가 치고 천둥이 울렸다. 비바람에 풀과 나뭇잎들이 기뻐 춤추고 개울마다 물이 넘쳐흘렀다. 양만춘은 마을 촌장에게 명령했다.

"무엇이든 좋으니 씨앗을 뿌리도록 하라. 올해 거둔 곡식이라면 어떤 것도 보리나 조와 똑같이 받아 주겠다. 씨앗이 없는 농민은 관청을 찾아가 구하라."

"좁쌀과 보리를 빌려간 농민이 가을에 같은 양의 수수나 기장으로 갚는다면 그만큼 손해가 될 터인데요."

다로가 어리둥절하여 물었다.

"그럼 손해이고말고. 그러나 밭을 묵히는 것보다 무엇이든 심는다면 고을 전체로 보면 그만큼 이익이 되지 않겠나. 가뭄이 든 해보다 그다음 해 닥쳐오는 기근이 더 무서운 법이야. 농민들이 의욕을 잃지 않고 조금이라도 빚을 덜 지게 된다면 그것이야말로 내가 바라는 바일세."

온갖 노력을 다해 기근을 막아 한숨 돌렸더니, 안시에는 굶어 죽는 사람이 없다는 소문이 퍼지면서 유민(流民)이 몰려왔다. 지금도 벅찬데 이웃고을 백성까지 쏟아져 들어오니 기가 막혔다. 그러나 안시고을이 큰 고을로 성장할 기회라던 돌고의 충고가 생각나 온 힘을 다해 헤쳐 나가기로 마음을 고쳐먹었다.

양만춘은 염전과 요하에 제방을 쌓아 농토를 개간하는 데 유민을 동원했으나 이들을 먹여 살릴 양식을 구하는 게 문제였다.

진대법을 위해 모아놓은 곡식으로 부족하여 전쟁 때를 위해 비축했던 군량미까지 풀었다. 또한 안시고을뿐 아니라 멀리 평양성 부호에게 안시성 성주 이름으로 빚을 얻고, 아직 완성되지 않은 염전의 일부 권리를 팔고서도 감당하기 어려웠다.

그런데 뜻밖의 소득도 있어 근심으로 잠을 설치던 그의 얼굴에 밝은 웃음이 떠올랐다.

장백산 늙은 심마니가 찾아와 유민을 정착시키는 데 보태 쓰라며 수백 근 산양삼(山養蔘, 산속에 씨를 뿌렸다가 캔 산삼)을 바치면서 마땅한 사람을 찾으면 산삼(山蔘) 재배 비법을 전해 주겠다고 했다. 수백 근 산삼의 값어치도 엄청났지만, 이제까지 누구도 성공 못 한 산삼 재배가 가능해진다면 안시고을 경제에 큰 도움이 될 터였다.

양만춘은 우시하가 이야기한 장백산 신선 이야기가 생각나서 거듭 감사를 표하자, 이 신비한 기인(奇人)은 빙긋 웃었다.

"할아버지는 기근으로 장백산까지 흘러간 유민이셨소. 성주께서 제 백성 돌보기도 힘들 텐데 이웃고을 유민까지 보살피니 작은 정성이라도 보태는 게요. 다만 산삼 재배는 천기누설(天機漏洩)이니 진실한 사람 찾기가 그리 쉽지 않을 거요. 잘못하면 심마니들이 낭패를 당할 테니까."

또 하나는 은퇴한 요동 제일 쇠 만드는 장인이 안시고을에 대장간을 열었다. 이 장인의 명성을 들은 양만춘이 여러 차례 찾아가 부탁했으나 콧방귀도 끼지 않다가, 제 발로 왔다기에 너무 기뻐 달려갔더니 이 괴짜 영감은 퉁명스럽게 대꾸했다.

"지난번 천축(天竺, 인도) 강철 칼을 내보이며 이런 강철을 얻고 싶다고 떼를 쓰던 분이로군. 요즘같이 어려운 때도 여기는 도적이 없다니 씨를 뿌릴 만한 곳이란 생각이 들어 마음이 바뀌었다네."

천 리 길도 한걸음부터

물을 대는 수로(水路)에 떨어진 잎을 치우고 쌓인 흙을 걷어내지 않으면 오래지 않아 물길이 막히듯, 인간이 만든 틀〔體制〕이란 아무리 잘 만들어도 끊임없이 살펴보고 바로잡지 않으면 생각지도 않던 말썽이 생긴다. 백성을 다스림도 막힌 곳을 찾아 뚫고 썩은 것을 도려내지 않으면 제대로 굴러가지 않게 마련이다.

엄격하게 기강(紀綱)을 바로잡았건만, 베고 또 베도 어느새 돋아나는 잡초처럼 몇몇 벼슬아치가 말썽을 일으켰다.

"태왕은 홍익인간 이념에 따라 백성을 통치하는 임금이시고, 성주란 그 뜻에 따라 고을을 맡아 다스리는 자일 뿐이오. 하물며 벼슬아치란 한갓 백성을 보살피는 심부름꾼일 뿐이거늘, 아직도 관존민비(官尊民卑)의 어리석은 생각을 버리지 못하고 상전(上典) 노릇을 하는 못난 자가 있다니 한심한 일이오."

온사문이 벌떡 일어나 말문을 열었다.

"벼슬아치란 통치자의 손발로 백성을 다스리는 선택받은 자이니 높은 도덕률(道德律)을 갖추어야 마땅하고, 법을 어기면 법에 정한 대로 엄격하게 처벌하여야 합니다. 운용(運用)의 묘(妙)란 헛소리는 법의 잣대가 아닙니다. 벼슬아치의 불법이 끊이지 않는 까닭은 법의 집행에 일관성이 없기 때문입니다. 고국천왕께서 을파소(乙巴素)를 재상으로 추천한 안류(晏留)에게 큰 상을 내렸듯, 좋은 인재를 추천한 분에겐 영예를 주고 못난 자를 벼슬아치로 뽑은 이에게 연대책임을 물으면 함부로 패거리를 만드는 짓은 사라질 겁니다. 또한 올곧은 감찰관을 뽑아 백성의 여론을 살펴 벼슬아치의 옳고 그름을 낱낱이 밝혀야 합니다."

"좋은 의견일세. 힘 있는 자의 부패를 뿌리 뽑지 않고서 어찌 백성이 법을 지키기를 바라겠는가. 다로! 즉시 명예를 목숨보다 귀하게 여기는 참 사나이를 찾아 감찰관으로 뽑게. 감찰관은 성주와 그 주변의 잘못을 바로잡아 개혁을 뒷받침해야 하니 권한을 남용하거나 부패해서는 안 되네. 그러므로 감찰관을 임명할 때 부끄러운 짓을 하면 목숨을 내놓겠다는 서약을 받아 주게."

이 지시를 들은 저유가 부끄러운 낯으로 무겁게 입을 열었다.

"몇몇 부하가 잘못을 저질러 성주님 마음을 어지럽게 했사오나 어느 조직이든지 그 사기도 중요합니다. 벼슬아치가 잘하려다 뜻밖의 실수를 저질렀을 때 임면권(任免權)을 쥔 주군(主君)이 감싸 준다는 믿음을 가져야 어려움이 다가와도 꺾이지 않고 성실하게 노력합니다. 그러기에 유능한 인재란 너그러운 주군 아래서 자라나지요. 감찰관은 꼭 필요하고 썩은 벼슬아치는 칼로 베듯 잘라내야겠지만, 정당한 법 집행은 존중받아야 하며, 재정이 어렵더라도 벼슬아치가 부정을 저지르지 않고도 먹고 살 바탕을 마련해 주고, 늙어서 굶주리지 않게 보살펴야 더 깨끗한 사회가 될 것입니다."

성실한 사람이 잘사는 사회란 하루아침에 이루어지지 않는다. 그 꿈은 벼슬아치뿐 아니라 백성도 정직한 마음을 지닐 때 가능하다. 거짓은 부끄러운 죄이고 명예가 얼마나 고귀한지 백성에게 가르치게 하면서 시장에서 모든 저울을 거두어 조사했다.

"저울을 속인 자는 도둑이다. 속인 것의 12배를 배상하고, 장사를 못 하게 하라. 외국인도 저울을 속이면 해성포구에 발을 붙이지 못하게 해야 한다."

모든 악(惡)을 법으로만 다스리는 데 한계가 있었다. 마을 장로에게 미풍양속(美風良俗)을 장려하는 마을 규약을 만들게 했다.

양만춘은 싸울아비촌 처녀 자살사건에서 느낀 바가 많아 헛소문을 퍼뜨리거나 부풀려 전하는 자가 있으면 사내는 태형(笞刑) 30대씩 매질하며, 여인은 사람 앞에서 잘못을 빌고 베 10필을 피해자에게 배상하도록 마을 규약에 정하라고 권유했다.

양만춘이 벼슬아치의 근무상태를 살피려 순시하던 중 감찰관 사무실에 들렀더니 험상궂게 눈을 부릅뜬 달마 그림이 걸려 있었다.

"관청에 웬 달마상인가?"

"법인 스님께서 주셨습니다. 달마선사가 9년 동안 면벽(面壁) 수행을 하실 때, 졸음을 이기려고 칼로 자기 눈꺼풀을 도려내 아예 눈을 감을 수 없게 해서 잠을 쫓았다더군요. 달마선사처럼 눈을 똑바로 뜨고 감찰을 수행하라는 뜻 같아 걸어놓았습니다."

오랜만에 안국사를 방문했다. 추운 겨울인데도 스님은 거친 베옷을 입고 추위에 떨고 있었다.

“제가 드린 양털 옷은 어찌하고 얇은 베옷을 입고 계십니까?”

“몸이 편안하면 도(道)에서 멀어지고, 의복이 따뜻하면 잊게 되고, 절에 곡식이 쌓이면 썩게 되지요. 거친 옷을 입고 탁발해 빌어먹음은 중의 덕(德)이고, 배고픔은 정진하는 길이라오.”

스님은 귀한 손님이 왔다며 아껴두었던 차를 내놓았다. 향과 맛을 즐기며 마시다가 장난기가 생겨 빈정거렸다.

“검소함을 덕으로 삼는다는 스님께서 이런 값비싼 우전(雨前, 곡우 전에 딴 어린 찻잎)을 마시다니요.”

스님이 껄껄 웃더니 차의 유래를 들려주었다.

“소승의 유일한 사치이지요. 달마 스님이 눈꺼풀을 떼어 던졌더니 그 자리에 차나무가 자랐고, 그 잎을 달여 마시자 졸음이 달아났답니다. 성주께서도 백성을 다스리시느라 힘드실 테니 녹차를 마셔 정신을 맑게 하시지요.”

헤어질 때 스님은 얼굴빛이 좋지 않아 보인다며 건강을 챙기라고 걱정했다. 안국사에서 돌아온 양만춘은 피곤이 쌓인 탓이었는지 여러 날 앓아누웠다.

“성주님, 맥이 불규칙하고 오장이 쇠약해졌군요. 한 달 동안 꼼짝 말고 쉬셔야 합니다. 침이나 약만으로 병이 치료되는 게 아닙니다.”

위험한 고비가 지나자 돌고가 찾아왔다.

“모든 일을 혼자 서둘러 하려 하니 무쇠 같은 분도 탈이 나는군요. 천 리 길도 한 걸음부터랍니다. 좀 쉬어가며 하시지요.”

"오래 백성을 돌보지 못했는데 잘 다스려지는지 궁금합니다."

"노자는 백성이 잘살도록 밤잠 설치며 애쓰는 통치자보다 무위이치(無爲而治, 하는 일이 없음에도 저절로 잘 다스려짐)를 최고경지라 보았다오. 성주께서 한 달 넘게 누워 있어도 별 탈 없이 잘 굴러가니, 그분이 꿈꾸던 무치이 무불치(無治而 無不治, 애써 다스리지 않았지만 오히려 잘 다스려짐)의 경지가 이루어진 것 같구려."

양만춘이 웃으며 어깃장을 놓았다.

"이제부터 골치 아픈 다스림에서 손을 떼고 사냥을 다니며 건강이나 챙겨야겠군요."

돌고가 깜짝 놀라 손을 내저으며 정색(正色)을 했다.

"노자의 무위이치 사상은 천하에 법〔禁令〕이 많으면 백성이 가난해지고 법령이 잘 정비될수록 도적이 많아진다 했소. 이는 황제가 절대권력을 가진 중국에서 진시황 같은 독재자가 나타나 백성을 괴롭힐까 염려하고, 이를 막으려는 뜻이었을 뿐 어찌 현실세계에서 타당하겠소. 통치자가 법을 바로 세워 악한 자를 억누르며, 흉년이 들면 가난한 백성을 보살피고 적의 침입을 막을 강한 군대를 기르는 건 너무나 당연한 일이오. 다만 우리의 자랑거리인 귀족회의의 합의에 따라 다스리는 아름다운 전통을 굳게 지켜 황제처럼 제멋대로 나라를 다스리는 못된 짓은 막아야지요."

돌고가 목소리를 높이던 게 열없었던지 화제를 돌렸다.

"아픈 분 앞에서 지나치게 잔소리가 많았소. 다만 '나라를 다스리는 일은 작은 생선 굽는 일과 같아 너무 자주 뒤적거리면 먹을 게 남지 않는다'는 말도 있으니, 조바심을 갖지 마시고 물이 자연스럽게 흐르도록 지켜보면서 무거운 짐을 나누어지시구려. 지도자란 앞장서서 밀고 나가야 하지만, 때로는 알아도 모른 척하며 부하가 공명(功名)을 이루도록 뒤에서 멍석을 깔아 주어야 하오."

"알아듣기 쉽게 말씀하시오. 저더러 어쩌란 말씀이신지?"

"흑수말갈은 너무 먼 곳이오. 우선 그 짐을 내려놓으시구려."

"성주 취임 때 폐하께 후임으로 이리매 장군을 천거하고 물러나기를 청원했으나 허락하지 않으셨습니다."

"폐하께서 젊은 날 북부사령관을 맡아 흑수말갈인 다루기가 무척 어려운 걸 경험한 때문인가 보구려. 그렇다면 안시고을 다스리는 일이라도 짐을 나누시지요. 언젠가 몽골 검독수리 사냥꾼 이야기를 하셨지요. 이제 개혁도 자리가 잡혔으니, 사냥은 독수리에게 맡기고, 한 걸음 물러나서 감독하는 게 어떻겠소?"

그렇지 않아도 양만춘은 능력의 한계를 느꼈다. 스스로 앞장서 모든 일을 처리하기보다 뒤에 물러서서 유능한 인재에게 책임을 맡기고, 잘못된 일이 있으면 이를 바로잡을 여지를 남겨두는 것이 현명하다는 걸 터득했다. 행정사무는 저유에게, 안시성 쌓기는 온사문에 맡기고, 다로 아래 감찰관을 두어 벼슬아치와 고을에서 일어나는 일을 감찰시켰다.

첫해에는 자주 울리던 저택 앞 북소리가 한동안 뜸하더니, 어느 날 요란하게 울렸다. 안시성 수로(水路) 공사를 하다 흙더미에 깔려 죽은 인부의 아낙네가 머리를 풀어헤치고 북을 두드리며 억울하다고 호소했다. 양만춘은 온사문이 보낸 보고서를 받아보고,

죽은 인부에게 후하게 보상토록 지시했기에 이상하게 여겼다.

온사문은 여인이 민성고(民聲鼓)를 친 것을 듣자 즉시 안시성 공사 감독직을 내놓고 어떤 처벌이라도 달게 받겠다고 했다. 양만춘은 온사문의 인품(人品)과 결백함을 믿었지만 즉시 다로를 불러 여인에게 억울함이 없는지 감찰하도록 지시했다.

민성고는 좋은 제도였지만 악용하는 백성도 있었다. 여인과 죽은 인부 사이에 자식이 없어 그 부모와 보상금을 다투다가 재판결과 반반씩 나누게 되자 불만을 품고, 민성고를 두드리면 잃는 것보다 얻을 게 더 많으리라 생각해 엉뚱한 트집을 부린 것이었다. 양만춘은 온사문이 무척 가까운 부하이기에 고민했다. 이 고발이 생떼를 부리는 것이 분명하더라도 그렇게 결정해 버리면 백성들이 민성고를 외면할까 두려웠기 때문이었다.

성품이 올곧고 벼슬아치가 아닌 야루를 특별재판관으로 삼았다. 철저히 조사한 결과 여인의 생떼임이 밝혀지자 온사문과 재판관의 명예를 회복시키고, 고약한 여인을 저잣거리에 끌어내 거짓말과 무고죄로 벌을 주었다. 양만춘은 이번 사고가 공사를 너무 독촉해서 일어난 불상사임을 깨닫고 온사문을 불러 위로했다.

"한 번 실수했다고 너무 자신을 탓하지 말게. 먼 길 가다 보면 때로는 피곤해 주저앉기도 하고, 곁길로 빠지기도 하지만 꾸준히 걷다 보면 어느 날엔가 목적지에 도달하게 된다네. 자네가 성을 쌓으면서 각 성벽마다 책임자와 성을 쌓은 인부들이 사는 마을 이름을 돌에 새긴 것을 보고 감탄했네. 그렇게 하면 자신과 마을의 명예를 위해서라도 허투루 쌓지 못하겠지."

며칠 후 북소리가 다시 울렸다. 포구에서 가장 큰 술집 민들레의 주모(酒母) 꽃분이가 "억울합니다. 정말 억울합니다" 하고 슬피 울부짖었다. 뒤따라온 젊은 술집 여인 다섯은 번갈아 북을 두드리며 "성주님, 바로잡아주소서" 라며 울먹였다.

양만춘이 재판관에게 자초지종을 물었다. 꽃분이는 고을에서 제일 부유한 승냥이의 숨겨둔 여인인데, 마침 마음이 맞는 짝을 만나 떠나려 하자 승냥이가 십여 년간 청춘을 다 바쳐 애써 가꿔온 술집을 빼앗고, 아홉 살 먹은 자식을 못 만나게 했다는 것이다. 여인의 처지가 무척 안타까웠으나 서로 관계를 맺을 때 '주인의 허락 없이 그 곁을 떠나면 술집과 모든 재산은 그의 소유로 한다' 고 쓴 각서가 있어서 어쩔 수 없었다고 했다.

연실(蓮實)은 저택의 안주인으로 수많은 아랫사람을 거느리며 개구쟁이 두 아들을 가르치고, 안시고을뿐 아니라 흑수말갈까지 다스리느라 저녁 늦게 파김치가 되어 돌아오는 지아비를 위로하고 힘을 북돋우느라 눈코 뜰 새 없었다. 그러므로 고을에서 일어나는 어지간한 일엔 눈길도 주지 않았지만 승냥이의 몰인정한 짓에는 크게 화를 내며 목소리를 높였다.

"세상에 그처럼 고약한 인간이 있다니. 정신이 번쩍 들게 혼을 내세요."

이번 사건은 안시고을 사람의 호기심을 몹시 자극해 사람들이 모이기만 하면 성주가 어떤 결정을 내릴지 내기를 걸었다. 양만춘은 꽃분이를 동정하는 백성들의 마음을 잘 알았지만 법이 규정한 것과 다른 결정을 선뜩 내릴 수 없었다.

"남녀 간 사랑이나 자녀 문제는 인륜대사(人倫大事)이니 두 사람은 먼저 안국사에 가서 하루 다섯 차례 삼 일간 예불을 드리며 서로 얼굴을 맞대고 상의하라."

그리고 양만춘은 법인 스님에게 두 사람이 법에 호소하기보다 인간의 도리에 맞게 결정을 내리도록 설득해 달라고 간곡히 요청했다.

"으핫하하. 그 콧대 높은 양만춘이란 양반이 자네에게 고개 숙여 간청했다고? 그렇다면 내가 못 본 척 그 양반 체면을 깔아뭉갤 수야 없겠지 … ."

법인 스님에게 이야기를 전해들은 승냥이는 여인에게 민들레 주점을 넘겨주고, 매달 하루는 아들을 만날 수 있게 허락했다. 이 일이 계기가 되었는지 승냥이 동구는 의지할 데 없는 고아들을 모아 기르는 보육원을 세우고, 동맹 축제날이 되면 두메산골 어려운 경당에 큰돈을 보냈다.

양만춘도 매달 두 번 성주 저택의 모임에 동구를 손님으로 초대했다. 고을 사람들도 점차 그를 승냥이라 부르는 대신 '광산왕(鑛山王) 동구'라거나 그의 고향마을 이름을 따서 '배나무골 대인'이라 부르기 시작했다.

적과 동지

유화는 매력적인 용모와 풍만한 몸매를 가졌으나 세월이 지나면서 여인의 매력이 시들어갔다. 그동안 나이를 잊고 살았지만 어느덧 서른을 훌쩍 넘긴 중년 여인. 가슴에 찬바람이 불었다.

자신감 넘치는 눈빛은 여전했지만, 발랄하던 생기는 사라지고 우뚝 솟았던 가슴도 처지기 시작했다. 은밀히 만나던 바람둥이 도련님이 결혼해 버리자 그녀는 나이 어린 애인에게 버림받아 세상만사가 귀찮았지만, 상거래 때문에 부소 사무실에 들어섰다.

부소는 언제나 함박웃음을 짓던 여인이 슬픈 표정이어서 위로하느라 능글맞은 농담을 던지며 그녀 얼굴을 쓰다듬었다. 사내 손길에서 전해오는 따뜻한 온기를 느끼자 왈칵 눈물이 쏟아졌다.

유화는 부소와 어울릴 생각은 전혀 없었다. 나이가 훨씬 많은데다 마음이 끌릴 만한 매력도 없는 사내였다. 냉정하게 뿌리치지 않은 건 외로움에 지쳐 사내 체온이 그리워서였을까.

탐탁지 않은 사내 품속에서도 욕망이 뜨겁게 불타오를 수 있다는 사실은 낯선 경험이었다. 여인의 몸은 간사스러워 한 번 정을 나누자 늙은 너구리 같아 정나미가 떨어졌던 부소가 멋진 사내로 여겨졌다. 사흘이 멀다 하고 남의 눈을 피해 만났고, 영악한 여우와 능글맞은 너구리는 거리낌 없이 서로 목적을 위해 이용했다.

바카투르 상단이 흑수 지역에서 담비 무역으로 큰 이익을 얻는다는 소문을 듣고 유화는 담비 무역을 가로채고 싶어 평양성 상인들을 설득해 상단을 조직했다. 부소는 양만춘에게 압력을 넣어 평양 상단에도 흑수 무역권을 주도록 강요했다.

바카투르 상단은 흑수 평정을 위해 운영되었기에 공정한 가격으로 물건을 사들이고, 말갈인의 생활에 필요한 소금과 콩을 공급해 서로 이익을 나누는 소그드식 상술(商術)에 따라 장사했다.

이런 밑바탕 없이 뒤늦게 뛰어든 평양 상단은 바카투르 상단의 철벽같은 벽을 뚫을 수 없었고, 제대로 장사가 되지 않자 말갈인에게 거래를 강요하거나 주민을 납치하는 못된 짓을 저질렀다.

양만춘이 호랑이촌을 방문하자 외따로 떨어진 강변마을을 도적 떼가 습격해 약탈하고 주민을 노예로 판다는 소문이 떠돌았다. 로보가 무역선을 단속하다가 평양 상단의 배 밑 선창(船倉)에 갇혔던 말갈인을 발견하고 호랑이촌으로 무역선을 끌고 와서 안시고을로 돌아가려던 양만춘의 발목을 붙들어 매었다.

선장은 펄쩍 뛰면서 발뺌했다.

"우리는 장사꾼이지 노예상인이 아니오. 말갈인이 먼저 평양 상인을 죽였기에 그 범인을 잡아 가두고 호랑이촌에서 재판을 받게 하려던 것이오."

그러나 갇힌 사람 대부분이 어린이와 여인이었고, 이들의 마을이 약탈되고 불타 버린 데다, 상인의 시체조차 없어 그 주장은 믿을 수 없었다.

흑수말갈의 민심이 흉흉했으므로 이들을 진정시키려면 흉악한 범죄인을 감쌀 수 없었다. 재판을 열어 선장을 말갈 부족장의 앞에서 처형시키고 나머지 죄 지은 자도 법에 따라 처벌하는 한편,

사로잡혔던 말갈인을 풀어 주었다. 말갈인들은 대추장 양만춘의 공정함에 열렬히 환호했으나, 그는 평양 상단 후원자인 부소가 어떻게 나올지 몰라 마음이 무거웠다.

부소는 평양 상단이 활발하게 장사하려면 양만춘을 흑수말갈 총독에서 끌어내리는 수밖에 없다고 결심했다.

"폐하! 지금 평양 상단 무역선 사건으로 백성이 들끓고 있나이다. 양 대모달이 너무 오랫동안 흑수말갈 총독을 맡고 있어 말썽이 많사오니 다른 사람으로 바꿈이 옳을 듯합니다."

"흑수말갈은 무척 다루기 어려운 족속들이야. 지금까지 별 탈 없이 잘 다스리고 있지 않은가. 그까짓 일로 어찌 총독을 바꾸자 하는가. 안시성 성주로 취임하면서 사임하기를 간청했으나 짐이 붙들었다네."

"양 대모달이 그곳을 평정했다 하나 지난 10년간 한 푼의 세금도 거둬들이지 않았습니다. 바라옵건대 새 총독을 보내시어 법에 따라 세금을 거두어야 마땅할 것입니다."

태왕은 외교업무를 맡은 상위사자(上位使者, 정 6품) 선도해를 불러 의견을 물었다. 그는 화평파에 속했지만 생각이 깊은 젊은이여서 부소가 왜 총독을 바꾸려고 소동을 벌이는지 꿰뚫어 보았다. 총명하게 빛나는 눈에 근심을 가득 담고 아뢰었다.

"폐하! 200년간 지배해 온 거란의 별부(別部)조차 우리 쪽에 붙들어 매 두려 해마다 많은 하사품을 보내 달래는 형편이온데, 흑수말갈은 평정한 후 매년 조공을 꼬박꼬박 바치고 있나이다. 소신의 어리석은 생각으로는 선불리 세금을 거두려다가 수천 명 병사가 피를 흘려야 할 것 같아 심히 염려되옵니다."

태왕은 선도해의 말을 옳게 여겨 총독을 바꾸지 않기로 했다.

바카투르 상단의 대아찬이 급히 양만춘을 찾았다.

"성주님, 부소와 유화가 지금 고약한 짓을 꾸미고 있습니다. 그 음모를 막아야 하지 않겠습니까?"

"그런 소문을 들었네. 무슨 좋은 방법이라도 있는가?"

"평양 상단에 먹이를 던져주는 게 좋겠습니다."

대아찬은 부소와 유화의 긴밀한 관계를 끊어버릴 꾀를 내놓았다.

"강한 적은 분리시켜 깨뜨려야 하지 않겠습니까. 지금 해성포구에 한 달이 멀다 하고 평양 상단 배가 들어오는데, 최근 평양성 백성이 두부 맛을 알게 되어 콩 소비가 늘어난 까닭이랍니다. 유화는 흑수 무역에 욕심을 내고 있지만, 가장 큰 물주(物主) 고씨 집안은 위험이 큰 해외무역보다 땅 짚고 헤엄치기인 국내장사에 관심이 더 많습니다. 평양성에 공급하는 콩 독점권을 그들에게 준다면 손해만 생기는 흑수 교역권을 포기할 겁니다. 그리 되면 유화의 헛된 욕심은 저절로 무너지겠지요."

"자네 말처럼 그리 쉽게 될까?"

양만춘은 미덥지 않다는 듯 고개를 갸우뚱했다.

"염려 마십시오. 소인이 재주를 부려 보겠습니다."

요동 최대의 곡물상 대아찬과 고씨 가문 상인 우두머리 사이에 평양성 콩 독점공급 계약이 맺어지고, 흑수말갈에서 입은 손해를 바카투르 상단이 일부 부담하자 평양 상단은 흑수 교역권을 포기했다. 마지막까지 반대하던 유화는 상단에서 밀려나고, 한때 흑수진출을 부추겼던 부소조차 유화를 외면하고 그의 가장 큰 정치적 후원자인 고씨 가문 쪽에 붙어 버렸다.

이익을 위해서 만난 남녀관계란 서로 좋아 물고 빨다가도 하루아침에 칼로 베듯 원수가 되는 걸까. 유화는 나날이 시들어 가는 자신의 용모에 속상해 하던 터에 철석같이 믿었던 부소의 배신까지 겹치자 치를 떨며 입술을 깨물었다.

'늙은 너구리가 감히 나에게 물을 먹이다니. 이 원한을 결코 잊지 않고 갚아 주리라.'

안시고을이 살기 좋은 고장이 되었다는 소문이 나자 전국에서 재능 있는 자들이 모여 들었는데, 야루가 오준이란 선비를 추천했다. 그는 자무가 아끼던 제자로, 스승이 반란으로 죽자 고향으로 피했다가 평온을 되찾자 돌아왔다. 그는 부국강병(富國强兵)의 길을 거창하게 떠들며 자신의 능력을 뽐냈다.

"제자백가의 통치술(統治術)을 연마해 천하를 도모할 지혜를 갖추었고, 하늘을 우러러 한 점 부끄럽지 않은 삶을 살아왔다고 자부합니다. 이제 성주님을 위대한 통치자로 만들기 위해 온갖 권모술수(權謀術數)를 부려 섬기려 합니다."

양만춘은 오준의 시건방진 말을 듣자 속이 뒤틀렸다.

'작은 사업도 권모술수가 아니라 믿음을 바탕으로 삼아야 하거늘 얄팍한 재주만 앞세우다니. 말이란 바로 사람의 인격. 선비란 자가 겸손치 않고 그 말이 허황되면 무엇을 더 알아보랴. 이자는 입에 기름을 잔뜩 바른 정상배(政商輩)지 치국의 길〔治國之道〕을 걸을 인재가 아니다.

저유는 어리석은 제자가 감히 스승이 앉았던 자리에 앉을 수 없다면서 겸손하게 장사(長史)를 사양하고 차사(次史)를 맡았건만, 이 사내는 노골적으로 장사 자리를 넘보고 있구나.'

양만춘은 빙그레 웃으며 오준에게 말했다.

"선생의 해박한 지식에 감탄했소. 마침 자무학당에 고전(古典)을 가르치는 교수 자리가 비었으니 영재(英才)를 잘 가르쳐 주시오."

오준은 승낙했으나 벌레 씹은 얼굴로 물러갔다.

요동성 성주 해부루가 큰 병이 들자 양만춘을 불렀다.

"이번에는 못 일어날 것 같군. 요동성은 나라를 지키는 가장 중요한 성인데 후계자를 정하는 게 고민이네. 큰아들 해진우는 줏대가 약해 미덥지 못하고, 동생 해마루는 성실하고 곧은 성품이지만 고지식한 게 흠이지. 이 자리를 누구에게 넘겨주면 좋겠나?"

해마루는 오래 사귀어 그 인품을 잘 알지만 해진우는 잘 모르는 데다, 미르녀가 해부루의 후처로 들어가 두 아들을 낳았기에, 양만춘은 해부루 집안 후계 문제에 끼어드는 데 부담을 느꼈다.

"어려운 일이 닥쳤을 때 누가 요동성을 더 잘 지킬지 성주님께서 판단하여 후계자를 정하시지요."

해부루는 큰아들에게 성주 자리를 물려주면서 간곡히 타일렀다.

"양만춘은 현명하고 믿을 만한 사나이다. 그런 사람이 이웃고을 성주이니 얼마나 다행이냐. 어려운 일이 생기거든 도움을 청하고 그의 지혜에 귀를 기울이면 큰 실수가 없을 것이다."

해진우는 후계자를 선택할 때 양만춘이 자기를 적극적으로 밀지 않은 걸 섭섭하게 여기고 거리를 두었다. 양만춘은 해부루 장례식 날 해진우가 쌀쌀하게 대해 적지 않게 걱정스러웠다. 이듬해 요동에 큰 가뭄이 들자 옛날 해부루에게 입은 은혜를 생각하고 힘껏 도왔으나 해진우의 마음속 앙금은 풀리지 않았다.

오준은 양만춘이 자기를 신임하지 않음을 알고 다른 곳에서 기회를 찾으려 애쓰다가 해진우를 만나자 달라붙었다. 해진우는 오준의 달콤한 아첨과 권모술수를 강조하는 통치술에 마음이 끌려 으뜸 참모로 발탁하고 요동성 통치를 맡겼다. 오준은 틈이 날 때마다 양만춘을 헐뜯었다.

"양만춘은 위선자야. 겉으로 널리 인재를 구한다지만 그가 택한 인물은 모두 자기보다 못난 자뿐. 자무께서 나를 가장 경륜이 높고 학문이 뛰어난 제자로 인정했거늘 내 능력을 시기해서 푸대접했다. 미련한 저유를 차사로 임명한 것만 보아도 얼마나 속 좁은 인간인지 알 수 있지 않은가. 그뿐 아니지. 부하 벼슬아치를 모아놓고 말끝마다 '명예와 돈을 함께 가질 수 없다. 비단 옷 입고 부유하게 살고 싶다면 벼슬을 내놓고 장사치가 되라'고 강조한다니 얼마나 고리타분한가. 사내대장부란 출세해서 권력을 휘두르고 호의호식(好衣好食)하며 뽐내는 맛에 그 어려운 학문을 애써 닦는 것이지, 그렇지 않다면 무슨 낙이 있다고 벼슬아치를 하겠는가!"

요동 지역 성주 모임이 열리자 양만춘이 앞장서서 회의 의장으로 해진우를 추대하면서, 매년 봄 천산 온천장(탕강자 온천)에 모여 친목을 도모하고, 고을 사이에 통행세를 거두던 관문을 폐지하여 원활하게 상품을 유통시키자고 제안했다. 해진우는 기분이 우쭐해져 삐딱하던 태도를 버리고 그 제안을 순순히 받아들였다.

성주들은 요동 번영을 위해 협조하기로 다짐하고 서로 축배를 나누며 즐거운 시간을 가졌다. 양만춘에게 호의를 갖고 있던 부여성 성주를 비롯한 여러 성주가 자기네 벼슬아치에게도 자무학당에서 교육받을 기회를 달라고 부탁했다.

그 무렵 안시고을 벼슬아치와 지휘관의 재교육을 자무학당이 맡았는데, 특히 《유기》와 《신집》에 나오는 고구려 전쟁사(戰爭史) 중 패전사례(敗戰事例)를 모아 원인과 결과를 서로 토론하고 분석하는 역사교육에 대한 평이 좋아 그 명성이 나날이 높아졌다. 진정 도움이 되는 가르침은 달콤한 성공담이나 승리 이야기가 아니라 쓰라린 패배에서 깨우침과 교훈을 얻는 게 아니겠는가.

안시고을의 성공적인 통치는 이웃고을에도 폭풍노도(暴風怒濤)처럼 엄청난 파도를 일으켰다. 요동 여러 성에서 뜻있는 이들이 모여 개혁해야 한다고 벌떼같이 일어났다.

부여성과 신성 성주는 "안시고을처럼 개혁을 이루어 백성을 하나로 묶고 부국강병에 성공해야 다가오는 당나라 침략을 막아 살아남을 수 있다"고 앞장서서 귀족과 토호들을 설득했으나 개혁을 실천하기가 그리 쉬운 일이 아니었다. 성주와 지배층이 똘똘 뭉쳐 스스로 기득권(旣得權)을 버리고 뼈를 깎는 노력을 기울인 성은 놀라운 성과를 거두었으나, 어설프게 개혁 흉내만 내거나 지배층이 분열해 서로 다투는 고을에는 개혁의 파도가 오히려 분열과 혼란만 부추기는 독(毒)이 되었다.

흑수말갈과 안시고을에선 어느덧 개혁이 탄탄히 자리 잡았으나 이웃고을에서는 기대와 다르게 제대로 굴러가지 않고 덜컹거리자 양만춘이 안타까워했다.

"우리 고을에서 큰 성과를 거두면 초원의 들불처럼 다른 곳에도 개혁이 전파될 것으로 기대했건만 실망스럽습니다. 어찌해야 황금삼족오의 빛을 온 누리에 비칠 수 있을까요?"

법인 스님이 위로했다.

"성주께서 욕심이 너무 많구려. 부여성과 신성, 오골성에서는 나름대로 개혁이 이루어지고 있답니다. 안시성 자무학당에서 여러 고을 젊은 영재(英才)를 교육시켜 개혁의 밑거름을 듬뿍 마련해 주시구려."

돌고는 양만춘의 고민을 웃어 넘겼다.

"자기 힘이 미치는 곳에서 개혁을 이룬 것만도 대단한 일이오. 조바심 내지 마시오. 성주가 퍼뜨린 불씨가 언젠가 큰 불기둥으로 타오를 테니까."

조의두 대형 고정의는 태왕 명령을 받아 천산방벽과 안시성 축성(築城)의 진행상황을 시찰하러 요동 땅에 왔다. 그의 눈길을 끈 것은 엄청나게 변한 안시고을의 모습이었다.

"상전벽해(桑田碧海)라더니 이렇게 변할 수 있는가! 나라 전체가 자네 고을만 같으면 당나라 위협 따윈 걱정할 것도 없겠네."

큰 감동을 받은 고정의는 양만춘의 손을 굳게 잡았다.

"우리 고구려가 살 길은 소수림태왕 때처럼 개혁하는 것일세. 자네가 조정에 나와 나라를 바로잡아 주게. 태왕폐하께 적극 추천하겠네!"

양만춘은 말없이 눈을 감았다. 온 나라를 개혁할 수 있다면 기꺼이 나서고 싶었다. 사내대장부가 나라를 구하기 위해 목숨 바치기를 어찌 두려워하랴. 그러나 양만춘은 개혁이 얼마나 어려운 일인지 그 누구보다 잘 알았다.

소수림태왕께서는 목숨을 내걸고 꾸준히 개혁을 밀어붙였으나, 우유부단(優柔不斷)한 영류태왕은 탐욕스러운 신하 부소의 전횡조차 막지 못했다. 그런 형편이니 지금 요동성과 백암성은 개혁의 물결이 밀어닥치자 오히려 지배층이 분열해서 서로 으르렁거리지 않는가.

"개혁이란 씨만 뿌린다고 자라는 게 아니라 끊임없이 물을 주고 가꾸어야 합니다. 먼저 부소를 몰아내야 합니다. 개혁의 밑바탕만이라도 갖출 수 있다면 어찌 목숨을 아끼겠습니까. 그렇지 않다면 부질없이 나라를 혼란에 빠뜨릴 뿐입니다."

고정의는 태왕에게 국정을 개혁하여 부국강병(富國强兵)을 이룰 뛰어난 인재로 양만춘을 힘써 추천했으나 아쉽게도 부소와 화평파 대신의 반대로 뜻을 이루지 못했다.

해성포구에 고급 음식점 장안루가 들어와 평판이 좋았다. 제대로 된 음식점이 들어서는 걸 보니 포구가 번창하는구나 싶어 반가웠다. 양만춘이 포구를 순시(巡視)할 때마다 무역상 조동루가 여러 차례 초대했으나 사양했는데, 새해 춘절(春節, 설날) 포구에 거주하는 무역상이 모두 모이니 축하인사를 해 달라기에 거절하지 못하고 참석했다.

양만춘은 깜짝 놀랐다. 장안루는 규모도 엄청나거니와 실내장식도 호화롭고 으리으리했다. 음식도 눈이 휘둥그레질 만큼 온갖 산해진미(山海珍味)를 갖춘 데다, 장안루 여왕봉(女王蜂) 장소소는 눈이 번쩍 띄는 미인이었다. 2층 특실에서 대접받으면서 생각에 잠겼다.

거상(巨商) 정수이가 평양성에 세운 장안루의 화려함은 잘 알지만, 왕족과 부호가 많이 사는 평양성과 달리 고객이래야 기껏 무역상뿐인 포구에서 저렇게 화려한 음식점이 유지될까 의심스러웠다. 양만춘은 당나라 상인 구역을 담당하는 포교(捕校) 소진을 불러 장안루를 은밀히 조사하도록 특명을 내렸다.

장손무기(長孫無忌)는 그 애비 장손성이 정치공작으로 돌궐을 분열시켰듯, 고구려를 노렸다. 조동루는 무기가 보낸 세작(細作)이었다. 그는 장소소를 앞세워 장안루를 경영하면서 안시성과 이웃고을 정보를 끌어모으는 근거지로 삼았다. 장안루가 명성을 얻자 포구 무역상뿐 아니라 이웃고을 성주나 토호들이 드나들었고, 장소소는 별실에 도박장을 열어 이들을 접대했다.

해성포구 치안책임자 도두(都頭) 출기가 장안루에 자주 드나들었는데, 한때 안시고을 수비대에 근무했고 허우대가 멀끔한 데다 호탕한 성격으로 술을 너무 좋아하는 게 흠이었다. 그가 장소소와 예사로운 사이가 아니라는 보고를 받자 양만춘은 이상하게 여겼다.

'도두 봉급이 얼마나 된다고 그런 술집에 단골로 드나들다니.'

즉시 다로를 불러 출기의 뒤를 캐고, 온사문에게 안시성의 비밀이 밖으로 새나가지 않게 단속하도록 명령했다.

어느 무더운 여름날 건안성 수비대장이 장안루 특실에서 죽자, 다로는 즉시 장안루를 물샐틈없이 포위하고 수색했다. 수비대장의 갑작스런 죽음에는 의심스러운 점을 밝혀내지 못했으나, 포교 소진이 장소소의 방에서 한 뭉치 서류를 발견했다. 그중에는 장손무기가 보낸 지령서(指令書)를 비롯해 안시성 축성에 동원된 인부 숫자, 이웃고을 건안성의 방어시설이 기록되어 있었다.

출기의 집에서도 포섭된 벼슬아치들의 명단이 발견되었다. 해성포구 간첩사건이 밝혀지자 출기는 목을 매 자살했다. 장소소는 감옥에 갇히자 감춰 두었던 독약을 마시고 죽었다. 그러나 조동루는 뻔뻔하게 자기는 전혀 모르는 일이라며 모든 죄를 장소소에게 뒤집어 씌었다.

양만춘이 조동루 사건으로 고민하는데 무역상 자교가 찾아왔다. 안시고을 토호 출신으로 자무의 개혁에 열렬한 지지자였고, 해성포구가 열리자 제일 먼저 당나라 무역에 뛰어들어 크게 성공한 상인이어서 무척 호의를 갖고 있었다.

"성주님, 무역상은 장사를 하려면 관리 눈치를 볼 수밖에 없고, 그러다 보면 알게 모르게 자기 나라 실정을 누설하게 됩니다. 아예 당나라와 왕래를 막으려면 모르겠거니와 무역을 계속하려면 세작의 왕래를 막지 못할 겝니다. 조동루가 우두머리라 해도 그까짓 쥐새끼 하나 잡으려 독을 깰 수야 없지 않겠습니까?"

양만춘은 자교의 말을 듣고 고개를 끄떡였다.

"옳은 말씀이시오. 나를 깨우쳐 주시어 감사하오."

원흉(元兇)은 장손무기. 조동루를 체포하면 당나라와의 무역에 지장만 줄 뿐 무기는 또 다른 세작을 파견할 테니 차라리 덮어두고 감시하는 게 편할 터였다. 양만춘은 출기의 끄나풀로 안시성에 대한 정보를 당나라에 넘겼던 벼슬아치도 처형하기보다 이중간첩으로 부리는 것이 바람직하겠다고 판단해 다로에게 지시했다.

멀리서 울려오는 우렛소리

遠雷

첩보전(諜報戰)은 전쟁이나 평화로운 때를 가리지 않고 치열하게 벌어지고, 뛰어난 간첩은 만 명 군사보다 값어치가 있다.

간첩에는 적의 백성을 활용하는 향간(鄕間), 적 벼슬아치나 군사를 이용하는 내간(內間), 사로잡은 간첩을 우리 편으로 삼는 반간(反間, 이중간첩)도 있다. 사간(死間)과 생간(生間)으로 간첩을 구분할 수도 있다. 사간이란 우리 편 간첩에게 거짓 정보를 주고 적국에 일부러 사로잡혀 적이 잘못된 판단을 내리게 하는 경우고, 생간은 적국에 숨어들었다가 돌아와 보고하는 전형적인 간첩이다. 이들이 가져온 정보는 믿을 만하지만 이들 중에도 오랫동안 적국에 머물러 살던 고정간첩이 가장 귀한 존재이다.

올바르고 따뜻한 마음을 가져야 간첩의 충성심을 얻을 수 있다. 지혜로운 자만이 그들을 소중하게 쓸 수 있고, 통찰력을 갖춘 자라야 가져온 정보를 제대로 활용할 수 있다.

당나라 소식

해성포구는 여러 나라 상인이 자유롭게 드나들므로 당나라와 관계가 긴박해지자 치열한 첩보전(諜報戰)의 무대가 되었다.

장손무기(長孫無忌)는 일찍부터 이 포구에 세작(細作, 간첩)을 보내 안시고을의 허실(虛實)을 살펴보고 있었고, 양만춘 역시 이웃나라 실정(實情)을 탐색하는 근거지로 삼았다.

당나라는 무역이 활발하고 개방된 국가였으나 방첩(防諜)에 철저하여 자기 나라 사람이 외국인에 정보를 알려 주는 것을 철저히 막았지만, 물샐틈없는 제방에도 구멍은 있게 마련이었다.

무역상은 돈을 벌려면 국제정세에 민감할 수밖에 없고, 그 거래 상품을 자세히 분석하면 그 나라 사정을 살펴볼 수 있다. 또 그들 중에 세작이 끼어 있지만 상업상 이익을 미끼로 내간(內間)으로 이용하거나 반간(反間)으로 삼을 수도 있고, 무역상에 고용된 고구려인을 통해서 당나라 사정을 알아볼 수 있었다.

당나라 무역상 악운학은 양만춘에 포섭된 정보원이었다. 그는 장손무기의 세작 두목 조동루와 원수가 되어 생명의 위협을 느끼자 귀국을 포기하고 양만춘을 찾아왔다. 그는 당나라에서 불법(不法)으로 소금을 사고팔던 범죄집단 염방(塩幇)과 끈이 닿아 있어 그들과 소금 밀무역(密貿易)을 하며 귀중한 정보를 가져왔다.

염방은 당나라 전국에 퍼져 있는 조직인 데다, 악운학은 한때 과거공부를 하던 선비였기에 그의 정보는 정확하고 자세하여 큰 도움을 주었지만, 가장 귀중한 정보원은 수나라의 내란 시절 중원

(中原) 땅에 보냈던 고정간첩이었다.

어느 날 해성포구에 거물간첩이 나타났다.

"오늘 아침 늙은 상인이 저희 상점에 찾아와 성주님께 드리는 선물이라며 비단 다섯 상자를 맡기고 갔습니다. 성함을 물었더니 이 가락지를 보이면 잘 아실 거라고 했습니다."

양만춘은 대아찬이 가져온 은가락지를 살펴보고 깜짝 놀랐다. 옛날 요서(遼西) 원정 때 을지문덕 대원수께서 영주 상인에 주셨던 것이었다.

"귀한 손님이니 남의 눈에 띄지 않게 안가(安家)로 모시게."

밤이 깊어지자 포장을 친 마차에 다로만 데리고 해성포구 허름한 안가 뒷문으로 들어갔다. 값진 옷을 입은 부유한 상인 차림새의 늙은이가 의자에서 일어나 반갑게 맞이했다.

양만춘이 달려가 늙은 상인을 부둥켜안고 기뻐했다.

"비룡! 이게 얼마만인가. 어찌 소식도 없이 왔는가."

"대모달님을 마지막 뵈온 것이 수양제가 원정을 시작하기 전이니 벌써 30년이 지났군요. 요즘 당나라 벼슬아치들이 고구려를 왕래하는 상인을 감시하는 눈초리가 매서워졌기에 조금이라도 위험을 줄이려고 미리 연락하지 않았습니다."

"그래, 그동안 어떻게 지냈나?"

"유영석 대인을 아버지로 모시고 영주에 머물다가, 중국 사정을 잘 살펴보려면 내지(內地)가 더 좋겠다 싶어 내란 시절 낙양으로 숨어들어 자리를 잡았지요. 중국 방방곡곡을 다니며 비단과 차를 사고파는 장사를 하던 가게가 그럭저럭 잘되어 낙양에서 제법 알아주는 상인이 되었습니다."

"이세민이 황제가 된 후 당나라가 나날이 발전한다던데 자네가 보기에 어떻던가. 과연 소문처럼 훌륭한 통치자인가?"

"돌궐을 정복하고 중원(中原)에 평화가 깃들어 도적이 사라졌습니다. 특히 강남이 크게 개발되어 지금은 장강(長江, 양자강) 일대가 중원 못지않게 번화하지요. 매년 몇 차례 비단과 차를 사러 강남을 오가는데, 10여 년 전만 해도 대운하(大運河)에 상선 왕래가 뜸했으나, 최근엔 밤낮없이 상선의 꼬리가 연이어, 풍부한 강남의 물산(物産)을 중원으로 실어 나릅니다. 또한 10년간 평화가 계속되고 올해 풍년이 들자 장안 조(粟) 1말값이 3전(錢)밖에 안 되어 백성의 삶이 안정되었습니다."

양만춘의 심각한 얼굴을 보더니 비룡이 대아찬에게 부탁했다.

"선물 상자를 이곳으로 가져와 주시겠습니까."

조심스럽게 상자를 묶은 끈의 매듭을 풀고 상자를 열자 색깔과 무늬가 화려한 비단이 차곡차곡 쌓여 있었다.

"값비싼 비단을 이렇게 많이…."

"선물 중 반은 옛 스승님이신 고정의 대인께 보내 주십시오."

양만춘이 기뻐하며 감사를 표하자 비룡은 빙긋 웃더니 가슴을 활짝 펴고 바라보았다.

"진짜 선물은 비단이 아니라 상자를 묶은 종이끈입니다."

비룡이 상자를 묶었던 때 묻은 종이끈을 조심조심 펼치자 노끈 종이에 빽빽하게 글이 적혀 있었다.

“도대체 이게 무엇인가?”

깜짝 놀라는 양만춘을 쳐다보며 조용히 대답했다.

“양 대모달께서 나라를 지키는 데 조금이라도 도움이 될까 싶어 지난 30년 동안 염탐한 갖가지 비밀을 기록한 겁니다. 혹시라도 발각될까 염려되어 기름을 먹이고 종이끈으로 꼬아 왔지요.”

건국 초기 당나라는 여덟 번이나 돌궐의 침략에 시달렸다.

당태종이 황제에 오른 정관 원년(元年) 실리 카간이 10만의 기마군을 이끌고 장안까지 쳐내려와 이세민을 굴복시키고, ‘위수(渭水)의 치욕’이란 협정을 맺었다. 그러나 630년(정관 4년) 3월, 실리 카간과 조카 돌리 사이에 내분이 일어나고, 눈이 엄청나게 와서 가축이 얼어 죽는 조드를 틈타 당나라 원정군이 실리 카간을 사로잡고 북쪽 초원의 지배자 동돌궐을 정복했다.

또한 634년(정관 8년) 12월, 청해에 웅거하던 토욕혼이 기련산맥을 넘어 난주(蘭州)에서 돈황으로 이어지는 동서교통로(Silk Road)에 쳐들어와 통상(通商)을 위협하자, 이정을 대총관으로 삼아 토벌하여 이듬해 5월 토욕혼을 멸망시켰다.

639년(정관 13년)에는 고창국 왕 국문태가 서돌궐의 후원을 믿고 당나라 서역 진출과 통상을 방해하자, 이듬해(640년) 여름 후군집을 대장으로 삼아 원정군을 파견했다. 원정군이 물과 풀도 없는 사막 길 2천 리를 건너 고창성에 이르자, 국문태가 두려워 병들어 죽고 그 아들 국지성이 굳게 지켰으나 반년도 되지 않아 함락되었다. 당나라는 고창성에 안서도호부(安西都護府)를 설치하고, 서역을 세력권에 넣었다.

태종은 무력으로 정복하기 어려운 경우 혼인정책으로 오랑캐를 달래었다. 639년(정관 13년) 서쪽 험한 산맥에 웅크린 토번(티베트) 왕 송찬간포에게 문성공주(文成公主)를 아내로 주고 화친조약을 맺어 서쪽 국경을 안정시킨 것이 대표적인 경우이고, 그 밖에 항복한 돌궐 왕족을 비롯한 북방 유목민에게 종실(宗室) 여인을 시집보내 든든한 울타리로 삼았다.

"이세민이란 자는 정말 교활하군. 한 손엔 칼을, 다른 손으로는 미인계(美人計)로 천하를 평정하다니!"

"현명한 사내이기도 하지요. 지금까지 어떤 황제보다 강력한 군사력을 갖고 있지만 그 힘을 드러내지 않고 스스로 몸을 굽혀 혼인정책으로 피 한 방울 흘리지 않고 주위 오랑캐를 달래 천하를 안정시켰으니 그야말로 두려운 사람이라 하지 않을 수 없습니다."

"어느 황제보다 강력한 군사력을 가졌다고 했나? 나도 얼마 전 사신을 따라 장안에 갔을 때 그를 호위하던 정예기병 백기(百騎)의 용맹을 직접 보았다네."

당나라 군의 강력한 공격력은 기병(騎兵)에서 나왔다. 이세민은 일찍이 기병의 중요성을 깨달아 말을 사육하는 데 힘썼고, 뛰어난 말 조련사에게 높은 벼슬을 주었다. 건국 초기의 적(敵)은 돌궐과 토욕혼 같은 유목민족이어서 강력한 기병을 양성하지 못했다면 이들을 정벌할 수 없었을 것이었다.

돌궐 정복 후 당나라 군에 큰 변화가 생겼다. 그는 돌궐의 지배층을 적극 포섭하고, 한 걸음 더 나아가 결혼정책으로 황실에 묶었다. 초라 카간의 둘째 아들 아시나사이가 부락민을 이끌고 귀순하자 누이동생인 남양공주를 아내로 주어 부하장수로 삼았고, 돌궐족 집필사력에게 구강공주를, 그 밖에 돌궐 왕족인 '아시나'란 성(姓)을 가진 여러 장수에게 이(李)씨 성을 쓰도록 하여 황족에 편입시켰다.

더구나 10만 호(戶) 돌궐인을 국경지대로 옮겨 기미주(羈縻州)를 설치해 국경을 지키는 울타리로 삼았고, 1만 호 돌궐인을 장안에 살게 하고 기병에 편입시켰는데, 5품 이상 장군과 중랑장(中郎將)으로 임명한 자만 100명이 넘어 당나라 고위무관의 반을 돌궐인이 차지했다. 이때부터 당나라 대외정복에 돌궐인이 선봉을 맡게 되었다.

"내가 듣기로는 지난 정관 13년(639년) 4월, 돌리의 동생인 욕곡설이란 자가 부락민을 이끌고 밤중에 황궁을 습격했다던데 과연 태종이 돌궐인의 충성심을 믿을 수 있겠나?"

양만춘이 의아심을 나타내자 비룡이 놀라더니 고개를 흔들었다.

"과연 대모달께서는 당나라 사정에 밝으시군요. 그날 밤 저는 서역 상인에게 비단을 팔려고 장안에 머물렀는데, 그런 사건이 터졌음에도 아주 평온했습니다. 후에 들으니 욕곡설이란 자는 동돌궐이 망하자 고창으로 도망쳤다가 형이 좋은 대접을 받는다는 소식을 듣고 돌아와 항복했답니다. 그 후 당나라 대우가 마음에 들지 않아 불평불만이 많았는데, 샤드 돌리조차 망나니 취급하던 외톨이 늑대라더군요. 중요한 점은 그 사건이 돌궐인의 대우에 전혀 영향을 미치지 않은 겁니다. 두고 보십시오. 당나라와 전쟁이 일어나면 돌궐 기병이 선두에 설 것이니 이들을 가장 경계해야 할 겁니다.

당나라 군의 날카로운 창이 기병이라면 그 뼈대를 이루는 것은 부병제(府兵制) 입니다. 부병은 농민 자식 중 신체가 강건한 자, 같은 체력이면 부유한 자, 체력과 재산이 비슷하면 형제가 많은 집에서 우선 뽑아 그 자질이 뛰어납니다. 병역을 기피했던 수나라 군과 병사의 질부터 다릅니다. 태종은 부병에 뽑힌 자에게 토지를 나눠 주고, 세금과 부역을 면제해 주고 있지요. 지금 당나라는 전쟁터에서 공을 세워야 출세 길이 열립니다. 작년 산서(山西)에 갔을 때 노예 출신 마삼보가 큰 공을 세워 벼슬을 얻고 식읍(食邑, 공신에게 고을을 주어 그 세금을 갖게 하는 제도)을 받아 위세당당하게 살더군요. 그러므로 부병으로 뽑힌 젊은이는 서로 다투어 무예를 연마하니, 강한 군대가 되는 게 당연하지 않겠습니까."

양만춘은 비룡의 이야기를 들으면서 당나라 정세를 자세히 알게 된 것은 무척 기뻤으나 들을수록 우울해졌다.

"전쟁이 일어나면 수나라 때와 달리 사기가 높고 강한 군대와 맞서 싸워야 한다는 말이군. 그런데 부병 수는 얼마나 되는가? 태종도 무한정 많은 토지를 갖고 있지는 않겠지."

"고조 이연 때 17만. 지금은 50만에서 60만이 될 것입니다. 수나라 말 내란 때 인구가 줄고 토지가 황폐한 탓에 이런 땅을 거두어 부병에게 나눠 주는 것 같습니다."

양만춘의 잔뜩 찌푸린 얼굴을 보더니 비룡이 위로했다.

“아무리 당나라 군이 강력해도 희망을 잃지 않습니다. 지난 전쟁 때 대모달께서 한 줌 병력으로 영주를 공격해 빛나는 승리를 거두지 않았습니까. 그들은 황제의 압제(壓制)에 시달리는 노예일 뿐이지만 우리 백성은 자유민입니다. 뛰어난 지도자가 마음을 하나로 묶으면 당나라 군을 물리치는 게 어렵지 않을 겁니다.”

양만춘은 비룡의 마지막 말에서 용기를 얻고 희망을 되찾았다.

‘당나라 병사는 물론 장수 중에도 글 모르는 까막눈이 많다. 경당에서 교육받은 우리 병사와 어찌 비교하랴. 더구나 부병에게 세금과 부역을 면제하나, 무기와 의복, 식량은 스스로 조달해야만 한다. 이것은 병사에게 무거운 부담이 될 테니 그들의 무기와 갑옷은 보잘것없으리라. 그렇다면 잘 무장한 우리 병사가 안시성을 지키는 데 큰 어려움이 없을지도….’

“비룡, 정말 귀중한 정보를 알려 주어 고맙네. 이제 자네 나이도 반백(半百)이 넘었으니 고국에서 편히 쉬지 않겠는가?”

“은퇴를 허락해 주시니 감사합니다. 저도 늙어 가는지 고향생각이 간절하지만 어찌 처자식에게 돌아가지 않을 수 있겠습니까. 그동안 감춰 왔지만 이제 고구려 사람임을 밝힐까 합니다. 내 자식이 핏줄을 따를지, 나고 자란 나라를 택할지는 그들 판단에 맡겨야겠지요.”

하룻밤 머물고 가라며 옷깃을 붙들었으나 비룡은 정체가 드러날까 두렵다며 황급히 어둠 속으로 사라졌다. 양만춘의 눈에 외로운 늙은이의 쓸쓸한 뒷모습이 아프게 새겨졌다.

군마(軍馬)를 배에 실어 백제로 수송하고 온 말 조련사가 보고했다. 백제 무왕(武王, 재위 600~641)이 병이 깊어 오래지 않아 죽을 것 같으나, 의자태자(義慈太子)가 효심이 깊고 현명하여 백제 사람은 근심하기보다 새로운 왕에게 기대가 크더라고 했다.

무왕은 용맹한 군주로 신라를 공격해 백제 남쪽 국경을 크게 넓힌 왕이었다. 무왕 3년부터 17년(616년)까지 남원에 있는 아막산성을 빼앗고, 25년에는 마침내 소백산맥 육십령을 넘어 함양의 속함성을 점령하더니, 34년(633년) 거창을 함락시켜 신라의 옆구리에 창을 겨누었다.

양만춘은 의자태자가 왕위에 오르면 백제와 신라 사이 세력 판도가 어떻게 변할지 궁금했다. 적의 적은 친구라 하니 백제가 세력을 뻗는 것은 고구려로서 나쁠 게 없었다. 다만 당나라의 침입에 대비해야 할 고구려가 쓸데없이 두 나라의 싸움에 휩쓸려 들어가는 일이 없기를 바랄 뿐이었다.

오랑캐끼리 서로 싸우게 하라.

당태종은 중국 중심의 세계질서를 세우려는 야망을 품은 황제였다. 정복황제 한나라 무제(武帝)가 걸었던 길을 따라 동서교통로(Silk Road)를 열기 위해 토욕혼에 뒤이어 고창국을 정복하고 서역 평정에 나섰다. 그러나 영류태왕의 화평정책으로 명분(名分)을 찾지 못했을 뿐 동방 진출의 꿈을 버린 건 아니었다.

만리장성 동쪽부터 고구려 사이 요서 지방은 두 나라의 완충지대로 남아 있었다. 돌궐이 망하고 고구려와 당나라 사이에 평화가 계속되자 이곳 거란인은 어느 때보다 평화로운 삶을 누렸다.

영류태왕은 당나라에 봉역도(封域圖)를 바쳐 요서가 고구려 영토가 아님을 밝혔으나, 요서 땅은 고구려의 앞마당이었다. 그뿐 아니라 거란은 고구려와 끈끈한 관계를 맺었으므로 장사꾼에겐 좋은 시장이었다. 또한 고구려의 바깥 울타리로서 영향력을 미쳤고, 일부 거란 부족에는 지배권을 행사했다. 그러나 오래지 않아 당태종의 검은 손길이 서서히 뻗어왔다.

우선 수나라 때 이곳으로 망명해 온 속말말갈 옛 부족장 돌지계에게 황제의 성인 이(李)씨를 주어 도독으로 삼고, 거란의 가장 큰 대하 부족 추장 굴가(窟哥)와 타타비 부족의 추장 가도자(可度者)에게도 경제적 이익을 주면서 조공을 바치도록 하여 요서 땅에 당나라의 영향력을 넓혀 갔다.

장손무기는 경쟁자 후군집이 서역 원정에서 큰 공을 세워 배가 아팠다. 그러자 그의 집사 조홍이 계책을 내놓았다.

"황제의 눈을 동쪽으로 돌리게 하려면 고구려가 말썽을 부리도록 해야 합니다. 그들을 우리 뜻대로 움직여 함정에 빠뜨리는 것쯤이야 그리 어려운 일도 아니지요."

장손무기는 요서에 당나라 지배권을 굳히려면 요하 서쪽 회원진에 군대를 주둔시켜야 한다고 이세민을 설득하는 한편, 요동성에 숨어 있던 세작에게 젊은 싸울아비를 선동하도록 명령을 내렸다.

아무리 태왕이 봉역도를 보내 고구려 지배권을 포기했다고 하나 요서 지역은 고구려 바로 턱밑이었다. 그런데 회원진은 물론 고구려의 옛 무려라성 성터에 당나라가 군대를 주둔시키자 이는 고구려에 대한 명백한 도발(挑發)이어서 싸울아비를 자극시켰다. 젊은 싸울아비들이 요동성으로 모여들어 무려라성의 당나라 군을 쫓아내야 한다고 소동을 벌였다.

요동성 불량배 좌미려가 때를 만났다. 잉어가 뛰면 망둥이도 뛴다더니, 웃통을 벗어젖히고 도끼를 휘두르며 싸울아비 선두에 서서 "무려라성에 주둔한 당나라 군은 몇백 명도 되지 않는다. 우리가 달려가서 당나라 놈들 씨를 말리자"며 목소리를 높였다.

요동성 성주 해진우가 달래려 했으나 그 기세가 거칠어지자 이웃 성주들에게 도움을 청했다. 모임에 참석한 성주들은 서로 눈치만 살피며 몸을 사렸다. 이런 일에 앞장서서 나서보아야 괜히 원망만 살 뿐 아무런 이득도 없기 때문이었다.

"요동 지역 으뜸 성주이시고 저들이 모인 곳 역시 요동성이니 해 성주께서 막아야 할 것 아닙니까."

개모성 성주가 입을 열자 해진우는 진땀을 흘렸다.

"제 말을 듣지 않습니다. 그렇다고 강제로 해산시켜 피를 흘리기도 그렇고…."

요동성 장사(長史) 오준이 간사스러운 미소를 지으며 일어났다.

"성주님은 화평파여서 소동을 일으킨 무리에게는 위엄이 서지 않습니다. 그들이 어려워하는 양 성주께서 좀 달래주면….”

모든 성주들의 눈길이 양만춘에게 쏠렸다. 평소에 헐뜯기만 하다가 어려운 일이 생기자 염치없이 떠넘기는 오준의 태도가 얄미웠으나 사태가 워낙 심각하니 어쩔 수 없어 성주들의 대표로 소동을 부리는 무리 앞에 섰다.

“나도 여러분처럼 당나라의 오만한 짓에 분노하지만, 10년 전 봉역도가 그들에게 주어졌을 때 이미 오늘 같은 일이 예상되었소. 지금 여러분이 강을 건너면 당나라 군을 몰아내기는 그다지 어렵지 않겠으나 이런 일로 양국의 평화를 깰 수 있겠소? 나라의 정책은 태왕폐하와 5부 귀족회의가 결정하는 것이고, 우리 싸울아비는 적의 침략이 있을 때 나라를 지키는 게 의무요.”

“그렇다면 가만히 지켜보잔 말이오? 지금 내 도끼가 울고 있소.”

좌미려가 도끼를 흔들고 소리치자 불량배들이 맞장구쳤다. 양만춘이 그들 앞으로 다가서며 엄숙하게 명령했다.

“그렇소. 모임을 해산하고 돌아가시오. 여러분이 진정 사나이라면 분노를 가슴 깊이 새기고 힘껏 무예를 닦으시오. 언젠가 적과 싸워야 할 날이 올 테니 그때 오늘의 분노를 마음껏 푸시오.”

요서에 대한 당나라 영향력 확대는 고구려에 큰 근심거리였다. 당태종이 노골적으로 확장정책을 펼치면서 요서 땅에 거센 풍운(風雲)이 일어났다. 장손무기는 돌지계를 앞세워 거란 부족을 달래고, 고구려와 흑수말갈을 분리시키려는 정치공작을 폈다.

“성주님, 요즘 거란 땅 분위기가 이상합니다.”

"왜 그렇게 생각하지? 바카투르 상단 장사가 잘되지 않는가?"

"서요하 강변 부족 거래는 큰 변동이 없지만, 당나라 땅에 가까운 대하 부족은 거래량이 크게 줄어 말〔馬〕 구입이 예전 같지 않은데다, 우리 상인을 배척하는 움직임도 있다 합니다."

"험한 연산산맥을 넘어서 가져오는 당나라 물건보다 배로 실어 나르는 우리 상품값이 훨씬 쌀 텐데 왜 그럴까? 요즘 백제 사람이 말을 많이 구입한다던데 장사에 지장이 많겠구먼."

"그러게 말입니다. 거란 땅에 무슨 일이 생긴 게 분명합니다."

대아찬의 이야기를 듣고 있노라니 불길한 생각이 들었다.

"지금 해성포구에 큰 일이 없지 않은가. 자네가 틈을 내어 거란 땅에 가서 직접 살펴보고 대책을 세우게."

대아찬이 두 달 동안 거란 땅을 둘러보고 돌아와서 보고했다.

"오족루가 몽골의 설연타와 새로 거래를 터서 말 구입 문제는 해결했지만, 대하 부족과 타타비 부족 마을 분위기는 많이 달라졌습니다. 오랫동안 거래한 대하 부족의 단골거래처가 저와 만나는 걸 꺼렸고, 거란 별부를 찾아갔다가 이상한 이야기를 들었습니다."

"거란 별부라고. 그래 야율고오는 잘 지내던가?"

양만춘은 어린 시절 친구 이야기가 나오자 반가워하며 물었다.

"야율 부족장은 건강이 좋지 않았으나 부인은 여전히 원기왕성했습니다. 그런데 대하 부족의 굴가 추장이 사람을 보내 고구려와 손을 끊고 당나라와 손을 잡는 게 어떠냐고 권유하더랍니다."

양만춘은 깜짝 놀라 술잔을 떨어뜨렸다.

"굴가란 놈이 감히 이럴 수가 있단 말인가! 거란 별부는 예로부터 우리나라 지배 아래 있는 부족임을 잘 알면서…."

양만춘은 요서 땅의 정세변화를 듣고 깊은 시름에 잠겼다.

'수나라와 전쟁 때 거란 부족은 대부분 고구려 편이거나 최소한 중립을 지켰는데 30년도 지나지 않아 이렇게 바람이 바뀌다니. 수나라 멸망 때 영주를 점령해 우리 세력권에 넣을 기회가 있었건만, 한 번 기회를 놓치자 적의 영향력 안으로 들어가 버렸구나. 우호관계였던 돌궐은 이미 당나라에 정복되어 그 강력한 기병대는 당나라 군의 선봉이 되었고, 이제 거란조차 적의 손에 들어가면 적의 손길은 북쪽 실위로 뻗어가고 말갈에도 손을 내밀 테지. 그러면 외톨이로 고립된 우리는 어떻게 버틸 것인가.'

양만춘은 당나라의 이이제이(以夷制夷) 손길이 고구려를 겨냥하여 목줄을 죄어 오는 것을 느끼고 온몸을 부르르 떨었다.

'어떻게 해서라도 거란 별부만은 굳게 붙들어 매어 당나라 손길이 실위와 말갈에 미치는 걸 미리 막고, 고구려와 말갈이 강철같이 뭉쳐 적의 이간공작(離間工作)이 발붙이지 못하게 해야 한다.'

양만춘은 흑수말갈 순시를 서두르도록 명령했다. 그리고 태왕에게 거란 부족의 정세변화를 보고하고, 거란 별부를 적극 지원해 이들이 떨어져 나가는 것을 막도록 상소문을 올렸다.

흑수말갈 아이신 부족장에게 비단옷을 입은 상인이 찾아왔다.

"야신 사루 님을 뵙고 싶소."

"무슨 일로 오셨소?"

상인은 거드름을 피우며 문지기의 물음에 대꾸하지 않았다.

"직접 만나 뵙고 말씀드릴 중요한 일이 있으니 안내나 하구려."

상인은 야신 사루에게 허리를 굽혀 공손히 인사하더니 가져온 상자를 열고 황금과 비단을 바쳤다.

"무슨 일로 나에게 이런 값진 선물을 주는 게요?"

"주위 사람을 물려 주시기 바랍니다."

"여기 있는 분은 모두 나와 뜻을 같이하는 형제니 할 말이 있으면 그대로 하시구려."

한참이나 망설이던 상인이 무릎을 꿇었다.

"돌지계 대추장께서 야신 사루 님의 영웅적인 투쟁을 사모해 선물을 바치고 인사를 드리라고 하셨습니다. 황제는 대추장님 공적을 높이 기리어 황족 성인 이씨(李氏)를 하사하고, 정동(征東) 대장군 벼슬까지 내렸습니다. 사루 님께서 대추장과 손을 잡으면 똑같은 영예와 부귀를 내리겠다고 하셨답니다."

야신 사루는 돌지계를 들먹일 때부터 가슴이 덜컥 내려앉았다.

'아버지가 돌지계와 손을 잡고 욕심을 부리다가 아이신 부족이 멸망당할 뻔했는데 또다시 이런 자가 나타나다니.'

야신 사루의 심각한 표정을 잘못 판단한 사내는 한술 더 떴다.

"지난번 고구려 놈에게 아이신 부족이 큰 피해를 입었다고 하더군요. 골수에 맺힌 원한을 갚아야 할 것 아닙니까! 돌지계 대추장께서 온갖 힘을 다 기울여 부족장을 도울 것입니다."

야신 사루가 주위를 둘러보며 외쳤다.

"뭣들 하느냐! 저 흉악한 놈을 묶지 않고."

아이신 부족장은 상인을 끌고 가서 총독 대리 이리매에게 넘겼다. 양만춘은 이리매의 급한 연락을 받자 즉시 호랑이촌으로 달려갔다. 즉시 돌지계가 보낸 세작(細作, 간첩)을 심문하여 당나라가 흑수말갈을 분리시키려는 정치공작을 샅샅이 밝혀내고, 흑수말갈 모든 부족장이 참석한 자리에서 재판을 열어 목을 베었다.

천산 국선도 분원

해오름이 태극상인(太極上人)의 명령을 받고 길을 나섰다. 요동성을 둘러보고 대량수 강가 주점에서 한잔 술로 목을 축이는데, 얼마 떨어지지 않은 정자에 앉아 대화를 나누는 세 사람이 유난히 눈길을 끌어 귀를 기울였다. 가장 나이 들어 보이는 점잖게 생긴 선비가 입을 열었다.

"태왕폐하께서 화평정책을 펼치신 후 장손사란 자가 겁도 없이 경관(京觀)을 훼손하여 한동안 떠들썩했었지. 요즘은 어떤가?"

싸울아비 복장을 한 젊은이가 걱정스럽게 대답했다.

"세상 돌아가는 꼴을 보면 한심합니다. 폐하께서 봉역도를 바친 후부터 나날이 친당협회(親唐協會)• 기세가 높아갑니다. 이놈들

• 친당협회라는 존재에 대한 기록은 없으나 이런 집단이 사전에 정보를 주지 않았다면 일개 사신이 어디에서 어떤 포로를 만날 것을 어떻게 알고, 포로의 친척 사정까지 미리 파악해 알려줄 수 있었을까. 화평정책 그늘에서 독버섯 같은 매국집단이 고구려 전역에 퍼져 있었으리라 짐작할 수 있다.

은 당나라가 마치 조국이나 되듯 떠받들며 철없이 날뛰는데, 아무도 말리는 이가 없고 따르는 자가 늘고 있습니다."

"해마루 장군은 마음이 굳은 분인데 적의 앞잡이가 날뛰어도 그냥 보고 있단 말인가?"

늙은이가 묻자 벼슬아치 옷차림의 중년 사내가 고개를 숙였다.

"성주가 화평파라 못된 행동을 눈감아 주고 있는 데다, 장사(長史) 오준은 돈만 밝히는 줏대 없는 인간이라 눈앞에 말썽만 생기지 않으면 세상이 어떻게 돌아가든 상관하지 않지요. 장군님은 워낙 고지식한 데다 군사 책임만 맡아 이런 사정을 잘 모르십니다."

늙은이가 중년 사내를 꾸짖었다.

"자네는 요동성 치안을 맡은 벼슬아치이니 마땅히 잘못을 바로잡아야 하지 않겠나. 해마루 장군에게 사정을 알려 주고."

중년 사내는 땀을 뻘뻘 흘리며 변명했다.

"스승님, 성주는 오준의 말이라면 팥으로 메주를 쑨다 해도 믿는 데다 삼촌 해마루 장군을 멀리하고 있습니다. 게다가 요동성 벼슬아치 중 그 떼거리가 너무 많아 제 힘으로 어쩔 수가 없습니다."

"해오름 님, 수석장로에 오르신 것을 축하드립니다. 무척 바쁘실 텐데 어떻게 먼 길을 오셨습니까?"

양만춘이 반가워하자 삿갓을 벗고 빙긋 웃으며 능청을 떨었다.

"어서 술이나 내놓게. 자네와 술잔을 나눈 지도 10년은 지났지?"

"폐하께서 섭정으로 계실 때 암살미수 사건에 연루된 저를 구하러 오셨던 게 마지막 만남이었으니 벌써 15년이 지났나 봅니다."

"세월이 빨리 흘렀군. 을지문덕 대인이나 무념 선사도 이 세상 사람이 아니시고 내 머리도 이렇게 하얗게 세었으니."

양만춘이 사신을 따라 장안에 가서 보았던 이야기를 들려주자 해오름이 데리고 온 제자를 돌아보았다.

"오늘 양 성주께 축하드릴 일이 있네. 태백진인이 직접 말하게."

"안시성을 정탐해 보라 하시어 한밤중에 침투했으나 경비에 빈틈이 없더군요. 제가 무리하면 가능하겠지만 피 흘리는 걸 피할 수 없겠기에 그만두었습니다."

해오름이 껄껄 웃으며 술잔을 태백진인에게 돌렸다.

"수제자이고 흑의대 꽃인 태백일세. 평양 북성(北城) 요새도 어렵지 않게 뚫는 흑의대 최고수가 아직 완성되지도 않은 성을 피 흘리지 않고는 숨어 들어갈 수 없다니 얼마나 즐겁던지."

양만춘이 너털웃음을 터뜨리며 술을 권하자 해오름이 긴 한숨을 쉬더니 어두운 표정을 지었다.

"이번 나들이에서 마음이 흡족했던 건 그것뿐일세. 신성과 오골성을 제외한 다른 성은 형편없었네. 옛날 수양제 침입 때 요동성 해부루 성주가 끝까지 성을 지켜 나라를 구했지만, 이제 사정이 달라졌더군. 지금 당나라가 쳐들어온다면 요동성과 백암성은 오래 버티지 못하고 무너질 테니 그때보다 쉽게 평양성으로 몰려올 거야."

"지금 천산산맥에 견고한 방벽(防壁)을 쌓고 있는데요?"

"성이건 방벽이건 사람이 지키는 것 아닌가. 자네가 당나라에서 본 강력한 힘을 들으니 근심이 태산 같네. 화평정책으로 나사가 풀린 백성이 정신을 차리고 제대로 나라를 방어하려면 적어도 몇 개월은 천산을 지켜야 할 텐데 희망의 싹을 찾을 수 없더군."

해오름이 깊은 한숨을 내쉬며 얼굴을 찌푸렸다.

"천산방벽이 쉽게 뚫리면 적군은 안시성까지 오지도 않겠군요."

"그렇다네. 무슨 좋은 방법이 없을까?"

오랫동안 생각에 잠겼던 양만춘이 무거운 어조로 입을 열었다.

"방법이 있긴 하지만 가능할지 모르겠습니다."

"어서 말해보게. 내가 할 수 있는 일이면 무엇이든 하겠네."

"묘향산 국선도 본부를 천산으로 옮기면 어떻겠습니까?"

"자네가 사정을 몰라서 하는 말일세. 내 힘으로 할 수 없네."

태왕은 천손(天孫)의 후예이고 고구려 사람은 하늘나라 백성이라는 오랜 신앙이 국선도의 뿌리였다. 건국 이후 나라의 체제를 갖추면서, 처음 태왕이 갖고 있던 제사장(天君)의 역할이 떨어져나가 상인(上人)이 물려받으면서 국선도(國仙道)의 틀이 갖추어졌다. 국선도는 고구려 성장과 함께 발전했다. 국선도는 하늘을 숭상하는 종교단체일 뿐만 아니라 임전무퇴(臨戰無退)를 가르치는 싸울아비의 교육기관이고, 홍익인간(弘益人間) 이념에 따라 지배층과 백성을 하나로 묶는 강력한 끈이었다. 외적의 침략으로 두 차례나 서울을 빼앗기고 고구려를 지탱했던 핵심세력인 수만 명 싸울아비와 백성이 사로잡혀 갔던 참혹한 시련을 겪으면서도, 고구려가 불사조(不死鳥)처럼 다시 일어설 수 있었던 데는 그 힘이 컸다.

국선도에 닥쳐온 가장 큰 위기는 나라 안에서 생겼다. 고구려가 대제국으로 성장하려고 좁은 골짜기 국내성에서 드넓은 낙랑평야 평양성으로 서울을 옮긴 것은 올바른 선택이었다. 그러나 기득권을 잃어버릴까 두려워한 국내성 귀족의 반발이 완강했고, 국선도 안에 뿌리박은 귀족도 분열해 암투가 벌어졌다. 544년 안원왕 말년 추군과 세군 간 왕위계승 싸움과 뒤이어 국내성에서 일어난 주리의 반란도 국선도에 큰 타격을 주었다.

이렇게 어려운 때 국선도를 개혁하고 분열된 세력을 하나로 뭉친 위인이 나타났다. 평원태왕(재위 559~590년) 때 국선도 초대 태극상인(太極上人)은 강력한 나라를 세우는 데 정신적 바탕인 국선도 정신을 부활시켰다. 상인은 정치와 담을 쌓고 오로지 신앙과 교육기관으로 거듭 태어나기를 맹세하고, 이에 따르지 않는 제자를 파문(破門)했다. 평원태왕은 나라의 기틀을 바로 세우고 왕권 강화를 꿈꾸었으므로 태극상인의 개혁을 반기며 적극적으로 밀어주었다. 태왕이 연호를 영강(永康)으로 선포한 해(평원태왕 7년) 본부를 평양성과 국내성 중간지점인 묘향산에 옮겨 전국 국선도를 하나로 묶었다.

"자네가 요서 원정군을 이끌고 출정했을 때 제3대 태극상인께서 제자들에게 수나라와 싸움에 참여하기를 권한 것은 예외적인 일이었네. 그 싸움이 나라의 존망(存亡)과 관계된다고 판단하신 데다, 국선도 출신 을지문덕 대인의 간곡한 요청을 받아들였기 때문일세. 영류태왕께서 화평정책을 펼치자 상인께서는 초대 태극상인의 뜻에 따라 제자를 모두 불러들이셨는데, 최근에 들려오는 소문이 하도 흉흉하니 나에게 실정을 알아보라고 명령하셨네."

해오름이 들려주는 국선도 역사를 듣고 양만춘은 사과했다.

"저는 그렇게 아픈 역사가 있었는지 몰랐습니다."

"당연한 일이지. 장로급 지도자가 아니면 모르는 일인 걸."

"앞으로 해오름 님께서는 어찌하시렵니까."

"나도 고구려 사람일세. 나라가 없어지면 국선도인들 설 자리가 어디 있겠나. 돌아가서 내가 보고 들은 대로 태극상인께 보고하고, 나라를 구하는 일에 앞장서 주십사고 간청할 수밖에."

그해 가을 해오름이 안시고을을 다시 찾아왔다.

"상인께서 나라가 위태로움을 아시고 당나라 침략 위험이 사라질 때까지 천산에 국선도 분원(分院)을 세워도 좋다고 허락하셨네. 흑의대를 이끌고 가도 좋다는 장로회의 허가도 얻었고."

"그렇다면 천산 분원을 맡으시겠군요. 이제 우리 고을 옆에 국선도장이 생기니 당나라의 침략을 걱정하지 않아도 되겠습니다."

기뻐하는 양만춘을 보고도 해오름의 표정은 시무룩했다.

"그런데 꼬리표가 달렸네. 정치적 싸움에 말려들지 않게 화평파와 강경파 어느 성주에게도 경제적 도움을 받지 않는 조건이네. 그러니 자네 도움도 바랄 수 없지. 돈 없이 무슨 일을 하겠나."

양만춘이 미소를 머금었다.

"하늘은 스스로 노력하는 자를 돕는다더니, 지난번 가뭄 때 장백산 선인(仙人)이 찾아와 수백 근 산삼을 내놓으면서 진실한 사람을 만나면 산삼 기르는 법을 가르쳐 주겠다고 했습니다. 지금 산삼은 같은 무게 금값만큼 비싸게 팔립니다. 흑의대원은 산 타는 데 귀신이니 사람 왕래가 없는 깊은 산에 씨앗을 뿌리고 거두는 게 쉽겠지요. 분원을 세울 터는 천산 동쪽 험한 산골짜기에 오두미교도가 화전(火田)을 일구던 땅이 비어 있고요."

해오름이 고개를 갸우뚱했다.

"정말 튼튼한 재정적 뒷받침이 마련되겠군. 그러나 씨앗을 뿌려 거두기까지 10년 이상 걸릴 텐데 그때까지 기다려야 하나?"

"아닙니다. 훗날 수확할 산삼을 미리 팔면 되지요. 바카투르 상단과 계약하면 선금을 지불할 겁니다. 그뿐 아니라 우리 병사 백 명을 분원에 보낼 테니 훈련시켜 주십시오. 교육비로 좁쌀 500섬을 드리면 먹을거리도 해결되지 않겠습니까."

해오름의 얼굴이 활짝 펴졌다.

"자네는 정말 마술사로군. 다음 해라도 분원 설치가 가능하겠네. 그런데 어떤 훈련을 시켜줄까. 용맹한 니루를 원하는가?"

"니루를 훈련시키는 것이라면 저희도 가능합니다. 지난번 장안에 갔을 때 백기(百騎)라 불리는 용사가 당태종을 호위하는 걸 보았는데, 몇 해가 걸리든 그들과 맞겨룰 수 있는 무예가 뛰어난 특공부대를 만들려 합니다. 태백진인께서 저희 병사 중에 정신과 신체가 강건한 자를 뽑아 손수 훈련시켜 주시기 바랍니다."

해오름은 너털웃음을 터뜨리며 해맑은 얼굴로 고개를 끄떡였다.

"내가 할 일이 분명해졌군. 우선 오골성 성주에게 매년 위탁교육생을 보내라고 떼써야겠네. 양식도 얻고 천산 지킬 산악전투부대를 기를 수 있으니 꿩 먹고 알 먹는 셈. 또 요동 지역 성주들에게 천산 사냥꾼과 나무꾼에게 세금과 부역을 면제해 달라고 해 이들을 훈련시키면 단시간에 강력한 부대를 만들 수 있겠지."

천산 국선도 분원이 준공되자 해오름이 안시성을 찾았다. 성을 구석구석 둘러보더니 눈이 휘둥그레지고 감탄을 거듭했다.

"과연 금성철벽(金城鐵壁) 성일세. 큰 꿈을 꾸는 것도 대단하나 그걸 이루다니 정말 행복한 사나이로군. 그러나 하나가 빠졌네."

"무엇입니까. 거리낌 없이 말씀해 주십시오."

"아무리 튼튼한 성이라도 성벽이 뚫렸을 때 대비가 있어야지. 순식간에 성을 점령하지 못하게 하려면 재빨리 뚫린 곳을 막고 적군을 고립시켜 섬멸할 방비가 미리 준비되어야 할 것이네!"

문득 양만춘은 서역에서 보았던 카라반 세라이(낙타 대상들이 머무는 여관)가 떠올랐다. 그 건물은 아래층엔 낙타를 쉬게 하고, 손님은 2층에 머물게 되어 있었는데, 사막의 뜨거운 열기를 막기 위해 벽은 두꺼운 흙벽돌로 쌓았고 바깥으로 뚫린 창문이 없었다. 물이 흐르고 나무를 심어놓은 집안의 안마당으로 창문이 트여 있어 요새(要塞)처럼 튼튼했다.

"성안 중앙광장에서 성문으로 통하는 큰길가에 여러 채 튼튼한 3층 벽돌집을 지어 아래층은 창고로 쓰고, 위층에는 사람이 살게 하지요. 그리고 위급할 때는 집 사이 골목길에 미리 마련한 몇 겹의 목책으로 즉시 길을 막게 하겠습니다."

"멋진 생각일세. 건물이 성벽 역할을 할 테니 좋고, 창고에 먹을 양식을 저장하면 군량 걱정도 없겠군. 이왕이면 3층 지붕에서 옆 건물로 나무다리를 걸치면 더 좋겠지."

양만춘은 백성의 투자로 재정 부담을 줄이려다 고민에 싸였다.

"안시성은 평상시엔 백성이 거주하지 않는 산성으로 계획되었소. 이제 성안에 집을 짓게 하면 힘들이지 않고 군사가 머물 집도 생기고 창고에 쌓은 식량을 군량으로 쓸 수 있어 그 이익이 매우 크겠지만, 애써 감췄던 성안 비밀이 적에게 드러날까 걱정이오."

온사문도 백성의 집이 들어서면 방어시설에 대한 군사기밀을 지키기 어렵다면서 반대했다. 다로가 타협안을 내놓았다.

"지금 안시성을 세우는 걸 모르는 백성이 없소. 믿을 만한 사람만 출입시킨다면 문제가 없겠지요."

저유가 고개를 갸우뚱했다.

"성주님께서는 백성이 스스로 원해서 전쟁 때 피란할 집을 성안에 짓고 그들이 가진 양식을 창고에 쌓아두게 하려는 계획인데, 그렇게 엄격하게 제한하면 누가 지으려 하겠소? 더구나 성주님이 바라는 대로 튼튼하게 건축하려면 엄청난 돈이 들 텐데요."

모두 입을 다물자 대아찬이 좌우를 둘러보며 신중하게 말했다.

"곧 전쟁이 다가오는 것도 아닌데 서두를 필요가 없습니다. 시간 여유만 충분하다면 성주님 뜻을 이루는 건 그리 어렵지 않습니다. 이미 성안 북쪽 산기슭에 굴을 파서 진대법에 따라 백성에게 빌려줄 곡식을 저장하고 있는 데다, 무기 만드는 대장간과 화살 만드는 공방(工房)이 여러 개 있습니다. 문제는 나머지 땅입니다. 성안 몇 구역은 촌장들에게 마을사람 피란처로 삼을 공동주택을 짓게 권유해서 추수 때 거둔 곡식을 저장하게 하고 여러 해에 걸쳐 건축하면 큰 부담이 되지 않을 겁니다. 나머지 구역엔 상인을 끌어들이십시오. 성의 방어에 도움이 될 상인은 곡물 장수나 창고업자이니, 이들에게 성안에 상품을 쌓아둘 창고를 짓게 하는 대신 세금을 감해준다면 성주님 뜻대로 움직일 것입니다."

양만춘이 밝은 얼굴로 대아찬에게 물었다.

"그것만으로 잘되겠는가?"

"장사꾼이란 이익이 생겨야 움직입니다. 그들을 끌어들이려면 안시성 동문 앞 성하촌(城下村)에서 해성읍으로 가는 길을 두 배로 넓혀 마차 두 대가 자유롭게 비껴 갈 수 있도록 해야 합니다.

또한 앞으로 성하촌 외에는 안시고을에 일체 창고를 짓지 못하게 하시고, 성하촌에 창고를 가질 특혜를 얻은 상인에게 성안에도 튼튼하게 벽돌로 창고를 지을 의무를 지우시지요. 상품이란 자유롭게 드나들어야 합니다. 온사문 장군 말씀대로 신분이 확실한 상인에게 낮에만 성문 출입과 상품 운반을 허락한다면, 오래 쌓아둘 물건이나 귀한 물건은 성안 창고에 보관하고, 수시로 옮겨야 할 상품은 성하촌 창고에 두겠지요.

아울러 안시성을 지키는 병사에게 성안은 물론 성 밖 성하촌 창고 경비까지 맡기어 도적 걱정이 없도록 하십시오. 그러면 저희 바카투르 상단부터 당장 그곳에 창고를 지으렵니다. 성하촌에 창고가 많이 들어서고 창고마다 물건이 가득 찬다면 아무리 급한 일이 일어나도 성안 창고로 옮기는 것쯤이야 손쉬울 게 아닙니까."

"창고 경비는 조금도 염려 마십시오. 다만 성하촌이 들어설 장소를 정하는 건 성을 쌓는 저희 의견에 따라주시기 바랍니다."

온사문은 그렇게만 되면 방어시설 비밀 유지가 어렵지 않겠다며 대아찬 의견에 찬성했다.

잠자코 있던 법인 스님이 입을 열었다.

"성을 제대로 지키려면 하늘의 보우(保佑) 하심이 가장 먼저인데 아무도 이를 말씀하시지 않는구려. 성주님! 동문 옆의 높은 언덕을 안국사 절터로 주시구려. 소승도 금강역사(金剛力士) 가 지키는 튼튼한 가람을 지어 안시성 방어에 힘을 보태겠소."

멀고 아득한 평화의 길

榮留太王

몸서리치는 악몽(惡夢)을 꾸었다.

새까맣게 몰려오는 적병. 피투성이 병사들과 울부짖는 백성. 불타 무너지는 성(城).

양만춘은 불길한 생각을 애써 떨치면서 어둠을 뚫고 미친 듯 말에 채찍질했다. 저 멀리 여명 하늘 높이 우뚝 솟은 안시성 동문 장대가 빛나는 모습을 보고서야 가만히 가슴을 쓸어내렸다. 바로 그때 새벽을 알리는 안국사 평화의 종소리가 은은하게 들려왔다.

그 울리는 소리 너무나 멀리 아득하고
그 울리는 소리 눈물겨웁다.
그날을 아는 이 그 누구뇨.
누구나 그날 오기를 간절히 바라건만.

불길한 징조

영류태왕(건무, 402쪽 참조)은 평양성 방위사령관을 맡아 내호아의 수군을 물리친 영웅이었다. 그가 적군을 평양 외성(外城) 안으로 끌어들여 전멸시켰던 것은 기적 같은 행운이었고, 하마터면 나라를 멸망의 구렁텅이로 빠뜨릴 뻔한 모험이었다. 싸움에 이긴 그의 눈에 들어온 것은 승리의 함성을 지르는 병사가 아니라 잿더미가 된 집터와 수많은 시체였다.

진저리나는 전쟁은 그 후에도 4년 동안 계속되었고, 전쟁이 거쳐 간 땅에는 무서운 기근이 닥쳐왔다. 전쟁의 비참함을 뼈저리게 느낀 건무에게는 평화가 무조건 선(善)이고, 이를 지키기 위해서 비겁하다는 욕도 들을 각오가 되어 있었다.

"적군을 물리치자 영웅이라더니, 황폐한 나라를 가꾸고 사직을 지키려 화평정책을 펴니 겁쟁이라 비웃는구나. 사람들은 내 겉모습만 보고 떠들지만 나는 영웅도 겁쟁이도 아닌 현실주의자일 뿐이다."

영양태왕이 승하(昇遐)하자 건무는 왕위에 올랐고, 중원을 통일한 당고조(唐高祖)도 평화주의자여서 그의 꿈은 이루어지는 듯했으나, 당태종이 황제가 되면서 먹구름이 짙게 덮였다.

시골에서 올라온 듯한 초라한 싸울아비와 어린 사내애가 홍국사 앞 시장거리로 들어왔다. 사내는 남루한 옷차림으로 피곤에 지친 얼굴이지만 허리에 찬 칼은 드물게 보는 명검(名劍)이었다.

혼잡한 시장골목에서 거지 소년이 쑥떡 몇 개를 훔쳐 먹고 달아나자, 뒤쫓던 떡 가게 점원이 잘못 알고 싸울아비 어린 아들의 멱살을 움켜쥐고 도둑이라고 소리쳤다.

"싸울아비에게 목숨보다 귀한 건 명예와 정직이다. 내 아들은 굶어 죽을지언정 결코 남의 것을 훔치지 않는다!"

싸울아비가 가슴을 활짝 펴고 억센 요동 사투리로 점원을 호되게 꾸짖자, 구경꾼 중 건달 하나가 아들이 도적질하는 걸 두 눈으로 똑똑히 보았다며 점원을 거들었다. 친당협회 간부인 뚱보 가게 주인은 쥐뿔도 없는 주제에 자존심을 코에 걸고 잘난 척하는 싸울아비를 못마땅하게 여겨왔는데 마침 좋은 기회가 생겼다. 수탉같이 잔뜩 거드름을 부리며 윽박질렀다.

"싸울아비는 사흘 굶어도 도적질 않는다고? 여기 증인이 있지 않은가. 떡값을 내지 못하겠으면 꿇어앉아 잘못을 빌라."

싸울아비는 하늘을 우러러보며 길게 탄식하더니, 칼을 뽑아 아들의 배를 갈라 결백함을 밝히고, 놀라 도망치는 가게주인의 목을 베고 점원과 건달을 쳐 죽였다.

홍국사 시장거리 살인사건은 당나라에 대한 저자세 외교와 내치(內治)의 실패로 부글부글 들끓던 민심에 기름을 끼얹어 엉뚱한 방향으로 불길이 옮겨 붙었다. 흥분한 싸울아비들이 친당협회 본부로 몰려가 쑥대밭을 만들고, 그 소식을 들은 젊은이들이 들고 일어나 탐관오리와 악덕상인 집을 불사르는 폭동으로 번졌다.

"대수롭지 않은 살인사건이 걷잡을 수 없이 악화된 데에는 골수 강경파 야심가들이 뒤에서 부추긴 탓이 크오. 군대를 동원해서라도 뿌리를 뽑아야 하오."

화평파 우두머리 부소는 무자비하게 폭동을 진압하자고 주장했다. 조정에서는 평양성 치안대에 출동명령을 내렸으나, 깨끗한 벼슬아치로 존경 받던 외성(外城) 치안책임자 고무가 유혈(流血) 진압을 거절하고 스스로 옷을 벗었다.

조정의 강경파 대신은 물론 온건한 화평파 대신조차 무력진압을 반대하자 온문이 강경파 지도자 고정의를 찾아갔다.

"싸울아비가 화평정책을 못마땅하게 여기는 건 이해하지만, 오랜 전쟁으로 황폐한 나라를 부흥시키기 위해 어쩔 수 없는 선택이 아니겠소. 나도 무력진압은 반대하나 폭동을 그대로 두고 볼 수 없으니 대인께서 저들을 달래 더 이상 피 흘리는 짓을 막읍시다."

"그동안 우리 정부가 당나라에 지나치게 무력하지 않았소. 우리는 봉역도까지 보내 국경분쟁을 막고 평화를 지키려 애썼으나 장손사란 자가 경관을 훼손하더니 이제 옛 우리 땅인 무려라성에 군사를 주둔시킨 데다, 나라 안에는 친당협회 무리들이 활개를 치고 있으니 싸울아비의 불만이 폭발한 건 당연하지 않겠소.

더욱 심각한 문제는 나라를 올바르게 다스리지 못해 백성까지 들고 일어난 일이오. 지난 20년간 폐하께서는 부국강병을 위해 무얼 하셨소? 싸울아비를 진정시키고 백성을 달랠 길은 잘못된 정치를 뿌리까지 파헤쳐 바로잡겠다고 약속하는 것뿐이오."

온문을 따라왔던 젊은 선도해가 조심스럽게 입을 열었다.

"화평정책은 어쩔 수 없는 선택이었다 하더라도 부패한 귀족과 탐관오리가 날뛰어 국정이 문란해진 건 사실입니다. 고정의 대인 말씀처럼 양만춘 같은 인재를 등용해 개혁을 공표하고 국정을 쇄신하면 이번 사태는 오히려 전화위복(轉禍爲福)이 되겠지요."

영류태왕이 개혁을 선포하여 성난 민심을 다독거리자 홍국사 시장거리 폭동은 기세가 꺾여 수그러들었다.

개혁에 성공하려면 통치자는 백성을 잘살게 하겠다는 열정뿐 아니라 어떤 어려움도 뚫고 나갈 군센 의지력과 뼈를 깎는 결단이 필요하고, 지도층도 제 몫의 책임을 다해야 열매를 거둘 수 있다. 고구려에서 귀족과 벼슬아치야말로 누구보다 가장 큰 혜택을 받는 지도층이니 이들이 앞장서야 개혁에 성공할 수 있다.

영류태왕의 비극은 우유부단한 성격에 있었다. 그는 뛰어난 지성을 갖추었으나, 과감하게 인재를 등용해 국정을 맡기고 험난한 개혁의 길을 걸어갈 인내력이나 결단력을 갖지 못한 나약한 군주였다. 민심의 흐름을 제대로 살피지도 못해 백성을 착취하는 귀족과 부패한 벼슬아치를 과감하게 잘라버리지 못했다.

화평파 우두머리 부소는 영리했으나 태왕의 뜻을 받들어 나라를 부강하게 하는 것보다 권력 유지에만 온 힘을 쏟는 도신(盜臣)이었다. 부소는 태왕의 신임을 미끼로 자기 사람을 벼슬자리에 앉히고 제 패거리는 어리석고 못난 자도 감싸주었으나, 그의 뜻에 따르지 않으면 아무리 유능한 벼슬아치라도 솎아냈다. 지난해 흉년이 들자 부소는 진대법에 따라 가난한 백성에게 꾸어 주어야 할 곡식을 빼돌려 곡식값을 올리고 엄청난 이익을 거두었다.

뜻있는 신하들은 부소를 탄핵하고 나섰다. 태왕은 흥국사 사건을 계기로 부소를 조정에서 물러나게 했으나 그 뿌리까지 자르지 않았다.

태왕을 지지했던 귀족과 부호는 시늉뿐일지라도 개혁이 못마땅했고, 평화정책 또한 수나라에 대한 승리의 기억을 간직한 싸울아비와 백성에게 인기가 없어 어느 누구도 만족시키지 못했다.

영류태왕을 비극의 군주로 만든 결정적 타격은 정복욕에 불탔던 이세민으로부터 왔다. 장손무기는 고구려를 정복할 징검다리로 부소를 눈여겨보았다. 고구려를 정복하는 가장 좋은 방법은 지배층을 분열시키고 정치를 혼란에 빠뜨리는 것인데, 그가 보기에 부소는 탐욕스런 간신(奸臣)이고, 제 이익을 위해 나라도 팔아먹을 역신(逆臣)이었다.

장손무기가 부소에게 손을 내밀면서 당나라 무역상을 통해 거액의 돈이 흘러갔다. 그가 보낸 자금은 꼬리표가 붙어 있었다. 한층 강력한 친당(親唐)정책을 펴고 친당협회를 보호하라는 것이었다. 부소는 이 자금을 받아 유력한 귀족가문에 돈을 물 쓰듯 뿌리고 그물 같은 감시망을 펼쳐 반대파의 움직임을 살피면서 잃어버린 지위를 되찾으려 발버둥 쳤다.

친당협회(親唐協會)란 영류태왕의 평화정책에 따라 두 나라의 왕래가 잦아지면서 평양성 무역상과 당나라에서 교육받은 일부 유학생을 중심으로 만들어진 모임이었다. 처음에는 서로 사이좋게 지내고 수나라 때 포로가 되었던 자를 보살펴 주자는 좋은 뜻에서 출발했으나, 장손무기의 입김이 닿고 무뢰배가 모여들자 조국을 팔아먹는 짓까지 서슴지 않는 반역집단으로 변했다.

싸울아비와 백성이 못마땅하게 여겨 종종 충돌이 생겼으나 화평파 대신의 등 뒤에 숨어 활동범위를 점차 넓혀갔다. 마침내 부소가 정권을 되찾아 대대로에 오르자 장손무기와 맺은 약속을 지켜 친당협회 몇 사람을 벼슬아치로 임명하면서 평양성에 긴장이 감돌기 시작했다.

640년(영류태왕 23년) 쥐해(庚子年) 2월, 부소가 적극 추진한 친당정책의 결과로 태자 환권(桓權)이 당나라에 입조(入朝)하게 되었다. 당태종은 흐뭇하여 고구려 태자 일행을 맞이하려 진대덕을 만리장성 밖 영주(營州)까지 보내 극진히 환대했다.

고구려 역사상 태자가 외국에 사절로 간 것은 고국원왕 때 전연(前燕)의 모용황에게 보낸 것이 처음이자 마지막이었다(343년). 당시에는 서울 국내성이 함락되어 왕비와 어머니가 포로로 잡혀갔고, 아버지 미천왕(美川王) 무덤이 파헤쳐지고 그 시신을 적에게 빼앗겨 이를 되찾기 위한 어쩔 수 없는 사정이 있었다.

평화로운 시절 태자의 입조는 엄청난 반발을 불러 일으켰다. 강경파 대신이 밤을 지새우며 반대하고, 태왕의 이복동생 대양군은 머리를 풀어헤치고 대궐문 앞에 꿇어 엎드려 탄원했으나 태왕은 꿈쩍도 않았다. 이 일을 계기로 영류태왕은 국민의 사랑을 잃었다. 젊은 싸울아비가 부소와 화평파 대신을 탄핵하는 움직임이 전국으로 들불같이 번졌고 정치에 관심 없던 백성까지 술렁거렸다.

평양성 감찰관이 친당협회에 발탁되어 벼슬아치가 된 자의 수상한 거동을 발견하고, 끈질긴 수사 끝에 거대한 간첩조직을 캐내자 평양성이 발칵 뒤집어졌다. 그러나 며칠 후 체포된 벼슬아치는 이유도 밝혀지지 않은 채 갑작스레 감옥에서 죽었고, 감찰관은 누명을 쓰고 쫓겨났다.

간첩단으로 의심받았던 나머지 친당협회 회원들은 화평파 대신의 그늘에 숨어 꼬리를 감추었다. 그리고 그중에 파렴치한 자는 감찰관이 공을 세우려 누명을 씌웠다고 억지를 쓰며 목에 핏대를 세웠다.

평양성 백성이 들고 일어나고 뜻있는 원로들이 상소를 올렸다.

"어떤 정책의 옳고 그름은 세월이 지나 훗날에 밝혀지기도 하지만, 적의 세작이나 매국노라면 이야기가 다릅니다. 이런 자는 나라의 암이니 나라님께서 즉시 뿌리를 뽑으셔야 합니다."

빗발치는 여론에도 부소는 자기 패거리 보호에만 골몰했다. 태왕조차 상소문을 보고도 긴가민가 결단을 내리지 못하고 망설이면서 혹시 이 일로 당나라와 사이가 벌어질까 걱정만 했다.

정치를 잘못하면 하늘이 천재지변(天災地變)을 일으켜 경고하는지, 쥐해 봄부터 가뭄이 들어 장마철이 지나도 비가 오지 않았다. 이런 때 왕은 다스림에 잘못이 없었는지 제 허물을 반성하고, 나쁜 벼슬아치를 갈아치워 막힌 물꼬를 트며 백성의 소리에 귀를 기울여 성난 민심을 가라앉혀야 하나, 태왕은 비리(非理)와 부패로 백성의 원망이 들끓는데도 귀를 기울이지 않았다.

실망한 싸울아비들은 더 이상 기다릴 수 없다며 뜻을 모아 태왕을 몰아내기로 했다. 그해 9월 싸울아비의 대표들이 흥국사 뒷산 암자에서 모임을 가졌다.

우두머리로 추대된 고무가 입을 열었다.

“굴욕적 친당정책으로 나라 기강이 흔들리고, 가뭄이 극심해 길거리에 굶어 죽은 백성이 널려 있소. 태왕은 총명이 흐려져 백성을 제대로 돌보지 않고, 부소 패거리는 제 뱃속 채우기에 골몰하니 이미 천명(天命)은 태왕을 떠났소. 우리는 대양군(大陽君) 전하를 앞세워 간신을 쓸어버리고 나라를 바로잡아야겠소.”

고무의 말이 끝나자 신중한 성격인 강미르가 입을 열었다.

“거사가 성공하려면 평양 수비군을 우리 편에 끌어들여야 하오.”

“군대 지휘자 중에 부소 패거리가 적지 않으니 계획이 들통 날 염려가 많소. 우리가 일어나면 병사들도 우리 뒤를 따를 것이오.”

거사계획은 부소가 풀어놓은 염탐꾼의 귀에 들어갔고, 그의 사병(私兵)이 다음 날 새벽 고무의 집을 습격했다. 고무의 체포 소식을 전해들은 수백 명 싸울아비가 평양 외성 흥국사로 모여들었다.

강미르는 이들을 이끌고 중성(中城)의 부소 저택으로 몰려갔다. 봉기(蜂起) 소식이 알려지자 보병대장 통구하가 병사를 이끌었고, 피 끓는 젊은이들이 가담해 반란군은 곧 수천 명으로 불어났다.

부소는 황급히 대궐이 있는 내성(內城)으로 도망쳐 영류태왕께 위급함을 알렸다. 왕궁을 지키던 근위대와 대성산성에 주둔하던 군대가 출동해 반란군과 치열한 전투를 벌였다.

처음엔 반란군이 우세하여 대궐 정문인 주작문까지 진출했다.

그러나 시간이 지나면서 태왕에 충성하는 군사들이 몰려오자, 조직도 제대로 갖추지 못한 반란군은 정규군을 당할 수 없었다.

피비린내 나는 싸움이 사흘 밤낮 계속되었고 마지막 남은 수십 명 싸울아비가 홍국사에서 자결함으로 반란은 끝났다.●

동족끼리 벌인 내전(內戰)은 전쟁보다 참혹했고, 증오심도 오래 갔다. 이번 반란은 평양성이 세워진 후 처음 일어난 끔찍한 유혈극으로 백성 가슴속에 깊은 상처를 남겼고, 평양성 유력한 가문 중에 반란에 가담한 젊은이가 없는 집이 거의 없었다.

화평파와 사이가 좋지 않던 가문들은 불똥이 어디까지 튈지 몰라 납작 엎드렸고, 피해자는 가해자를 찾아 복수에 나서 공포가 평양성을 뒤덮었다. 태왕의 이복동생 대양군은 반란에 가담하지 않았지만 반란군의 추대를 받았다는 이유로 집안에 연금(軟禁)되었다. 이 반란은 영류태왕의 몰락을 알려 주는 조종(弔鐘)이었다.

태왕은 피비린내 나는 평양 내성 싸움터를 둘러보았다.

"나라님이여 만수무강하소서"라 외치는 목소리는 억지로 쥐어짜는 꽹과리소리일 뿐 애정을 담은 묵중한 울림은 사라졌고, 태왕을 맞이하는 백성의 눈은 차가웠다. 늙은 태왕은 미처 치우지 못해 곳곳에 쌓여 있는 시체 더미를 보며 몸서리쳤다.

● 《삼국사기》 고구려본기, 영류태왕 23년 9월의 기록에 '해가 빛을 잃었다가 3일 뒤에 다시 밝아졌다'고 적혀 있다. 기이한 자연현상보다는 해(태왕)가 사흘 동안 빛을 잃었던 반란사건을 기록한 것으로 보인다.

무례한 사신

641년(영류태왕 24년) 소해 당태종은 태자 환권의 입조(入朝)에 대한 답례로 지도와 군사시설을 담당하는 직방낭중(職方郎中) 진대덕을 사신으로 보냈다.

진대덕은 길을 떠나기 전에 인사를 드리러 장손무기를 찾았다.

"기다리고 있었네. 가까이 와서 앉게나."

진대덕은 조정의 실권자인 장손무기가 따뜻하게 맞아주자 황송해서 몸 둘 곳을 몰랐다. 그는 미리 준비했던 화려한 비단옷을 진대덕에게 입히더니 빙그레 웃었다.

"영락없이 장안 바람둥이 한량(閑良) 모습일세 그려."

어리둥절하고 있는 진대덕을 살펴보다가 장손무기가 소리쳤다.

"준비한 선물을 가져오너라."

하인들이 낑낑대며 나무 궤짝을 메고 와 뚜껑을 열었다. 천금(千金)이 넘는 황금과 화려한 비단이 궤짝마다 가득 담겨 있었다.

"대인, 이것이 무엇입니까?"

진대덕이 놀라 쳐다보자 장손무기가 엄숙한 얼굴로 물었다.

"왜 자네가 사신으로 뽑혔는지 아는가?"

"지난해 고구려 태자를 영접했던 인연 때문인 줄 아옵니다."

"아닐세. 자네가 군사시설에 밝은 전문가이기 때문이야. 이번 사절단 임무는 고구려 방어시설을 샅샅이 살펴보는 것이네."

장손무기는 수염을 쓸어내리며 목소리를 낮추었다.

"《손자병법》에 '백금(百金)을 아끼어 적의 정세를 알지 못한다면 어리석은 짓이다. 그런 자는 유능한 장수 그릇이 못 되고, 임금을 제대로 보필하지 못하며 승리의 주인공이 되지 못한다' 고 했네. 고구려를 정벌하려면 하루에 만금이 들 텐데 이까짓 천금을 어찌 아끼랴. 자네는 이 돈을 모조리 그곳에 뿌리고 오게."

진대덕은 요하를 건너 고구려 영토로 들어선 후 요동의 여러 성읍(城邑)을 천천히 유람하면서 그곳을 지키는 수령에게 화려한 비단을 넉넉히 나눠 주며 말했다.

"나는 산수(山水)를 좋아하니 아름다운 경치를 구경하려 한다."

진대덕이 뿌리는 뇌물에 얼이 빠진 성주와 벼슬아치들이 이자의 말을 곧이듣고 그가 원하면 안내하지 않은 데가 없었다. 그가 특히 관심을 두고 살펴본 곳은 천산산맥 방어망(천리장성)과 그 지형(地形)이었다. 중요한 요새나 방어시설을 만나면 뻔뻔스럽게 좋은 산수를 만났다며 데리고 온 화가를 시켜 그림을 그리고 시를 짓는다며 방어시설의 모습을 기록으로 남겼다.

군사전문가가 적국의 방어시설을 살피는 눈은 칼날같이 매서웠다. 그는 요동성에서 백암성, 오골성, 마자수(압록강), 평양성에 이르는 방어시설과 험준한 지형을 샅샅이 살피고 기록했다. 그뿐 아니라 친당협회라는 당나라 앞잡이의 인도를 받아 옛 수나라 병사로 포로가 되었던 동족을 만나면 위로하며 친척의 안부까지 알려 주니 그들이 눈물을 흘리며 감사하고, 진대덕이 가는 곳마다 벌떼같이 모여들었다.•

진대덕은 아낌없이 돈을 뿌리면서 황금의 위력을 흠뻑 즐겼다.

중국인은 '돈만 있으면 도깨비에게 맷돌을 돌리게 할 수 있고, 염라대왕도 눈을 지그시 감는다!'고 말한다. 대대로 부소는 장손무기가 보낸 황금을 받고 흡족해서 세 차례나 찾아가 환대했다.

영류태왕이 온갖 어려움을 무릅쓰고 평화를 위해 노력을 기울일 때마다 기다렸다는 듯 이를 빌미로 삼아 태왕을 한층 더 막다른 골목으로 몰아가는 당태종의 악랄함에 양만춘은 치를 떨었다.

진대덕이 사신답지 않은 짓을 한다는 보고를 듣자 양만춘은 영리한 부하를 보내 그의 행동을 감시했다. 곧 사신의 탈을 쓴 세작임을 밝혀냈다.

그러나 어이하랴. 분통이 터졌으나 다른 고을에서 일어나는 일을 막을 수 없어 고정의나 오골성 추정국 성주같이 마음이 통하는 이에게 그의 정체를 알려줄 수밖에 없었다.

"우리나라 사람은 중국인의 참모습을 너무 모르는군요."

양만춘이 한숨을 쉬자 돌고가 목소리를 높였다.

"우리는 직선적 성격이지만 그들은 양면성(兩面性)을 갖고 있어 여간해서 속내를 드러내지 않소. 항상 주변을 살피며 이해타산을 따져 행동하므로 못마땅한 일을 당해도 욕지거리를 하기보다 미소를 띠고, 궁지에 몰렸을 때조차 한바탕 웃어젖히며 미꾸라지같이 빠져나가지요. 그들의 웃는 얼굴에 속아 넘어가는 얼빠진 사람은 중국인을 몰라도 너무 모르는 것이오. 때때로 웃는 얼굴에 칼을

• 《삼국사기》 고구려본기에서.

숨기고 있기 때문이오. 대결하거나 교섭할 때 그럴듯하게 원칙을 내세우고 공자의 인의(仁義)와 노자의 무위(無爲)를 코에 걸지만 그 밑바닥에는 필요하면 수단 방법을 가리지 않고 권모술수를 부리는 한비자(韓非子)의 냉혹한 현실주의가 깔려 있소이다. 목적을 달성하기 위해서라면 원칙이나 인의와 도덕 따위는 언제든지 깔아뭉개더군요."

온사문도 돌고의 말에 맞장구쳤다.

"이익이 없으면 움직이지 않고, 소득이 없다면 용병(用兵)하지 않으며, 위태롭지 않다면 구태여 싸우지 않는다는 《손자병법》의 구절이 그네 본심을 잘 드러내고 있지요. 진정 그들을 움직이게 하려면 헛웃음이나 하소연 따위는 부질없는 짓. 차라리 냉정하게 이해관계를 앞세워 따져야 합니다. 우리가 빈틈없이 싸울 준비를 갖추어야 미리 전쟁을 막을 수 있겠지요."

진대덕은 아름다운 산천을 유람하고 싶다며 귀국하는 길에 일부러 멀리 돌아 안시성으로 향했다. 뒤이어 파발꾼이 달려와 사신이 구경하고 싶어 하는 곳을 잘 안내하라는 왕명(王命)을 전했다.

진대덕의 속셈은 분명했다. 안시성을 정탐하려는 것이었다. 안시성은 거의 완성되어 건설의 마무리 단계에 있었다. 이 중요한 방어시설을 적의 세작에게 보여줄 수 없는 노릇이었으나 왕명을 거역했다가 부소에게 어떤 트집을 잡힐지 알 수 없었다.

양만춘은 잠을 설치다가 꼭두새벽에 일어나 남문 밖 호수에 배를 띄웠다. 연꽃은 밤이면 꽃잎이 오므라들었다가 해가 뜨면 다시

피는 꽃. 불교에서는 날마다 새롭게 태어나는 꽃이라고 신성하게 여긴다. 아침 햇빛을 받아 연꽃이 활짝 핀 호수에서 바라본 안시성은 별로 두드러지지 않은 평범한 토성이었다.

양만춘은 약한 마음이 들었다.

'겉만 보고 누가 안시성의 참모습을 알 수 있으랴. 성안에 들이지 않고 이곳 경치만 보여준다면 별탈이 없지 않을까?'

양만춘은 다음 순간 화들짝 놀라 머리를 저었다.

'부처님이 어느 날 제자를 모아 놓고 오랫동안 말씀이 없다가 연꽃을 쳐들자 모두 그 뜻을 몰라 웅성거렸으나 가섭이 부처의 뜻을 깨닫고 살짝 염화시중(拈華示衆)의 미소를 지었다'고 한다. 진대덕이란 자는 당나라 최고의 군사전문가이니 그가 안시성을 본다면 무엇인가 찾아낼지 모를 일이다. 결단코 안시성을 그런 위험 앞에 노출시킬 수 없다.'

양만춘은 모든 장수들을 불러 모았다.

"당나라 사신은 군사시설에 밝은 세작이다. 이자에게 안시성 비밀이 새어나가서는 안 된다. 금모루는 기병 50기를 이끌고 검은바위고개에서 기다리다가 고을 안으로 들어오면 호위해 해성 읍성으로 모시라. 다로는 가장 뛰어난 조의선인 20명을 뽑아 밤낮없이 감시해 이들이 읍성 밖으로 나가지 못하게 막아라. 온사문의 임무가 가장 무겁다. 진대덕이 머무는 동안 성을 쌓았던 인부를 한 사람도 빠짐없이 소집해 성안에 허드렛일을 시키고, 안시성 경비 병력을 두 배로 늘려 잡인이 접근하지 못하게 하라. 혹시라도 사신 일행이 성에 접근하거든 망설이지 말고 활을 쏘아 막아라. 다만 화살촉은 사람을 상하지 않게 바꾸도록. 피 흘리는 건 피하고 싶다. 내 지시는 군령(軍令)이니 이를 어기지 않도록 명심하라!"

양만춘은 따로 차사 저유를 불러 명령했다.

"이번에 맞이하는 사신은 위험한 세작이지만 당나라와 외교관계 때문에 함부로 다룰 수 없는 골치 아픈 존재요. 나는 사신을 깍듯이 대접하려 하니, 차사는 음식 잘 만드는 요리사를 찾고 믿을 만한 사람 중에 술이 강하고 중국말을 잘하는 자를 모으시오. 사신 수행원 한 사람 한 사람마다 여럿이 달라붙어 술을 먹여 취하게 하고, 사신이 머무는 동안 해성포구 당나라 상인이 해성 읍내로 들어오지 않게 단단히 조치하시오."

관복(官服) 대신 하얀 비단 백삼(白衫)에다 영웅건(英雄巾)을 빗겨 쓰고 잔뜩 멋을 부린 진대덕의 모습은 무르익은 봄 경치를 유람하러 나선 장안 부잣집 귀공자 차림새였다. 그를 감시하려 보낸 고구려 기병을 마치 호위병처럼 부리면서 길에서 만난 백성에게 손을 흔들고, 마치 개선장군처럼 거들먹거리며 읍내로 들어왔다.

"오랜 여행으로 몹시 지쳤을 터이니 푹 쉬다 가시구려."

양만춘이 뜻밖에 교양 있는 선비가 쓰는 장안(長安) 말로 인사하자 진대덕은 깜짝 놀랐다.

"핫핫하, 신하 된 몸으로 이까짓 고달픔은 이겨내야지요. 고구려가 금수강산이라더니 가는 곳마다 아름다우니 여행의 피곤함을 느낄 겨를이 없군요. 내가 여기 와서 성주의 영명(英明)함을 많이 들었소. 이제 만나 보니 과연 영웅의 기상이 빼어나구려."

입에 침도 바르지 않고 한껏 양만춘을 추켜세우더니 부하에게 손짓해 큰 나무궤짝을 가져오게 했다. 그 안에 백금(百金)이 넘을 듯한 황금덩어리와 화려한 비단이 차곡차곡 쌓여 있었다.

"황공하옵게도 황제폐하께서는 그대의 훌륭한 통치를 들으시고 어여삐 여겨 큰 상을 내리셨다오. 성은이 망극하니 감사한 마음으로 하사품(下賜品)을 받으시오."

진대덕은 양만춘의 표정이 어떻게 변하는지 흘끔흘끔 살폈다.

양만춘은 황제가 남의 나라 신하에게 통치를 잘했다고 하사품을 내렸다는 말을 들은 적이 없었다. 이건 분명히 독약이고 뇌물임이 틀림없었다.

'이자는 교활한 세작. 나를 궁지에 빠뜨리려 하는구나!'

그러나 지금 당나라와 평화로운 관계를 유지하는데 이웃나라 황제가 보내는 선물을 무작정 거절하기도 난처했다.

"감사하오이다. 그러나 태왕폐하 허락 없이 황제의 하사품을 받을 수 없으니 거두어 주시기 바라오."

양만춘은 궤짝을 거들떠보지도 않고 정중하게 사양했다.

"핫핫하. 성주께서는 너무 고지식하구려. 내 이럴 줄 알고 고구려 왕과 대대로 부소 님을 만났을 때 이미 허락을 받았소이다. 보시오. 여기 왕이 내린 하교(下敎)가 있소이다."

진대덕은 양만춘의 속마음을 꿰뚫고 있다는 듯 여유 있게 미소를 흘리면서 한 통의 서신을 내밀었다.

'이자가 나를 꼼짝 못 하게 옭아매는구나. 그러나 이곳에선 네 뜻대로 되지 않을 것이야.'

양만춘은 얼굴에 미소를 띠고 공손하게 허리를 굽혔다.

"태왕폐하의 뜻을 어찌 받들지 않겠소이까. 황제의 하사품을 감사하게 받고 경치가 아름다운 곳을 남김없이 보여드리겠소. 예로부터 좋은 그림을 제대로 알아보는 눈이 드물고 산천의 아름다움을 진정으로 즐기는 이 흔치 않으니, 오로지 군자라야 이를 즐기고 사랑한다고 들었소. 진 대인이 이렇듯 산수(山水)를 사랑하시니 진정 군자로군요. 다행히 우리 고을에 요동 최고 명산인 천산(千山)이 있으니 내일 아침 안내하리다."

다음 날 길잡이가 진대덕 일행을 이끌고 천산 선인대로 향했다. 중국의 명산인 화산을 여러 차례 올라본 진대덕에게 천산이야 그리 높은 산이 아니었으나, 험한 산길만 골라 오르락내리락 하니 피곤하기 이를 데 없었다.

그다음 날 새벽같이 찾아온 길잡이가 천산을 제대로 구경하려면 한 주일은 걸린다면서 오늘은 오불정 산마루를 거쳐 탕강자 온천에 머문다며 너스레를 떨자 그는 화를 벌컥 내며 길잡이를 내쫓고 이를 악물었다.

'장손 대인께서 안시성 성주란 놈이 만만치 않은 자라더니, 이 여우 같은 놈이 내 속을 훤히 들여다보고 나를 가지고 노는구나!'

해성 유지(有志)들이 시도 때도 없이 술병을 들고 찾아와 부하를 잔뜩 취하게 하는 짓도 못마땅했지만, 진대덕은 고을에 머무는 첫날부터 숙소 주변을 철통같이 에워싼 조의선인의 감시망이 마음을 불편하게 했다. 숙소 경비 책임을 맡은 다로에게 불평했더니 능청스럽게 대답했다.

"귀한 사신에게 좋지 않은 일이 생기면 소장은 죽음으로 성주님께 사죄할 수밖에 없으니 어찌 경비를 가벼이 할 수 있겠습니까."

양만춘의 속마음을 짐작하는 진대덕은 울화통이 터졌지만 다로의 말에 트집을 잡을 수 없어 넌지시 불편함을 털어놓았다.

"경비가 지나쳐 숨이 막히겠소. 적당히 하구려."

"대인 심기를 어지럽히지 않도록 부하에게 주의시키겠습니다."

중국인은 인내심이 강해 여간해서 감정을 드러내지 않지만 진대덕은 그중에도 참을성이 대단하고 뚝심이 강했다. 그리고 적과 대결하거나 교섭할 때 먼저 마음의 평정을 잃는 자가 패배한다는 걸 너무나 잘 알았다. 그렇지만 안시성 성주는 고구려인 중에 처음 만나는 고래 심줄같이 끈질긴 사내였고, 곤란한 때에도 미꾸라지같이 잘 빠져나갔다. 뇌물을 받을 때만 해도 그랬다. 태왕을 들먹이며 압박했더니 순순히 받아들여 미끼를 물었다고 즐거워했다. 그러나 다음 순간 양만춘이 차사 저유를 불러 지시했다.

"고을 통치가 잘되어 이웃나라 황제께 하사품을 받은 건 나라의 자랑거리요. 통치가 잘되도록 한 데에는 경당의 공이 가장 크니, 황제 하사금은 경당을 새로 짓거나 허물어진 경당을 수리하는 데 쓰게 하고, 비단은 70세 이상 노인에게 고루 나누어 주도록 하되, 이러한 사실을 낱낱이 태왕폐하께 보고하시오."

진대덕은 큼직한 물고기가 낚시에 매단 미끼만 떼어 먹고 도망친 것 같아 허망해 하면서 몹시 분노했다.

'이자는 바보 천치란 말인가. 다른 고을 수령들은 몇 푼 안 되는

뇌물도 허겁지겁 받아먹었는데, 주는 황금도 챙기지 않다니.'

문득 장손무기의 얼굴이 떠올랐다. 웬일인지 이 얄미운 자에게 유난히 관심을 많이 가졌기에 진대덕은 온갖 방법으로 안시성의 비밀을 캐내려 했으나 조금도 틈을 주지 않았다.

이제 그의 끈질긴 참을성도 바닥이 났다. 천산 선인대를 올랐던 다음 날 양만춘을 찾아가 노골적으로 그 본색(本色)을 드러냈다.

"해성하 건너 야산 남쪽에 개울이 흐르고 연꽃이 가득 피어 아름답다고 들었소. 그곳 경치를 구경하며 냇가에서 천렵(川獵)을 즐기려 하니 내일 안내하여 주시오."

"죄송하지만 사정이 있어 모실 수 없소. 그까짓 경치는 장안 곡강지(曲江池)에 비하면 보잘것없으니 다른 곳을 안내하리다."

두 사람이 노골적으로 말하지 않았으나 그곳엔 안시성이 있었다. 한 사람은 성을 보여 달라고 요구하고 다른 쪽은 완곡히 거절하는 걸 서로 잘 알고 있었다. 마치 노름꾼이 상대방이 쥐고 있는 패(牌)를 탐색하며 힘을 겨루는 꼴이었다. 이런 때 뚝심이 센 자가 이기기 마련이었고, 진대덕은 뚝심이 강하기로 알아주는 사내였다. 더구나 그 뒤에 당나라 황제와 태왕과 권신(權臣) 부소까지 있었다. 그러나 양만춘 역시 멋진 패를 손아귀에 쥐고 있었다.

"성주님, 도대체 무슨 비밀이 있기에 만 리 밖에서 온 손님 부탁을 그렇게 한 마디로 거절하시오?"

이제 진대덕은 여유를 되찾아 빙글빙글 웃으며 느물거렸다.

양만춘은 기가 막혔다. 적반하장(賊反荷杖)도 정도가 있지 명색이 사신이라고 온 자가 뻔뻔스런 낯으로 '안시성을 샅샅이 살펴보고 싶은데 왜 보여 주지 않느냐?'고 트집을 잡는 꼴이었다.

'평화를 코에 걸고서 남의 나라 군사기밀을 염탐하려는 놈'이라는 욕지거리가 튀어나오려 했지만 부드러운 얼굴로 사정했다.

"진 대인은 모르시겠지만 우리나라에 골치 아픈 집단이 있다오. 조의선인인데, 5월 축제를 그곳에서 열겠다고 하기에 이미 허락했소. 그들은 내 명령도 잘 듣지 않으니 함부로 축제를 방해했다가 사신에게 무슨 불상사가 일어날지 몰라 걱정이 되기 때문입니다. 그들의 양해를 얻을 때까지 기다려 주시오."

진대덕은 조의선인을 잘 알았다. 그의 뇌물에 감지덕지하던 요동성 성주 해진우도 천산 조의선인 도장을 구경하고 싶다는 요구에 우물쭈물하다 끝내 안내하지 않았다. 그러나 며칠이 지나도 양만춘의 연락이 없어 분통을 터뜨렸더니 냉정하게 대답했다.

"꼭 가시려거든 그곳에서 무슨 일이 일어나도 책임을 묻지 않겠다는 글이라도 남겨 주시오."

진대덕은 코웃음을 치다가 한 마디 한 마디 끊어가며 말했다.

"나는 어떤 일이 있어도 가 볼 것이오. 설마 성주께서 내 앞을 가로막지는 않겠지요?"

진대덕은 믿는 바가 있었다.

'고구려 땅에서 당나라 사신이 해를 입는다면 그 이유가 어떻든지 전쟁이 일어나게 될지 모른다. 저 얄미운 놈이 제 아무리 간이 크다 해도 더 이상 버티지 못할 테지.'

"어찌 감히 대인을 막겠소. 걱정이 되어 말리는 것뿐이오. 다만 가시려거든 갑옷을 입고 단단히 무장하시구려."

어떤 패(牌)를 숨기고 있는지 몰라도 이미 승패가 결정 난 노름판이거늘, 양만춘은 패배한 자치고 너무도 자신만만한 표정이었다. 진대덕은 왠지 그 여유로운 미소가 눈에 거슬렸다.

진대덕은 양만춘의 경고를 무시했다. 하얀 비단 백삼을 걸치고 영웅건을 멋있게 빗겨 쓰고 말을 달렸다. 해성하를 지나 벌판으로 나서자 안내하는 군사를 따돌리고 행렬의 선두에 나섰다.

안시성이 있는 산기슭 골짜기로 들어서자 돌연 귀를 찢을 듯 날카로운 꽹과리소리가 울리며 숲속에서 화살이 빗발치듯 쏟아졌다. 그러나 그쯤은 이미 각오했기에 콧방귀를 뀌며 말을 계속 몰았다.

"간이 배 밖에 나왔군. 한 걸음만 더 다가오면 살지 못하리라!"

당나라 말로 외치는 호통소리와 함께 화살이 날아와 그가 쓴 영웅건 매듭을 쏘아 맞춰 곁에 있는 소나무에 박혔다. 대담한 무인(武人) 진대덕도 나무에 박힌 영웅건을 보자 가슴이 철렁 내려앉았다.

'조금만 화살이 빗나갔다면 내 이마를 꿰뚫을 뻔했구나!'

호위 기병이 재빨리 달려와 그를 둘러싸더니 숲속을 향해 외쳤다.

"곧 물러가겠소. 제발 화살을 쏘지 마시오!"

해성으로 돌아온 진대덕은 붉으락푸르락 분을 참지 못하고 호통을 치며 양만춘을 찾았으나, "성주께서는 급한 일이 생겨 지금 해성에 계시지 않습니다"는 대답뿐이었다. 죄 없는 부하들에게 화풀이를 하고 있노라니 사신 숙소의 경비를 맡고 있던 다로가 찾아와 은밀히 드릴 말씀이 있다며 만나기를 청했다.

"숙소 경비를 제대로 못 해 죄송합니다. 해성포구에 좋은 그림이 거래된다기에 혹시나 해서 압수했더니, 고급 당지(唐紙)에 그린 산수화여서 대인 소유물이 아닌가 싶어 가져왔습니다."

진대덕이 그림을 살펴보니 그의 부하가 천산 방어망의 핵심 연산관(連山關) 일대를 자세히 그린 그림인데, 숨겨진 보루(堡壘)와 방어시설이 도드라지게 드러나 있었다.

그는 깜짝 놀라 숨이 멎었다.

고구려 방어시설을 그린 그림과 자료는 심복 권림에게 맡겨 물샐틈없이 보관했는데, 어떻게 적의 손에 들어갔단 말인가. 조의선인 중에는 둔갑술(遁甲術)이 뛰어나 높고 험한 성벽을 어렵지 않게 기어오르고, 마음대로 모습을 감춘다더니 그들 짓일까.

밥맛이 떨어져 저녁을 거른 채 밤늦게까지 술을 마시노라니 부하 통역관이 급히 드릴 말씀이 있다며 방 안으로 들어왔다.

"늘 찾아와 술을 권하던 고을 유지가 대인께서 당나라 군사시설을 담당하는 직방낭장이라고 수군거리더군요. 이는 사신에 대한 용서할 수 없는 모욕이니 그런 헛소리를 꾸짖어 주십시오."

'사신 일행 중 내 임무와 직책을 정확히 아는 자는 심복 권림밖에 없다. 부하도 모르는 내 신분의 비밀을 어떻게 알았단 말인가. 권림이란 놈이 술에 취해 저들에게 알려 주었단 말인가?'

문득 오늘 아침 안시성을 향해 의기양양하게 말을 달릴 때, 양만춘이 짓고 있던 자신만만한 미소가 떠올랐다.

'이자는 처음부터 나의 정체를 알고, 내가 쥔 패를 낱낱이 살펴

보면서 비웃고 있었구나!'

분노가 사라지고 두려움이 밀려들어왔다. 진대덕은 자신이 무참히 패배했음을 느꼈다.

'이 너구리같은 자의 솜씨라면 능히 나를 발가벗기고 만천하에 세작임을 밝혀 망신을 줄 수도 있겠군.'

다음 날 아침 양만춘이 찾아와 밝은 얼굴로 웃으면서 해성포구에 급한 일이 생겨 자리를 비웠음을 공손히 사과했다. 시치미를 뗀 능글맞은 얼굴을 보니 울컥 화가 치밀었으나 애써 참고 말했다.

"성주님, 우리는 내일 이곳을 떠나려 하오."

"대인, 어찌 그리 빨리 떠나려 하십니까. 며칠 더 머무시면서 천산의 아름다운 경치를 천천히 둘러보셔야지요."

진대덕은 양만춘이 베푸는 성대한 환송연(歡送宴)에서 호탕하게 웃으며 즐거운 듯 술잔을 들었으나 마음속으로 이를 갈았다.

'그래, 이번 싸움에는 네가 이겼다. 그러나 너의 승리는 그리 오래가지 않을 것이다.'

진대덕은 귀국하여 태종에게 보고했다.

"고구려 사람은 고창국(高昌國, 투르판)의 멸망 소식에 크게 두려워하며 사신에 대한 대접이 극진했습니다."

당태종은 진대덕이 바친 고구려의 방어시설과 지형을 꼼꼼히 기록한 《고려기》(高麗記)를 살펴보더니 크게 기뻐했다.

진대덕의 편지를 받아본 부소는 태왕을 찾아뵙고 양만춘이 사신에게 저지른 무례를 들먹이고, 양국 간의 평화에 큰 걸림돌이라며 처벌해야 한다고 주장했다. 태왕은 이 문제를 조정에서 다루기에 앞서 바른말을 하는 정직한 신하 고정의를 불러 의견을 물었다.

"폐하, 소신은 지난 전쟁 때 요서에서 함께 싸워보았기에 그의 충성스러움은 목숨을 걸고라도 보증할 수 있나이다. 지금 당태종이 우리나라 사람 가운데 가장 없애고 싶어 할 인물은 양 성주일 것입니다. 이것은 그가 보낸 자료이오니, 한번 살펴보아 주옵소서."

고정의가 내민 서류에는 지난 몇 달간 진대덕이 머물렀던 장소와 날짜, 거기서 한 짓이 자세히 적혀 있는데, 모두 중요한 방어시설이 있는 곳이었다. 태왕은 왕위에 오르기 전 방어전쟁을 지휘했던 경험이 있어 그것이 무엇을 의미하는지 깨달았다. 얼굴이 벌겋게 달아오른 태왕의 눈길이 한 폭 산수화에 머물렀다.

"도대체 이 그림은 무엇이오?"

"양 성주 말로는 진대덕 부하가 연산관 방어시설을 그린 것이랍니다. 요새와 참호가 하나도 빠짐없이 그려져 있습니다."

태왕의 얼굴이 일그러지며 깊은 한숨을 쉬었다.

"어찌 이런 일이. 저들을 진심으로 대했건만 내 선의(善意)를 악으로 갚는구나. 이세민이란 자가 침공하는 날 안시성 말고는 남아나는 성이 없겠구려!"

반정의 싹

연개소문(淵蓋蘇文)은 동부(東部)에 속한 연(淵)씨 가문으로 원래 쇠를 다루던 집안이었지만, 장수태왕이 서울을 국내성에서 평양으로 옮길 때부터 점차 세력을 얻어 중앙 정계(政界)에 등장한 신흥귀족이었다.

할아버지 자유(子游)가 중리부(中裏部, 국가기밀과 정보를 취급하던 관청)의 책임을 맡고 동부대인 자리에 올라 세력을 키웠고, 영양태왕 때 아버지 연태조(淵太祚)는 화평파〔南進北守派〕우두머리가 되어 대대로에 올랐으나, 수양제가 고구려 침략을 노골적으로 추진하자 강경파〔南守北進派〕의 지도자 을지문덕에게 밀려났다.

뒤이어 영류태왕이 왕위에 오르면서 태왕의 오른팔인 부소가 화평파에 속한 다른 신흥귀족 온문과 손잡자, 화평파의 우두머리에서도 밀려나 조정에서 세력을 잃었다.

연개소문은 연태조가 늦게 얻은 자식이었다. 야심이 큰 사내로 체격이 우람하고 얼굴에 위엄이 있는 데다 패기만만하고 호탕해서 자기주장을 거침없이 펼쳐 젊은 싸울아비에게 인기가 높았다. 화평파 우두머리 부소는 연개소문을 위험인물로 보고 경계했다.

연태조가 죽고 그 뒤를 이어 연개소문이 동부대인(東部大人)•

• 연개소문에 대해 《삼국사기》 고구려본기에는 서부대인, 같은 책의 연개소문 열전에는 동부대인이라 적었다. 또한 《구당서》와 《신당서》 및 《자치통감》의 기록이나 학자들의 주장 역시 일치하지 않으나, 제반사정을 살펴볼 때 동부대인이라 함이 옳은 듯하다. 《연개소문전》(김용만 지음) 참조.

자리에 앉으려 하자 부소를 비롯한 화평파는 이를 막으려 했다.

유화는 욕심 많은 여인이어서 평양 중성(中城)에 큰 저택을 사들여 춘화루(春花樓)란 호화로운 주점을 차렸다. 이곳에 귀족 벼슬아치와 부호가 모여들고, 사람 눈을 꺼리는 화평파 대신이 단골로 드나들었다. 그녀는 대신 모임이 있는 날이면 춘화루 여주인으로 얼굴을 내밀고 오가는 대화에 귀를 기울였다. 그리고 주점 기녀들이 온갖 정보를 보고했기에 유화는 평양성 귀족과 대신들의 움직임을 손바닥 들여다보듯 꿰뚫어 보았다.

유화의 비극은 차가운 마음을 지닌 젊은 독재자가 감추고 싶어 할 비밀을 너무 많이 아는 게 얼마나 위험한지 깨닫지 못한 데 있었다.

부소에게 배신당한 후 앙심을 품고 있던 유화는 부소에 대한 원한을 풀어줄 인물로 연개소문을 눈여겨보았다. 그녀는 동부대인 계승(繼承) 문제로 어려움에 빠진 연개소문에게 손을 내밀었다.

연개소문은 집안 대대로 중리부 업무를 맡아 왔기에 정보의 중요성을 누구보다 잘 알고 있어 유화의 이용가치를 깨닫고 그녀가 내민 손을 잡았다. 그는 그녀 충고대로 몸을 납작 엎드리고, 아버지의 옛 동지였던 온문을 비롯한 화평파 대신들을 찾아가 머리를 숙여 애원했다.

"제가 나이가 어리고 철이 없어 여러 어른들에게 괴로움을 끼친 것을 깊이 반성하고 있습니다. 아버지 뒤를 이어 동부대인의 자리를 잇게 도와주십시오. 앞으로 잘못을 저지르면 그 자리를 도로 빼앗아도 원망치 않겠습니다."

고구려 귀족계급은 큰 잘못이 없으면 부친의 직위를 계승하는 게 관례이므로 여러 대신이 불쌍히 여겨 그의 애걸을 받아들였다.

그 이야기를 전해들은 흥국사 자혜 스님은 연개소문이 고난을 겪으면서 겸손하고 마음이 넓은 사나이로 거듭날 기회를 잃은 것을 한탄했다.

"제멋대로 살아온 인간은 올바른 세상이치를 깨닫지 못한다. 인생살이 쓴맛을 보면서 깨달음을 얻었어야 했는데. 아깝다. 옥(玉)은 옥이로되 다듬어지지 않은 옥이로구나!"

동부대인 자리에 앉은 연개소문은 태자의 당나라 입조 문제가 말썽이 되자, 언제 화평파 대신에게 고개를 숙였냐는 듯 젊은 싸울아비 선두에 나서 반대하여, 부소는 연개소문을 눈엣가시처럼 미워했다.

더위가 가시고 선선한 바람이 불기 시작하던 640년 8월 하순 늦은 밤, 유화가 사람 눈을 피해 연개소문을 찾아왔다.

"공자님, 이번 거사에 참가하면 안 됩니다."

"부인, 지금 무슨 말씀을 하시는 거요?"

연개소문은 시치미를 떼면서 펄쩍 뛰었다. 이미 중년이 지났지만 화려한 옷을 입고 곱게 화장한 유화가 눈을 흘기며 나무랐다.

"평양성 젊은 싸울아비 거사계획이 이미 부소에게 알려졌다오. 반란이 실패할 테니 공자님께서 발을 빼야 합니다."

깜짝 놀란 연개소문은 유화에게 큰절을 올리고 물었다.

"부인께선 어찌하여 이런 비밀을 제게 알려 주시는 것입니까?"
"남녀관계란 남이 알 수 없지요. 부소는 믿을 수 없는 사내. 예와 다름없이 계속 만나지만 증오는 나날이 깊어만 가니 … ."
그는 원한에 찬 얼굴로 한숨짓는 유화를 완전히 믿게 되었다.
"이번 일에 발을 빼기 무척 어려운 처지인데 어찌해야 좋겠소?"
"곧 연태조 대인 제삿날이지요. 이를 핑계 삼아 평양성을 멀리 떠나 몹쓸 병에 걸렸다는 소문을 내고 사람을 일체 만나지 마세요."

그해 9월 사흘간 반란에 가담한 평양성 젊은 싸울아비는 물론 수많은 사람이 목숨을 잃었다. 그러나 유화가 미리 알려준 덕분에 연씨 가문은 별다른 피해가 없었다.
반란을 평정한 부소는 이를 갈았다. 연개소문이 반란을 부추긴 낌새는 있었지만 반란 때 평양성을 멀리 떠나 있었고, 병들어 그 누구도 만나지 않아 미꾸라지처럼 빠져나가 버렸으니.
'이 얄미운 자가 빈틈없이 쳐둔 그물을 어떻게 벗어났을까?'
반란의 상처가 아물기도 전에 진대덕의 간첩행위 때문에 시끄러웠고, 그가 본국으로 돌아간 후에도 뒷말이 많았다.
친당협회 회원이 옛 수나라 포로와 만남을 주선한 것도 말썽이 되었지만, 협회의 우두머리 가물치가 평양성 방어시설 도면(圖面)을 넘겨준 게 들통나면서 여론이 들끓었다. 이들은 화평파 등 뒤로 몸을 숨겼지만 다른 때와 달리 간첩사건만큼은 부소도 덮어줄 수 없었다. 강경파 고정의뿐 아니라 화평파에 속하는 온문까지도 매국노 집단은 뿌리 뽑아야 한다고 들고 일어났다.

부소가 어쩔 수 없이 가물치 일당의 체포령을 내리자 궁지에 빠진 가물치가 맞불을 놓았다. 부소가 진대덕으로부터 천금의 뇌물을 받았다는 폭로가 있자, 부소가 조정에서 물러나야 한다는 강경파의 상소(上訴)가 빗발쳤고, 평양성이 벌컥 뒤집어졌다.

연개소문과 유화는 뒤에 숨어서 온갖 소문을 퍼뜨리며 부소를 궁지에 몰아넣었다. 늙은 태왕은 화평파 대신들을 쫓아내고 국정(國政)을 혁신해야 함에도 결단을 내리지 못하고 머뭇거렸다.

641년 소해(영양태왕 24년, 의자왕 원년) 5월, 진대덕의 간첩 사건 뒤처리로 시끄러울 무렵 백제에서 성충(成忠)이 사신으로 왔다. 그는 의자왕(義慈王, 재위 641~660년)께서 대대적으로 신라를 공격하려 하니 신라 땅을 나누어 갖자고 제안했다.

벼랑 끝에 몰렸던 부소에게 백제 사신은 구원의 밧줄이었다. 그는 백제와 함께 신라에 쳐들어가 잃었던 아리수(한강) 유역을 회복하자고 강력히 주장했다. 고정의를 비롯한 남수북진파(南守北進派)는 신라를 견제하려 백제와 동맹을 맺는 것은 좋으나, 당나라 침략이 염려되는데 남쪽에서 새로 전쟁을 벌이는 건 반대했다.

온문은 아버지 온달(溫達) 장군이 신라 정벌 중 전사한 이래 신라를 원수로 여겼다. 온문이 부소 쪽으로 기울자 부소를 대대로 자리에서 쫓아내려던 강경파의 주장이 힘을 잃게 되었다.

바람의 방향이 바뀐 것을 알게 되자 부소는 친당협회의 숨은 실력자 비루 노인과 협상했다. 서로 싸우다가는 양쪽 다 망할 처지임을 깨달은 비루 노인은 신속히 사태를 수습했다.

며칠 후 친당협회의 두목 가물치는 누군가의 손에 목숨을 잃었고 그 일당 중 몇 사람을 사로잡아 평양성 감찰관에게 넘겨주는 한편 협회를 자진 해산해 가물치 간첩 사건을 마무리 지었다.

시끄러웠던 일이 해결되고 잠잠해지는가 싶더니 6월이 되자 반란 사건에 연루되어 연금(軟禁) 당했던 태왕의 이복동생 대양군이 자객에게 암살되어 평양성이 벌컥 뒤집어졌다.

강경파 대신들이 상복(喪服)을 입고 태왕에게 나아가 범인을 잡고 책임 있는 자들을 처벌해야 한다고 주장했다. 범인은 끝내 잡히지 않았으나 백성들은 누구나 부소의 짓이라고 믿었다. 온갖 유언비어가 퍼지고 어두운 먹구름이 평양성을 뒤덮었다.

연이어 몹쓸 일이 터지자 원로대신은 부소가 물러나고 나라의 분위기를 새롭게 바꾸어야 한다고 태왕에게 상소했다. 해가 바뀌어도 별다른 변화가 없자 고정의는 태왕의 우유부단함에 크게 실망했다. 그는 부소에게 "하늘의 그물은 그물코가 넓어서 성근 것 같아 보이지만 죄인은 결코 빠뜨리지 않는다〔天網恢恢 疎而不漏〕"고 꾸짖고는 울절(鬱折, 종2품)의 벼슬을 내놓고 태왕의 부름이 있어도 집 밖을 나오지 않았다.

고정의가 은퇴한 후 연개소문은 평양성 젊은 싸울아비의 기대를 한 몸에 받고 있었는데, 부소가 그의 움직임을 낱낱이 살피고 있다는 유화의 귀띔을 듣자 부소에 대한 증오는 커져갔다. 그는 몸을 낮추어 화평파 대신의 경계심을 누그러뜨리면서 은밀히 사병(私兵)을 늘리고 뜻을 같이하는 자들과 결속을 단단히 했다.

부소는 고정의가 조정에 나오지 않자 거칠 게 없어졌으나 마음은 항상 불안했다. 그의 신경을 거슬리는 자는 연개소문이란 젊은이였다. 마음만 먹는다면 그까짓 젊은이를 제거하는 것은 그리 어렵지 않았지만, 쥐해에 일어났던 젊은 싸울아비의 참혹한 반란사건에 몸서리치던 온문을 비롯한 화평파 대신들이 말렸다.

부소가 노리던 기회가 마침내 찾아왔다. 조정에서 천리장성(천산산맥 방어벽)을 대대적으로 수리하기로 결정했다. 그는 장성을 개축(改築)하는 책임자로 동부대인 연개소문을 추천했다. 몇몇 대신이 전쟁 경험도 없는 젊은이에게 이처럼 중요한 임무를 맡기는 데 반대했으나, 부소의 뜻을 짐작한 화평파 대신들은 찬성하였다.

'그자를 평양성 밖으로 내보내면 물을 떠난 고기일 뿐이다. 평양성 젊은 싸울아비들과 분리시키면 힘을 쓸 수 없을 테니 제거하기도 손쉽겠지.'

연개소문은 장성 개축 책임자로 임명되자 기쁜 마음과 함께 의아심이 들었다. 더구나 그를 추천한 사람이 부소라는 말에 의심이 깊어갔다. 한밤중에 몰래 찾아온 유화의 말을 듣고 정신이 번쩍 들었다.

'무엇이라고? 이 명예로운 자리가 무서운 함정이었단 말인가!'

4권으로 계속

연표 年表

시기		주요 사건	비고
618.	6. 1.	당나라 건국(당고조 이연).	무덕 원년
	9.	고구려 영류태왕 즉위(영양태왕 서거).	영류태왕 원년
619.	2.	고구려 당나라에 친선 사절.	영류태왕 2년
622.		포로 교환(수나라 포로 만여 명 본국 송환).	영류태왕 5년
626.		당태종 이세민 황제 즉위.	영류태왕 9년
630.	3.	당나라가 동돌궐 정복.	정관 4년
631.		당나라 사신 장손사 경관 훼손.	영류태왕 14년
	2.	고구려 천리장성 건설 착수.	
632.	1.	신라 선덕여왕 즉위(진평왕 서거).	영류태왕 15년
640.	2.	고구려 태자 당나라 입조.	영류태왕 23년
		당나라 서역 고창국 정복.	정관 13년
641.	3.	백제 의자왕 즉위(무왕 서거).	영류태왕 24년
		당나라 사신 진대덕 고구려 정탐.	정관 14년
642.	9.	연개소문 반정 일으켜 영류태왕 시해.	보장태왕 원년

《황금삼족오》 깊이 읽기

소수림태왕의 개혁정치 (21쪽)

고구려를 강대한 국가로 만든 소수림태왕 개혁정치의 핵심은 무엇이었을까?

태왕 2년, 연호를 건시(建始)로 정하면서 불교를 공인하고 태학(太學)을 세웠으며, 태왕 3년에는 율령을 반포했음은 잘 알 수 있으나 율령의 내용에 대한 기록이 전해지지 않고 있어 개혁의 내용을 알 수 없다. 그러나 고대 국가에서 나라의 뼈대를 이루었던 것은 토지제도와 군제(軍制)였으니, 부국강병을 지향했던 태왕이 제정한 율령의 핵심은 당연히 이들 제도의 개혁이었을 것이다.

고구려의 시대 구분은 연구자마다 다를 수 있겠지만, 건국부터 위(魏)나라 관구검의 침략으로 서울이었던 국내성이 함락되었던(244년) 동천왕(재위 227~248년) 때까지, 부족연맹 국가체제였던 시절을 초기 고구려시대라 한다면, 동천왕과 고국원왕 때 두 차례나 서울을 짓밟힌 후 소수림태왕의 개혁정치로 고구려가 전성시대를 맞이했던 '좌절과 고난을 뚫고 제국으로 나아가던 시대'를 중기 고구려시대로 불 수 있고, 후기 고구려 시대는 장수태왕(재위 413~491년) 15년 서울을 국내성에서 평양으로 옮긴 후 강력한 제국으로 자리 잡고, '영광스러운 승리와 연개소문 부자의 반역으로 멸망당한 시대'로 나눌 수 있겠다.

초기 고구려 토지제도와 군제에 대한 명확한 역사기록은 없지만 《삼국지》 위지동이전의 기록에 의해 아쉬운 대로 윤곽을 짐작할 수 있다. 고구려 호수(戶數)는 3만이나 그중 대가(大家)인 좌식자(坐食者, 농사짓지 않고 놀고먹는 사람)가 만 명이 넘었는데, 하호(下戶)가 먼 곳에서 양식과 어염(漁塩)을 짊어지고 와서 이들 좌식자에게 공급했다고 기록하고 있다. 좌식자란 평상시에는 무예를 익히다가 정복전쟁에 참여했던 전문적인 무인집단을 말하는바, 이들이 왕의 직속 무사였는지 왕과 5부 부족장에게 따로따로 소속되었는지는 분명하지 않으나, 당시 서울이던 국내성 일대에 모여 살았음을 알 수 있다.

《삼국지》 위지동이전이 기록된 위나라 시대 고구려 인구가 3만 호라는 숫자는 정복한 지역까지 포함한 고구려 전국의 총인구라기보다는 정복국가(征服國家) 고구려의 핵심을 이루었던 5부 부족민을 가리키는 듯하지만, 그들 가운데 1/3이 넘는 많은 사람이 좌식자에 속했다는 것은 놀라운 사실이다. 고대 그리스의 도시국가 스파르타를 제외하고는 고대 동양사에서 그 예를 찾아보기 어려운 특이한 사회구조이다.

이들에게 개마고원의 험산준령(險山峻嶺)을 넘어 멀리 동해의 소금과 물고기를 공급하였다는 하호에 대한 고찰은 전문 연구자들에게 맡기더라도, 정복지 농민의 토지 소유 형태는 어떠하였을까?

만 명이 넘었다는 좌식자가 제각기 토지관리인을 두고 소작료로 받은 곡식을 국내성으로 운반하였다는 것은 이치에 맞지 않을 테니, 왕 또는 5부 부족장이 벼슬아치(국가의 토지관리인)를 파견해 세금을 거두어 좌식자에게 나누어 주었을 것이다. 그렇다면 땅의 소유형태는 공유지이고 농민은 자작농(自作農)이었음을 짐작할 수 있다. 초기 고구려 시대 큰 공을 세운 신하에게 식읍(食邑, 공신에게 고을을 주어 그 세금을 갖게 하는 제도)을 주었다는 기록 역시 고구려의 토지 소유 형태가 원칙적으로 공유지였음을 뒷받침한다.

따라서 초기 고구려 토지제도는 주로 자작농에 뿌리박은 공전(公田) 제도였고, 전문적인 무인집단이 군사력의 뼈대를 이루었던 것으로 보인다.

그러나 중기와 후기의 고구려 시대의 토지제도와 군사제도에 대해서는 이를 짐작할 '위지동이전' 같은 자료가 남아있지 않아 부득이 논리적인 이

론전개에 의할 수밖에 없음이 유감스럽다.

고대국가에서 '율령 반포'란 위대한 개혁군주가 나타나 새로운 국가의 틀을 세우고 모든 백성에게 통일된 법률을 시행함을 말한다. 소수림태왕 개혁정치의 핵심을 이루는 율령 내용이 전해오지 않으나, 태왕이 직면했던 당시 시대상황을 살펴본다면 그 내용을 유추할 수 있다.

위나라 관구검의 침략도 초기 고구려 사회에 큰 타격을 입혔지만, 고국원왕 때 전연(前燕)에 의한 국내성 함락(342년)은 고구려의 부족연맹 귀족사회를 뿌리째 흔들었던 대참극(大慘劇)이었다. 당시 국내성 일대에 거주하던 5만이 넘는 남녀가 사로잡혀 갔는데 포로 중에는 왕의 어머니와 왕비까지 포함되어 있었다니, 이는 고구려 지배층의 핵심이었던 귀족과 무인집단이 거의 괴멸(壞滅)되었음을 의미하고, 고구려 초기의 혈연적 5부 부족연맹체제로서는 국가 존립에 한계가 왔을 터이다.

따라서 소수림태왕의 개혁정치는 구질서에서 벗어나 새로운 질서를 탄생시켜야 할 숙명을 안고 있었고, 새로 정한 율령은 과감한 개혁을 담을 수밖에 없었을 것이다.

"땅은 왕의 땅(王土)이고 농토는 경작자 농민의 소유이다"란 공전 형태의 토지 소유방식은 옛날부터 동양인이 바라던 꿈이었다. 더구나 이미 검토한 바와 같이 초기 고구려의 토지제도 형태도 자작농이 주축을 이루는 공전 개념의 전통이 있었으니, 소수림태왕의 율령에 담긴 토지 소유형태를 미루어 짐작할 수 있다. 다만 당시의 목표가 부국강병에 초점을 맞췄을 테니, 왕권을 강화해 모든 땅을 왕토로 삼고 농업생산력을 높이기 위해 정복한 땅의 개간을 장려했을 터이다.

또한 군사력의 강화를 위해서는 기존의 전문적인 무인집단만으로 한계를 느꼈을 것이기에, 군사력의 중심이 자작농 농민병으로 옮아가고 이들 자작농 농민병의 전투력 향상이 급선무였을 것이다.

고구려의 평민교육기관인 경당(扃堂)이 언제부터 시작되었는지에 대해 그 기원을 소수림태왕 때부터로 보는 견해가 타당해 보인다. 소수림태왕이 지배층 젊은이의 통치능력과 역량 향상을 위해 국립대학에 해당하는 태학을 세웠다면, 새로이 전투주력으로 등장한 자작농 농민병의 역량 향상을 위해 무예와 글을 가르치는 경당을 세웠다 함이 자연스럽기 때문이다. 소수림태왕의 개혁정치는 성공을 거두었고 20년 뒤 광개토태왕의 제국 건설의 터전을 마련해 주었으니, 소수림태왕이야말로 강력한 고구려를 만든 위대한 개혁군주로 재평가되어야 마땅할 것이다.

후기 고구려 시대에도 소수림태왕이 세운 기본질서는 그대로 유지되어 고구려 농민의 주류는 자녀를 경당에 보내 교육시킬 여유가 있는 자작농민이었던 것으로 추측된다. 소작농이나 노예의 자식이 무슨 여유가 있어 교육을 받을 수 있으랴.

다만 고구려 후기에는 토지 사유화가 진행된 것으로 보인다. 극히 단편적 기록이기는 하나 《삼국사기》 온달전에 평강공주가 가져온 패물로 땅을 샀다는 기록이 있는바, 이는 토지 매매와 소작농이 존재했음을 보여 주는 사실이기 때문이다.

한 가지 놀라운 사실은 《구당서》, 《신당서》에 의하면 마을마다 경당이 있어 활쏘기와 글을 배운다고 고구려인의 학구열을 부럽게 기록하고 있다. 당시는 중국에서도 글을 깨친 평민이 극히 적었음을 감안하면 매우 자랑스러운 역사기록일 뿐 아니라, 경당에서 교육받은 고구려의 용감한 자작농 농민병이야말로 수당과의 70년 전쟁에서 압도적으로 많은 병력과 경제력을 가졌던 적을 막을 수 있었던 힘의 원천이었으리라.

영양태왕 말기 고구려의 외교정책 변화 (46쪽)

역사기록에 왕자 건무가 섭정이 되었다는 기록이 없으나 수양제의 2차 원정(613년) 이후 영양태왕을 대신하여 건무가 섭정이 되어 고구려를 다스렸다고 보는 까닭은 이때부터 수나라에 대한 고구려의 외교정책이 그 전과는 크게 달라졌기 때문이다.

첫째, 제 3차 원정(614년)에 나선 수양제는 내란과 국력의 피폐로 원정을 계속하기 어렵게 되자 철군(撤軍) 조건으로 2차 원정 때 고구려에 투항했던 곡사정의 인도(引渡)를 요구하였고, 고구려가 이에 응했던 사실이다. 어떤 사정이 있었던 간에 투항한 장수를 적에게 넘긴다는 건 신뢰의 상실이고 적과 계속 싸울 의지를 잃어버린 것을 의미한다. 누가 다시 고구려 군에 투항하겠는가?

둘째, 수나라 내란이 전국으로 퍼지고, 615년에 돌궐의 시빌 카간이 수양제를 안문에서 포위하여 사로잡힐 뻔한 충격을 받자 자포자기한 수양제는 도망치듯 강남의 양주(楊州)에 숨어버렸다. 따라서 수나라는 고구려는 물론 요서 지역을 돌볼 겨를이 없어 이곳은 내버려진 땅이었음에도 고구려는 영주(營州)를 점령하지 않고 하늘이 준 기회를 그냥 흘려보냈다.

고구려는 무엇 때문에 나라의 운명을 걸고 수나라와 싸웠던가? 영양태왕은 요서에서의 고구려 이익을 지키고 거란족에 대한 지배권과 영향력을 잃지 않기 위해 말갈 기병 1만을 보내 영주를 침공했던 것이 전쟁의 도화선이 되었다.

이제 전쟁의 원인이었던 요서 지방이 무주공산(無主空山)이 되고 손을 내밀기만 하면 저절로 영주가 손아귀에 굴러들어오게 되었음에도 이를 외면하였던 고구려의 태도를 어떻게 이해할 수 있을까?

한 인간의 집념이란 그렇게 쉽게 변하지 않는 법이거늘 전쟁에 지쳤단 등의 이유로는 납득되지 않는다. 그렇다면 영양태왕과 전혀 다른 생각을 가진 새로운 권력자가 등장하였다고 볼 수밖에 없다.

그런 관점에서 613년과 614년 사이에 영양태왕이 큰 병에 들어 쓰러졌거나, 정치적으로 식물인간이 되어 왕권을 행사할 수 없었고, 을지문덕을 비롯한 강경파(남수북진파)가 권력을 상실했다고 볼 수밖에 없다. 그렇다면 614년부터 618년 9월 영양태왕이 죽을 때까지 5년간 화평파인 건무가 섭정이 되어 고구려를 실질적으로 통치하였다고 보는 것이 자연스럽지 않을까.

고구려의 정치체제 (53쪽)

고구려는 5개 부족이 힘을 합쳐 건국한 부족연맹체로 시작하여 후일 제국으로 성장했던 때에도 이러한 부족적 전통은 계속 유지되었다. 고구려의 나라이름 '구려'는 고을(성 또는 부족)을 의미하는 고구려말 '구루'(溝婁)에서 나왔다고 한다.

이들 구루의 부족장은 대가(大加 또는 大人)라 불렀는데, 왕비족(王妃族)인 절노부(絶奴部)와 전 왕족의 적통대인(嫡統大人)에게는 고추가(古鄒加)란 칭호를 주고 이들에게 왕족인 계루부(桂婁部)와 마찬가지로 자기 조상의 종묘와 사직에 제사하고, 태왕의 조정과 마찬가지로 패자(沛者), 우태(于台), 사자(使者), 조의(皂衣), 선인(先人) 등 벼슬아치를 두는 것을 허락했다. 종묘사직을 유지하고 독자적인 행정기구를 갖춘 고추가는 봉건체제 중국왕조의 왕(王)과 같은 존재가 아닐까.

고구려 국왕의 칭호를 태왕(太王)이라 부르는 것은 단순히 위대한 왕이란 뜻으로 부르는 대왕(大王)과는 그 뜻이 전혀 다르다. 고구려 국왕은 고추가(王)들과 정복당했으나 고구려 체제에 편입되어 계속 왕(王)이라고 부르던 모든 왕들 위에 군림(君臨)라는 '왕 중의 왕'이란 뜻으로 태왕이라고 불린 것이다.

금석문(金石文, 광개토태왕의 비문)에 의하면 위대한 정복왕이었던 광개토대왕에게 바쳐진 정식 존호(尊號)는 '국강상 광개토경 평안호태왕'(國岡上 廣開土境 平安好太王)이다. 《삼국사기》가 소고려(小高麗)를 지향했던 사대주의자인 김부식이 아니라 고구려 옛 땅을 되찾자고 주장했던 자주파(自主派) 정지상(鄭知常)에 의해 편찬되었더라면, 고구려 국왕의 칭호는 당연히 태왕(太王)으로 기록되었을 것이다.

최고 통치자의 호칭은 나라마다 달라 중국은 황제, 북방 유목민족은 카간(최고지도자), 일본은 천왕이라 불리지만 고구려 최고 통치자의 호칭은 '모든 왕을 다스리는 가장 높은 왕'이란 뜻의 태왕이었다.

혈연 중심의 부족연맹국가였던 초기 고구려가 두 차례의 국난(國難)을 극복하고 제국으로 성장하면서, 중기 고구려는 중앙집권적 체제를 갖추었고, 5부의 구성도 혈연에서 지연 중심으로 바뀌었다.

서울을 평양으로 옮긴 후기 고구려에서는 혈연을 바탕으로 한 구귀족계급 외에 신귀족계급이 등장했으나, 부족연맹국가적 정치체제는 그대로 남아 국가 운영을 귀족의 합의에 따라 운영하는 공화정(共和政)적인 전통은 계속 유지되었다. 이는 황제에 의한 전횡적 통치(專橫的 統治)의 중국과 달리 고구려는 동아시아 유목민족 고유의 아름다운 전통이 계속 유지 발전되었던 것이다.

영류태왕이 당나라에 보낸 사신 (94쪽)

역사기록에 의하면 영류태왕은 618년 9월 왕위에 올라 이듬해 2월 당나라에 사신을 보냈고, 그해 4월 국내성에 행차하여 시조 동명성왕의 능에 참배하여 태평성대(太平聖代)가 돌아왔음을 아뢴 것으로 되어 있다. 이 기록에서 가장 놀라운 점은 당나라에 사신을 파견했던 시점이다.

당나라는 618년 5월 건국되었고, 사신이 당나라에 닿은 시점은 중국 대륙에 군웅이 할거하던 때였다. 건국한 지 얼마 되지 않은 당나라는 배후의 적 설인고를 토벌하여 관중(關中, 장안 일대)을 겨우 평정했고, 당나라는 하북(河北)의 패자(霸者) 두건덕이나 낙양(洛陽)의 지배자 왕세충 등과 함께 중원의 패권을 다투는 유력한 군웅 중 하나일 뿐이었다. 그렇다면 당시 중국의 뛰어난 정치관측자라 해도 과연 누가 중국의 주인이 될지 알기 어려웠던 혼란기에 영류태왕은 사신을 당나라에 보냈다는 이야기가 된다.

당시 중국 정세를 살펴보면 사신이 파견되었던 한 달 후인 619년 3월에는 장안 북쪽 마읍(馬邑)에 근거지를 둔 유무주가 돌궐의 지원을 받고 당나라를 공격하였다. 9월에는 당나라 건국 최초의 근거지 태원(太原)이 위태로워 당고조(唐高祖) 이연의 막내 이원길이 장안으로 야반도주했고, 11월에는 장안까지 위협당하다 620년 4월에야 겨우 이를 평정했다. 그리고 620년 7월에야 누가 중원의 주인인가를 결정짓는 대회전(大會戰)이 벌어졌다. 낙양 공략전에서 두건덕을 사로잡고 왕세충이 투항함으로 중국 대륙의 주인이 결정된 것은 621년 5월이었다.

영류태왕은 중국 대륙의 주인이 당으로 결정되기 2년 전에 미리 이를 예상하는 선견지명을 갖고 사신을 보내 조공한 셈이다. 사신의 행로 역시 지극히 험난했을 것이다. 고구려에서 장안으로 가려면 619년 2월 당시에는 첫째 당나라와 패권을 다투던 두건덕이 지배한 하북을 거쳐 왕세충의 지배 지역(낙양)을 지나가거나, 둘째 돌궐 땅을 거쳐 당나라와 전쟁 직전 또는 한참 전쟁 중(사신이 619년 2월에 고구려를 떠났다면)인 유무주 지배 지역을 지나가야 했을 것이기 때문이다.

이러한 사정을 미루어 판단하면 사신 파견 날짜의 정확성에 대한 의문은 있지만, 영류태왕이 얼마나 중국 정세를 면밀히 살펴보았으며, 중국과의 평화를 진정으로 갈망했던가를 잘 보여 주는 역사기록임은 분명하다.

말갈인과 고구려의 역사 (95쪽)

말갈인을 크게 분류하면 백두산 일대와 북류(北流) 송화강 유역에 살고 있던 '속말말갈'과, 동류(東流) 송화강과 흑수(黑水, 흑룡강) 유역의 '흑수말갈'로 나눌 수 있다.

속말말갈인은 일찍부터 고구려 지배 아래 귀속되었음이 분명하다. 흑수말갈은 고구려 지배권이 미치지 못했고, 발해 전성기가 되어서야 발해의 지배 아래 들어갔다 함이 학자들의 통설(通說)인 것 같으나 이런 주장의 타당성에 의문이 있을 뿐 아니라 중국의 지배영토에 대한 고약한 정치적 속셈이 있는 듯해 절로 눈살이 찌푸려진다.

대표적인 경우가 최근 중국 역사학계에서 발간된 역사지도이다. 중국역사지도집에 따르면 동류 송화강 유역 및 북류 송화강 일대와 두만강 북쪽 땅을 고구려 영토에서 제외했다.

북류 송화강 가 길림(吉林)에는 고구려 산성인 용담산성이 남아 있고, 두만강 북쪽은 동부여 옛 땅일 뿐 아니라 고구려의 욕살이 다스리던 큰 성인 책성(柵城)이 있어 고구려 영토임이 분명함에도, 속말부(粟末部, 길림)와 백산부(白山部)라 적고 고구려 영토 밖으로 표시했다. 그네들 역사서에도 분명히 기록한 고구려의 말갈 지배와 고고학에서 증명된 객관적 사실조차 부정하려는 뜻일까?

같은 역사지도집의 발해 국경선에 대해서는 동류 송화강 유역은 물론 연해주 대부분까지 발해 영토로 표시하고 있다.

최근 중국 역사학계는 고구려 역사까지 자기네 지방사로 포함시키려 하고 있으나, 워낙 우리 역사임이 분명한 고구려 영토는 조금이라도 작은 나라로 표시하려 안달복달하며 심술궂게 고구려 성터가 있는 땅까지도 제외시키면서, 양국 간에 역사 소속의 분쟁이 비교적 적은 발해의 영토를 넉넉히 표시한 것은 정치적 고려가 아니고는 이해하기 어렵다. 혹시 훗날 우리나라와 간도의 영유권(領有權) 분쟁이 생길 때에 대비하는 한편, 러시아에 대해서는 영토 분쟁 때 연해주에 대한 지배는 청(淸)나라보다 천 년 전 발해 때부터라는 역사적 권리를 주장하려는 속셈 때문일까?

역사적이나 영토적인 이해관계가 전혀 없는 객관적 입장인 영국 옥스퍼드대학이 펴낸 *Atlas of World History*에 표시된 고구려 북쪽 영토경계선은 매우 합리적이다. 그에 따르면 고구려 북쪽 경계선은 북류 송화강 유역은 물론이고 동류 송화강 유역까지 아우르는 넉넉한 경계선이다. 통상(通商)과 식민(殖民)을 잘 이해하는 영국인들로서는 북류 송화강을 지배한 고구려인이 동류 송화강 유역까지 진출했음을 당연히 여긴 까닭이다.

다만 고구려가 이 지역을 평정한 때는 문자태왕 때로 보이고, 아무리 늦게 잡아도 당태종 원정 이전에 이미 고구려가 흑수말갈을 완전히 평정했다고 봄이 타당한 것으로 판단된다.

속말말갈의 한 부족장이던 돌지계가 반란에 실패하고 수나라 영주로 도망갔던 사건이 영양태왕 9년(598년) 일어난 고구려와 수나라 간 첫 싸움의 발단이 되었다.

그 이후 고구려와 수당의 70년 전쟁 동안 고구려의 말갈 지배에는 조금의 흔들림도 없었다. 고구려의 멸망 때까지 돌지계 이외의 어떤 말갈인도 반란을 일으키지 않았음은 물론이고, 마지막까지 고구려 군과 어깨를 나란히 하여 수당과 싸웠을 뿐 아니라, 고구려 멸망 후에도 고구려인과 협동하여 발해를 건국하는 한 축이 되었다.

중국의 전통적인 외교정책은 이이제이로 이 정책을 가장 잘 활용한 제왕이 당태종이었다. 그는 고구려 원정 때 돌궐 군은 물론 거란인과 타타비 부족도 원정군에 끌어들였으나, 말갈족을 끌어들이는 데 성공한 적은 한 번도 없었다.

이는 고구려가 속말말갈뿐 아니라 흑수말갈까지 완전히 장악하고 있었음을 의미한다. 따라서 돌지계 반란 이후 고구려는 등 뒤의 말갈인을 평정하고 민심을 안정시켜 당나라 입김이 스며들 여지를 없애 버렸던 것으로 보인다. 당태종이 천산대회전(千山大會戰, 중국 사료에선 '주필산전투')에서 사로잡은 말갈인 포로 3,300명을 구덩이에 파묻었던 잔혹한 사건(5권 "천길 낭떠러지"의 '천산패전' 참조)도 말갈인에 대한 외교정책의 실패에서 온 당태종의 좌절과 분노의 증거가 아닐까?

이런 역사적 배경에서 "새로운 하늘과 땅〔黑水平定〕"이 쓰여진 것이다.

영류태왕 통치기의 고구려 (360쪽)

《황금삼족오》 제 3권의 내용은 영류태왕 통치기간, 즉 수나라와 싸움이 끝나고 당태종 원정이 있기 전 평화로웠던 30년간을 다루고 있다. 그러나 이 시기를 살펴볼 역사기록은 거의 없다. 고구려인 스스로 기록한 《유기》와 《신집》 같은 역사책이 남아 있지 않은 데다, 《삼국사기》는 물론 중국인의 사서(史書) 역시 평화로운 시절 이웃나라에 관심이 없어 극히 단편적 기록뿐이다.

영류태왕에 대해서는 평양성 방어전의 활약이 《수서》에 기록되었고, 그의 통치기간에 걸쳐 당나라와 평화를 지키려 무척 애썼던 사실 외에는 25년간 나라 안의 통치 실상을 살펴볼 자료가 없다. 따라서 이 소설의 많은 부분은 역사기록의 뒷면을 파헤쳐 감추어진 진실을 유추할 수밖에 없었다.

평화주의자 영류태왕은 재평가되어야 마땅한 인물이다. 그는 당시 고구려인에게 인기 없는 군주였고, 오늘날 우리 눈에도 나약하고 겁 많은 인물로 평가되는 듯하다. 그러나 그는 냉철한 현실주의자였을 뿐 결코 겁쟁이로 볼 수 없다. 또한 영주(英主)가 아니고 국내 정치에 문제가 있었던 것으로 보이지만 형편없는 혼군(昏君)이거나 폭군은 아니었다.

우리 역사에서 영류태왕과 흡사한 역사적 운명을 띤 인물 조선의 광해군(光海君)과 비교하면 그의 면모를 더 잘 이해할 수 있다. 먼저 역사기록이 자세히 남아 있는 광해군부터 살펴보자.

광해군은 내치(內治)에 부족함이 있었으나, 임진왜란 때 갖은 고초를 몸소 겪으며 왜군과의 싸움을 뒷받침했고, 전쟁의 비참함을 두 눈으로 보았었기에 청나라의 침략을 막으려 무척 노력했다. 그러면 인조반정(仁祖反正)이 일어나지 않고 광해군이 계속 다스렸다면 병자호란(丙子胡亂)을 막을 수 있었을까?

청태종(淸太宗)의 두 차례에 걸친 조선 침략은 명나라를 정복할 때 등 뒤의 뒷걱정을 없애려는 목적이었다. 따라서 현실주의자였던 광해군이 계속 통치했다면 현명한 외교정책과 강력한 군사적 억제력으로 능히 이를 피할 수 있었을 테고, 설사 그러지 못했더라도 큰 피해 없이 나라를 지켰을 것이다.

인조는 전쟁이 무엇인지도 모르는 어리석은 지도자였고, 그를 보좌하던 대신들 역시 국제정세를 냉정하게 판단할 능력조차 없이 목소리만 높여 쓸데없는 대의명분(大義名分)이나 떠들던 멍청이들이었다.

인조반정과 뒤이은 '이괄의 난'으로 국경을 지키던 수만 명의 평안도 정예수비군은 산산이 흩어지고, 이들을 지휘하던 유능한 지휘관은 모조리 제거되어 국경방어에 큰 구멍이 뚫렸다. 따라서 광해군처럼 제대로 전쟁에 대비하면서 현실적인 외교를 펼쳤다면 청나라는 감히 조선을 침략할 엄두도 내지 못했을 터이다. 설사 쳐들어왔더라도 거란 군의 고려 침략이 치명적인 덫이 되어 요나라(거란)가 중원 정복에 실패했던 것처럼, 청나라의 중원 지배가 물거품이 되고 오늘날 동북아시아 정세도 크게 달라졌으리라. 전쟁의 승패에서 최고 지도자가 차지하는 무게란 아무리 강조해도 지나침이 없다. 그런데 역사는 어쩌면 그렇게 비슷한 일이 반복되는 것일까?

수양제 원정 때, 철부지 어린애여서 전쟁을 겪어보지도 않았던 연개소문과 달리, 영류태왕 건무는 용감하고 뛰어난 전쟁영웅이었다. 또한 연개소문의 반정으로 180명의 장군과 대신이 죽고 그들에게 소속된 수많은 무인과 병사가 흩어지게 된 것은 당태종의 침략을 앞둔 고구려로서는 너무나 큰 손실이었다. 고구려가 이 재앙에서 미처 회복되지 않았던 불과 3년 후 당태종의 원정이 일어났다. 개전(開戰) 초기에 연이은 고구려 군의 비참한 패배는 이 재앙과 관련이 없다고 할 수 없다. 비록 안시성 성주 양만춘이란 뛰어난 영웅이 있어 나라를 구했지만, 그것으로 연개소문의 잘못이 씻어질 수는 없다.

만약 연개소문의 반정(反正)이 없었다면 영류태왕이 소망했던 바와 같이 당태종의 원정을 막을 수 있었을까? 그 당시 당나라 국내 사정을 면밀히 살펴볼 때 당태종은 고구려를 정벌할 구실을 찾기 어려웠을 것이다.

후기 고구려 역사에서 밝혀지지 않은 점이 너무 많기에, 감상적인 역사가 중에는 연개소문의 당나라에 대한 강경한 대결정책에 갈채를 보내면서 영웅으로 떠받드는 이가 적지 않다. 그러나 남아 있는 역사기록만이라도 냉정하게 살펴본다면, 실속 없이 목소리만 높였던 연개소문의 전쟁도발 행위가 얼마나 어처구니없는 짓이었는지 알기 어렵지 않다. 그뿐 아니라 전사(戰史)를 자세히 살펴보면 당태종의 침략을 막은 여러 요인 중에서 연개소문의 활약(?)보다 오히려 영류태왕 때 쌓았던 천산방벽(千里長城)이 훨씬 더 큰 역할을 했음을 인정하지 않을 수 없다.